Colecção Literatura de Macau

澳門基金會
FUNDAÇÃO MACAU
中华文学基金会

· 小 说 ·

你将来爱的人不是我

何贞／著

作家出版社

澳门文学丛书

总 序

值此“澳门文学丛书”出版之际，我不由想起1997年3月至2013年4月之间，对澳门的几次造访。在这几次访问中，从街边散步到社团座谈，从文化广场到大学讲堂，我遇见的文学创作者和爱好者越来越多，我置身于其中的文学气氛越来越浓，我被问及的各种各样的问题，也越来越集中于澳门文学的建设上来。这让我强烈地感觉到：澳门文学正在走向自觉，一个澳门人自己的文学时代即将到来。

事实确乎如此。包括诗歌、小说、散文、评论在内的“澳门文学丛书”，经过广泛征集、精心筛选，目前收纳了多达几十部著作，将分批出版。这一批数量可观的文本，是文学对当代澳门的真情观照，是老中青三代写作人奋力开拓并自我证明的丰硕成果。由此，我们欣喜地发现，一块与澳门人语言、生命和精神紧密结合的文学高地，正一步一步地隆起。

在澳门，有一群为数不少的写作人，他们不慕荣利，不怕寂寞，在沉重的工作和生活的双重压力下，心甘情愿地挤出时间来，从事文学书写。这种纯业余的写作方式，完全是出于一种兴趣，一种热爱，一种诗意追求的精神需要。惟其如此，他们的笔触是自由的，体现着一种充分的主体性；他们的喜怒哀乐，他们对于社会人生和自身命运的思考，也是恳切的，流淌着一种发自肺腑的真诚。澳门众多的写作人，就这样从语言与生活的密切关联里，坚守着文学，坚持文学书写，使文学的重要性在心灵深处保持不变，使澳门文学的亮丽风景得以形成，从而表现了澳门人的自尊和自爱，真是弥足珍贵。这情形呼应着一个令人振奋的现实：在物欲喧嚣、拜金主义盛行的当下，在视听信息量极大的网络、多媒体面前，学问、智慧、理念、心胸、情操与文学的全部内涵，并没有被取代，即便是在博彩业特别兴旺发达的澳门小城。

文学是一个民族的精神花朵，一个民族的精神史；文学是一个民族的品位和素质，一个民族的乃至影响世界的智慧和胸襟。我们写作人要敢于看不起那些空心化、浅薄化、碎片化、一味搞笑、肆意恶搞、咋咋呼呼迎合起哄的所谓“作品”。在我们的心目中，应该有屈原、司马迁、陶渊明、李白、杜甫、王维、苏轼、辛弃疾、陆游、关汉卿、王实甫、汤显祖、曹雪芹、蒲松龄；应该有莎士比亚、歌德、雨果、巴尔扎克、普希金、托尔斯泰、陀思妥耶夫斯基、罗曼·罗兰、马尔克斯、艾略特、卡夫卡、乔伊斯、福克纳……他们才是我们写作人努力学习，并奋力追赶和超越的标杆。澳门文学成长的过程中，正不断地透露出这种勇气和追求，这让我对她的健康发展，充满了美好的期待。

毋庸讳言，澳门文学或许还存在着这样那样的不足，甚至或许还显得有些稚嫩，但正如鲁迅所说，幼稚并不可怕，不腐败就好。澳门的朋友——尤其年轻的朋友要沉得住气，静下心来，默默耕耘，日将月就，在持续的辛劳付出中，去实现走向世界的过程。从“澳门文学丛书”看，澳门文学生态状况优良，写作群体年龄层次均衡，各种文学样式齐头并进，各种风格流派不囿于一，传统性、开放性、本土性、杂糅性，将古今、中西、雅俗兼容并蓄，呈现出一种丰富多彩而又色彩各异的“鸡尾酒”式的文学景象，这在中华民族文学画卷中颇具代表性，是有特色、有生命力、可持续发展的文学。

这套作家出版社版的文学丛书，体现着一种对澳门文学的尊重、珍视和爱护，必将极大地鼓舞和推动澳门文学的发展。就小城而言，这是她回归祖国之后，文学收获的第一次较全面的总结和较集中的展示；从全国来看，这又是一个观赏的橱窗，内地写作人和读者可由此了解、认识澳门文学，澳门写作人也可以在更广远的时空里，听取物议，汲取营养，提高自信力和创造力。真应该感谢“澳门文学丛书”的策划者、编辑者和出版者，他们为澳门文学乃至中国文学建设，做了一件十分有意义的事。

是为序。

2014.6.6

目　录
CONTENTS

你将来爱的人不是我

写在前面的故事

这是2001年的春天。

潘文渊从美国回来，晚上七时到达香港，再转乘飞翼船回澳门，搭的士到朋友为他租下的位于新口岸的一个单元屋，按朋友指示，从住屋防盗门的某个隐蔽处拿到钥匙，进门，行李往地上一扔，入浴室冲了个凉，就出门了。此时，已是凌晨一点钟。

夜幕下的澳门，宁静而神秘。潘文渊在飞机上就已计划好，反正时差的关系也睡不着，应该说在飞机上早睡饱了，就这样一个人夜深人静地随处散步，再惬意不过了。

他想了一想，先去宋玉生公园，因为他明天就要去公园旁边的商务大楼面试。那是政府委托理工学院承办的职业培训中心，知道他是名牌大学的DBA，第一次回电邮就表示录取他，当然面试还是要的。明天就是面试的日子，所谓面试，就是双方互相确认一下，签个正式文件。

朋友知道他回来后的去向说，当什么业余教育的老师，况且目前还只是个临时单位，为什么不去大公司，人工比当教授还高。可潘文渊就喜欢业余这两个字，在他看来，业余和时下时兴的“边缘”这两个字一样对他有着特殊的吸引力，所以至少也要在那儿混一阵。

坐在宋玉生公园里的蓝色靠椅上把黑暗中的中土大厦评判了一下，如果面试时不节外生枝的话，他以后就在此地上班了。

宋玉生公园建成才几年的光景，两排尚还年轻的、浓绿而已然硕大垂须的榕树拱起的树荫，在夜色中如黑云压顶般沿着公园里的主干道一直到达海边，散落在公园四处的各种各样的树都还没长成最好的样子，公园两旁一栋栋崭新的商务大楼高耸壮观，星空下，浮云鬼影般诡异地映掠过高楼的玻璃幕墙，宽广无垠的海面上吹来的空气新鲜到让人不由自主地深呼吸。由海岸延伸出去的小小的人工半岛上，站立着葡萄牙女艺术家设计的背靠大海面向公园喷泉广场的巨大的观音铜像，据说因为样貌不同于中国人传统观念中的观世音，所以又被称为圣母观音。

那么高的观世音，得仰起头来望，站在铜像前的一个点上，一个彩色石子铺就的花心上，正好能对上菩萨低眉的视线。

就着隐约可见的月光，潘文渊让观音菩萨看得心里一阵暖意，这暖意仿佛让他接了地气，让他连人带魂地回来了，在离开澳门这么多年以后，第一次用站在这片土地上的方式思考，好像告诉别人那样对自己说：这里不是美国，是澳门——连天地鬼神都是名符其实的澳门的！

这样天马行空地想着时，他的脚步不由自主地有了明确的方向并加快起来，本来，他以为自己是要用一个晚上作漫无目的的游荡的，而现在，他步伐坚定地忘我地疾走着，向那个叫望德堂的地方走去，他的脑海里，现在只有一个人，就是他已经过世的阿嫲。

从新口岸到望德堂区，本来就算疾走至少也要半个钟头，潘文渊不到半个钟的时间就来到当年的家——卢廉若花园左近的那幢灰墙斑驳掉土的四层楼的旧屋前。

楼底的大门关闭着，好像整个世界都关闭了，虽然潘文渊内心有点莫名地期待那扇大门会突然开启，走出哪怕是完全不相识的一个人来。

当然，阿嬷永远也不会再从门里走出来，自己大概也不会再有机会走进那个门了，虽然潘文渊还不知道，现在这座楼里已经没有任何人住了，这栋楼房很快就要拆了，要盖起一座高层豪宅，很快，这里就面目全非了。

潘文渊靠在大门外矮矮的院墙上冥思，往事如黑白影片在这个黑漆漆的夜里回放，有的地方清楚，有的地方模糊，想看个仔细明白的地方，发现人生不是计算机，没有返回键。

好一会儿，潘文渊才带着这样怅惘的心情挪步离开。

转几个街角踏入贾伯乐提督街，他曾经在那里生活了六年的儿童院已经搬离。

人去楼空，夜风在空荡荡的庞大而败落的花园洋房中穿行，那微细的和风只有潘文渊听得出，他甚至听出来某一扇脱落的百叶窗被风吹过后发出的“呀呀”声。

不期然想起斐雯，那个同在一所大学城的澳门女生，她曾经说过，她小时候曾希望自己是儿童院的寄宿生。现在这话想起来仍让潘文渊苦乐参半地笑了一笑。如果还在美国的另一个澳门学友说的没错，斐雯也要回到澳门来，并且也要到他将要任教的学院来做他的同事。想到这里，潘文渊收起笑容，朝远处望去。

离儿童院大门不远处，高士德大街的街角停着一辆人力三轮客车。

潘文渊不自觉地走上前去，他太熟悉这辆车了。

一个少年从三轮车那边跑来，他的脸上身上都带着些微擦伤，衣衫不整，有的地方扯烂了，少年的后面紧追着一个和他年纪相仿的男孩，再后面跑着两个少女。

那少年突然一阵眩晕，体力不支倒在地上，身后的男孩愣了一愣停下脚步，两个少女更紧张地跑上前来，尖叫着，一个女孩哭泣着，另一个女孩随即大叫救命。

潘文渊一动不动地站在那儿，他知道，这个倒在地上的少年就是他自己。

他看着那两个少女。

那哭着的少女白皙温文清秀，她不知所措地站在那里，紧接着跪了下去，试图抱起那少年，这显然是不可能的，她那么纤细瘦弱；那叫着救命的少女黑瘦结实俊俏，她一轮嘴呼叫后，决定不再叫了，只见她蹲下身去，将少年俯卧着的身子翻转过来，两个少女一起用尽全力扶他坐了起来，然后黑皮肤少女对白皙少女说道："小愚！扶着他，我来背他。"说着她走到少年的面前，背对着他蹲到地上，想让小愚把少年的双臂放上她的肩头。就在这时，少年完全清醒过来，他挣扎着要自己站起来，两个少女赶忙去扶他，他们挣扎着一起站起来的那一刻，放眼望去看见还站在远处的那个男孩，那男孩看见此刻的情形，正重新开始向他们走来。

此刻的潘文渊看着这个脸上身上戾气未减的走近前来的少年，就好像第一次看见这个画面一样。

等他从幻觉中回过神来时，看清楚了整条街空荡荡的，城市进入了最深的睡眠，昏暗的街灯下，孤零零的只有一个耄耋老伯在擦着那辆三轮车，他看得见那三轮车和他记忆中的一样，保养得一尘不染。

潘文渊双手插在裤袋里，远远看上去很有些绅士的模样，他几个方步走到老伯身后，老人专心致志地擦着，猛不防一回头看见他和他脸上的笑，愣了一愣，张开没牙的嘴大声兼漏风地笑道：“黎明回来啰！”这中气十足的声音在夜半空旷的大街上足以抵上一个高音喇叭，潘文渊用更有爆发力的笑声来回答他。

“擦这么些年怎么还没把你的车擦成奔驰？！老顽童！”潘文渊心里想这老家伙，这么多年了，还记得当年他在他的车上飙过黎明的歌。

“他们一会儿说你读博士，一会儿又说你踎监，嗨！嗨！”老顽童答非所问，压根儿没听见他说什么。

“说的没错，读书和踎监还真是差不多！”潘文渊知道他说的他们当然指的是他过去的一班童党——儿童院舍友。

老顽童把他上下打量，说：“看你这身打扮不像博士，似坐监多一些，没少受苦吧？”

潘文渊把自己也看了一遍，摸摸头上染成金棕色的几经改良的已没有当年那么夸张的洋葱头，想到斐雯说的，电影里但凡有地痞出现时，都是这个风格，不禁又哈哈大笑。美国人不管这个，大学教授这般模样的大有人在，但不知明天面试的，是不是网上和他谈的那位，要是换一个放不开的，那可能要砸了。

“这么晚了你上哪儿去？”

“和你一样，睡不着，想环城旅游！”

“还用十一轮啊？这么多年，连车也没一部？人家废柴都有一部啦！”

“所以他是废柴啰！”废柴是当年童党中最没胆的一个，想到他就让潘文渊想起小愚，他下意识地话锋一转：“这不是想坐你的奔驰吗？不欢迎啊？”

“欢迎——！”老顽童两眼放光，随着潘文渊一个箭步跳上座，他即时在车前拉起一块以前没有的挡风玻璃，上面的绿色大字赫然写着：“三轮奔驰”。

潘文渊见状仰天长笑，笑到街对面楼上有一个人打开窗户伸出头来骂道：“没癫够啊？以为在你家大堂啊？！”

老顽童奋力向前踩去，车子箭离弦般驶出，一路直飞街的尽头，等转过街头，向青洲方向驶去，老顽童说：“唱啊？”

潘文渊想到当年飙的黎明的歌，是黎明那首和记传讯的手机广告歌，不是因为喜欢黎明，是那首歌的歌词直入心田，几个边缘少年和他挤在这车上扯着嗓子狂吼：

你这刹那在何方？
我有说话未曾讲；
如何能联系上？
与你再相伴在旁……

先是大家一起唱，后来没人和他唱，他唱到声音嘶哑，唱到大家心里发毛，知道他阿嬷刚去世，这世上再没有一个亲人了，虽然在座的早已经都没有了亲人。

不是没有亲人，他有父母，但有比没有还糟。自打他懂事，父母就是不着家的人，每次回来都形色匆匆，等他们双双再出逃后，家的大门和大楼的梯间必被地下钱庄刷上“欠债还命”的血红大字，然后是邻居们怨声载道，阿嬷向人赔着不是，再然后买了灰水，刷掉那些字迹。而那些字迹像刷在了潘文渊的心上，永远也刷不掉的。

父母早年是双飞，后来变成单飞，再后来双双都失了踪。

阿嬷那一年死了，死得毫无征兆。

他被送进儿童院。

阿嬷一早就想送他进儿童福利院，说万一自己有个三长两短，怕他会流落街头，他说死也不去福利院，但最终阿嬷还是离他而去。

黎明的那首歌是他的送别之歌，送阿嬷，也是送他自己。

在儿童院他是彻底地自我边缘化了，本来他还要为阿嬷忍口气，现在，人家是一个人吃饱了全家不饿，他是不吃饭也就饿死自己一个，用不着怕了谁。

那一天他放学回来迟了，本来有正当的理由，他去看阿嬷的骨灰坛，但一看社工李姑娘那一脸的刻板，他不说实话，摆出一副我不下地狱谁下地狱的样子，李姑娘忍无可忍，一把抢过他手中紧握着的东西，然后往地上猛地一摔！潘文渊霎时呆了，李姑娘看他木头人一样呆了那么久，也呆了。她往地上一看，那是一块穿着一条红丝线的绿玉，现在已缺了一个口，裂开了。一分钟的静场后，潘文渊狼嚎着扑向地面。

潘文渊现在挺可怜李姑娘，大学刚毕业的她才做了社工没几天，她还有自己的社会适应问题，她是善良的，因为在那一刻她即掩面逃离了现场。

另一个姑娘进来，那是新来的林姑娘，她和李姑娘一样，刚刚大学毕业，她不像李姑娘那样满嘴朗朗上口的条例、规则，她很有同情心，总是从好的一面来诠释少年们的行为，在她眼里孩子们个个都是好孩子，李姑娘为这没少和她争论。潘文渊知道，很多孩子本来看上去不是林姑娘说的那么好，但从那时起看起来就像本来就那么好。

少年们喜欢林姑娘，喜欢的最基本表达就是不会故意让林姑娘情绪失控。

林姑娘第二天上班带来一个装首饰的精致的盒子，让潘文渊把那个摔破了的阿嬷留给他的宝贝装上。

现在回想起来，林姑娘那专注柔和的眼神就像那尊圣母观音。

不觉中，车子寂寞地“咿呀”着，就这么过了沙梨头，青洲来了，潘文渊回过神来，见老顽童在吃力地踩着，说：“老顽童，我来。”

没等老顽童反应过来，他已跳下车，老顽童说：“让你唱，你不唱，闷死人了。”

潘文渊说：“今天我揸车，你唱！”

老顽童笑：“我唱的歌很老了，你不喜欢的！”

潘文渊说：“老歌才好听。”

老顽童坐在客座上真的唱了：

落雨大，水浸街，
阿哥担柴上街卖，
阿嫂出街着花鞋，
花鞋花袜花腰带，
珍珠蝴蝶两边排。

唱了一遍又一遍，老迈的声音有些纯真，有些远去的情，有些苍凉。再后来，潘文渊和着他唱。

潘文渊说：“老顽童，你后生时有钟意过一个谁吗？说来听听。”

老顽童笑：“钟意有鬼用咩，离乡别井的穷人，没人喜欢。你呢？小愚喜欢你呢！她告诉我，你不喜欢她。”

潘文渊一瞬之间脸色暗了一暗，但他马上又笑起来：“你都好八卦嚅，这种事你也知道！”

小愚，和那个在他跌倒时帮他站起来的女孩，还有那个追打他的少年，同样都是儿童院的。小愚用很有限的钱，把自己打扮得很潮，是童党中的公主。童党中并不是个个都不可理喻，像小愚这样的多了去，小愚很潮，但内心很软，很善良，甚至——很温文尔雅。

小愚很喜欢潘文渊，潘文渊不是不喜欢她，只是他们一直在错过——交错而过了他们情窦初开的日子，再后来他考上了美国的大学。

潘文渊没有再和老顽童说起小愚，他们都心照不宣，小愚现在有男朋友，但他和老顽童都知道那不是小愚最初最真的选择。

老顽童不知道更多，那个皮肤黝黑的俊俏姑娘，她叫琼兰，是的，她结婚了，和那个在黑夜里追打他的少年，那是她的选择，但那也不是她的真正选择。

潘文渊突然在心里责问起自己是不是应该回来，他觉得自己无法承受自己的追问，即使别人不问的话。

如果他没有去美国呢？没有如果，为此林姑娘做出了那么多的努力，这是他的必由之路。

走过青洲，再走筷子基、黑沙湾，直奔新口岸，路越来越宽，大片的空置地如广场般宽敞，再高声的嚎叫也没有人打开窗户骂人，他们唱得舒心、痛快。

环顾四周，潘文渊觉得自己在这个世界上已经不可能和任何女子相爱了，自认在这方面已经自废武功。他很多时候愿意想象自己是一个当今社会合成的怪胎，就好像新思维导演用计算机技术合成出来的那种东西。他喜欢这种异类的置之度外的我行我素的感觉，这种感觉让他和生活有一种距离，这种距离让他有一种游戏人间的豁达。

在这种想法的同时，其实他也完全明白之所以有这么荒诞虚无的想法，是因为他尚未找到自己未来的方向。他在几种工作的选择之中选择了职业培训中心，但实际上他又觉得企图站在课室里诱人向善这种想法真是岂有此理，他决不能想象自己像个布道者那样，他从小没少听这些，但从来也记不住，因为凡有文字的地方，无不排山倒海地满世界充斥着这些大道理，用不着费心记着。

想这些时，很容易让他又想起斐雯，他一直以为她可谓我行我素者百分百的标签人物，但经历了一系列的变更后，他想他需要对她作重新评价。

潘文渊心里不得不承认，尽管她一直在变化，但始终不变的是她的热情勇敢和率真。

每想到斐雯，潘文渊就不自觉地肯定选择女朋友最重要是合适，说到合适，他的眼前就会浮现出儿童院那两个姑娘的身影，这身影，影响了他去看所有的女孩子，但他对林姑娘说过，一般人最理想的女友应该是她——林姑娘这类型的女孩子，那是林姑娘问他有没有女朋友时说的。他笑着问林姑娘，如果她没有男朋友，而又和他年纪相当的话，会选择他吗？林姑娘听了他的话，先是感到意外地愣在那里，然后竟哭了，在电话里哭了。

林姑娘哭是感觉到了自己所从事的事业的伟大，这伟大让她的形象在一个孩子的心目中何等的升华。

现在像林姑娘这样想法的人是绝无仅有的了，这种哭只属于林姑娘，任何人这么哭潘文渊都会嗤之以鼻。

林姑娘毫不犹疑地说她会的，她还没擦干眼泪就说：“不管什么类型的女孩都会喜欢你的。”

潘文渊没想到随意说出口的一句话，林姑娘竟有如此大的反应，他不认为她在敷衍自己，只觉得她更像在肯定自己的作品。

其实潘文渊完全是开玩笑地问一下，也是好奇地问一下，甚至不只是为自己问，他是为和自己一样的人问的。要知道林姑娘有那么大反应，他绝不敢贸然问她这样的问题，之所以问，也是博士潘文渊以为自己和林姑娘已经到了什么都能谈的层面了。事实上，一方面林姑娘这种好家庭中顺顺当当地成长起来的好姑娘好像宗教感都非常强，说句话都像在修行。也可以说，从一个痞子的角度说，林姑娘单纯得没见过“世面”，没听过林林总总的江湖胡说；另一方面，在潘文渊心里的纠结还未放下之前，他感到自己没有能力去爱任何一个可以爱的姑娘。

这不免让潘文渊又想起斐雯，斐雯不同，虽然自小也饭来张口，衣来伸手，但她天生的太不安分，上至天文，下至地理，不分男女，不分尊卑，不分雅俗优劣，她都一视同仁，敢和你上九天下地狱，只有你怕的份，没有她怯的理。

潘文渊的结论是：这个世界上只有两种人敢于反传统，一种是自小吃太饱撑得不耐烦欠揍找岔的，一种是自小就饿着的做什么都没有回头路的。而他和斐雯正好是这两个极端，极端的两头有机会会相互吸引，互补不足，但不能相爱，相爱了就一团乱麻，每天纠缠不清了——但愿老天保佑她远离自己。

潘文渊一路这么不着边际地想着，这时，一线曙光出现，天就要亮了，圣母观音就在眼前，在海上站着，微笑着。

潘文渊停下车子，把定方向，回过头去看东方，天色瞬息万变，一转眼一片金色的光像金纱洒在了万物之上，洒在宋玉生公园湖水潋滟上的小桥，也洒在公园两边的巨大高楼上，当然也洒在了三轮车上，客座上的老顽童睡着了，头向后仰着，张大了没牙的嘴，还在笑着。

三轮车和老顽童都像镀了金，像某一座城市里街边的怀旧铜像，定了格似的。

潘文渊呆看了一会儿，突然之间觉得有些不妥，等他急着下车凑上前去，一伸手触到了老顽童的皮肤，冰凉，再探他的鼻息，确定老顽童已然仙逝。

愣住几秒钟后，潘文渊拿出手机，拨了求助电话。

然后他开始想那后续的可能情况。

想到即将到来的公事公办的警察，想到可能有的苍蝇一样追逐而来的该死的记者，想到自己刚踏上故土即遭遇这天上人间，他不禁苦笑。

但是更多的人在后面来了，那是小愚和儿童院的孩子们，还有更多更多的人在后面，好像这座城市的人都来了，认识不认识的人都来了——潘文渊让自己脑海中的影像越来越真实地秒杀自己的坏笑，他的面容在可怕地严峻起来，一个低沉的声音在他耳边响着:“老顽童死了，他真的死了！”

刚褪去的夜色来不及网罗走那使出压境梦魇的鬼魅，这声音直逼着他来，好像说：老顽童是他杀死的——他就是杀死老顽童的刽子手！

潘文渊突地有一种无力感，就像刚刚接上的地气又被抽掉了一般，他整个人借着双手趴在三轮车上，对着老顽童看了好久，好像在等着老顽童醒过来。

最后，他抬起头来，脸色暗淡，眼睛湿润，他看着面前无尽的大海，那海上站着的观世音菩萨，正在低头深深地看着他们，看着大地，他感觉观音菩萨在等着，等着老顽童上路。

这感觉让他的意识超越了三维空间，他相信这是真的。

这个他并不经常想起的老顽童，却原来在他的脑海里占有一个和亲人一样的位置，当然也在很多孩子的心里占着同样重要的位置，单凭这一点，潘文渊就有理由相信观音菩萨真的来接老顽童，那是老顽童这样的人应得的殊荣。

事后，他对林姑娘说：“当时的场景那么真实，真实到让我一直到救护车赶到时都屏心静气，不敢造次，我甚至想象到老顽童的三轮车会载着他飞上天去，我等着那一刻，以至我想对老顽童说的一番心里话一直没能说出来。”

他告诉林姑娘他那天在圣母观音面前想对老顽童说的心里话，后来他在儿童院为老顽童举行的追思会上说了：“老顽童啊老顽童，你怎么说死就死呢？你死了我怎么面对小愚呢？你知道小愚没父没母，她的亲人只有你！你走了她还有谁呢？你也不等我把话说给你听：我怎么能爱上小愚呢？我一直在看着小愚，生怕她找错了人，怕她受委屈，我都想好了，要怎样保护她，你说，我怎么能娶她呢？我是她哥，亲哥！

“老顽童啊老顽童，你不怪我把你拉来环城吧？你如果不带我环城就不会死。我真该死，该死的是我！可是你想，我大老远去美国学成一个博士，马不停蹄十多个钟头飞机赶回来，就为给你送这最后一程，谁有你的福气啊！你没死在家里，但你想，这个大堂有多大啊？圣母观音都来接你呢！这该是多大的功德啊？！

“观音菩萨怎么会不来接你呢？你这几十年为澳门街做了多少好事？儿童院的我们都是你的孩子，我们都是你的亲人，这是无法忘却的事实！你偏心，你偏爱小愚！但你真心爱我们中的每一个！你是我们最亲的亲人！就是再过三生九世，都化成灰了我们也记得你的！可是你死了！你因为我而死！你叫我怎么面对他们？！”

潘文渊那天在追思会上说完这些话时，台上台下坐着的众多基督教牧师和修女与在场的所有人一样，眼含热泪，给予他热烈的掌声。

上卷

黄昏时分，天还没黑，路灯先亮了，十一岁的潘文渊放学后去踢足球，现在心怀内疚地急着回家，要赶在阿嬷回家前把饭煮好。

阿嬷已经六十多快七十了，身体不好，在制衣厂剪线头，这一段时间又老加班。潘文渊总是在事后骂自己贪玩，但第二天有人约踢球时，还是忍不住去了，他每天都对自己说：只踢一场就回家，但结果还是赖到最后一场才肯罢休。

没办法，他在回家的路上一路小跑，当跑到自家的那条街上时，不再跑了。

这是一条不长的依坡而建的斜街，街上多数是那种已经破落的土木结构二层旧式楼房，形状不一，有些楼房前还有小小的庭院，三三两两新盖的楼房则全是六层的住宅楼。

一个十字街口将这条短短的街道分作两段，潘文渊家就在十字路口上，是这条街上最破烂的一座楼房。

他家住二楼，楼下开着一间颇有年份的茶餐厅，餐厅里的墙壁黑乎乎的，多年没粉刷过了，家具和餐具等厨房用品都和房子一样参差不齐的老旧，却擦洗得干净无比，生意也红火得很。隔壁则是一栋刚盖好不久的新楼，走过这新楼楼底的士多铺时，潘文渊被士多铺前站着的一个干瘦的老太太叫住。

正走得风风火火的潘文渊不情愿地停下来，他不知这个老太太想跟他说什么，他想也不会有什么好话，他知道这个老太太就住在街对面的那幢公务员宿舍里。公务员宿舍里住的多是土生葡人，但老太太明显不是土生葡人，看上去是完全的中国血统，只是她和那些土生葡人一样，和中国人说广东话，和土生说葡国话。

潘文渊想不出自己什么时候惹过这个老太太，老太太一直都不看好他，什么时候在街上见到他，不管潘文渊是跑着回家，或是在街上吃着什么东西，或是什么事也没发生地走在街上，老太太都能看出他的不对来，什么时候一见到他就两手一摊，嘴一瘪，肩一耸，头歪向一边，摆出一副不屑一顾又无可奈何的西洋景。

潘文渊挠破头也想不明白这是为什么，因为这老太太十分健谈，尤其喜欢小孩，对人十分热情，经常和人拉家常，这一点上，倒像足了中国老太太。其实，老太太的打扮，也是中国人的打扮，而且，和潘文渊的阿嬷一样，穿的都是路边摊档上卖的那种廉价衣服。

虽然不知道老太太会说出什么难听的话来，潘文渊还是停了下来。

就在这时，天一下子突然黑了下来，就着士多铺的灯光，他第一次这么近距离地看着老太太的脸。

老太太看上去不到八十岁的样子，她比潘文渊阿嬷高一些，眉头有些锁住的阴霾，背稍驼，垂陷的眼袋，浑黄的眼睛里窝着两汪浊水。

“你阿嬷还没回来吧？”老太太问。

不等潘文渊回答，她又说：“回来叫她来找我，我有事找她。”

潘文渊“嗯”了一声算是回答。

身边站着士多铺的事头婆，事头婆三十岁不到的样子，脸上挂着青春的气息，她笑着对老太太说：“先来找我好了，来了我带她去对面找你。”说完，她还是那么笑着对潘文渊说：“叫你阿嬷来找我，记得哦。”

潘文渊点点头，他想，事头婆笑得那么高兴，大概不会是什么不好的事，而且看起来，这事也和他无关，不是他无意中又闯下什么祸。

潘文渊喜欢事头婆，他知道事头婆叫明慧，那是有一次他去士多铺买东西时，碰见邮差送信，给事头婆的信上写着她的姓名：郑明慧。

士多铺才新开不久，事头一家是外省人，新移民，两夫妻带着一个不满周岁的女婴，照看这个简陋的、没有多少货品的士多铺。

明慧不是很爱说话的那种人，但上门买东西时喜欢和她说几句的人多，所以，潘文渊去士多铺时，总会听到各种各样的话，阿嬷也是喜欢和明慧说上话的人之一，潘文渊喜欢明慧的原因之一也在这里，因为愿意听阿嬷这样又老又穷又没文化的人唠叨的少之又少，像眼前这个会说葡国话的老太太，就从来没和阿嬷搭过话，不知她找阿嬷做什么呢？

答应了事头婆和老太太后，潘文渊就匆匆回家。

他三步并作两步地跳上自家大门内的楼梯，他长得高，腿长又动作灵敏，几个跨步就到了楼上。年久失修的、差不多就要分崩离析了的楼板让他的脚板重重踩上去时一拐一斜的，如果阿嬷见了，又要骂了：“真正救不到的衰仔！把楼板踩烂了看你上哪儿住去？！”

潘文渊嘴硬：“不是让我们搬吗？”

“搬去哪儿啊！楼梯踩烂了你跳楼啊？”

潘文渊呵呵地笑了，想那跳楼的场景着实好笑，阿嬷气得要追着他打。

阿嬷以前不这么容易上火的，总是说：“急有鬼用，老天爷也不会你急了就帮你，急出病来还使钱呢！”

但阿嬷这几天真急了，半夜也坐起身念叨：“过几天就要撵人了，上哪儿去找房子呢？”

房子多的是，主要是没钱。

阿嬷在制衣厂剪线头的那一点钱，如果再交房租就所剩无几了，外面的房租贵，不像现在住的老房子，是潘文渊阿爷年轻时租下的契约，租金便宜到烂。

放下书包，潘文渊去厨房，拿了锅子，从米桶里胡乱抓了两把米放锅里，再拿到水龙头下去冲一冲，淘了淘，就开始煮饭。

整个楼层一个人也没有，本来隔开的几个板间房，像沙丁鱼罐一样挤着四户人家，现在，另外的三家都搬走了，只剩他和阿嬷。

潘文渊拿出功课来开始做作业，等他三下五除二地把功课做好，就不知道要干什么了，也没电视可看，本来让他们共享的鱼骨天线被邻居搬家时拆走了。

空荡荡什么也没有的旧楼是阴森可怕的，好像百年累积的影子们都想动一动，吓一吓孤家寡人。听刚才那个老太太说过，这里一带的房子都是建在旧时的坟场上的，隔壁的士多铺那里以前是一片乱葬岗，旧时穷家孩儿死了，弄张烂席裹了就丢在那里，埋都不埋，野狗走来走去，很吓人的。

以前邻居的孩子，做功课要做到很晚的，做到不懂时，也没人会教，大人骂，小孩哭，多热闹，从来也不像现在这样，静得活见鬼！

潘文渊回家也没人教，更不用说请家教，但老师讲过的他就都明白了。阿嬷对潘文渊说：“我们家还没穷到见底，还有你，阿嬷的面子都让你父你母给丢光了，你是我脸上最后的光，不要让阿嬷什么也没有就去阴曹地府见你阿爷啊！”

文渊这名字是阿爷东家的账房先生起的，阿爷在东家那里打了一辈子的工，自十多岁从乡下来到澳门就在那里打工，账房先生也和他一样，两人在同一个东家那里，从后生一起做到老朽。账房先生对阿爷说，让你乖孙叫文渊吧，穷不过三代，你一辈子老实吃苦，让这孩子改一改你们家的家风。

“文渊”两个字有很多层意思，潘文渊长大后才弄明白透彻了，但读书改变命运的意思他是一早明白的。

想到这些，潘文渊就想起他也让阿嬷丢过一次脸，那次他被学校劝退。

那是潘文渊读一年级的时候，因为他的成绩很好，所以被选出来参加了夏令营。

在一次晚会时，潘文渊发现了一个老师在树林里小解。潘文渊不喜欢那个老师，因为这个老师在进夏令营前，曾指责潘文渊偷拿过学校的东西，幸好后来事实证明潘文渊是清白的。现在潘文渊逮着了一个绝好机会，他编了一首歌，用的是当时红极一时的广告歌的曲子。

这首歌被同学唱开了，也被人告到校长那里，潘文渊将老师的事对校长如实地说了，那位老师从此消失无踪，而潘文渊也被劝退转了学校。

学校不能容忍这样的学生，才一年级就敢这么对付老师，如果不让他转校，个个学生动不动编歌唱老师，那还得了。

很久的后来潘文渊曾经给林姑娘唱了那首歌，因为林姑娘问，你那首歌唱的什么啊？潘文渊就唱了：

纪老师随地小便，
就在夏令营的树林里，
没有月亮的夜晚黑蒙蒙，
纪老师跑得快，

留下了一江水，

散会时同学们过河要小心！

林姑娘听了笑得不行，笑得眼泪都流出来了，然后她哭了。

这样东想西想，潘文渊猛地想到阿嬷这么晚还没回来，不会出什么事吧？阿嬷常说要把他送到儿童院去，因为她年纪大了，哪天突然去了，丢下他怕他流落街头没人管，特别这些天阿嬷除了忙打听搬家租屋的事，还忙着要找儿童院的人，看能不能帮他预订位子。

阿嬷昨天才告诉他，儿童院的人帮她登记了，说有需要的时候有关部门会通知儿童院，儿童院的人就会来接潘文渊的。

听阿嬷这样说，潘文渊并不以为然，对他来说，儿童院是不会降临在他的生活中的，他说阿嬷不会死的，阿嬷说死已经说了十几年了都没死，怎么会死呢？

可是想着想着，潘文渊突然感到不安，他站起身来，急急地走下楼梯去，有一块楼梯板被他踩了出来，他弯下身去小心地将它放回去，还用手摁了摁，看是不是结实可靠，他怕阿嬷不小心踩空了。

等他下得楼去，才转个身，就看见阿嬷正从街对面向这边走来。

见阿嬷迈着疲惫的脚步，潘文渊忙跑上前去，帮阿嬷接过手中的包，那里面装着阿嬷带午饭的饭盒，手一晃，饭盒里的汤匙荡出响声来，潘文渊条件反射地感觉到肚子里也空荡荡的。

“阿嬷，你去对面找那个阿婆了吗？事头婆告诉你的吧？”

“知道还问？！”阿嬷口气不好，但心情好，脸上笑着，看起来精神多了。

“那个阿婆找你什么事啊？你这么高兴？”

阿嬷等上了楼坐下吃饭时才告诉潘文渊，老太太带她见了公务员宿舍底楼临街的一个邻居。

那户人家潘文渊知道，他们的窗户正对着大街，他们家个个都是土生葡人的模样，只有他们的老母亲，是一个华人。

大概是一个不识字的乡下女孩子早年嫁给了一个葡国人，那个老婆婆，有八十多岁了，慈眉善目，很少上街，潘文渊这么久以来只看见她一两次上过铺头买东西，每次就只买一件萨琪玛，看见人也不说话，只是笑，好像从来都不出门，一天大部分时间都站在窗口前看着大街。

“他们那栋楼也要拆的，不过没那么快，还可以住个三五年的，有钱买楼的都买了搬走了，他们家就要搬了，但婆婆不跟着搬走，还住这里，留她一个人住又不放心，想让我们搬过去，和老婆婆做个伴。”阿嬷这么说时，看潘文渊一眼，加了一句:“有条件的。”

阿嬷接着说:“他们说不收租，但全部卫生都要我们搞，那房子真大，给以前他们工人住的一个小房间让我们住，说好了，我们有事没事都不能进他们厅啦房的，人家说了，尤其是你！就怕你，人家是被你那不生性的父母怕了。都不能进！听见没有?！”

“知道了。”潘文渊什么也没说，他早惯了人们的说辞和判断，说不上什么歧视什么平等，就是从前的邻居，个个也当他另类，好像他是个祸害，随时都会出事，谁家丢了什么冬瓜豆腐的，先都看他一眼。

那个星期还没等到星期天就搬过去住了，因为打风，学校停课，阿嬷也不用上班，潘文渊说阿嬷你老了又病着，我一个人搬得了。

也没多少东西，房东有家具给他们用，所以旧屋里自己的那些烂家具就不用搬了。

搬得差不多时，风停了，雨开始下，潘文渊也累了，就坐在老屋的那条长长的木楼梯上歇一歇，整个楼道黑咕隆咚的，透过二楼天窗泻下的那一缕飞扬着细密尘埃的混浊昏暗的光线，可以看见楼梯边的墙上——以阿嬷一次次不高明的粉刷无法完全掩盖的“欠债还命”的字迹，结结巴巴的字眼让他想起挂在墙上的玻璃相框——阿嬷刚才提醒他，记得将那些相框拿下来，小心不要打烂了。

潘文渊站起身来，将墙边的小桌子移到相框下边，手按在桌子上，轻轻一跃，跳上了桌面。

墙上并排挂着三个大小不一的相框，其中一个里面全是一对年轻夫妇的大大小小的相片，潘文渊像从来没看过一样地看了看，他确实没这么近这么仔细地看过这些相片，此时他也只是稍微多看了一眼，就将相框放在桌子上，准备一会儿回头再拿走。

等他又一次回到这里，将三个相框叠在一起抱在手上时，他想起要不要将相片的镜面反扣向下，然后他想到这个想法的可笑，也不知自己为何有此想法？

当他最后一次走下楼梯时，不禁回头望了一下，好像在看还有什么东西没有拿走，他脑子里的最后一个念头是，相片中的那对年轻夫妻——他的父母，如果有一天回到这里，会找不到他和阿嬷的，这条街上的房子一栋栋地拆了，这里已经越来越少有人认识他们，士多铺的明慧就没见过他们，因此将来几乎没有人能告诉他们——他和阿嬷去了哪里，那时候，也许长高了的他和父母擦肩而过，但互相都认不出来，虽然只是住在街对面。这是可能的，因为他从来都没有看清楚过父母的真实模样，尤其不知道这么多年后他们如今的模样，自出生以来，他只见过他的父母可数的几面，其中多数都是在他年幼不谙人事的时候。

再细想，他想那只是他的一厢情愿，他的父母或者以后根本再不会回来找他和阿嬷。

潘文渊的母亲在三年前回来过一次。

那天晚上，他已经睡下，半夜里被阿嬷和一个女人的争执声吵醒。

醒来的那一刻，他听见阿嬷在哭，说："你是他阿妈，你就不管啦？"

他的心咯噔了一下，不敢抬头看，只听他母亲说："他够是你孙子啦！管？你怎么不叫你儿子管？！"

阿嬷抽抽噎噎地走出房门，他母亲开始打开手袋，他瞥见她的脸不向着自己这一头，就大着胆子看她做什么，第一次这么仔细地看他的母亲，之前她每次回来，给他的印象都太模糊，现在，已长到这么大的他有心要看个究竟。

只见她身上堆砌着——像阿嬷收工回来时，顺便从路过的垃圾箱里捡来的各种东西，希望能卖一点钱的东西——混合着不同价位、不同风格品位的东西，就像这个女人的生活一样混乱不清。

这时她拿出一个化妆盒，对着盒子上的镜子，往脸上扑了扑粉，然后关上化妆盒，再拿出钱包来，一打开看得见里面插着一大沓纸币，潘文渊一时看傻了，就这同时，他的母亲猛地回头，好像她早已知道他是醒着的，她盯着他的眼睛，狠狠地说："你用不着这般狼胎地看着我！这些钱我都养活不了我自己！告诉你，我自小就是自己养自己！到头来还不是这样！要怪就怪自己命不好！"说完她抽起身条就走了。

潘文渊在慌乱中没顾上看清她的容貌，印象中她说着那些话时眼睛就像狼一样闪着凶巴巴的绿光。

第二天清晨，潘文渊吃着阿嬷炒的素面，阿嬷说，本来准备几天吃的蛋和肉菜都让你妈半夜来给吃光了，一个巴仙都没留下，真是前世欠她的。

阿嬷还说，儿子一个人赌就已经够衰了，连儿媳都赌，真是祖宗俩眼都不睁。

潘文渊抱着相框走出老屋，将楼梯底的门锁上，望过街对面，看见新房东的老祖母站在底楼的窗口前看着他，已经看了他大半天了。

潘文渊将视线移开，他看看天，雨下得很大，他准备等雨稍微小点才跑过马路去。

老妇人仍目不转睛地追随着潘文渊，直到潘文渊走过马路，走进宿舍楼。

在路过客厅时，潘文渊特地看了她一眼，老妇人已转过身来，看见他在看她，她又带了那一贯的笑意，没有说话。

客厅里宽敞明亮，摆设整齐，老式的中式和欧式家具交叉摆放着，都闪着那个年代的家具特有的蜡光，看上去倒很自然合适；墙上挂着的照片里的人像，姿态、神气和衣着，全是葡萄牙人的派头，一切都是潘文渊没见识过的，但和眼前的老妇人格格不入。

她虽然嫁的是葡国人，生了一群土生儿女，如今都衣着光鲜地在政府里做事，她无忧无愁，但潘文渊隐约觉得她在某一方面比不上阿嬷，阿嬷穷，阿嬷苦，但阿嬷这一辈子都是自主的，不用仰人鼻息。

潘文渊走进他和阿嬷的小房间前，又回头看了老妇人一眼，她好像要说什么，但还是没说，潘文渊直觉她永远也不会说什么，他感觉老太太和自己一样都不是这里的主人。这里的一切，尤其是客厅门内的一侧摆放着的那座有一人多高的有着一个大钟摆的大闹钟“嗒，嗒”响着，也在告诉他，这是别人的家。这种感觉让他注意到自己的脚踩在光亮洁净的柚木地板上这样的细节，就像刚从雨中走出来，浑身湿透地走进学校的校长室时那样，会被某个老师喝住的，下意识地，他看了看自己的脚，他发现自己湿湿的脚印在光洁的地板上留下了水渍。

潘文渊走进房间放下手中的镜框后，即刻拿了抹布去擦客厅地板上的水，老妇人仍不出声地看着，潘文渊在她的眼神里感受到她的心灵对周遭一切的安全，这使他安下心来的同时听见了窗外有人说话，此刻的他——已经不再理会阿嬷说的不要逗留在客厅里的叮嘱，他走到客厅的窗户跟前往外看。

瓢泼大雨只下了一阵就停了，窗外院子里的积水却越来越多——因为外面世界所有沟渠里的水都满了出来，再从大街的高处那头，不断地沿街面倾泻下来。

窗外站着两个女的，一个是五十多岁的土生妇人，一个是二十多岁的中国女子。

那土生妇人身材丰满而身形美好，最吸引人的是她的脸，像画出来一样的妩媚，虽然年岁已大，但五官依然生动，眉毛如会说话，一扬一落之间，双眸顾盼生辉之下保持着故有的自然端庄。

潘文渊的头探出窗户时，正听见土生妇人对那年轻的中国女子说道：“阿华，这么扫没用的，沟渠塞住了，水走不了，要找一把铲子来才行。”

没等那叫阿华的女子说什么，潘文渊已经在被自己刚搬进去的东西堆得一塌糊涂的屋里，找出一把坏了的已不能用的旧铲子，紧接着跑出门来。

他走到两个女子的跟前，手脚麻利地通了沟渠，积水很快就流走了。

水一通，他就又回屋去了，只听得那土生妇人在身后和阿华说："这孩子谁家的？怎么没见过？"

"隔壁阿婆家新搬来的，和他阿嬷。"

"哦，就是住对面的那两婆孙？已经搬来了？噢，这孩子真不错，现在这么勤快会做事的孩子真少见。"

潘文渊没期望人家夸他，反正过不了多久，大家会说，这个孩子他父母那个样，他也好不到哪里去。

阿嬷在厨房将饭烧好了，让潘文渊连锅端到房间里去，因为他们不做饭的时候是不能占用厨房的。

潘文渊走过过道时，看见对面的门打开了，他别过脸，目不斜视地往房间走去。

阿嬷一早在还没搬家前就警告他："家对面住着楼梯一样的六个美女，有两个和你年纪差不多，你看也不要看，你要看就看阿嬷这张老脸，看这张脸你就知道你应该干什么！"时至今日，潘文渊每每回想起来时，觉得阿嬷最后这句话比什么金句都还要金光灿烂。

打开门的不是年少美女，是刚才在屋外扫积水的土生妇人，她手里端着两个盘子，径直往潘文渊家这边走过来。

阿嬷冷不防看见有邻居走进来，忙笑着迎了前去。

妇人落落大方地说："阿婆，你们搬来啦？我住对面，过来和您打个招呼。刚好今天打风不用上班，我叫她们做了点心，送一点请你们试试。"妇人说着话时，也给闻声从客厅那边走过来的房东老婆婆送去一盘。

潘文渊将锅放下转过身来，正和妇人打个照面，妇人看着他笑对阿嬷说："你个孙很乖，刚才还帮手通渠。"她的声音沙沙的，里面透着亮，可以想见年轻时是银铃般的声音，年纪大了带了沧桑味的沙，很好听。

阿嬷听妇人夸潘文渊，笑得见牙不见眼，说："难得你还夸他，他经不住夸的，以后他要是有什么冒犯的，你只管骂他，不过，他喜欢帮手做事是真，以后你有什么需要他做的，只管叫他做。"

土生妇人刚想说什么，"莉蒂娅！"门外有个苍老的老太太的声音叫着，潘文渊知道，这是那天带阿嬷来见房东的老太太，不知道她和妇人是什么关系。

妇人应着，和阿嬷道别，就走了。

阿嬷见妇人走了出去，才低头去看盘子里的点心，精美的、潘文渊和阿嬷从来都没有见过的不知名的点心在大大的长方形不锈钢盘子里整整齐齐地排着队，阿嬷用自家的碗装了那点心，把盘子洗了，说等对门有人出来，她再把盘子还给人家。

潘文渊知道，阿嬷这么做是尽量不去打扰别人，以前的邻居大家一样那么穷，还都烦他们，现在，和这些光鲜富贵的土生葡人为邻，不去和人称兄道弟才对。

阿嬷一边擦着盘子，一边自己唠叨着："这个土生女人真是好看，比她那些女儿还要漂亮，不光好看，心地也好，不嫌我们穷。"

潘文渊不懂什么漂亮不漂亮的，但他对妇人也有好感，特别是她举手投足间的葡国佬派头。

有些土生做派时，让人觉得是做派，但这个土生妇人莉蒂娅做派，是她天生高贵，人家扫街时也是这么个派头，像个西方明星那样有型有款地叼着烟，鼻子是鼻子眼是眼，问题是明星会亲自扫街吗？

阿嬷逮着对门的工人阿华开门倒垃圾的时候，将盘子还了回去。

阿华告诉阿嬷，她是偷渡的无证工人，见不得光的，不能上街，整天都踮在屋里。

阿华还告诉阿嬷，莉蒂娅本是山顶医院的看护，已经退休，现在在一家幼儿园里兼职做护士。

阿嬷问阿华是哪里人，她说是广州人。

结婚了吗？阿华笑说还没有。

阿嬷说广州是大城市，生活应该不错，为什么要来这里呢？

阿华说，不知道为什么就喜欢出来，偷渡了好多次才成功，虽然在这里做黑市人，帮佣打工也不后悔。说完她笑，大大的嘴巴，很开朗的性格。

阿嬷也笑，因为礼貌的缘故，也因为本来就爱说话，阿嬷告诉阿华，她也是内地来的。

阿华说："你们那年代来的人更多了，你多大年纪来的？"

阿嬷说："十三岁就来了！"

阿华叹道："啊——摆在眼下，家里有多穷，十三岁的孩子也用不着离乡别井的。"

阿嬷说："父母很小就去世，哥哥大我和姐姐十来岁，心疼我和姐姐，将我们寄养在亲戚那里，自己下南洋讨生活，说赚够娶媳妇的钱就回来，十岁那年，哥哥来信说过几个月就要回来了。

"有一天，有个远房亲戚告诉我们姐俩，说哥哥已经回来了，捎信要我们跟这个亲戚去一个地方见他。我们姐妹两个兴高采烈地跟着他走了。坐车，途中换车，舟车劳顿几天几夜才到了一个冰天雪地的北方的乡下。到那里知道被骗了，但也没办法，在那里给人做苦工，也不知做了多久，还长了一身的疥疮。

"哥哥几个月后回到家乡，发现我们没了踪影，差点急疯，几经周折，终于找到那个亲戚，那人供出出卖两姐妹的前前后后，哥哥就只身北上找我们。"

阿嬷说也不知她的哥哥是怎么找到她们的，总之，哥哥为找到她们，把南洋带回来准备娶媳妇的钱都用光了。

回到家乡，家里依然一贫如洗，哥哥去了香港打工，她和姐姐来了澳门。

在澳门，一直给人挑水，最后嫁给了同样给人挑水的爷爷。

接着阿华问阿嬷家事，阿嬷说完儿子说女儿。

潘文渊的姑姑嫁去了香港，"嫁的是穷人，"阿嬷告诉阿华，"穷人嫁穷人，日子才好过。"

阿华听得一愣一愣的，赞阿嬷说的有道理。阿嬷说的这些话，潘文渊不知听过多少遍了，心想香港的姑姑和姑丈一天到晚柴米油盐地吵个不停，好几年都不过来澳门看一眼阿嬷，什么时候好过了呢？

阿嬷问莉蒂娅家里那个中国人模样的老太太是她家的什么人，阿华说的让阿嬷觉得阿华自己也不太清楚，因为她一会儿说是莉蒂娅的亲戚，一会儿说是她家里的工人。

阿华说老太太每天负责买菜，还教她做葡式饭菜和点心。

老太太和莉蒂娅一家是对面士多铺的大主顾，因为她们都喜欢喝饮料，老太太一天到晚没事做，几乎把士多铺当第二个家，成天在那里和事头婆说话。

那明慧并不主动和人说话，即使是上门的客人也是这样，她喜欢看书多过和人说话，她的店铺里放着一张婴儿床，那里睡着她的才几个月的女儿，没事时，她就坐在婴儿床边看书。

但每次潘文渊去买东西，明慧总是要和他说上几句的。

这一天明慧看见潘文渊就问："文仔，这么快搬到对面去了？你阿嬷呢？”

“阿嬷开工呢。”

“文仔乖着呢，他阿嬷说家里煮饭抹地都是他呢！”明慧对在她店里喝着饮料的莉蒂娅家的老太太说。

已经离开士多铺的潘文渊听见那老太太在他后面说：“乖的话他阿嬷就安乐啦！”

潘文渊猜不透这个老太太的心思，她要是看不起他和阿嬷，为什么还那么积极地为他们搬家操心呢？阿嬷听明慧说，这搬家的事从头到尾都是这个老太太牵的线，可到现在，阿嬷都还没能和她说上一句套近乎的或者是答谢的话，她仍是那样不拿正眼看他们。

明慧却是真喜欢潘文渊的，潘文渊知道这一点，所以上店里去买东西的时候就逗一逗那个站在婴儿床上自己玩的女孩，虽然他并不真的喜欢逗这么小的孩子，这种事通常是女孩子干的，他只是想回报一下明慧的好意，这种好意他平时不易得的，而且明慧的丈夫也很和善开朗，他也是让潘文渊在店里待下来玩一会儿的主要原因。

在明慧那里逗留多了，他一来二去地听到了不少这个老太太的事，老太太喜欢说话，说来说去，没话找话，来来去去的也就是那些事。

老太太告诉明慧，大家叫她阿喳，其实她大名叫玛嘉丽烈，昵称应该叫玛吉，孩子们叫不过来，叫成了阿喳。她本是中国人，中国血统，是她的养父母从广州的育婴堂将她领养的，那个年代，弃婴、孤儿太多了，如果没人领养，多数都活不了的。

因为养父是葡国人，养母是土生葡人，所以她读的是葡文学校，看不懂中文。

阿喳的养父母很有钱，在岗顶有一幢很大的花园洋房，因为没有生育，才领养了阿喳。

“我们住岗顶的家时，我父母和我三个人，有七个工人——司机、厨师、花王、三个佣人，还有一个看门的印度阿差！你想想，七个人服侍我们一家三口！那时候，家里经常人来人往，我爸爸的生意做得很大，政府里头的人面多，很多人大事小事的都来求我爸爸，所以我年纪小小就有很多人要让他们的儿子跟我上契，还不是为了我父亲给他带路。”阿喳不厌其烦三天两头、一次又一次重复她的这些话，眼睛闪烁着昔日荣华的余晖。

阿喳说那时候家里经常开大小宴会招待客人，家里的厨子什么高级大菜都会做，她从小就喜欢跟着厨子做菜，学得一手好厨艺，很多人都喜欢她做的点心和菜。

当阿喳说着这些时，第一次听到的人都免不了要多看她几眼，因为她是一个又干又瘦的中国老太太，穿着和乡下人差不多，能和她说的岗顶的花园洋房有一丁点联系的，只是她和街上偶尔路过的土生葡人打招呼时用的手势和说的葡萄牙语。

差不多每和一个土生葡人打过招呼，阿喳就会告诉明慧，这个人过去是她的契仔，那时她们家风光，现在大家早就不来往了。说到这里，阿喳就耸一耸肩膀，摊开双手，表示无奈——时也命也。

阿喳说，花园洋房的美妙生活一直到了她十八岁时，那年，她的养父因生意失败，转而企图借炒股票来填补生意上的漏洞，不想股票亦惨败，养父将花园洋房抵押给教会，由教会出面摆平了生意上的纠葛。

养父留下本属于养母名下的一点财产，然后自己一枪了结。

时逢高中毕业的阿喳，即刻辍学照顾财尽人亡双重打击下病倒在床上的养母。

由贫入富易，由富入贫难。本来省吃俭用亦能勉强度过余生的一点钱财，被养母一蹶不振的病加上不谙理财，三下两下就花得七七八八了。后来的岁月，全靠阿喳做一些手工活帮补家计过活，到了阿喳年近五十时，养母去世。

阿喳说，本来高中毕业的她当时可以去山顶医院当看护，但因为要照顾养母，所以错过了。

当然，错过的，还有阿喳的婚姻。傻瓜都明白，她只是一个名誉上的女儿，实质上，她由内到外，就是一个有养老功能的佣人。

养母在最后时刻想起阿喳的未来，当时阿喳年纪已大，没钱没婚姻没儿没女，万般无奈下，养母叫来了自己的远房表妹莉蒂娅。

阿喳说，她养母的娘家家族以出产美女在澳门土生葡人中著称，养母家族的女孩子都是美女，又是土生葡人美女，嫁的都非富则贵，只有莉蒂娅例外，莉蒂娅嫁了一个大兵，一个葡国大兵。

莉蒂娅十九岁时被来自葡国乡下的高大英俊的大兵迭戈吸引而相恋，然后勇敢地不顾一切地和他结婚生子。

因为迭戈穷，至少比起那些莉蒂娅本来五指摸黑就可以随便挑一个的达官贵人，是穷多了，所以莉蒂娅要出去工作，在山顶医院当看护。

阿喳的养母把莉蒂娅找来，将阿喳托付给她，其实就是让莉蒂娅收留阿喳，让阿喳当她家的保姆，做佣人，有一口饭吃，有地方住。

莉蒂娅穷，或者因为穷而有同情心，她一口答应了穷途末路的表姐。这对莉蒂娅来说其实也不容易，因为她豪爽地胸口一拍，差不多就承包了阿喳的下半生。

阿喳的养母找上莉蒂娅有她的道理，因为莉蒂娅正在让生活弄得焦头烂额，人越穷就越喜欢生孩子，她一生中生了十一个孩子，活下来的只有六个——六个女儿。

阿喳到来的当下，莉蒂娅肚子里正怀着第五个女儿，而第四个女儿因为感染痢疾，正奄奄一息。

阿喳跟着莉蒂娅回家时，正来家为第四个女儿诊病的医生对刚踏进家门的莉蒂娅说，不行了，这孩子不行了。莉蒂娅顿时感到天旋地转，阿喳忙扶住她。

阿喳抱过孩子，就触摸到孩子滚烫的皮肤，立即冲了葡萄糖水，不断地给孩子喝。

一个星期后，孩子好了。阿喳说，她因为照顾多病的养母，认识一个从国外回来的医生，那医生告诉她，很多人不是因痢疾病死的，是因为得了痢疾后水分流失且没有及时地补充水分高烧并发炎症而死的，这是那个时代医学进程中谬误的悲剧。

阿喳救了莉蒂娅的四姑娘一命，善良聪慧的莉蒂娅随即让阿喳收了四姑娘做契女，这不但奠定了阿喳在莉蒂娅家中的地位，自然也让阿喳对这个家更加的忠心和投入。

四姑娘的命为阿喳所救，但和阿喳建立起真正亲密关系的是五姑娘波拉，波拉和莉蒂娅长得最像，从她身上可以瞥见莉蒂娅年轻时的美态，同时波拉也和莉蒂娅一样善良，这可以从她对阿喳的态度中看出来。

波拉和六姑娘波丽娜就是和潘文渊年龄相仿的那两个美少女。

波拉和波丽娜长到这个年龄，正是少女亭亭玉立的时节，通达人情的莉蒂娅说，孩子长大了，阿喳应该退休了。她在以前每月都给阿喳零用钱，现在退休的阿喳，每月有三千元零花钱，这在当时可是一笔很大的钱财，因为潘文渊阿嬷每天上班，加上加班，一个月都赚不到三千元，而且阿喳这三千元不是用来度日的，是用来零花的。

潘文渊相信阿喳的故事是真的，尽管阿华对阿嬷说，阿喳说的也不知哪句真哪句像编的。他现在有了对阿喳更多的了解后生出的同情，也明白了为什么老太太对自己和阿嬷会有那样的态度，他可以直觉出阿喳一生的起落和人生的尴尬地位带给她的那内心纠结的傲气与背后的自卑，这让他对老太太既说不上喜欢，也说不上不喜欢。

潘文渊每天上学或放学时进出家门，难得不和波拉两姐妹在家门口碰面，正值青涩年华，就算阿嬷没下禁令，潘文渊自然也是当对方透明，对方亦如是。

和两姐妹经常在一起的还有一帮土生孩子，其中一个绰号叫烧鸡的女孩，是个中英混血儿，满脸的雀斑，不但头发剪得像男孩一样短，性格也和男孩子一样，看着潘文渊授受不亲的模样，那烧鸡吹起了口哨，潘文渊下意识地看了她一眼，她大笑："谁叫你看了？！哈哈哈！"

潘文渊胆子大，但不野，没见过这么寸的女孩子，脸就红了。

一堆女孩看在眼里都嘻嘻哈哈地笑起来，把潘文渊弄得三步作两步地赶回家。

士多铺事头经常给莉蒂娅家送货，顺带也给阿嬷送一点阿嬷常买的日用品。

阿嬷说："我都没买你就送来了，你怎么知道我买不买？"

事头说："我知道你就要买的，你先用，迟些再付钱。"

阿嬷说这个事头知道疼人。

中秋节，有人给阿嬷两块月饼，阿嬷就让潘文渊给明慧送一块去，阿嬷说别看明慧她们做生意，小生意难做且赚不了钱，再说她们是新移民，新移民和我们一样穷，不穷谁移民呢？

明慧不白吃月饼，有热心的邻居送她一大盒热腾腾的意大利薄饼，她给了潘文渊半盒，潘文渊吃两块，留两块给还没收工的阿嬷吃。

阿嬷第二天说给明慧听，明慧说：“文仔以后会有出息的，这么小就知道孝敬您。”

因为明慧的半盒饼和这句话，潘文渊每天都会在窗口前多看士多铺一眼。

这一年的深秋，明慧的肚子明显地大了，事头经常出外送货不在家里，明慧一个人看着铺头和孩子。

一天，潘文渊正坐在临街的窗口前做作业，听得街上有一阵特别的响动，他好奇地跑出门去看，一出大门就看见一群骨瘦如柴的男女正三三两两地走在大街上。这些人最近经常看见，人说他们是白粉佬，已经病入膏肓的样子，聚在一起互相扶持着，他们时常也到明慧的士多铺买水喝，多少钱是照付的，并不赖账。但今天，突然一个个凶了起来，见到小贩就要人家拿钱出来，拒绝的就将人家做买卖的家私四处扔，街上的行人避着他们走。

就在这时，潘文渊看见其中一个人走向明慧的士多铺，他赶忙跑过去。

只见明慧挺着大肚子，手上抱着小女儿，正艰难地选择着词汇，明显地她不想冒犯跟前这个人：“我们这种小店，收入不好，还要养孩子。”

“我知道，你们难，但我们也没办法，没办法才走这一步。”潘文渊像平时要买东西那样走进店里，只见那人虽已骨瘦如柴，但高大的骨架、一双深陷但还是很有精神的大眼睛及看人时的专注眼神，令人想到他也许曾经是一个很漂亮、很健壮，甚至很有风度的男人，现在，那双眼睛里只剩下一种让人不忍正视的无奈。

明慧说着："你不是第一个来的，刚才来过几个了，我真怕我老公回来和我发火，我们不容易。"

男子无言以对，停了一会儿，好像最终下了决心，说："事头婆，我下次不会再来的，我会叫我的同伴不再来，就这一次，你相信我吧，就这一次！"饥饿与羞耻的交织，终不动摇男子最后的坚持，而现在他似乎也不是非要那钱，更像是要为自己坚持一点什么——要在这坚持中得到这个事头婆的一点善意和理解及一个人最后的尊严。

明慧明白，因为她特别用了一张纸包了钱，然后用双手态度尊重地递给了对方。

事后，阿嬷问明慧，那些白粉佬有没有再来啊？明慧说，他们真的没有再来，这条街他们后来又来了几次，也还和公园门口的那些小贩捣乱，就是没上士多铺来，明慧说，白粉佬也讲信义的。

再后来，白粉佬们都不再出现了，阿喳说，被政府收管了，政府成立了一个机构，专门收容他们。

潘文渊每天在阿嬷还没收工回家前也不回家，就在外面和人野玩，黄昏回家时经过家后院那边，常见到有一个瘦弱的土生年轻人整天表情木然地坐在家门口，一坐就是大半天，一段时间后，大概在自家门口坐久了闷得慌，就坐到明慧她们店口去看行人。

听阿喳对明慧说，这个年轻人也是吸白粉的，进了戒毒所刚刚出来，他们家早搬走了，房子空着，他这样出来，没人理，正好住回老屋。

潘文渊有次回家路过后院时，看见烧鸡从那个年轻人的屋子里走出来，他有些诧异。后来他想起烧鸡可能卖白粉，他好多次看见烧鸡和那帮土生孩子躲在角落里抽烟。现在往细里想，他们抽烟时的那种样子，怕不仅仅是抽烟那么简单，同时他想，波拉她们不会也跟她一样吧？

士多铺事头又过来送货给莉蒂娅，阿华收货，事头说上次的货款算错了，因为价格说错了。莉蒂娅补足了钱，大家并无二话。

第二天，事头追着烧鸡要她欠下的赊账，追到宿舍楼大门口，和被追的烧鸡一起跑回家去的还有波拉两姐妹。

当天黄昏，一身亮丽打扮的莉蒂娅走过街去，在士多铺店口，当着明慧的面，打开她精美雅致的手包，一改往日的和善，面无笑容地问事头："我两个女儿总共欠你多少钱？"

事头忙说："波拉她们没欠钱，是烧鸡欠的。"

莉蒂娅扬着头一脸骄色，说："一样，欠多少？"

莉蒂娅为烧鸡还了赊账，接着说："以后我两个女儿来买东西，一律都不要让她们赊账！"说完一笑不笑地走了。

除了阿喳，莉蒂娅一家都不再上士多铺买东西。

可没过多长时间，波拉和波丽娜又上门买饮料了。

明慧见波丽娜过来，高兴地和她说话："你们很久都不来买东西了？"

波丽娜稚气未消的脸上满是自傲地说："我们土生的性格就这样！"

明慧的脸愣住："怎么样？"

波丽娜答了，但答了什么明慧也听不明白，不是她小孩说话不清楚，就是大家不在一个文化背景，反正说的是：不在钱，在人的格调！

波丽娜一走，明慧将手中的东西往柜台上一丢，骂了事头一句：“就你会做生意！小孩子赊什么账？”

事头又出去送货，明慧生气地坐在店里，百无聊赖地又看她的书。猛地听见对面一声尖锐的哨声，循声抬头见潘文渊在对街的窗口边看着这边，哨子显然是他吹的，顺着他的眼神，明慧听见自家铺头外一阵脚步声，跑出门看见跑得远远的是烧鸡，她正对着潘文渊边跑边用手做着一个八字向下的动作，接着明慧发现自家摆在店口的香烟柜被打开了半个门。

潘文渊第二天清早去上学的路上，被一群恶狠狠的孩子挡住了去路，这群孩子有土生也有不是土生，其中有烧鸡，就她一个女孩。

在有孩子冲上前来的一霎间，潘文渊像斗鸡那样全身抖擞了起来，只这么一下子，就把人吓跑了。

潘文渊其实没打过架，他平时也没结交过什么野孩子，而对方也都是一些家庭经济条件不错的孩子，饭来张口，衣来伸手一类的，摆的功架都是电影里学来的表面功夫，碰上稍硬一点的就作鸟兽散。

但烧鸡不是一般的坏，过两天，她带了不同的一群出现在校园里，赶上放学后，学校里已经没什么人了，但还是有人远远看着，然后有人去叫老师，学校的人赶来时，潘文渊打得袖子都甩了，身上瘀青，嘴角流血，第二天被请去见校长。

校长把阿嬷一同请去，说本学校从来都没出过这等事，竟然在校园内打群架，潘文渊人生第二次被学校劝退。

在校长室里，阿嬷想对校长说什么，被潘文渊暗中扯着阿嬷的衣衫制止了，他知道阿嬷想说什么，阿嬷会说，潘文渊其实是个好孩子，他不用请家教，阿嬷也没钱请家教，完全靠课堂上所学，在这所堪称名校的学校里，成绩居然还过得去，而且他帮阿嬷，也帮邻里打扫卫生，他确实是一个好孩子。

劝退就意味着要转校，现在，潘文渊正在读六年级，不知是否还会有学校肯收下他，阿嬷急病了。

整个下午，潘文渊踮在家里，看着电视上的画面，其实什么都没有看进去，因为阿嬷很难过。

到了黄昏时分，阿嫲从床上艰难地坐起身，拿了一元钱叫潘文渊去明慧那里买包盐。

来到明慧的店铺前，只见明慧正和一个整洁斯文且壮实的老男人说着什么。

看见潘文渊，明慧眼睛一亮，过来拉了他，往那老人跟前一推，轻声说："校长，就是这个孩子，您看，他今年开始读小学六年级，要辍了学多可惜，您看看能不能帮他找个学校。"

潘文渊愣在那里，不知怎么才好，心想明慧是如何这么快就知道这一切的。

这个被明慧称作校长的老人，长得慈眉善目又仪表堂堂，他看了看潘文渊，很客气地对明慧说："我已经退休了，当然，我可以帮忙找学校。"

老人接着又看了看他，叹了口气，临走的时候，对明慧说："放心吧，事头婆，我去美国之前一定把这事确定下来。"

明慧赶紧叫潘文渊喊校长，又摁着他向校长行礼，她自己也跟着鞠躬。

明慧过后跟着潘文渊回家，她对阿嬷说，那个校长来历大得很，是抗战时来中国援战的美国空军的翻译官，现在美军还发给他退休金呢！他年轻时因政治理念不同和妻子离了婚，离婚后妻子去了台湾，儿子从上中学起就拿着奖学金在美国读书，留下他长期一个人在澳门生活。现在，他的儿子让已经年老的他去美国一家团聚，他很快就会走了，他这么老了，有七八十岁了，以后恐怕没机会回来了。

明慧还说，她是听阿喳说，才知道潘文渊被学校劝退的事，而阿喳说她是听波拉说的才知道原来是烧鸡找文仔的麻烦，没想到惹下了这么大的祸，好在波拉还明白是非，将事情经过一五一十都说给阿喳听，要不都没人帮文仔了。阿喳还说，波拉和波丽娜都不太喜欢读书，交的朋友又不好，令人担忧。阿喳说了，这些孩子不懂事，以为自己是土生葡人，只要小学毕业也可以在政府部门找一份工作，不知道这样的日子以后不会有了！难道将来回归了，还能像以前那样靠特权靠人事就有政府工做了吗？

阿嬷说，回归好，回归对中国人好。中国人将来可以多些人打政府工。

明慧说，没有特权才是好，对土生葡人也好啊，靠本事争取才不会出败类。

阿嬷说，是啊，不管什么人都要读书，不读书像我这样，只能剪线头，你想做什么，就算人家让你做，你也做不成啊。

过了几天，校长又来了，阿嬷不在家，明慧把潘文渊从家里叫了出来。

校长说，现在很多学校都满额了，却刚好他以前的那所学校有空额，一个不多一个不少，正好让这孩子补上。校长拍了拍潘文渊的肩膀，对他说："孩子，事头婆说你是个好孩子，她说看你的眼睛就知道你有礼貌，有心思，她说的对，但以后的事要看你自己，虽然现在有学上了，但是以后的路还要自己走，走歪了，再走回来就难了，明白吗？"

校长最后看了看店铺，看了看街上，看着不远处绿树成荫、如苏州园林般的卢廉若花园，对明慧说："我过两天就走了，我不想走啊！美国好，生活优越，尤其是我儿子的条件，他自小读书就名列前茅，一直读到成为火箭专家，都是第一名。他有汽车洋房，有花园，周围环境湖光山色，很美，生活也很方便，但那是美国，和唐诗没有关系。”

潘文渊心想一个国家为什么要和唐诗有关系呢？

只听校长继续说：“因为我喜欢读诗，读唐诗讲究意境，那意境必须是中国的才对，你想，在美国，能读出那个感觉来吗？我因为这个原因，迟迟没有去和儿子团聚。儿子因为职业关系，因为中美的国家关系，不能回来这里，他怕我越来越老，最后走不动，一直催我，我拖到现在才起程，因为我住的那个老房子过几天要拆掉了，我不能不走了。”老人说完，长叹了一口气，好像一下子老了许多，颤颤巍巍地走出士多铺。

明慧牵着潘文渊的手，跟在校长的后面。

老人走了，明慧目送老人直到看不见了，才若有所思地对潘文渊说：“校长舍不得离开这里，舍不得离开自己的国家，他们那个时代的人都是这样的。”

明慧说老人的家就在十字路口拐弯的地方，那个地方潘文渊也知道。

那是一长列的旧式二层小洋房，家家都有一个三合土的小院子，进了院子，拾级而上是小客厅外的露台走廊，院子里都种着一两棵树，多数是石榴，石榴的花期长，果实没人采下的话，到了冬天就像水彩画里画的那样，干巴巴孤零零的，三三两两地挂在树上。

而眼下正当晚夏初秋，是石榴最后一批开花吐艳的时节，该绿的绿，该红的红。

就在那几天，满街上建筑用的大型车辆来来往往，再过几天，校长的住所就要变成建筑工地了，那些洋房绿树三合土都只能成为大家的记忆。

潘文渊又上学了。

上学的第一天，他很早就来到课室，坐在自己的座位上。

没多久，一个男孩子走进课室，他向着潘文渊这边走来，离他的书桌还有相当一段距离时，男孩子将书包一抛，抛向潘文渊这边来，说明这男孩子是他的同桌，而且态度极不友好，那书包没抛到桌子上，却高出一大截直撞着潘文渊的鼻子，他鼻头一阵酸痛，眼泪不自觉地飙了出来，那男孩和身边一帮早有来头的男孩看在眼里，笑了起来。

潘文渊将那落在自己面前桌上的书包往同桌的桌面那边用力地掀过去，他看见同桌的书包和看笑话的那几个人的一个模样，上面印着字，不是市面上流通的品种。

在同桌要坐还没坐到椅子上的那一刻，潘文渊想也不想就站起身，猛的一下把对方的椅子翻了，然后再不动声色地把椅子重新扶起来摆好，再若无其事地坐回自己的座位，就像电视上的黑社会大佬那种装模作样的架势——他想要不就这样，要不就甘拜下风，还要趁着老师还没进来，趁着人不多，潘文渊想的更多的是，他不能再被开除。

他的个子和年龄都比同桌小，他知道当一个人豁出去时，所有人都会被镇住；没有人去打小报告，当你是自卫，当你不强大但自信，当你的对手惯于凌弱时，所有人乐于看他的失败。

混乱中，老师进来了，潘文渊沉着脸一声不吭地凝视着前方，他瞥见一双温柔的眼睛在他的余光处闪了一下，等他留神看时，知道那属于一个女孩——潘文渊知道她是女孩后不想再看她，但最终还是再看了她一眼，之所以再看她一眼是他觉得她整个人像卡通 Kitty，像得让人惊讶，更让人惊讶的是这个 Kitty 很另类，很长的一绺头发几乎遮住了一只眼睛，很颓废，像个坏女孩，只是她的眼睛出卖了她，她的眼睛是真正的Kitty的。不知道她为什么要这么打扮，很久的后来，潘文渊告诉她时，她一脸无辜地问他:“为什么？你不也很另类吗？”潘文渊摸摸自己的头发，也答不上来。

课间的时候，这个Kitty朝他微笑着，走到他面前，告诉他，她的名字叫小愚。

那天放学时，所有背着那种书包的孩子都跟着一个举着小旗子的同学走了，小愚也在其中，人家告诉潘文渊，他们是儿童院的。

知道他们是儿童院的，潘文渊一个早上浑身紧绷起来的肌肉不知为什么都泄了气，他想起阿嬷的那句话：哪一天她死了，就把他送到儿童院去。

潘文渊和他的同桌很快前嫌尽释，当然主要原因是同桌奈他不何。

儿童院的孩子回家的路线和他一个方向，所以他和他们经常一起走在回家的路上，在那条不长也不短的路上，儿童院的孩子尽显各自的神通。

回家的时候，那个小旗手在前面走，后面的人一个跟着一个，这蚂蚁一样的长队旁紧跟着一个一言不发的舍监阿婶。就是在这种情况下，潘文渊看见同桌一路上还总能从书包里摸出电线之类的东西来卖给路上的某一个人，路过的或是街边某间店铺的人，也不知他是从哪儿弄来这些东西的。同桌明白潘文渊知道他的这些底细，而且知道潘文渊不会因此对他不利，潘文渊对这事的不过问代表他的不屑，这让同桌很恼火。

潘文渊很快知道了老顽童，儿童院的孩子都这么叫他。

老顽童不载客的时候，就会坐在他那辆脚踏三轮客车上，在儿童院大门外的街角等小愚他们的队伍到来。等孩子们围上去后，他会拿出什么好吃的东西，交给小愚，大包一点的给大家分吃，小包的给小愚，然后，老顽童就张着他的没牙的嘴笑着，看他们那么迅速地将东西吃完，老顽童那时候牙齿已经掉光了。

潘文渊慢慢得知，老顽童很年轻的时候就来澳门打工，踩了一辈子三轮车，没结婚，没儿没女，不知从什么时候起，在小愚还很小的时候，他就认识了她，从此一直不间断地给小愚送吃的用的穿的。大家平时对小愚说起老顽童，不说老顽童，说契爷，他们说老顽童是小愚的契爷。潘文渊知道老顽童时，他已经七十多岁了，一直在踩三轮车。

一辆人力三轮车驶到公务员宿舍楼大门外停下，月光下，可看见坐在车上的是打扮靓丽的莉蒂娅和她的最小的女儿波丽娜。

车刚停下，波丽娜即刻跳下车去，往家里跑了。

只见莉蒂娅付了钱给车夫后，挽着手袋，贵妇般仪态万千地走下车来，街对面店口的明慧和她老公都目不转睛地看着莉蒂娅，因为很少看到莉蒂娅打扮这么漂亮的时候。

莉蒂娅本来也是要回家去的，大概一眼瞥见这边明慧两公婆的眼神，想了一想就转过身来，径直走到士多铺来。

到了明慧他们跟前，莉蒂娅打开手袋拿钱的同时向事头说道:“给我一包特醇希尔顿！”

事头即刻整个人弹起，从烟柜里拿出一包烟来，递给莉蒂娅，莉蒂娅用她修长的手指从烟盒里夹出一支烟来，还没放进嘴里，事头已知趣地拿了自己的打火机为她点上了火。这一系列的动作莉蒂娅进行得娴熟而优雅，然后她用左手手指夹着烟向左前方举着，明星出镜般从嘴里缓缓地吐出第一口烟来，等明慧他们看够了，才慢声细语地说道:“我带波丽娜去看医生。”

明慧忙问道:“波丽娜病了？”

“感冒。”明慧他们紧张的表情释然。

“我很注重小朋友的健康，有病一定看医生。”明慧他们点点头——莉蒂娅是让她那些夭折的孩子吓怕了，不同的是，她现在的经济条件好了。

“我刚才带她去南湾看一个西医，那个西医不得了，单单诊金就要一千块。”

明慧和事头的表情像吐了一下舌头。

“但是值得。”莉蒂娅风度依然，“虽然这个医生感冒是不开药的，他不像中国医生，中国医生一感冒就开抗生素，他不做这种事，但他会观察病情，再给我意见，事后我随时可以打电话询问后续的解决办法，我花一千元，这一千元让我安心，所以值得！”

莉蒂娅说完就又仪态万方地回家去了，高贵得像个女王。

事头和明慧相对一笑，事头说：“感冒不开药还一千块，这医生好当。”

“这是特地来告诉你，我们不欠钱！谁叫你追到她家门口叫烧鸡还钱，让她觉得没面子。你活该——她这叫不可侵犯！”明慧喜欢莉蒂娅，很明显。

那一年天气真热，阿嬷晚上加班很晚才回家，潘文渊也到外面去玩，家里没冷气太闷热，待不住。

很晚回家的时候，看见明慧抱着女儿在卢九花园门口走来走去，花园门口借了花园里的凉气，比周围地方凉爽多了，但平时爱笑乖巧的女儿这时哭得任明慧怎么哄也不消停。

花园的镂花大铁门早已关上了，当潘文渊走近她们时，只见门里那个老看更走到大门处，隔着铁门对明慧说：“你不要在这里走来走去的好不好？”

潘文渊不明白，明慧也不明白地看着他。

“我不想你在这里走动，人家看见以为什么事呢？你一个年轻女人在这里走来走去。”

潘文渊看见明慧眼睛瞪大了，打满了问号，最后好像突然明白了，抱着孩子往回走。

潘文渊不明所以地跟在明慧的后面走回家去。

没想到明慧走到一半，猛地转身，险些撞到他，吓了他一跳。

明慧好像完全没看到他这个人一样，快步向花园走回去，他看她脸色不对，也跟在后面往回走。

老看更已不见踪影，明慧向花园深处喊了一声，那看更又走了出来，那人一脸愕然，不知明慧喊他做什么，没等他开口，明慧喘着气，用发抖的声音说道：“我是因为孩子在家里热得不行才抱到这里来的——公园凉些，门关了，门口也比其他地方凉，这里是公众地方，我在这里走是我的自由！我不认识你，你也不认识我，我根本不想认识你！但是，你以为你是谁啊？！”说完明慧又掉转头回家，潘文渊看见她因愤怒而红通通的脸上挂着一滴泪珠。

潘文渊又跟着她走回店口，才发现自己应该走向对面回家才是，明慧这时也从情绪中醒过来，知道潘文渊一直跟着她，朝潘文渊报以感激一笑。

第二天早上，听阿喳在大门内的过道里对莉蒂娅说：“事头婆女儿发高烧，事头婆在那儿哭呢。”

莉蒂娅说：“她们住在铺头里，又没冷气，又不通风，小孩子怎么受得了呢。”

过几天，阿嬷说，莉蒂娅帮明慧的女儿托到她做兼职的何鸿燊夫人托儿所，让明慧有时间休息，因为明慧又怀孕了。

明慧每天送女儿去托儿所后，比往常闲着，经常看见街对面的莉蒂娅和已经结了婚的大女儿杰西卡一起出出入入，但过不久，就听说莉蒂娅不舒服，没上班，在家休息。

一天下午，阿喳看见怀孕的明慧吃的只有蔬菜，说这样营养不够，就回家里拿来一大盘肉炒青菜让明慧吃，明慧说这样不好，但阿喳执意要她吃，结果是一大盘肉菜摆在店内的桌子上。

晚上，下班后的杰西卡来看望母亲，中间来士多铺买烟，明慧把烟递给她后，杰西卡边点燃香烟边用眼睛往店内扫了一下，接着她冷冷地笑了一声，引得明慧看了她一眼。只见杰西卡将刚刚吸了一口的烟负气地吐了出来，说：“阿喳对你们真好，连菜都送来了。”同时，啪的一声将钱丢在玻璃柜台上。

明慧没想到杰西卡会这么说，脸登时红了，一股气流登时堵在喉咙口，化成不是鼻涕不是泪的东西，一句话也说不出来，但将发着抖的手中找的零钱也啪的一声扣在柜面，好不容易才说道：“我已经告诉阿喳我并不喜欢这样，我会再次告诉她！”

这回轮到杰西卡喉咙被堵住了，她大概也如明慧一样浑身发抖了，她说不出话，连烟也顾不上抽，就气极地回家去了。

这情节那天晚上在阿喳和杰西卡向莉蒂娅投诉和争辩中被对门里正在吃晚饭的阿嬷和潘文渊听得清清楚楚。

第二天是休息天，阿喳、阿华和莉蒂娅在厨房里忙了大半天，在过道里拖地的潘文渊听得莉蒂娅对阿喳说：“把这些给事头婆送去，告诉她没事。”

阿喳那天给明慧她们送去了一大盘土生葡人的特别点心——红薯球、马介休球等等，告诉她这在市面一般食店里是买不到的，顺便说了那些食品的来由，那是从葡萄牙到马来西亚再到澳门的一条航线，也是一条葡萄牙野心家的婚姻路线，一条土生葡人的美食发展路线。

阿喳还告诉明慧，杰西卡也不是那么没品的人，她之所以这样，是因为她的父亲和母亲之间出现了一些问题。

阿喳说，迭戈和莉蒂娅恩爱几十年，没想到都老了还因为一个内地新移民女子改变了，那女子不漂亮但年轻，所有人都很不解，更别说莉蒂娅了，作为大女儿杰西卡其实比她的母亲没少痛苦，她因此将同是新移民的明慧当作发泄对象也是有其缘故的。

那年冬天的一个早上，天气特别冷，阿嬷念叨说，明慧快要生了。

就在当天晚上，潘文渊在睡梦中被“咣”的一声巨响惊醒，正不知怎么回事，接着又是一声巨响从街对面传来，他撩开窗帘，看见有一个人从已经被撞开了的明慧他们的士多铺的门那儿往里走，好一会儿，那人又从那门里跑出来，街上有人等着他，他们一起跑了。再好一会儿，又见事头走了出来，接着警察来了。

天亮时，士多铺照样开了，但大家都被事头惊呆了，他的脸上受伤红肿，眼睛快睁不开了。那天有人想进去抢劫，但事头身强力壮与其对打，劫者终未得手。

可能受了惊吓，明慧当天去医院生了。

后来阿喳对阿嬷说，明慧生了个男孩，莉蒂娅买了婴儿用品，等明慧回来，就交给她。阿喳说，很漂亮的整套用品，明慧一定很高兴。

明慧回来了，士多铺那几天都没有开门做生意。

一天晚上，阿嬷不在家，潘文渊听见有人敲门，一开门，是明慧。

明慧拉了他的手说：“文仔，我们要搬走了，不做生意了，你要好好听阿嬷的话啊，好好读书，我以后再回来看你们。”

明慧想找阿喳，但阿喳不在，莉蒂娅也不在，因为莉蒂娅那天住院了，阿喳到医院去看她。

明慧他们连夜搬走，从那以后，潘文渊就再没有见过她，甚至也不知他们搬走的确切原因，大家自然都认为和那天半夜发生的事件有关。

莉蒂娅因为中风住院，只是很轻微的中风，可是在住院期间，莉蒂娅又一次发病，就永远回不来了。

失去了莉蒂娅的阿喳，一下子老了许多，脚发颤，路也走不稳了，买菜回家时都要坐三轮车。

那一年冬至，学校放假，阿嬷也放假，对门的波拉和波丽娜读的是葡文学校，没放假，过道里静悄悄的。

天气特别冷，大家都关在屋里，路上行人匆匆。

有人按大门的门铃。

潘文渊跑出去一看，来人他见过，是以前莉蒂娅在的时候每过一段时间就会来找阿喳的一个四五十岁的男子。他知道阿喳在家，就给那人开了门。

那人进了阿喳的屋里不久，几乎没和阿嬷说过什么话的阿喳过来找阿嬷，她和阿嬷很小声说着什么，直到后来，听见阿嬷说：“可以可以，请他进来。”

接着，阿喳就领着那男人到阿嬷的小房间里来。

这男人很像东南亚人，他的皮肤黝黑，却不是土生葡人通常有的那种黑，土生葡人的那种黑，不像黑，是一种暗，这男子的黑是泥土那样的实实在在的黑。

阿喳让男子在潘文渊家里坐着，说自己回去对面屋和阿华一起做菜。

阿喳走后，那男子无聊地看了看四面墙壁，然后仰起他胖胖的浑圆的下巴对潘文渊说：“男子汉！”

潘文渊愣了一下，他继续说："你是家中的男子汉，你应该招呼客人嘛！"

这让潘文渊一下消除了与他之间的陌生感，但潘文渊还是没说话，他不知道该说什么。

很快，阿喳和阿华端来了几大碟热气腾腾的菜肴，男子请阿喳和阿嬷她们上桌，也把阿华叫上，然后又叫道："男子汉！不够意思嘛，还要请吗？"

潘文渊走过来坐下，男子递给他一杯酒，然后对大家说："干杯！为了大家的认识，为了健康，为了阿喳和我相识这么多年，从我很小就认识到现在，那时候阿喳可是个美姑娘。"

阿喳明显的从来都不是美姑娘，但她像是受落了，抑或是不以为意，因酒而泛红的老脸上笑着，不去打断这个比她年轻得多的男人的赞美。

男人继续说："美丽高贵的莉蒂娅都去了，我们今天还有点苦有点愁又算什么，我们应该高兴，因为不管生活多难，我们都还能够吃喝玩乐，喝酒唱歌。"

他大概有点醉了，也大概借着醉，开始唱了，比莉蒂娅在时还动情，以前没听他唱过，因为那时候他还不好意思在有那么多美女的屋里高歌吧？现在，他扯着嗓子唱开了，不知道他唱的是什么，那是一首外文歌，但不是英文歌。

男人唱了一首又一首，那些歌的旋律本应该是欢乐的，但潘文渊在他的歌声里听到的没有欢乐，全是忧伤。

那天，男子是迈着醉醺醺的脚步回去的，潘文渊透着玻璃窗看到他的大红格子呢衬衫给萧瑟的寒风补上了一点暖色，但敌不过心底的冷意。

男子走后，阿喳对阿嬷说，莉蒂娅不在了，她怕男子来会引起那些还不能体恤人情冷暖的女孩子们的不满，所以才把他请到阿嬷的小屋里来。

阿喳说他身上也有葡萄牙人的血，但更多的是马来人的血，亚洲人的血，他是一个孤儿，从小就流离失所，同是天涯沦落人，和阿喳走到了一起，姐弟相称。以前，莉蒂娅在时，莉蒂娅同情他，经常也会让他来坐一坐。

说到现在，阿喳叹了口气，不再说了。

阿嬷把一个纸包递给阿喳，说是男子刚才在没人时交给她的，说等他走后才交给阿喳。

阿喳听了一愣，她从衣袋里也拿出一个纸包，交给了阿嬷。

给阿喳的那一包里的，是二万块钱，给阿嬷的那一包里，是两千元钱。

阿嬷要将钱交还给阿喳，阿喳说，你收下吧，不少，但也不是太多，是个心意，他就是这么个人，身边不会留很多钱，有钱一定让朋友共享。他知道如果直接给我们，我们两个都不会收下，所以他想出了这么个办法。

阿嬷说没想到他这么信任自己，第一次见面就敢托付她二万元。

可是又过了些日子，阿喳告诉阿嬷，罗拔走了，罗拔就是他。

阿喳说，她看见那二万元，心里就一直不踏实，这么多钱，应该是他的全部家当，所以她就去找他了，果然不出她的意料，他大概那两天就死了，他知道自己的病，不会久了。

阿喳抹着老泪说，他寡佬一个，死了没人收就让政府收了，要见他骨灰一面得办很多麻烦的手续，所以连骨灰也见不着了。

阿嬷也陪着掉眼泪。

没多久的一个晚上，潘文渊赶在阿嬷回家之前回来，走过后院天井，没看见那个通常坐在家门口的吸毒的年轻人，他的房门半掩着。潘文渊走过的时候，听得“嗵”的一声，只见一件什么东西从屋里向房门口扔过来，他随着往里一看，看见门内客厅的沙发上，男青年趴在上面，整个人包括脸部痛苦地扭曲着，不知是口水还是鼻涕流了一脸。看到这样，潘文渊一时愣住了，在想是否离开的一刹那间，年轻人举止困难地向他招手，于是，他怯生生地走了进去。

那年轻人指了指桌上的一个纸袋，潘文渊走过去拎了给他，年轻人示意他拿着，指着袋子，语音含糊不清地说：“你去塔石球场门口，叫亚安的，钱给他，他会给你东西，回来给我。”说完，他已不支，倒在沙发上。

还没进门潘文渊就猜想他是毒瘾发作，现在他明白年轻人的意思是要他帮忙买毒品，而他没有拒绝。

潘文渊拿了钱，直奔塔石球场，那个叫亚安的十多岁的比他大不了多少的少年明显在等着他的到来，他拿走了那个钱袋，却没交给潘文渊什么东西，他向马路走去，潘文渊跟在他后面，一直走到爱都酒店旁边的那条街，只见亚安看了一眼站在某一个阴暗处的一个二十多岁的男子，接着朝着潘文渊比划了一个手势，那男子随即走过来交给潘文渊一小纸包东西，潘文渊将那纸包放到衣袋里就往回走。

才走两步，那男子喊潘文渊，他回头，只见男子走近，将手里的一个小纸包递给他，说：“赏你的。”见他没吭声，又说：“见你是第一次，刚才那包是你帮人买，这包给你免费试食，交个朋友！没有下次的啦，傻×！”

潘文渊只迟疑了片刻，就伸手接了过来。

才走两步，那人在后面又说：“靓仔，我知道你住哪里！”

潘文渊没有理睬他，径直走了。

回到那个屋子，他把属于年轻人的那个纸包给了他，年轻人用颤抖的手接过去后，就要找什么方便往嘴里送时，突然转了一个念头，朝他这边看来，那样子好像已经没有了毒瘾，整个人精神起来，他圆睁的眼睛在那饱受痛苦的脸上，显得无比恐怖，潘文渊不由自主地往后退去。

没料到他突地向潘文渊扑过来，在他毫无防备的情况下，整个地将他按倒在沙发上，潘文渊被这突如其来的动作死死地按住，不能动弹，只听得年轻人声嘶力竭地大吼："拿出来！"

潘文渊立刻知道，他指的是那人给自己的那包免费毒品，他的意思是那包他也要？因为这样想，潘文渊就没有把它拿出来的意思，而是和他对抗着，用自己全身的力气。

年轻人竭尽全力，但他是一个瘾君子，所以他最终没能得手，他放开潘文渊，指着桌子上他还没动过的那包毒品，向潘文渊喊道："拿去洗手间！"潘文渊没能猜透他的意思，年轻人自己伸出颤抖的手拿了那包毒品，紧接着又向他扑来，揪着他，靠在他身上和他牵扯着，他们互相纠缠着踉踉跄跄地往洗手间走去，到了抽水马桶边上，年轻人拿着毒品的手举到马桶的上方，手一松就将那包东西向马桶扔下，潘文渊愣了，扭头朝着他脸上看，年轻人整个人虚弱地靠在潘文渊还没发育好的身子上，精疲力尽但字字有声地说："拿出来，扔下去！"潘文渊少年的倔强没让自己做出反应，年轻人用尽全力地逼近、挤对着他的身体，潘文渊被他最后的力量逼得贴在墙壁上，年轻人身上的那一股虚弱的味道——病入膏肓的味道，夹杂着一股成年男人的味道——是潘文渊成长期间所缺失的，这让潘文渊想起他的父亲，父亲和这个年轻人的影子在他的脑子里交叠着，潘文渊直觉这个年轻人在做他父亲在这一刻里会做的事，就这一念之间，潘文渊的心突地一软，抗衡也瞬间软了下来。

他一软下来，年轻人也跟着软了下来，整个跌了下去，重重地摔到地上，但他的眼睛还在看着潘文渊，潘文渊像被催眠一样，走向抽水马桶，将衣袋中的那个小纸包拿出来，丢了下去，按下开关，全都冲走。

然后他走出洗手间，这时才知道过道里早站了好几个人，他们是听到动静出来看究竟的。

阿喳正在试图走进屋里来，莉蒂娅的几个漂亮闺女因为害怕而想阻止她，阿喳一反常态，没理她们，她进来后，弯下腰看躺在地上的年轻人，他已是昏迷状态。

阿喳转身大叫："杰西卡！"她可从来都没有这么支使过大姑娘。

莉蒂娅去世后大姑娘每天都要回来看看妹妹们，但大姑娘没在过道里。

阿喳厉声叫波丽娜："把杰西卡叫来！！！"叫得她的毛发都乱了，就像一只苍老的狼，最不懂事的波丽娜被她吓傻了眼，波拉急忙转身回屋叫人。

大姑娘杰西卡闻声出来，阿喳说："先把人扶上沙发！"

一屋的女人，只有波拉上前，潘文渊用尽吃奶的力气才把年轻人托起，波拉像她母亲一样淡定，不慌不忙地帮潘文渊抬起年轻人的腿，将其靠在自己细弱的柳条腰上，从容镇静。

杰西卡打了救急电话，救护车一会儿就到，年轻人被抬走，潘文渊再没见过他。

所有人都走了，只剩下潘文渊和阿喳在屋里，他看着阿喳的眼睛，从那双浑浊的看惯世情的眼睛里，潘文渊看到了弱者得以生存的力量所在。

阿喳突然急切地问："阿嬷呢？怎么没见你阿嬷？"

潘文渊这时才想起阿嬷应该已收工回家很久了，怎么没见她的人影呢？

他和阿喳赶快回到自己的小屋里，只见阿嬷躺在床上，她见阿喳和潘文渊进去，很艰难地问他：“你又闯什么祸了？”

阿喳说：“现在没事了。”

阿嬷没再说话，阿喳看她很累的样子，对潘文渊说：“让你阿嬷早些休息，明天再说吧。”

阿喳回对面屋去了。

潘文渊早上起来，见阿嬷反常的没有起身，走到阿嬷床前，看见阿嬷的样子直觉一种说不出的不同，心里感觉到无比恐慌让他立即跑过去敲阿喳的门。

再回到屋里，阿喳一看，不说话，潘文渊见阿喳一直没说话，立即大哭起来，阿喳紧贴着站在他的身边，抚着他的肩膀，任他哭。

阿嬷就这么离开了。

阿喳说，那是一个人最好的死法，是修来的福，有的人一辈子富贵荣华，却没有这样的福气，这是最好的福气。

那一年临近春节，潘文渊走进了儿童院。

离开家的时候，只有阿喳在他的身后目送他，她在寒风中默默站着，她那青筋暴露、枯瘦僵硬的手在胸前划着十字，潘文渊还看见房东老太太，她也在窗口看着他，这情景让他想起了罗拔的背影和他的歌声，歌声的背景音乐是老太太身后那座大闹钟的“嗒！嗒！”声。

中卷

那是春节假期的第一天。

中午时分，面无表情的舍监阿婶将潘文渊领上楼去，潘文渊认得她，她就是每天都带着小愚他们上学放学的那个乡下阿婶，她永远是那个没有表情的表情，好像要让人知道，她拿着这么一份微薄的薪金，不可能笑得像办公室里挂在墙上的那个木质天使，而且她没读过书，亦非教徒，因此也不知道天使是什么，虽然这是一个基督教教会辖下的机构。潘文渊现在和她是一个表情，他呆呆地边走边看这个从来没来过的地方，才刚来就想着不知要在这里待到什么时候，什么时候才能离开这里。

和儿童院里的所有地方一样，宽敞讲究的木制雕花楼梯擦洗得一尘不染，让这幢外表已经破落的硕大花园洋房保持了内部的尊严。不知怎的，潘文渊由此想到的是这里必有着十分严厉而冰冷的管理模式，他本来戒备的心没有得到舒缓。拐弯处玄窗的玻璃外面，绿茸茸的满是外面花园的颜色，那里透过来的灿烂阳光，也没有让他的心情明朗起来，只让他感到这样好的天气，却无法挽回阿嬷的生命，并为此更加忧郁。

到了楼上，在一列宿舍门其中的一个门前，舍监阿婶拍了拍门，叫道："沈剑辉，开门！"沈剑辉，就是潘文渊的同桌，在学校里倒没有人这么叫他，大家跟儿童院的孩子一样，叫他阿辉。

门开了，潘文渊的脚才刚踏进门去，一眼看见门里的几个床位，回头嘴里嘟囔了一声，想问自己睡的是哪张床，那阿婶已不见人影，开了门即刻又回到床上去的阿辉笑道："怎么样？想她帮你脱鞋上床？！"

潘文渊懒得说话，四周看了看，两张双层床，有四个床位，除了阿辉的，其他三个床位都好像没人似的，位置空荡荡的。

"那三个刚刚刑满释放，你进来填空啰！"

听他这么说，潘文渊把从家里带来的东西往阿辉对面的双层床上一扔，也躺到床上去了。

他很快就睡着了，从阿嬷去世后，他就没好好睡过，现在，他要好好地睡一觉。

他是被一阵拍门声叫醒的，醒来时天已经黑了，阿辉不在屋里，打开门，外面站着的是小愚，手里端着一个装着饭菜的餐厅用的餐盘。

“你没去饭堂吃晚饭，昌嫂找你呢，我说这么晚了，我给你端上来好了，昌嫂本来不让的，不过你刚来，昌嫂也同意了。”

不知道昌嫂是谁也无关紧要，潘文渊伸出手去接餐盘，但小愚说：“我帮你拿进去吧，很热，昌嫂特地帮你热了。”

刚挪开步，小愚瞥了一下门内，即刻又停下说：“还是给你吧，我不进去了。”

小愚将盘子给他后，对他笑了笑，就走了。

潘文渊从头到尾没说上一句话，他关上门，将饭摆在书桌上，开始吃饭。肚子早饿了，中午没吃过饭，热乎乎的饭让他的胃和整个身子暖和起来，很舒适。

肚子饱了后，他仔细看了看这个房间，没什么特别的，特别的是阿辉的床架上挂了一面镜子，而且还是粉红色的镜框，靠床的墙上贴着一张罗渣·摩亚的铁金刚电影海报，这两样东西联系起来就像阿辉一样的怪，潘文渊咧了咧嘴，他的心情根本笑不起来。

阿辉一个晚上都没回来，潘文渊看过舍规，想那阿辉也许请假回了家或无家可回去了哪里。

早上起床，刚去洗手间回来，就听见早餐的铃响，心想着不要再让小愚送饭，于是马上拿了外套出门，走到楼梯口，小愚正走上楼来，见到他说：“你昨天的盘子呢，昌嫂向我要呢？”

潘文渊急忙回宿舍去拿。

深冬的清晨特别的冷。到了饭堂，里面的人围着一个热气腾腾的地方，那中间站着一个四十左右的胖女人，和她面前的饭煲一样，她整个人好像也热气腾腾的，头上冒着汗水，正在动作麻利地给舍童们配菜，看上去劲头十足、精力过剩的样子，她的面前除了饭煲，还摆着几个装着肉菜点心的大盘子。那周围站着不规则地排着队的年龄大小不一的孩子。

“昌嫂，盘子。”小愚对胖女人叫道。

昌嫂看上去和舍监阿婶一样，一副乡下人的模样，也是没怎么读过书的样子，她伸手接过小愚递给她的餐盘时，脸色有点恼，但瞥见那餐盘已经洗得一干二净时，脸色又随之一变，好像高兴了起来，接着一抬头看见站在小愚身边的潘文渊，就知道他就是那个昨天晚上没下楼吃饭的家伙了，马上大大声地一轮嘴地数落起来：“你就是那个文仔？昨天为什么不下楼吃饭？盘子昨天晚上吃完为什么没有送回来？今天早餐又迟到？不想吃早点说，下次不会再为你专门热饭的！什么事都要小愚前后帮忙，活像一个大少爷，这是儿童院！没有西关大少！”最后竟开始说他的外表，说他已经长成那个样子，竟然还头上端着一窝草，想养鸽子还是麻雀？如果不是，那就趁早去剪掉。

昌嫂嘴里的话好像在生气，脸上却是得意的模样，才说到一半时，饭堂里的孩子们就已经笑得东倒西歪了。

大家没想到的是，潘文渊自己也笑了，这让在场的孩子都喜欢他。

这是潘文渊在阿嬷去世后的第一次笑，他压根没生昌嫂的气，心想那个舍监阿婶没有说的话都让她一个人说了，而且她说的也没有不对，感觉还有些怪怪的妙；二来昨天的晚饭，就是这个昌嫂给他热的，那热度直到现在还在他的身上延烧，从阿嬷去世到现在，有好几天了，他还没吃过这么热乎乎的一餐。最重要的，能这样骂他的，就只有阿嬷一个，骂起来也是这样尖刻，但不刻薄，那是家人的骂，潘文渊现在已经没有家人了，也许只有此刻的他才有这样的体会。

他当天就请了假，去外面的理发店理了发。

那飞发师傅像摸干草一样摸了摸他已经好久没理也没梳过的又粗又硬的头发，问他要什么发型，他摸了摸口袋里的钱，想了想，说要一个洋葱头，洋葱头是他自己临时想出来的，他不知道那种头的名号，也不好意思说那是哪一个足球明星的发型。

飞发师傅也不知道什么是洋葱头，潘文渊比划了一下，飞发师傅笑了出来，说:“明白！谁说的叫洋葱头？”随手从镜子下的柜子上拿过一本时尚杂志，翻开其中的一页给他看，里面是一系列足球明星大同小异的同类发型，潘文渊点头，指了指其中一款。那师傅问他在读书是吧，他说是，师傅说那就不要太夸张啰。

剪出来的效果潘文渊觉得还行，虽然还没有理想中的好。

回到宿舍，见阿辉正在对着粉红框镜子梳着也是刚刚理过的头发，头发梳得像罗渣·摩亚，还擦了发胶，潘文渊见状想笑没笑，倒是阿辉在镜子里一眼看到了他那突出的新发型，马上吹了个很尖的口哨，潘文渊没搭理。

屁股还没沾到床沿，晚餐的铃声又响了，潘文渊不想和阿辉还有下文，就自个儿出门去饭堂，那阿辉后脚也跟着出来。

这两个人一前一后地走进饭堂，饭堂里很多人的眼睛都被他们吸引了，等走到昌嫂面前，那昌嫂抬头一看，马上笑得打雷一样:“你个文仔！人又高，又瘦，整个竹枝一样，你再弄这样一个头发，你知道像什么？就像扫把，倒着放的扫把！扫啊？扫一下你后面那个沈先生！”

饭堂里那么多人听到这里又都暴笑起来，让潘文渊觉得不可思议的是，阿辉也笑，而且笑得厉害，还做一个肚子痛的样子出来给潘文渊看。

潘文渊留意到昌嫂一直叫他文仔，而不是叫他潘文渊，而且，叫阿辉甚至不像舍监阿婶那样叫全名，还叫他沈先生，潘文渊觉得这分明是在挖苦，可阿辉竟然全盘受落，这让他不觉也笑起来。

潘文渊的心完全敞亮起来，一副满不在乎的样子等着昌嫂将饭菜配好递给他，然后一个人找了个位置坐下来吃。

才坐下一会儿，小愚和琼兰走过来，坐到他的对面。

潘文渊不认识琼兰，觉得比起小愚的温文平和，琼兰显得乖巧机灵，她用逗人的眼神看了潘文渊一眼，然后自顾自地笑了一笑。

小愚介绍说:“她是琼兰，我们两个同一间房住，她和我们不在一个学校，所以你没见过她。”

潘文渊和琼兰都没吭声，琼兰一边嘴里吃着东西，一边对小愚说，好像说的是不在场的一个什么人:“昌嫂对他挺好的，别听她说得天花乱坠，你看他，给他两块炸鱼！”

潘文渊看到自己的盘子里就躺着两块炸鱼，再看小愚她们的，都只有一块，还比他的小得多。他不知道她说的重点在炸鱼呢，还是在昌嫂对他的好？

小愚还没说话，这边琼兰继续说道:“昌嫂骂哪个，哪个走运。”

琼兰说话时不看人，话一说完，心思神情也就跟着跳离了，让潘文渊感觉她思想敏捷且性格洒脱，她并不真在计较鱼块的多少大小或谁对谁好，更多是在就事论事。

这时阿辉向他们走来，他看来已经吃饱了。

“哇，二女一男，不是嬲吧？”阿辉说。

没人答他的话，两个女孩好像都没在听他说话，阿辉讪笑着走开去。

回到宿舍，潘文渊心想那阿辉一定又有话要说了，果不其然，阿辉说：“没想到你还真有两下子！”

潘文渊知道他想说什么，不想和他纠缠，但阿辉不断地哼哼哈哈，潘文渊烦了，说：“变态！”

“你才变态，一出手就两个齐上！”阿辉尖锐的声音叫着。

潘文渊跳上床，用被子蒙住自己的全身和耳朵，面朝墙壁躺着。跳上床跳得太快，拖鞋飞到阿辉那边去，被阿辉踢了回来，飞到墙上去，再反弹到他们之间的地上。

第二天晚上，是儿童院的春节晚会，第一次参加晚会的潘文渊没来得及有什么节目要他表演，他坐在所有人的后面，在一个没人注意的角落里。

第一个节目，是女声合唱《有一道光》——基督教的赞美诗歌，儿童院是基督教的机构。

挤成一排的女孩子们都化了妆，小愚也在里面，潘文渊觉得那种不高明的妆点几乎丑化了每一个女孩，而且也不适合唱这种歌，看上去有些可笑，但她们自己显然持相反意见，她们努力摆出一副像电视中常见的明星一样的表情在认真唱着，但很快她们真的进入了歌词里的意象，这情景也感染了台下一帮平时左弯右拐的孩子，大家都静静地听着，这种安静，让潘文渊想到家，想到这不多也不少的几十个孩子本应在自己的家中和父母亲人在一起，现在却在这世界的万家灯火包围之中，这样的聚在一起，潘文渊第一次有无家的感觉，当一个人独处时，他没有去内究这种感觉，现在，这么多的人共同命运时，反让他体会那深深的悲凉。

没容他想得更深，好像院长早把孩子们脑子里的可能的想法都摸透了一样，在歌声刚停止的那一刻，不让人有一点胡思乱想的空暇，院长马上用一种很鼓舞人心的充满热情的声音说道："孩子们，今年春节的嘉年华会现在开始了，你们希望今天的主角是谁?！"

潘文渊没想到，台上台下立刻引起一阵骚动，差不多全体孩子都齐声大叫着："阿辉！阿辉！"

阿辉面露笑容站起身来，特意地给了潘文渊一个注目礼——潘文渊也知道也不知道他为什么那么看得起他，然后走向场子中间，只见他摆了一个甫士，一个迈克尔·杰克逊的甫士，全体又是一片尖叫，连看上去一向端庄严肃的院长也拍手大声叫好。

接下去，阿辉已经是迈克尔的化身，收录机早有准备地放着迈克尔的最新震撼作品《Thriller》，整段音乐里，阿辉都那么传神地演绎着迈克尔，堪称天才，虽然身材精瘦、个子不高的阿辉和迈克尔在外表上一点共同之处也没有。

阿辉在儿童院里并不是一个受欢迎的人，他手脚不干净，而且他凌弱。但阿辉跳起来的时候，所有人都为他欢呼，潘文渊在沉寂的内心深处感觉到一丝情感正在被串起。

阿辉最后走下来的时候，还是那样又看了潘文渊一眼，潘文渊这时醒起：原来阿辉昨天之所以去理了个罗渣·摩亚的发型，就为了今晚跳这个舞，虽然可笑，但他的头发真的很配他，他今天晚上真的很有型，尽管潘文渊始终认为无论如何也改不了阿辉的臭美本色。

接着是大家一拥而上的葡萄牙土风舞，作为交谊舞跳，不管会不会跳，跳得好不好的孩子都必须参加进去。

大多数孩子只是在人群里自顾自地转圈，但音乐让大家情绪高涨。

潘文渊没有加入进去，他不会跳舞，从来没跳过，也因为他刚进儿童院，没有人要求他一定加入。

他站在那里看着大伙儿跳舞，见小愚向他跑来，半途中阿辉向她伸出手邀请，但小愚向他指了指潘文渊，阿辉看一眼潘文渊，潘文渊马上将眼睛转向其他地方去。

潘文渊有些弄明白了，阿辉一定是喜欢上小愚了，而且他一定以为自己也喜欢小愚。潘文渊觉得阿辉很无聊，但觉得小愚要是被他盯上那是一件危险的事，潘文渊心里为此竟有些担心。

潘文渊对小愚说他不会跳舞，小愚也不另找人跳，就站在他身旁和他一起看别人跳。

只是一眨眼的工夫，所有人聚焦在大厅的另一头，琼兰和阿辉突然从那里挽着手跳了起来，两个人都跳得有模有样，虽然两人没有眼神交流，却有着令人讶异的默契，特别是都有一股近乎野蛮的疯狂，琼兰活像一朵会旋转的曼陀罗花，那阿辉就像风一样随她狂舞，整个晚上，阿辉不再看潘文渊，也不再看小愚，他一心一意地跳着——潘文渊注意到。

小愚一边看着琼兰和阿辉在那里旋转，一边告诉潘文渊，琼兰是孤儿，连父母是谁也不知道，只知道她是海南岛人，所以修女为她取名叫琼兰。

潘文渊联想到小愚的名字，就问："那你为什么叫小愚？"

小愚说："我也没有父母，我家里是番禺人，修女叫我小禺，后来大家以为我是下面有个心的愚，把我叫傻了。"说完傻傻地笑了。

潘文渊不觉然想起自己的父母，觉得他们之于自己越来越淡去了，有父母或没父母也没有分别。

琼兰跳得很尽情，用她的全身心在跳，她穿了一条真正的土风舞舞裙，只有几个大点的女孩有这种裙子，院长给她们的，那舞裙展开时让她像随时都会飞起来一样，整个身心都打开来，那么性感，好像已经是一个真正意义上的女人。因为没有母亲，她只能自己创造一个母亲，像每一个儿童院的女孩一样，她们特别渴望成为一个母亲，这种想法很明显，她们每次看着潘文渊的时候，那目光都令潘文渊想到自己的母亲，让他想逃离——他不想蹈父亲的覆辙。而阿辉现在跳得像一个恶棍，潘文渊找不出一个更好的词来形容他，但同时也想他怎么会跳得那么好。

小愚见潘文渊看得出神，说，之前有义工来教跳舞，琼兰和阿辉学得最快也最好。

小愚接下来告诉潘文渊，今天晚上大家都不想睡，等晚会结束，她和琼兰约了两个朋友，想偷着出去玩，问潘文渊去不去。潘文渊想说不去，但他好像欠小愚一个人情，前天送吃送喝的，要拒绝不太好意思，就答应了。

晚会结束后，已经很晚，等大家都进了宿舍，熄灯后，他们一帮人五个，偷偷地溜出了大门，琼兰手里竟有一把大门的钥匙，把开了的门从外面再锁上后，她将它绑在自己的裙带上。

老顽童的三轮车在高士德大街的那个十字路口等着他们。

除了小愚和琼兰，另外两个人是儿童院里常被欺侮的，一个叫阿义，一个就是废柴。

老顽童让他们全坐到车上，两个女孩子坐在前面，三个男孩挤在后座，潘文渊坐在废柴他们中间，心想女孩子都同情弱者，真后悔跟着出来。

车子在一条又一条街上飞奔，老顽童没有家室，一身力气全用在这车上，飞车的快感很快带出歌声来。

没想到废柴竟是一个歌唱能手，没有他不会唱的歌，潘文渊问他刚才在晚会上为什么不唱，他羞涩地笑了笑，琼兰凶巴巴地说：“他是见光死，只能在暗地里唱！”

大家一齐笑。

小愚说：“废柴不肯上台唱，要不他唱圣诗唱得很好的。”

大家一齐要废柴唱圣诗，小愚说：“圣诗不能在车上唱，要静静地唱，静静地听才好。”

没办法，废柴说以后再唱圣诗吧，今天唱别的。废柴接着唱起眼下最流行的黎明的歌，大家都会唱的——

过去每日同路往，
不懂珍惜那些境况，
这晚我独来独往，
却是太后悔浪费共对时光。
……

潘文渊在某一动情处被一股热浪哽住喉头，他几经努力，将哽咽吞下后，唱得无比流畅，好像唱出了某种决断，唱到大家都想应该换首歌了，他还在唱，最后没有人唱，听他一个人唱，唱到声嘶力竭。

等他停下来时，发现车也停了，不知道是车先停，还是他的歌先停，他看见小愚和琼兰都看着他，琼兰转头见小愚眼里含着泪，又回看了潘文渊一眼，说：“下车吧。”说着自己已先跳下车去，她仍穿着那条跳舞时的连衣裙，裙摆差点被三轮车扯住。

五个人小心翼翼地摸回儿童院，上到楼上宿舍，天已经快要亮了。

潘文渊没想到阿辉也刚回到宿舍，阿辉不理睬他，他也不理睬阿辉，心想，我又没和小愚怎么了。

剩下的短短时间里，他们都睡不好，翻来覆去的。

潘文渊想阿嬷，但他不知道阿辉为什么也睡不着。

第二天，阿辉在饭台上说，要讲一个故事给大家听，很多人都静下来准备听他的，可见阿辉讲故事是有一套的。潘文渊没想听，他本来已经吃完饭，准备回宿舍。

阿辉见他要走，清了清嗓子，立即就说了："说第二次世界大战的故事。"

他卖了个关子，问废柴："知道什么是第二次世界大战么？"

废柴咧着嘴，他的周围一片寂静，这个问题又不是三言两语能说明白的，听个故事而已，何必呢？

潘文渊不耐烦他这一套，刚停下来的脚又想走开，这时听见琼兰说："要说就说嘛，干吗兜圈子？"

阿辉没理她，继续说："不知道纳粹吧？"

不知大家是放弃，还是真不知道，知道不知道有什么关系呢？

阿辉得意地笑一笑，说了他的故事，说是有一个小偷在二战时被纳粹捉去，后来，他和反纳粹地下工作者配合，用他小偷的智慧打开了敌人的大门——协助盟军在关键时刻的军事行动，为取得反法西斯的最后胜利作出了非凡的贡献，而小偷却在胜利前夜被纳粹枪杀了。

听到这里大家都纷纷议论起来，这样的故事对这么一群没有家的被边缘化的少男少女来说是别有吸引力的，而潘文渊觉得可笑，因为阿辉显然想透过这个故事显一显自己。潘文渊知道不要跟阿辉较真才对，但他还是忍不住拿出他的"拽"劲儿，说："如果不先会偷鸡摸狗，是不是还做不成这样的英雄？"

大伙笑起来，潘文渊这下才心想不好，等于把阿辉的老底当众揭了出来，他看到阿辉气得脸都青了。

半夜里，不知几点钟了，阿辉把睡得昏昏沉沉的潘文渊从床上叫起来，他说要和潘文渊单挑。他们一起到街上去，阿辉口袋里装着大门的钥匙。

他们都不知道，在他们身后悄悄地跟着两个女孩——小愚和琼兰。

潘文渊不是阿辉的对手，精瘦而内力了得的阿辉是经过考验的内行，潘文渊完全靠坚韧的耐力才让自己没有倒在阿辉的胯下。

后来发生的事，就是本书开始部分中的那一幕，受伤的潘文渊想跑回儿童院，最后不支让两个女孩帮忙着站起来。才刚站好身子，潘文渊就坚持要自己走回儿童院。

那时候已经是早餐时间，他即刻被叫进了办公室。

办公室里除了院长，窗前站着的是林姑娘和李姑娘，在春节晚会上，院长曾介绍她们给大家认识，说她们是刚从台湾大学毕业回澳门工作的新来的社工，院长很兴奋地说，这两位社工姐姐的到来，标志着儿童院将走向一个新的层次。

现在，两个年轻姑娘和院长被潘文渊脸带青紫积血、衣冠不整、走路一拐一拐的样子吓了一跳，院长大声叫着："拿药箱来。"

林姑娘马上跟着院长一起向潘文渊走来，她搬来椅子让潘文渊坐下，然后看他的伤势，帮他解开绞成一团的衣服袖子。

潘文渊的样子看上去吓人，但衣服整理后显得伤势没想象中的那么严重，比较严重的是他的头部因拳击而眩晕，刚刚在马路上昏过一次，但他不说，也没人知道。

看清身上的伤势后，林姑娘轻轻吐了一口气。

接着值班医生来给潘文渊清理了伤处，说没有大碍，潘文渊忍着脚部肌肉的痛楚，一声不吭。

院长坐到办公桌前，开始问他和谁打架，为什么打架，潘文渊一声不吭，提都不提阿辉。

院长白他一眼，说："你有义气，有担当，好样的，为什么不为我们儿童院担当一下呢？"

听院长如此说，潘文渊抬起头来，睁大双眼看着院长，院长也看着他说道："为了儿童院，为了这么多儿童院的孩子，很多人做了很多工作，甚至贡献了他们毕生的财富，有些人献出了他们一生的时间和努力，你和我一样，没理由让他们失望。没想过吧？好好想一想。"

潘文渊从没想过自己作为一个受助人，同样要对儿童院负某种责任。

院长不再说什么，等护士为他处理好伤口，就让他走了。

潘文渊离开办公室时，听见院长对两个社工姐姐说："这种孩子不用和他多说，让他自己想，他会想明白的。"

那一天，学校里上体育课，跳鞍马，潘文渊脚上刚受伤，跳不过去，老师急了，指着他脸上的创伤说他："有力气打架，没力气跳马！"

潘文渊一眼看见阿辉站在旁边，少见的阿辉没有幸灾乐祸，但也没好脸色给他看。

放学后回到儿童院，潘文渊找到林姑娘，第一句话就说："林姑娘，我不上学了，我去打工。"

林姑娘惊讶地说："为什么？"

潘文渊没出声，他心里把自己用一个下午时间想出来的这个主意越想越美，如果打工赚钱，他就可以自立，就可以不用再在儿童院待下去了。

林姑娘苦口婆心地劝他，忘了回家，也忘了他们都还没吃饭。

最后，潘文渊终于说出心里话："我不想让社会养着，我想早一点打工，自食其力。”

“你是这么理解院长的话的？”

潘文渊不明白地看着林姑娘。

“你想你阿嬷会同意你这么做吗？”

潘文渊明白了，但他仍不出声。

林姑娘不再讲道理，她说：“你给我回学校去，你才十二岁，上哪里去打工？！”

潘文渊意外地看到林姑娘眼里含着泪水，想到她早上轻轻吐出的那口气，他不想让她为难，尤其不想看见林姑娘的泪水掉下来，他即刻转身跑回宿舍。

第二天早上，他背着书包下楼，在楼梯口看见林姑娘站在楼底看着他，好像在等着他的出现，看到他背着书包，竟潸然泪下。

潘文渊停下脚步，他感觉好像林姑娘为了看他上不上学，在那里已经站了一个晚上。

林姑娘急急地擦了泪水，喜笑颜开地向他挥手：“文仔，愣在那里做什么，快去吃早餐，别迟到啊！”

从这一天开始，潘文渊感觉林姑娘对他的态度好像他是她最好的朋友，有时候因为工作晚了回家，林姑娘心有感触想和人说说话时，有那么一两次竟然叫上他在花园里一起坐上一回。

夜色下那花园里的红花特别的红，有一次林姑娘说：“文仔，你阿嬷是去世了，但她一定舍不得你，她一定站在天上看着你，她会永远看着你，你要生性。”这句话让潘文渊整个人定在那里有一分钟之久，他抬着头站在那儿，仿佛看见了云端里的阿嬷，像月亮般地看着他，他得将阿嬷看得更清晰些才能开始往前走。

第二天，潘文渊放学就跑去西洋坟场看阿嬷的骨灰坛。

等他回儿童院，已经过了规定的时间。

李姑娘问他去哪里了，如果李姑娘很正常地问他，他也会好好地回答，但那天李姑娘刚被一个孩子气得鼻孔冒烟，她问潘文渊时，语气很不好，潘文渊不明就里，也很不礼貌地回答她。

李姑娘气上加气，要他道歉，潘文渊用了粗口，正好林姑娘走进来，惊讶道："你怎么能这么对李姑娘说话呢？"

潘文渊不想让林姑娘这么看自己，但木已成舟，他装出一副死猪不怕开水烫的样子。

李姑娘更加生气，夺过潘文渊一直在手中扭来扭去的那条红色丝线，然后向地上掷去，殊不知这红色丝线连的是一块玉石，看上去也知道价值不高，很不起眼，但却是阿嬷留给潘文渊唯一的可以用来纪念的东西，细小的玉石当场裂为两块。

第二天，把裂了的玉石装进林姑娘带来的首饰盒里后，潘文渊听从林姑娘的话，去办公室找李姑娘，与她为昨天的事作一次沟通。

在他踏进办公室的那一刻，李姑娘正在对院长说，她想辞职。

院长问："为什么？"

李姑娘流着眼泪说："我昨天发脾气，把文仔阿嬷留给他的纪念品摔碎了，我觉得自己不适合做这个工作。"

潘文渊愣在那里，李姑娘猛见得他进了门一动不动地站在那儿，也愣住了，他们两个人都僵在那里，互相愣愣地看着对方。

到后来，李姑娘终于支持不住了，她对一直在默默看着他们俩的院长摇着头，嘴里却令人诧异地说道："我还是留下来，继续做下去吧。"

一听到李姑娘说这话，潘文渊即刻像解冻了一样，迈开腿向门外走去，李姑娘则一屁股坐到椅子上哭了起来。

李姑娘后来对林姑娘说，她当时看到潘文渊的眼神，那眼神里似乎有太多的东西，给了她信任、温暖、希望和勇气。而当她对院长摇着头说，她还要做下去时，还没开口，院长已经笑了。

就这样，潘文渊觉得自己无可选择，要做一个令这么多人满意的人。

那一年夏天，他和小愚、琼兰、阿辉还有废柴都考上了中学。

林姑娘把潘文渊叫去办公室，对他说，以他的成绩和年龄，考名校没问题，潘文渊说他不上名校，林姑娘说为什么？名校将来比较有可能上大学啊？

潘文渊咬着嘴唇，最后说："反正我也上不了大学。"

"为什么？你一定要上大学！"

潘文渊瞪着眼看林姑娘。

"而且要上最好的大学！"紧接着，林姑娘即刻又补充道："对，可以去留学！"林姑娘说完自己被自己的话鼓舞得双眼放光。

潘文渊眼睛也闪过一丝光芒，但很快就暗淡了，林姑娘知道为什么，她说道："你好好读，就可以拿到全额奖学金，去哪里读都不是问题。"

潘文渊对此没有主动的想法，但他没有力量去违背，他从小就知道这是能令阿嬷高兴的事，再则这也是林姑娘喜欢的，林姑娘在这方面远比阿嬷更坚定，目标也更清晰。

最终潘文渊和阿辉、小愚一干人等上的是同一所学校，一所升学率不高的学校。潘文渊坚持要和儿童院的其他人上同一个学校，林姑娘最后说，这样也好，大家不懂的地方，就由文仔来辅导。

从第一天开始，潘文渊就明白自己不上名校简直就是和阿辉过不去，但如果上名校，他想他会失去儿童院的所有人，他不想如此。

那一天下午，儿童院组织孩子去黑沙烧烤。

在黑沙，小愚和琼兰像主妇一样麻利地摆弄食物，她们享受这种感觉。

第一次烤出来的食物，小愚用叉子叉了一块烤得最像样的鸡翅递给潘文渊，潘文渊余光里可以瞥见阿辉在注视着他，他没等小愚递过来，自己抢先叉了一块不知什么东西，看也不看就往嘴里塞。

吃了半天，潘文渊去洗手间，洗手间离烧烤的地方那么远，黄昏刚过，夜幕降临，树影憧憧。

走出洗手间的时候，他看见小愚在前面不远处的黑暗中站着，等他上前，小愚叫了他一声。

潘文渊以为她等他一起走回去，谁知小愚只是站在那里，潘文渊愣愣地看小愚，小愚说:“我给你的东西，为什么你都不吃？”

潘文渊说:“阿辉喜欢你。”话一出口，他觉得不该这么说，他虽然没想过喜不喜欢，但真的不该将小愚往阿辉那边推。鬼使神差地他也不知道自己为什么会这么说，而且这么说，好像有自己也喜欢小愚的意思。

小愚也是这么想的，她说:“我不喜欢他。”

潘文渊被自己刚才的话弄得没弯转了，不知道说什么好，小愚见他没出声，又说:“我喜欢谁你不知道吗？”

潘文渊想小愚原来爱着一个什么人，有点放松，有点好奇，问："谁？"

小愚有点失望，但她没有放弃，很快就说："我喜欢你！"说完，潘文渊似乎在黑暗中都看得出她脸红了，因为她的表情那么羞涩。

潘文渊自己的脸也热了起来，这样的问题他实在没有想过，他不知怎么回答，他本能地逃避着向前走去。

小愚追了前去，想拉他的手，但只拉到他的袖子，她用就要哭出来的声音说："是不是我比你大两岁，你不喜欢？"

潘文渊摇了摇头，他很害怕现在的小愚，他不想她伤心，所以他不想拒绝她。这个年龄的孩子，特别是儿童院的孩子，都会期待一种感情，能够答应一个女孩子的爱，是男孩子的梦想，但潘文渊觉得他说不出口，特别是看着小愚那期待的眼神，他感到好像是花园里的一朵花，就算不是规定不能摘，他也不想摘，他觉得应该让它长在树上，直到命中注定的那个人来把她采走。而那一天，那个人，离现在都太遥远，反正不是他。

潘文渊继续向前走，小愚落到后面，突然她跑了起来，从潘文渊身边跑过，向前方一直跑去。

等小愚跑不见影了，潘文渊听到身后一阵脚步声，他转头去看，是阿辉，他心里很奇怪，阿辉是从哪里冒出来的？

阿辉似笑非笑地走上前来，从来没有的那么亲近，搭着潘文渊的肩头，说："什么时候我们一起去踢足球？"

潘文渊没出声，阿辉也不以为意。

虽然潘文渊差不多拒绝了小愚，但小愚之后对潘文渊的态度还是一如既往的好，就好像什么事都没发生过一样，这让潘文渊很快忘记了拒绝过她这回事。

每天上学前，小愚总是对刚走进餐厅的潘文渊招手，桌子上已经摆好为潘文渊拿来的早餐，有时小愚什么事来迟了，这些事就由琼兰来做。

这天，潘文渊想早点去餐厅，这样就可以自己拿早餐，他不想和两个女孩子黏在一起，但昌嫂不等他开口，已经利索地将三份早餐噔的一声齐放在一个餐盘上，交给潘文渊，然后用她那把超级大嗓门说——更像是唱：“三份啊——一箭双娇！”把潘文渊弄了个大红脸。

在他正在不知所措的时候，琼兰不知什么时候从旁冒了出来，将盘子接住，然后往桌面上一蹾：“昌嫂，谁得罪你啊？这么寸？！”

昌嫂看是琼兰，大笑。

潘文渊觉得自己很没出息的模样，跟在琼兰后面往餐桌那边走，突地，他改变了方向，向门外走去，等琼兰发现后大叫：“你上哪儿去啊？”

潘文渊对追出门外的琼兰说：“以后我自己拿早餐。”

琼兰笑，笑个不停，潘文渊问：“有什么好笑的。”

“你怕昌嫂？”

“谁怕她？”

“那你怕谁呢？”

潘文渊想想，也是，怕谁呢？他也笑起来。

琼兰将手上的早餐塞给他，说：“明天我和你一起去找昌嫂领早餐！昌嫂这种人，你不能让她一步，让她一步，她以后要笑你一世的！”

潘文渊不认识似的看了看琼兰，像多数机灵聪颖的女孩子一样，她很耐看，很有性格。

第二天，琼兰没等小愚来，就和潘文渊一起，第一时间冲进餐厅。

昌嫂一见潘文渊，“插！插！插！”，三份早餐一齐摆进一个盘子，还没递到潘文渊面前，潘文渊和琼兰齐声恶狠狠地喊：“一箭双娇！一箭双娇！一箭双娇！”琼兰还用手搭着潘文渊的肩膀，先是潘文渊和她相视一笑，接着琼兰头倚他身上大笑。

昌嫂笑得差点岔了气，挥手让他们走，整个餐厅里的人都笑着狂喊：“一箭双娇！一箭双娇！一箭双娇！”

昌嫂扔着饭勺喊：“作反啊？！”

大家不知有多开心，小愚这时才走进餐厅，愣愣地看着大家，不知道大家为什么如此兴奋。

最开心的好像是阿辉，他看了潘文渊和琼兰好一会儿后，坐到潘文渊身边，说：“没想到啊，老弟，我一直错怪你了。”

潘文渊知道他说这话什么意思，但他也不以为意。那天以后，阿辉不再和潘文渊作对了，他让潘文渊走进他的圈子。

阿辉像显宝一样向潘文渊展示他的种种功力和战果，以及他作为仓库的地方。潘文渊对此不屑乃至厌恶，但没说什么，他不想和阿辉之间再生枝节，每个人的兴趣爱好有别，或志不同道不合，而儿童院这种地方让这些不同放大了。

他其实越来越惊讶于阿辉的聪明机智，阿辉也看出了这一点，所以他让潘文渊离自己越来越近。

阿辉说要带潘文渊去见识一个他没见识过的地方，他越神秘的样子，潘文渊越不耐烦，所以，他也不再废话，直接把潘文渊带到一个僭建的大厦楼顶。

阿辉叫门，里面一个孩子的声音应着，出来开了门，阿辉带着潘文渊走了进去。

一个光线昏暗的房间里，到处肮脏凌乱，一阵发霉的味道让潘文渊有些受不了，一张大床上，躺着一个女子，很白的，虚胖浮肿的，就二十五六岁的模样，见有人进来，睁着惺忪睡眼，瞥了他们一眼，接着，又有几个小孩进来。

潘文渊不知这是什么地方，这个女子是干什么的，这些孩子又是干什么的，他觉得挺别扭的，转头看阿辉，阿辉很得意的神情，他从袋子里拿出一个烟盒，自己点上了一支烟，潘文渊还从来没见过他这么像江湖老手的派头，接着很老练似的喷着烟，他走到女子的床前，对着她笑，好像她和他有着什么不言而喻的关系。接下去的几分钟，这个情形好像没有人想去改变，潘文渊决定离开这个令他觉得无比尴尬和说不出什么样的邪恶的地方。

走出门外那一刻，令他顿觉空气突然清新起来。

那天晚上，阿辉很晚才回来，他没有和他提起白天的事，而且以后都没再和他说起，他和他又回到了从前的关系。

一年后的一天，潘文渊从街上回到儿童院，走进花园，几个好像政府某个部门的工作人员带着阿辉迎面走过来，他不解地看着阿辉，阿辉也看着他——看他的眼神和往常没有两样，甚至带着一丝骄傲的笑，他是笑给潘文渊看的。

阿辉说过，没进过监狱的男人，是阳痿的。潘文渊想，可惜阿辉生在这么一个和平年代，要不也许真的可以成为一个像他的故事的主人公那样的人，那样的人不会阳痿。

想到这里，他想到自己的下半身，他不想做阿辉，不想去那天去的那个房间，不想见那样的女子，更不想踎监，他会阳痿吗？

那天晚上，他人生第一次自己证实了自己没有阳痿，虽然他并不真的知道阳痿是怎么一回事，怎么才叫阳痿。

孩子们悄悄地传话说，阿辉因为帮毒贩携毒而进去感化院，他还未成年，进不去监狱。

阿辉被带走的第二天早上，餐厅里不知为什么静悄悄的，不同寻常的静。

昌嫂盛着早餐，盛着盛着，突然发脾气：“是不是死了人啊?！一点人气都没有！”

平时昌嫂最憎阿辉。

碰上阿辉这样的孩子，工作人员都怕费事惹麻烦，但昌嫂不同，昌嫂是真正的性情中人，她喜欢一个人可以将那人宝贝到天上去，讨厌一个人同样可以将他一言以毙之。

昌嫂是唯一让阿辉痛哭的人。

听废柴说，阿辉初来儿童院时，是和他、小愚、琼兰玩在一起的，他早熟，他喜欢小愚，常常和小愚开玩笑，开到大家都觉得过分，但他不以为意，一直开到昌嫂跟前去，昌嫂不干，饭勺子一扔，说：“小愚是我女儿，你给我躲远点！”

谁知阿辉这小痞子说：“那老顽童就是你老公了？哈哈哈！”

昌嫂当头一巴掌过来：“是不是又怎么样?！比你连自己是什么地方来的野种都不知道还强！”

当所有人都惊呆时，没想到阿辉一声没吭地背过身去，有人看到他的脸上满是泪痕，但表情像一块黑铁。

有人说，阿辉没有亲生父母，因为太乖僻难搞，被养父母遗弃的。

阿辉那天待在屋子里一整天不出门，第二天出来时，眼睑肿着。

两个人都受到批评。昌嫂从那以后都不理阿辉，阿辉也不理昌嫂，他躲着昌嫂，但昌嫂没躲着他，虽然对他都没好脸色。大家私下说，有好菜时，昌嫂给阿辉的分量比别人多。后来，当事情平息下来后，昌嫂再叫阿辉时不叫阿辉，叫他沈先生。

看着情绪波动的昌嫂，潘文渊想起刚来时阿辉跳着迈克尔舞步的模样，突然之间他看到小愚掉着眼泪。

大家看着小愚，小愚也看着大家，一副责任在她的神情，说：“我不应该不理他，他每次找我，我都不想和他一起，我对他不好，他真可怜。”

琼兰不假思索地安慰她说：“将来要是没人肯嫁给他，你放心，我嫁给他！”

过几天，林姑娘说，阿辉没有亲人，大家给他写信吧，说什么都行，鼓励他好好改过，将来早点回归社会。

信写好后，林姑娘问大家都写的什么，大家不吭声，林姑娘拿了站在她身边的废柴的那封，问：“能念给大家听听吗？”

废柴说可以。

林姑娘念了，念道：以后你回来的时候，我们大家都会对你好的，真的，琼兰还说，你将来要是找不到女朋友，她会嫁给你的。

在林姑娘和大家的笑声中，琼兰骂道：“你才嫁给他，你这个八公！”

废柴嗫嗫地说：“你自己那天这样说的嘛。”

琼兰啐他：“那天我是安慰小愚才这么说的也不懂，真是废柴！”

林姑娘带着伤感打圆场：“希望将来的阿辉，个个女仔都愿意嫁给他。”

阿辉离开后，潘文渊不那么介意和小愚接近，林姑娘也对潘文渊说，就要考高中了，你帮帮小愚她们吧。

潘文渊在餐厅里见到琼兰，说：“今天一起晚自习吧？”

那天废柴他们也来了。潘文渊开始给大家复习时，走过去把窗门关上，琼兰说：“做什么要关窗门？”

他不好意思地又将窗门打开。

大家笑，有人说：“怕被人笑做了补习老师。”

小愚也笑说：“知识分子就这样，比较怕羞。”

潘文渊更加不好意思，但他说：“我又不是知识分子。”

琼兰说：“小愚喜欢知识分子，最好是大学生，可惜文仔不是，大学不是我们这种人读的！我就喜欢文仔打架的时候，那时候他最好看，很勇猛！他不是那种爱打架的人，但他不怕打架，而且他不往死里打，他只是要让对方停手。我最不喜欢什么知识分子，知识分子就是废柴这样的，还没说打就脸红心虚发汗！”

废柴让琼兰最后那句说得脸一阵红一阵白，但说他像知识分子，又是他高兴的，因此他用一块红一块白的脸看了看小愚，而小愚正在看着潘文渊，她的神情表明，不管琼兰怎么说，她相信潘文渊身上更多的是她心目中那种有知识的人，虽然她自己书读得不怎么样。

那一年，他们几个一个也没拉下，全都考上高中，这一次，林姑娘没哭，她用发亮的眼睛看着潘文渊，对他说：“你记住一定要考上大学，去留学！”

潘文渊没想到林姑娘已经将这件事摆上了她自己的日程表。

有一天，林姑娘说吃晚饭后要带他跟她回家去，去她家里练习电脑，林姑娘的电脑也才买不久。

林姑娘的家在一栋崭新的高层住宅里，那时候澳门像这样的大楼才刚刚出现。

林姑娘的母亲来给他们开门，她是一个看起来很文雅的女人，而林姑娘的父亲在他踏进门时，就走来握住他的手，说：“你就是文仔？”

潘文渊点了点头。

“知道吗？你在我们家可出名了！”林姑娘父亲说完哈哈大笑。

潘文渊瞪大了双眼，平时的拽劲儿都不见了，这样的父亲和母亲都是他没见识过的。林姑娘母亲不忍心看他老实可爱的拘谨样子，忙笑着说："他就是爱开玩笑，别理他！"

"什么开玩笑，是真的！要不你问她。"老头子指着从书房里走出来的林姑娘说。

林姑娘嗔了她父亲一眼，拉了潘文渊往书房里走。

林姑娘手把手地教潘文渊怎么做，等潘文渊开始操作电脑，林姑娘让他一个人留在书房里，说她一会儿再来看他做得怎么样了。

书房里摆放着很大的书柜，收拾得干净如新的书桌，屋角放着一张儿童沙发，墙上挂着林姑娘小时候的照片，书桌上的玻璃瓶子里插着新鲜欲滴的白色百合花，窗户上挂着白色蕾丝窗帘，窗前摆放着一架钢琴。

潘文渊从来没有在这样整洁优雅的环境里待过，他整个人生硬起来，像机器人一样操作着眼前的电脑，直到林姑娘走进来，叫他，他也不知道反应。

那天晚上回到儿童院，他在床上翻来覆去睡不着，眼前晃着的全是林姑娘和她父母三个人的影子。

他想到小愚，他想小愚应该也是这样人家的孩子，她那么文雅，和林姑娘一样文雅，她一定是和她的家人走散的，她的家人一定是像林姑娘父母那样的人，她的家人是不小心才丢失了她的。

整个晚上他的脑海里完全为小愚不值和烦恼。

那天晚上他的耳边都响着那首"星仔走天涯"的歌，一直到梦中，那首歌都在他的脑子里回响：

落雨不怕，落雪也不怕，

就算寒冷大风雪落下，
能够见到他，可以日日见到他，
如何大风雪也不怕，
我要，我要找我爸爸，去到那里也要找我爸爸，
我的好爸爸未找到，若你见到他就劝他回家。

他梦见自己和小愚、琼兰一大帮人，一起去找那个爸爸，梦里并不知道那是谁的爸爸。

一个险恶的环境里，阿辉也在那里，一切都在不可能之中挣扎着。

这样的梦他从来都没有做过。

他从来不唱这支歌，在老顽童的车上，孩子们也不唱这首歌，没想到，潜意识里，他那么清晰地记住了这首歌完整的旋律和歌词。

晚自习时，小愚和琼兰心不在焉地看书，一会儿就说起头发，说起衣服，说个没完，然后男孩子们也参加进去，潘文渊在一旁专心地看着书没参加，琼兰忽然叫他："喂，说说你的看法啊？"

潘文渊如梦初醒："什么看法？"

琼兰瞪他："我们今天的头发梳得怎么样？"

潘文渊看了看说："和以前有什么两样？"

琼兰挥了挥手："说怎么样！"

潘文渊想想，说："小愚的头发不像她自己，你的像。"

琼兰和小愚都不解地看着他。

他只好接着说下去："小愚的头发不像是她的，太另类，像个坏女孩，琼兰才是坏女孩。"

说完他看了看琼兰，以为琼兰会臭骂他，可是琼兰被说是

坏女孩一点也没有不高兴，倒像很高兴的样子。

小愚问潘文渊：“你呢，你的头发不是也很另类吗？”

潘文渊摸摸自己的头——花十块钱被剪得几乎变了形的洋葱头，不置可否地笑说：“是啊，我和琼兰是同一类人啊，你不是，你应该是林姑娘那样的。”

琼兰有点兴高采烈的样子，但她没忘记安慰小愚：“你和林姑娘是一样的。”

小愚却没有因为像林姑娘而高兴，虽然她也喜欢林姑娘。

第二天早上，餐厅里一大帮吃早餐的孩子聒噪不休的声音突地静了下来，潘文渊随着大家的眼神望去，吃惊地看到，小愚将留了多年的发型改了，梳了一个和林姑娘一样的不再盖住眼睛的直发，像青春偶像剧里的主角一样清纯的模样。琼兰跟在她身旁，洋洋得意地看着她，好像小愚是她的杰作。

她们取了早餐后，一起来到潘文渊跟前，小愚期待地看着他。

潘文渊觉得小愚真的很傻，为了人家一句话就去改变，但也觉得她改变得好，想到琼兰说过小愚喜欢大学生，他说：“你真的很像林姑娘！你原来那个样子，大学生是不会要你的。”话音刚落，潘文渊马上想到现在自己正在往读大学的路上走，赶忙想关掉话匣子，但话已无可挽回地说出去了。

潘文渊从来没在人前透露过上大学的打算，这在儿童院里有点另类。

很快儿童院也配置了两台电脑，潘文渊顺理成章地又成了大家的老师。

林姑娘说，要争取增加多几台电脑，因为从来没有比电脑更能激发大家学习热情的东西了。

每天争用电脑是最头痛的事，争到又不会用才尴尬了。

没想到这时，阿辉给大家寄来了一封信。

进了感化院后从没写过信的阿辉说，感化院里有电脑，他学得很快，成绩最好，已经超过了感化院里的老师，老师目前教不动他了，他必须自己上网自学更高级的电脑知识，因此受到表扬。也许不久以后他就可以提前出来，将来，他要用电脑技术做生意，到那时他不会忘了儿童院的人，大家可以到他的公司去打工，可惜儿童院没有电脑，怕到时候大家也帮不上他的忙。

阿辉就是阿辉，到了感化院也没忘了逞强和炫耀自己，但大家都已经不在乎这些了。

信的最后，他特别地问琼兰好，琼兰听后耸了耸肩膀。

林姑娘还没将信念完，孩子们七嘴八舌，说没想到感化院里也有电脑，可能有很多部，不像我们儿童院才这么两部，每天要争个你死我活的，才能打上二十分钟。

不知谁说了一句，还不如去感化院呢，大家一起哄堂大笑。

林姑娘让大家停下来，说，我们可以用邮件和阿辉联络。孩子们即刻兴奋起来，说要即刻给阿辉写一封信，给他一个电邮地址。

然而阿辉很久都没有回邮，林姑娘说，也许感化院里有什么规定吧。

阿辉也没有再写信。

时间一天天过去，女孩子们比她们的年龄更显成熟，而潘文渊在上了高中后，个子一天天见长，外表看上去一点不让女孩子比下去。

“文仔，和我们一起去逛街好吗？”星期天的早上，琼兰对要去洗手间的潘文渊嚷道。

“不去，今天约了打篮球。”

等到了球场上，潘文渊发现，琼兰和小愚都在球场边上坐着，一到歇场的时候，还给他送上矿泉水，还递毛巾。

不多久，就有人吹口哨，潘文渊只好对她们说：“你们不逛街跑这里做什么啊？！”

小愚忙说：“我们不打扰你，就坐着看好了。”

琼兰说：“怕什么啊，我也吹它一个！”说完转身吹了一个巨响的口哨。

球场上爆发一阵笑声，还有人吹起了更响的口哨，琼兰一副胜利者的笑容，说：“够胆放马过来啦！”

潘文渊也回头对那些半大小子说：“听见没！没胆鬼！”

他笑着转回头来正对上琼兰看着他的笑脸，他没有回避。

潘文渊变得喜欢开玩笑了，除了小愚，任何人都是他开玩笑的对象，特别是琼兰，但他同时发现，琼兰也在变，变得和他相反，不能和她开玩笑。

那一年的春节，是第一次没有阿辉的春节，晚会上没有了阿辉的迈克尔·杰克逊，冷清了不少。

琼兰一直到晚会的后半部才出现，一出现让大家大吃一惊，琼兰烫了一个爆炸头，然后又穿了一件花衣服，看上去很怪，令大家大笑起来。

那天晚会后，他们几个循老例又偷着溜出去坐老顽童的三轮车游车河。

琼兰路上问潘文渊，刚才大家笑什么，不问还好，被她这一问，潘文渊不禁又笑了起来。

琼兰叫他别笑，有什么好笑的，他边笑边指着她说，你今天烫这个头发好像，好像老母鸡，哈哈哈！

没想到一贯大大咧咧的琼兰看着满脸不当回事的潘文渊，竟然哭了，然后跑回儿童院去，让老顽童在寒风中白等了他们一个晚上。

潘文渊不知所措地在花园里等小愚，等了很久，小愚才从她们的宿舍里出来。

小愚说:“没什么事吧，她自己也说没事，琼兰花了几十块钱做了那个头发，被你们大家这么笑，心里不好受，不过她这个人很快就会过去的，不会老生气。”

再见面潘文渊不敢和琼兰乱说话，而琼兰也不再像从前那么随便说话了，他们之间不再像往常那么童言无忌，而在旁人看来，他们两个人好像疏远了。

昌嫂平时粗声粗气粗人一个，近来却对琼兰观之入微，再不把琼兰像从前那样做假小子看待，对她就如自己待字闺中的女儿一样，问寒问暖，什么事晚回了还给她热着饭菜。

等到这个情形变成常态后，他们之间的这个劲儿也缓了过来，当然也因了潘文渊开始知道和这个时期善变的女孩子交往要有所顾忌。

开学后，林姑娘问潘文渊:“你们大家怎么没在一起晚自习呢？”

潘文渊说:“林姑娘你召集吧。”

林姑娘看了看个子长高不少的他一眼，好像明白了什么，笑说:“好吧。”

林姑娘在黑板上写了通知。

潘文渊晚上走进自修室时，看见阿义他们在那里，他正在想小愚和琼兰会不会来呢，只见她俩一齐走了进来。琼兰和往日一样双目炯炯，和小愚的文静对比，她走路就像练习舞步，一看她的这个样子，潘文渊就知道她又恢复了往日的精气神。

废柴没来，小愚说，废柴有个亲戚来看他，说要领他出去。废柴本来不肯跟那亲戚的，但那个亲戚说会供他读大学，废柴今天和那亲戚去他家住几天，回来以后再决定是不是离开儿童院。

这个消息让大家都沉默起来。

小愚说着说着眼睛水汪汪的，琼兰没像以往那样凡事都事先安慰小愚，她低着头做作业什么也没说的神态好像和平日没什么不同，但潘文渊觉得她这个样子其实内心一定比小愚还难受。所以，当小愚说完，潘文渊什么也没说，他看着琼兰，而小愚看着他。

回宿舍时，小愚跟着他，他问小愚："有什么事吗？"

小愚欲说又止，最后她直直地站在那里，有些腼腆地说了："文仔，你要是上大学没钱，等高中一毕业，我就去打工，我可以供你上大学！"

潘文渊愣住了，他看着小愚，他之前对小愚总有一种感觉，但他不能说出那感觉到底是什么，现在，他明白了，那是亲人的感觉，是他对自己的亲妈也没有的感觉，是只有对阿嬷才有的这种感觉，不可亵渎的感觉。

小愚看到潘文渊因内心翻滚而脸色大变的模样，又补上一句："真的，我不是要你怎么样，我只是，想帮你上大学，你不是想上大学吗？林姑娘说一定要让你上大学的。"

潘文渊真不知说什么好，但他真不想靠小愚打工而上大学，他想了想说："林姑娘说了，我可以申请奖学金。"

小愚有些失望，她是一心想来奉献的，她不甘心地停了一下又说："奖学金不够用的。"

潘文渊坚持说："够的。"

等小愚静静地离开后，潘文渊才想起自己应该给小愚一个实现她愿望的机会，哪怕是接受一个很小的帮助，而不是生硬地拒绝。

过了好几天，潘文渊从足球场上下来，见到琼兰在场外等着他。

潘文渊很久都没有和琼兰说上太多话，他不知她会和他说什么，他想从那次头发的事件后，琼兰还在生他的气。

琼兰也没说话，他们呆呆地走回宿舍，直走到琼兰和小愚的宿舍门口，才发现已无路可走。

琼兰说：“小愚不在，她和新来的几个人去参加活动，我们进屋说说吧？”

潘文渊不知有什么事要在小愚不在的时候说，但他答应了，他不敢拒绝琼兰。

进了屋，琼兰站在他的跟前，那么近地看着他，他不好意思地想拉开一点距离，但琼兰一把抱住他，他惊讶地看着她，她也看着他，潘文渊没见过这么漂亮的琼兰，像一朵野花那样柔弱而顽强地兀自美丽，像飞蛾一般不顾一切地扑在他身上，他自感一种年岁的力量的不逮，不自觉地后退一步，但另一种力量在他们身上同时升起，压倒一切地让他们忘记了时空。

等他们清醒过来时，看见打开的门外站着惊呆了的小愚，当他们意识到她的时候，小愚已不在门外了。

琼兰发了疯一样地跑出门去，潘文渊知道她去找小愚，他也想去找，但他不敢。

琼兰没有找到小愚，小愚没有回来，她不想回来，她已经十八岁，已经有自主权，可以离开儿童院了。

废柴回来了，他拿走了自己的行李，也拿走了小愚的，在潘文渊他们去上学的时候。

在大门口，废柴对琼兰说，他对小愚说了，他不想要亲戚的帮忙，他要靠自己打工去上大学，小愚说她愿意帮助他，直到他大学毕业。

等潘文渊想找琼兰时，琼兰也不见了。

潘文渊陷入了极大的惶恐之中，他不知自己为什么每做一件事，不管是对是错，都会有那么大的反响，先是阿嬷，再来是小愚和琼兰，老天爷对他从来都不手下留情。

这天晚上，他放学后没有回儿童院，一个人站在松山上灯塔下的炮台口，那是他和琼兰他们经常来的地方。

对着即将陷入黑暗的山口，他高声呐喊，山头开阔，声音显得苍白无力，他无力再喊，黯然下山去。

半道上，黑暗中站着瘦小黝黑的琼兰，他们对视了半分钟，然后一起走到一块大石头的上面。

琼兰半天才说："小愚喜欢你，你也喜欢她。"

潘文渊想说什么。

琼兰阻止他，说："我和你一样喜欢她，我知道你喜欢她和我喜欢她是一样的，我观察你不止一天了，我知道。"

潘文渊惊奇地看着她，奇怪她比自己了解自己，在此之前，他一直不能解释自己对小愚的感觉。

琼兰说着，带着哽咽声："我不再回儿童院了，我不想没有小愚，我们一起长大，我们是亲姐妹。"

离开之前，琼兰再一次回头，说："我以为我比小愚喜欢你，我以为她不是爱你，我以为她把你当成哥哥，她只是好像你喜欢她那样的喜欢你，我错了！你在她的心目中不只是一个哥哥！她的梦不醒，我就不能爱你。我也想清楚了，你要上大学的，你还会去留学，你将来爱的人不会是我。你也别因为可怜小愚而爱上她，别害了她。"

琼兰最后一句话，让潘文渊哭了起来，他追上去，想对她说，他可以不去上大学，在这一刻里，他意识到自己真的喜欢上了琼兰，但琼兰头也不回地走了。

几个月里，潘文渊自己一个人晚自修，这天晚上，宿舍门被推开，进来的是阿辉。

阿辉变了，变成另一个样子，潘文渊说不出他是变好了，还是变坏了。

阿辉踌躇满志地说，他一定要在电脑行业闯出一番天地。他还说，他会让自己的女人幸福。潘文渊当时没把这句话当一句话。

他走后，阿义跑来告诉潘文渊，阿辉刚才对大家说了，他和琼兰结婚了。

潘文渊猛地站起身来，吓了阿义一跳。

原来阿辉来找他就为了说这一句话。

这一天夜里，躺在床上，看着窗外天际里的浩瀚星空，潘文渊想起林姑娘说过的一句话：人生是一部书，写得好不好，靠自己。

他觉得，自己人生的这一本书里，儿童院这一页到这里就要翻过去了，他没想到会翻得这么艰难。

爱情还没有来得及眷顾潘文渊，就匆匆地飞走了，在他还没有准备好，一切都还懵懵懂懂的时候。

那天早上，潘文渊精神不振地出现在昌嫂面前时，昌嫂当头给他一棒："你看你现在这个模样，真正是一把扫把倒立在地上！要多难看有多难看，你才几岁？你只不过个子高点，就人模鬼样的想着跟人谈情说爱，我看你还是将这头剃了，好好做你的学问，别跟屁虫似的跟着女孩子，你别说是人家女孩子跟着你啊，我不爱听！人家踹了你，是看得起你！你要看得起自己，就打醒精神读出个人样来，让那些女孩看看，她们今天抬举你是抬举对了！"

潘文渊相信没有人告诉昌嫂什么事，但昌嫂就有这样的本事知道得比事主本人还清楚。潘文渊立刻像被点了穴一样心里突然明白了许多事，他明白了昌嫂前一段时间对琼兰的种种好，也懂得了她天天骂人，为什么却从来没有孩子想要报复她。

潘文渊拿了早餐就走，却听后面昌嫂吼了一声：回来！

潘文渊不知她还要说什么，昌嫂什么也没说，“咣当”一声，一大块鱼肉被昌嫂用勺子扣在了他的菜盘子里。

但是，潘文渊没有听昌嫂的话把他的洋葱头剪了，林姑娘叫他剪他都不剪，昌嫂叫算得了什么？

昌嫂对他恨得痒痒的，说他真正是“不识抬举”！一见面就骂他的头。

有一天，林姑娘没回家吃饭，在餐厅里听见昌嫂又骂，林姑娘问昌嫂骂谁骂得这么爽，昌嫂笑说，还有谁，骂你的得意门生！

舍童们都笑，林姑娘也笑，她知道她的得意门生就是潘文渊。

林姑娘笑问潘文渊：“你不生气？”

潘文渊大声说，故意让昌嫂听到：“能被昌嫂骂的，级别都特别高，还生气？”

林姑娘又问：“头发剪不剪？”

潘文渊噘着嘴说：“不剪！”

林姑娘笑了，昌嫂恨不能扒了他的皮：“我就看你真能够带着这副模样上大学去?！”

潘文渊就这个模样还真考上了美国的大学。

那一个星期天的早上，他和林姑娘约好了去风顺堂。

很早，昌嫂还没把餐厅的门打开，林姑娘就把潘文渊叫到门口等开饭了。

昌嫂说：“星期天的，这么早做什么啊？”

林姑娘说:“去教堂。”

昌嫂没忘了潘文渊头上那堆草:“叫神父让他把头搞掂了。”

林姑娘笑:“昌嫂做不到的，估计神父也做不了。”

昌嫂被说得神气了，给他们每人加一条香肠，潘文渊见香肠哇了一声，昌嫂把他的香肠又拿了回去:“吃就吃了，还哇哇叫！”

林姑娘说:“给他吧昌嫂，人家考到美国去了！”

昌嫂鼻子里头哼一声说:“美国这种垃圾香肠最多，现在饿一饿，去美国再吃就不反胃了！”

林姑娘把多给她的香肠给了潘文渊，说她吃不了那么多。

潘文渊看着昌嫂对林姑娘说:“昌嫂最有名的话就是枪打出头鸟，谁冒出头来，就要把他的气焰打下去，这样他就不会忘了自己是谁，免得一头栽了大葱。”

他以为昌嫂听不见，谁知昌嫂说了:“我最打击阿辉，谁知打去了感化院，他那天见到我，说我打压得不够，要不绝不会让文仔这小子现在这么不把人看在眼里！我说你偷把警棍给我得了！哈，他有点变了，他说啊，昌嫂你怎么老拿这旧事损人呢？以后可别再说了哈！我说你不把那个发梦开的公司挂在嘴上的话，我就依了你！”

说到阿辉，潘文渊想起琼兰，不再作声。

昌嫂越说越得意，瞄了潘文渊一眼，又说:“别看阿辉这小子乖张，要有适合的人帮一帮，会是一个人才！琼兰不傻，我要是她我也跟他！我叫琼兰把他赶进好人堆，琼兰有这个本事你信不信?!”

潘文渊害怕昌嫂老看着他，忙把话岔开说:“昌嫂，林姑娘那天说要申请让你做社工组长呢?!”

谁知昌嫂红了脸，对着潘文渊骂道:“别擦我的鞋！嫌我踩你不够？我要真当了社工，第一个先把你文仔打得这辈子都找不到女仔！”

林姑娘说：“我真说过的，虽然是说笑，但我心里是那么想的。好几次工作汇报我都把你写进去了，我真的学了你不少呢。”

昌嫂这下腼腆得像个小姑娘：“林姑娘你学我什么呢，我又没文化又粗鲁，我只会骂人，我要有你整个人的百分之一，我这辈子都足了。我不过当这些孩子是自己的，其实谁不可怜呢，我当年来澳门，要不是有人肯赏一碗饭吃，现在能认识你，能认识文仔吗？文仔啊，你真是几生修到了，碰上林姑娘这样的好人，要不你顶多也就阿辉这样了。你将来有什么好处时，不要忘了这里，你要像人家说的，没能力的时候接受人家帮助，等自己有能力的时候，也要好像人家帮你那样帮助别人，你千万要记住啊。”说着，昌嫂竟哭了起来。

潘文渊知道昌嫂是为他的今天喜极而泣。

被昌嫂搅了一搅，潘文渊和林姑娘去风顺堂这一路上默默地走了好久都不说话。

好久了，林姑娘说：“昌嫂是刀子嘴豆腐心，她就是儿童院里的一个长辈，虽然没什么文化，但她有爱，这比什么都重要，儿童院有她，才更像一家人。”

快到岗顶的时候，林姑娘又说：“文仔，见了神父，态度要端正，不要那样坏坏地笑，嘴角不要斜，你又歪嘴了，对了，现在这样才像样。”

“林姑娘，我觉得他们不会把奖学金的名额给我的，我又不是天主教徒，再说，咱们儿童院不是基督教吗？”

“我也不是天主教徒，我是基督徒，真正的宗教胸怀是宽广的。不管怎么样，我们都要争取一下。”

潘文渊没有再说话，他看着马路，岗顶一带短坡交纵，峰回路转，坐落在高高山墙上的、阳光中的圣老愣佐堂已经看得见屋顶的十字架了。

林姑娘说：“我们先和教友一起望弥撒，神父会在告解时间抽空和我们见面。”

踏进圣堂，眼睛光顾着四处张望，才走了几步，潘文渊就被脚下的一个台阶绊了一下。

林姑娘看他一眼：“没来过吗？”

“没来过。”

说来不可思议，澳门大大小小的教堂这么多，但潘文渊从来也没有进过教堂，说的是这样的教堂——屋顶有着十字架和钟楼的天主教教堂。

他仔细看了又看的是圣堂内高墙上的彩绘玻璃窗，那些彩色玻璃拼接出来的哀伤悲悯直面永恒的圣经故事让他想起阿嬷临终的时候，神父和教友们诵读的声音在圣堂内悦耳地回荡着，阿嬷平日里说话的声音也在潘文渊的心头回荡着。

等潘文渊被林姑娘从遐想中唤回，他看见神父满面笑容地向他们走来。

潘文渊没什么反应，在印象中，神父都是这样的笑容，神父对每个人都笑，因为上帝面前，人人平等。但其实每个人，包括神父自己，心里必定都知道这个世界从来都没有平等过，要不还要神父做什么呢？潘文渊此时这么想着。

神父走近前来，看了一眼愣头愣脑的潘文渊，不觉和林姑娘默契地相视一笑，然后对林姑娘说，也是对潘文渊说：“我先和潘同学谈谈好吗？”

林姑娘笑着点点头，她站在教堂的大门内，目送着神父和潘文渊向门外的花园走去。

在询问了潘文渊的一些个人和家庭情况后，神父停住脚步，看着潘文渊的眼睛，问道："你信教吗？你家里人都信什么教？"

潘文渊也看着神父的眼睛，他知道这个问题的意思，他不假思索地答道："我不是教徒，也没上过教堂，除了儿童院的安排。我阿嬷信佛教，她，几年前过世。"

神父的表情很满意，也许这也只是他一贯的表情，潘文渊心里已经淡然，他松了一口气：反正没戏。

回去的路上，林姑娘的话让潘文渊很意外，她说，神父在和她个别交谈时说，潘同学是个诚实的孩子，也是个很优秀的孩子，他愿意为潘同学尽力争取，至少在必要时愿意为他提供一份推荐书，是不是教徒不是最重要，重要的是像一个真正的教徒。

一路上，潘文渊和林姑娘还是没有说话，潘文渊知道，林姑娘为这个结果很高兴。

那一年的仲夏，潘文渊走上飞机，飞往美国。

他拿到了全额奖学金，但没有占用教会的名额，他得到了他报考的学校颁给他的全额奖学金，学校方面在审阅了所有数据，包括各方面的推荐文件后，给他的奖学金评定是：在自身环境非常困难的情况下坚持读完学业，成绩优异，且在面临价值取向的衡量时，保持了诚实正直的态度。

潘文渊看了校方的评定不觉一笑，又是那被林姑娘屡教不改的坏笑——不知道他是在嘲笑自己，还是嘲笑别人。

就要去美国了，潘文渊不期然地想到姑姑，姑姑是他在这个世界上唯一能联络到的亲人。

他从宿舍里走了出来，去楼下的餐厅——那里有一个供住宿生用的电话，他想给香港的姑姑打个电话。

不是用膳的时间，餐厅里没人，电话在窗台边的木架子上，窗户上陈旧的百叶窗掉了一扇，另一扇耷拉着半开在一边，透过窗玻璃可以看见窗外花园里没有修剪过的、任其野生野长的不知名的灌木花丛。潘文渊拿起电话，在等对方响应时，他眼睛朝窗外看着，想当年，将这庞大花园洋房献给儿童院做院舍的屋主人也曾经在这窗前这样望着花园吧——他看见昌嫂端着个大菜盘，顶着炎热的日头朝餐厅走来。

这时，他听见姑姑在电话中应了一声："喂？"

潘文渊和姑姑说了去美国的事，电话中姑姑兴奋地和近旁的姑父说："文仔要去美国读书！"

话音未落，那一头电话被姑父抢走，在被扔掉的电话那边，他听见姑父对姑姑吼道："去美国读书？发梦都没这么早！你那个发瘟阿哥当年赌光了钱，不就是说要去美国赚大钱的吗?！"

潘文渊默默地放下手中的电话。

他想起那天在教堂里看那些彩绘玻璃圣经故事的时候，他没听见林姑娘和他说什么，因为他想起他的阿嬷。

六年前，阿嬷去世的第二天，有多少年都不上门的姑姑和姑父乘飞翼船从香港赶来奔丧。姑父让姑姑将阿嬷手指上的一只金戒指扒了下来，姑姑刚要说什么，姑父一下就将戒指抢了过去，说道："这么细的东西，还不够船费呢。"

临走时，姑姑不好意思，偷偷地将两张一百元纸币往当时刚满十一岁的潘文渊手中塞，潘文渊对着姑姑第一次流下眼泪，他将钱硬塞了回去，他懵懵懂懂地想说："姑，等我长大吧，长大了就不会有人欺负你的！"但最终都没有说出口。

就要去美国了，想儿童院的一代住宿生，他朝夕与共的同伴们，曾经的友情，或说不清的什么情，他不想说的，不能说的，已经都变成亲情一般。

想起了小愚和琼兰，但她们两个，也包括儿童院里的他们，好像因为他去美国上学而不可挽回地离他越来越远，让他的内心充满了迷茫，简直认为自己可耻。直到上飞机前的一刻，他的心里还一直有一股力量要他决定：去美国成就学业，或者什么也不是地留在澳门，和她们或他们一样，过本属于他的那种生活，不为什么，只是证明自己和他们是同一族类。

但是，潘文渊终归是踏上了他已经选择的道路，他因此瞧不起自己，即使很多年后的现在，潘文渊仍然认为，选择不上大学的路，不只是对他，对一般人来说，也许是要更大的勇气和信心。

下卷

林姑娘一直将潘文渊送到香港的启德机场。

潘文渊的姑姑也来了。她在庞大的机场里晕头转向地跑着，不断地问路，最后被等着她的潘文渊看见，跑过去将她拦下，接过了她手上提着的一个很大的包。

自被姑父摔掉电话后，前几天，姑姑最终自己打了一次电话给他。

“文仔，你什么时候去美国？”听见这句话，潘文渊突地眼眶一热，喉头哽咽，出不了声。

停了一停，他说了个日期，然后说：“姑，等读完书回来，我一定让你过得好一些。”

电话那头，姑姑也哭了。

上飞机前，姑姑说，她会等到飞机起飞才回家，潘文渊说那还要等很久的，不必了，但林姑娘说，她会和姑姑做伴，一起看飞机起飞。

正在升空的飞机上，潘文渊从舷窗盯着倾斜的、距离越来越远的地面，一心想从那里看到林姑娘和姑姑。

坐在他身边的是一个比他大两三岁的年轻人，那是林姑娘的朋友介绍给他们的，一个刚好回澳门度暑假的留美学生，恰好和潘文渊在同一个大学城里就读，是一个戴着眼镜的看上去很斯文的男孩子。

他们的对面坐着一对母子，那儿子营养过剩，有些肥胖，年龄和潘文渊相仿，他们也和潘文渊一样，经人介绍，和年轻人路上结伴，那母亲是陪儿子去美国上大学的。

等潘文渊从舷窗那里转过身来，一直看着他的年轻人问他：“林小姐是你什么人？”年轻人声音很轻，但很清晰。

潘文渊说：“林姑娘？是我们儿童院的社工。”

同路的母子听他这么说，一齐看了看他。

刚才上飞机前，姑姑将她带来的包让潘文渊带走，姑姑说，她为他买了一件特大号的防雨布加层羽绒服，她听人说潘文渊要去的费城冬天冷得很，她好不容易才找到一个批发佬，只有他那里有这么厚的衣服，香港的天气一般人都用不着这种衣服，人家有钱人去滑雪旅行都买外国名牌货，那个批发佬说，这是制衣厂给美国厂商加工的服装，偷着卖的次品。正说着这个的时候，那母亲就像现在这样看了他姑姑和他一眼。

潘文渊说，他什么衣服都有，林姑娘自己掏钱为他买的，还有儿童院给他的，足够了，但姑姑说，那我是自己人你还见外不成，将衣服拿出来让他马上试穿。

那衣服自然不是名牌货，颜色也不好，又太大了些，潘文渊穿上后，觉得不是很适合，但是姑姑说他现在长身体，很快就不会显大了，林姑娘立刻就说，对啊，好看，你看你姑多会拣，你真冷起来的时候就知道了。潘文渊没出声，但他看见姑姑听了后露出很高兴的表情，就体会到了林姑娘的细心，因而他也对姑姑说，他很喜欢。

这期间，那个胖少年多动症一样不停地在座椅上挪动着，他的眼睛很大很明亮，嘴角带着孩童才有的圆弧，嘴唇上面似乎还毛茸茸的，他的表情很直率很单纯，很难想象他也是去上大学的。潘文渊觉得他对自己有一种强烈的善意的好奇，似乎期待着他说什么，他期待的目光弄得潘文渊也想和他说一说话，但立刻又感觉到自己和他之间隔着他的母亲，也就作罢。

“哦，我以为和你有什么亲戚关系，她那么细心地为你打点，还一路送到香港来。”年轻人接着他刚才的话说，他用手扶了扶眼镜，文质彬彬地说道。

潘文渊不知道应该说什么，他看见对面的胖少年刚喝完水，那母亲随即为他递上一张纸巾。少年见潘文渊看着他，脸红了，接过纸巾，动作中有点不耐烦地示意母亲不要在别人面前这么过分周到。

潘文渊将视线收回，对身旁的年轻人说了一句他本不打算说的话：“你不认识林姑娘吗？”

“不认识，是我堂姐介绍你们让我认识的，我堂姐和她是同学。”年轻人说，接着，他看着潘文渊的头发，“你之前上学的时候也是这个发型吗？”

潘文渊笑了起来，他喜欢他的八卦，他明白他是善意的，没想到这么一个戴眼镜的斯文的学兄会不反感他的头发，从一开始，他就知道他喜欢他，至少对他没有反感，而他也喜欢眼镜兄，他心里这样称呼他，潘文渊在生活中还没有交过这么斯文的朋友，他斯文，但实在、成熟，难得的是对他没有偏见。

潘文渊早知道林姑娘找眼镜兄做他的旅伴真是费了一番心机的，眼镜兄是一个品学兼优的大学生，再读一年就毕业，多数也会再读硕士甚至读博士，林姑娘说，这样一个人如果能和潘文渊成为朋友是再好不过。

眼镜兄对潘文渊更多的是好奇心，没说上几句话，眼镜兄就问："儿童院里有多少人考上大学？"

潘文渊想到废柴，说："除了我，可能还有一个。"

眼镜兄点点头："你们真不简单。"

潘文渊看了一眼对座的母子，好像针锋相对地说："你们——也是。"

眼镜兄听见他说的是你们而不是你，同时瞥见他的眼神，笑了，不再说话。

一路上眼镜兄都不再和他说话，他拿出一本厚厚的书看着，潘文渊一路就这么独自待着，然后深睡。

到达费城机场时，一个女孩来到他们的面前，是一个很漂亮的女孩，她来接机，接眼镜兄的机。

女孩的漂亮是身边路过的洋人也禁不住要回头看一眼的，那是青春健康活力的美，美得炫目。

潘文渊想保持一贯的态度，碰见漂亮女孩都不主动看人，也不打招呼。但对方看到他呵呵大笑，他知道当然笑的是他的头发，而他竟也报之一笑。

一直都没有说话的眼镜兄说："有什么好笑的？"这句话是在帮潘文渊，但潘文渊并不在意，女孩的笑没有恶意，相反，这女孩的笑太有感染力，太提神，潘文渊觉得这十多个小时的飞程后，现在脑子突然清醒过来。

女孩好像没听见眼镜兄的话，她继续笑自己的，她问潘文渊："刚拍完电影？电影里的地痞是这个款！"

眼镜兄提醒地看了她一眼，这边潘文渊却顾自笑了，女孩见他笑，走近潘文渊很熟络似的用手拍他的肩头，说："学校里面喜欢这款的多，我也去弄一个，和你一起在大学城，对！

在地铁站口，我们带吉他去！头发染成蓝色怎么样?!”

女孩的语速快而且咬字清晰，说话像唱歌一样，潘文渊被她弄得心里有些兴高采烈的，他带点得意又有点不好意思地笑了笑。

和女孩肆无忌惮的笑成对比的，是眼镜兄的安静，不是他在她面前特别安静，他本身就这么安静，不管他是说话还是不说话，他都是这么安静，安静得让人舒服，但现在这安静让潘文渊感觉到一点不协调。

潘文渊猜想他们是什么关系，是不是恋人，隐约觉得他们像恋人又不像恋人。

同行的母子有人接机，潘文渊他们三个人上了女孩开来的车。

车子在空无一人的林道上奔驰，一路上，就女孩一个人边开车边兴高采烈地说话，说什么潘文渊一句也没听进去，他心思不在他们身上，从未离开过澳门那样拥挤狭小的地方，现在他的心像野鹿一样放马奔跑在这片陌生空旷寂静的大地上，一转眼把眼镜兄和那个快乐女孩完完全全地忘了。

等车子开进校区，眼镜兄摇了摇他，他才回过神来。

这两位都很热心地帮他找地址，直到送上门去。

临分手，眼镜兄留下一个电话号码给潘文渊，潘文渊也没见外地说声谢，和眼镜兄好像多年的朋友，大家说走就走。

留下潘文渊一个人，他将行李搬进屋，只稍稍打量了一下屋子里的环境，他就走到窗前看外面。

潘文渊长这么大，没见过如此大的居住空间，不管是室内还是室外，一栋栋宿舍楼之间还有那么大片的草地，在澳门的话，足以建一个大球场，而在这里，土地就这么奢侈地空闲着。

就在这时，天空突然下起一阵大雨。

潘文渊站在刚刚打开的窗门前，眼睛和心被眼前的雨冲刷着，由内至外感觉无比畅快，刚才那姑娘的笑声还在他的耳边响着，远处一个人踩着单车在雨中奔命似的急驶，潘文渊随口哼起了一支曲子。

一个月后，一切进入正常之后，他才打电话给眼镜兄。

眼镜兄问他怎么样？还适应吗？潘文渊说他课余在一家中餐馆打工，眼镜兄说，估计你口语没那么容易过关，我给你介绍一个地方，也是中餐馆，老板是华侨，不过那里的客人都是鬼佬，你可以边打工边学口语，我刚来时也在那里干过。

那个中餐馆就在学校附近，不大，虽是中餐馆，外表却不像一般中餐馆那样的中式装修，看起来完全是西式餐馆的样子，只是在店口的玻璃门上和一扇扇的大面积窗玻璃上，贴着大红的装饰风格的中国字，作为点缀。整体上让人觉得不像那些古色古香的中国风餐馆里坐着一屋的洋人有点古怪。

眼镜兄带他走进店堂去，正是营业时间，餐馆里果真都是洋人在吃饭。满屋的家具也都是洋家具，而墙上挂着中国字画，餐桌上的餐具也是中国的，看上去倒挺舒服的，潘文渊即刻联想起阿嬷去世前，在公务员宿舍住时，那个客厅里的摆设，也是这样的中西混杂，也是这样意外的和谐。

在厨房里见到老板，老板和印象中的中国餐馆老板不同，很年轻，一身打扮让潘文渊感到和这个餐馆有着完全的吻合——穿一件改良过的白色中式对襟衫，第一眼看去却像是西式衬衫，效果非常独特。潘文渊觉得他不像是开餐馆的。而老板只看了他一眼，就当着他的面对眼镜兄说："这位可不像你，你看他头发，不会三天两头出状况吧？"

眼镜兄和潘文渊都笑了，老板识人爽快，没等他们再出声，马上又说："行！笑得干净，这头发应该不是你的性格，是一种风格！今天就上班吧！”

眼镜兄走后，老板说：“两个时间段，一个是下午六时做到十时，一个是六时做到十时半，人工一样，你做哪段？”

潘文渊想怎么这么奇怪的分法，多劳没得多得，他没有悬念地选了时间短的那一种。

每天和鬼佬打交道，说起英文来果然舌头利索了许多，潘文渊尽量和客人多说话，老板不顺手的时候就说他：“我请你来进修的？”说归说，老板有时高兴起来也帮他圆场，甚至和客人一起讨论英文，说词汇来源、历史，那情景好像这里是英文教学场所，买卖双方都忘了自己该干什么，而旁边的客人竟也没觉得被怠慢。

老板对他说，这你要看对象，连周围的客人都要看人家是否吃这一套，有的客人喜欢这样，有的客人不喜欢，人家赶时间的时候，你不要和人废话。

一个星期天下午，餐馆来了两位女客，一个是年轻的西方女子，另一个未进门先笑，潘文渊一看，就是那天机场的那个女孩，眼镜兄的朋友。

等她们坐下，潘文渊递上菜单，两个女子埋头在菜单上，那女孩为西方同伴解释了一番菜单，然后她抬起头，点了一份二人套餐。

潘文渊用英文问她们：“要冬菇炖鸡还是要炖排骨？”

女孩子听了，用广东话说：“你说错了，菜单上写的是小母鸡。”然后她转过头去，用英文对女伴说道，“年轻的公鸡太太和——她的冬菇！”

话说完连邻座的客人都笑了，潘文渊听到公鸡太太也不免笑出声来。

“可以放些胡椒吗？我要煮的时候放，放多些。”她用英文。

“可以。”他也用英文。

“可以。”她重复了一次，意在说他发音不正确。

“可以。”他又说了一次。

重复了好几次才放过他。

他两下三下写好菜单回头走时，才看见自己身后站着老板，看样子站了有一段时间了，脸上笑嘻嘻的，心想刚才那傻瓜一样的一堆“可以”让老板也听到了，心里不由得狠狠地骂了那女孩一声八婆。

收工后，潘文渊急步走出餐馆，准备回学校去，时间已晚，还要上图书馆去找资料。

没走上几步，后面上来一辆车，摇下车窗，露出刚才那个八婆的脸，之前潘文渊没仔细看过她的脸，这时才发现，八婆确实长得很漂亮，这么漂亮又这么疯的女孩少见，漂亮的女孩都端着，矜持得像公主，而眼前这位，毫不在乎地龇牙咧嘴也不怕破相。

“回学校？”

潘文渊有点愕然，他点了点头。

“上车吧！”

他愣住了。

“我和他一样，和你一个学校，上来吧。”

他迟疑地看着她。

“你这么看我做什么？怕被骗财还是骗色？”

潘文渊没得话说，一步跨上了车。

到了学校里，半路上将他放下，一句话也没说，就开着车走了。

潘文渊被丢在马路上，想不通这样一个个性独特，充满挑战意味的、自以为是的女孩，眼镜兄是应该爱她还是不爱，而现实中，眼镜兄和她到底是怎样的关系呢？最后他摇了摇头，回宿舍去了。

第二天，一个平时不多说话的同学和他说，你认识那个读语言文学系的女孩？

潘文渊一头雾水，那同学说，昨天晚上你不是坐她的车回校吗？

潘文渊说，我和她不熟，她是朋友的朋友，怎么？

同学说，没什么，那女孩在英国读的中学，后来不想听家里的指挥，自己跑到美国来读中学最后一年，和我们一样今年上的大学，听说家境不错，又漂亮，又聪明，想追的人不计其数。

同学说完意味深长地看了潘文渊一眼，潘文渊根本没往心里去，他和她同车回校又怎么样？潘文渊不禁想起，眼镜兄的表情好像不是她的追求者，更像她的债务人，这么一想他不禁笑了起来。

等潘文渊差不多不记得这件事时，一个电话打来，潘文渊接电话："喂？"

"我是谁？"

潘文渊稍想了一下，记起了，他在这里还没有认识几个女孩："知道，你是那个公鸡太太。"

对方哈哈大笑，然后说："你才是太太的公鸡！"

潘文渊觉得这句话逻辑上有点傻，心想她确是有点八婆："随便你，有什么事？"

"没事就不能找你吗？"

"可以。"正在赶路的他有点无名火，这位小姐每次都像是来找碴的。

"你不高兴？"

潘文渊想，你知道还问？但他嘴上说："没有。"说完他也觉得自己确实好像在生气。

“没有就好，你很忙啊？”

“还好，有什么事你说吧，一会儿我就不好说电话了。”潘文渊正走进餐馆，现在是他的工作时间，所以他急着说。

“哦，你上班是吧？那不说了，等你有必要时再找我吧！”说完把电话关了。

潘文渊想，找你？找你干什么？是你找的我，又不是我要找你。

他再回头一想，自己的态度可能有些不妥，不管怎么样，她也是眼镜兄的女朋友，虽然她有些任性，有些自以为是，她肯定是被那些传说中的追求者宠坏了，但看在眼镜兄的分上，看在她和他好几次帮他忙的分上，他应让对她热情一些。

电话刚关了马上又响起，还是她，这下她说：“我忘了要告诉你，我知道David——那个没脑袋的书虫是不会告诉你的！他还能抽出时间来带你去见工已经很了不起了！”David是眼镜兄的英文名，她一直这么叫他，她说他没脑袋，让潘文渊有点好笑又有点奇怪。

“你大概不知道吧？晚上做到十点半是有宵夜的，而且有卖剩余的话，可以多带走一份做第二天的早餐，笨蛋！这一点老板是不会主动告诉你的，只有聪明的员工才享受得到，像你这样外表混蛋内心也混蛋的，实在让我忍不住要告诉你，你辜负了你那一头勇敢的头发，人家问你做时间长的还是时间短的时候，你就应该问为什么了，你那个古怪老板要不是同情你的头发，早就不请你了！”

潘文渊听着，心里盘算着免费的早餐加宵夜——加上在餐厅里本来有一个工作餐，等于三餐都有了着落，顿生惊喜，还没说话，那边电话已经挂了。

当天晚上，潘文渊就和老板说了要做到十点半，老板说，是斐雯告诉你的吧？那个丫头！说实在的，你们这么多男生加到一起还不够人家一个女生厉害。

潘文渊这才知道，原来这个女孩叫斐雯，一直也没听眼镜兄介绍过她，现在，心里还不得不感激她。

但是每见到老板的笑容，潘文渊不免觉得老板看不起他的智商，因此他一直在心里把斐雯叫做八婆，摸不透她为什么每次帮他时都更像是在跟他过意不去。

有一个客人，一个地道的美国人，常来餐馆吃饭。那天他也点了那个冬菇炖小母鸡，见客人不多，潘文渊就和他说长问短的，说到后来，他问潘文渊这道菜怎么弄的，鬼使神差地，潘文渊说是年轻的公鸡太太和情人冬菇在一起泡温泉的汤，那美国人大笑。

第二天，美国人在门外等潘文渊下班，告诉他，自己是某个著名品牌家用品公司的总经销部门经理，问他想不想去他的公司上班。

潘文渊一听喜出望外，赶忙推销自己，说自己除了英文，还会中文和中文里的广东话。

那人笑说，我想要的就是你的中文，当然，你的英文如果能够再好一些就更好了。

潘文渊说，是的，我保证以后不会再出现公鸡太太这样的说法。

那人说："哦？但我要的就是公鸡太太，如果不是公鸡太太，我还不定会找你呢！"

潘文渊的表情有点愣，那人说："我看重的就是你的幽默感和对工作的热情，做销售的这两点都很重要，其次才是你的语言和其他。"

潘文渊向老板辞职，他想老板会不高兴吧，才做得好一些就要走了。没想到老板竟高兴地祝贺他，说除了斐雯，他是第一个转工转得这么快的——在他的店里打工的学生中间。

听老板的口气好像他这里开的不是餐馆而是职业培训机构似的，潘文渊觉得这老板真是与众不同，如果他不老提那个斐雯就更好了，也没想到自己竟会有点舍不得离开这个餐馆的心情。

等领了跳槽后的第一份人工，他请眼镜兄吃了一顿饭，他问眼镜兄是否也请上斐雯，眼镜兄说下次吧。

才坐下来，眼镜兄说："你应该买一部车。"

潘文渊说："车？"

眼镜兄说："二手车很便宜的，留学生人人都有一部，节省时间啊！没听过么？当然你要先考驾照。"

潘文渊不得不承认自己老土，还以为那个斐雯是家里有钱。

眼镜兄说："我给你一个网站，上面关于留学生活的难题应有尽有，你碰到什么事都可以上那里查去。"

停了一停，眼镜兄说："是澳门学生做的网站，网主只要在线都愿意和你结识，聊天，帮你。"

潘文渊当晚就上了那个网站，真的什么都有，从生活细节到学习到找工作，直到打官司全都有，甚至还有案例，包罗万象。

潘文渊还真的进了聊天室和主人聊了起来，对方教他如何才不会买到柠檬车。

潘文渊问什么是柠檬车，对方说就是有问题的车，浸过水或出过事的车。

聊得很久，对方把买二手车会遇到的什么都告诉他了，然后潘文渊又问对方怎么有时间做这么个网站，对方说，她不是一个人做的，是集中了很多人的力量做成的。她问潘文渊是否有兴趣加入网站，为网站编一些自己学院的或其他生活社会项目的条目，潘文渊想也没想就说好。

对方问潘文渊是哪个学校的，潘文渊说了，她高兴地说，哟！我们同一所学校！

接着问什么学院什么学系，最后她肯定地说："我知道了，你是太太的公鸡！"

潘文渊愣住了，他想眼镜兄为什么不直接说斐雯就是网主呢？

斐雯在他看不见的那头哈哈大笑。

当天，潘文渊收到了林姑娘的邮件。她告诉潘文渊，阿辉和琼兰真的结了婚，但完全不知他们的去向；小愚和废柴没有同居，废柴考进澳门大学，一直在兼职打工，而小愚在一家鞋店做售货员；小愚说，她不会和废柴同居，她一定要等到结婚的那一天。

潘文渊有说不出的感觉——小愚一心想做一个她自己想象中的好女孩，而琼兰，潘文渊不能想象阿辉能给她幸福，他心中无限怅惘，但怅惘的理由还不在这里。

林姑娘问他，你交女朋友了吗？

他说没有。

林姑娘说，这样也好，可以专心学习。

潘文渊也确实没有多余的时间，多余的时间还要编辑他们学系的条目，很费时间，但这看上去只是服务他人的工作，却让他长了不少见识，他和斐雯经常在网上见面，不是见面，是对话。

不知不觉中半年过去了，西历除夕晚上，一个电话打过来："新年好！"是斐雯打来的。

“新年好！”

“我没想到给你打电话，但是刚才听他们说，你是孤儿院出来的，所以，我非给你打这个电话不可。”

“为什么？”

“也没什么。”

“不是孤儿院，是儿童院。”他回应刚才的话。

“哦，有什么区别？”

“我不是孤儿。”

“对不起！我的意思是——”

“我知道，反正也一样。我不是介意，我只是想说得准确一点。”

“我们见见面好吗？”

“好。”不应该拒绝这样一个不断给你新坐标的女孩，他想。

学校的中心广场，那里的周边有一大片树林，是一个朋友交谈的好地点。

潘文渊刚到约定的地方，就看见穿得严严实实的斐雯风风火火地走来。

等她走近前来，他问她，会不会冷，要不要找个室内地方，喝咖啡的地方？

斐雯摇摇头，说：“不怕，天气这么好，我们一边散步一边说话，不会冷。走快点就不怕冷了。”

他们穿过树林，走向林中大道，空气干爽得发出似乎是干裂的声音，斐雯说，这是圣诞老人的雪橇走过的声音。她那明亮的眼睛在夜色下一闪一闪的，她的充满热情、营养过剩的脸庞容光焕发。

一对雪兔一前一后从他们面前蹿过去，一眨眼已经不见了，他们都看到了，都露出惊喜的眼光，然后相互看了一下。

潘文渊看着斐雯在黑暗中显得特别妩媚的脸庞，突地想起琼兰的脸：细巧的五官，慧黠的眼神，像一朵艳丽脱俗的非洲菊，感觉一阵没来由的心痛，不是真正意义的痛，是感觉，他眯起了双眼。

“你知道吗，本来今晚我是和一班朋友一起的，吃饭的时候有人说到你，有人说，你是儿童院出来的，我马上跳了起来，立刻给你打电话。”斐雯还是一样的笑容。

“是 David 说的吧。”潘文渊已经缓过劲儿来。

“你怎么知道？”

“只有他知道。”

“他不是故意说的，而且他只对我一个人说。”

“没什么，这不是秘密，我相信他出于善意。你这样说走就走，把他撂在一边，不好吧？”潘文渊觉得她有小姐脾气。

他说他，而不是他们，但她此时的心思不在这里，她回答说：“不会，他吃完饭就回实验室。”

“假期也上实验室？”

“他没有假期，就是有假期也不放假那种。”

过了好一会儿，他们走出了好长一段路，她说：“你知道吗，我从小就希望自己最好是儿童院的，我上小学时经常从儿童院门口经过，我知道那里。”

潘文渊不可思议地看她一眼，发现她的脸上已经没有笑容。他想起阿嬷曾经一次次地问他：送你去儿童院好吧？每一次他都坚决地说：不！

“我幻想我很小的时候被家里弄丢了，然后我被送进了儿童院，而我的父母不知道，想到他们悲恸欲绝的样子，我心里很痛快。”

潘文渊想起他也曾经希望小愚是这样的遭遇，但是如果小愚没有和家人走散，小愚绝不会是斐雯这个样子——看着父母亲悲恸欲绝而高兴，不会的，小愚那样温柔可爱，她天生善良。

“你觉得我很变态吧？”

潘文渊无意回应，但斐雯又说：“你如果是我，你就不会这样想了。”

斐雯说到这里没再说话，潘文渊奇怪地看了她一眼，发现刚刚还满脸笑容的她眼里竟含着眼泪，他愣住了。

“我不知道你们儿童院里的孩子是不是还爱着自己的父母，但我很长一段时间恨他们，这样说大逆不道，但我确实一直很想离开他们。可是，今天晚上，我突然很想说说他们，我不知道和谁说这些，刚好有人说起你。”她将眼镜兄说成有人。

“因为新年，你想他们很自然。”潘文渊选择着字眼。

“来这儿有两年了，我从来没有像今天这样想他们。”

“因为现在你靠自己站住了脚，你想让他们知道。”潘文渊为她找理由，但这一次他没有说出口。

“你呢？你不是孤儿，那你爸妈在哪儿呢？”她看着他。

他没有看她，他看着她的身后，他看着她后面那一大片的冬夜里的树林，影影绰绰，摩肩接踵，高深莫测，浩然一片，好一会儿才说：“不知道他们在哪儿。”

他们都不再说话，就这样任意走着。

“对不起，我不该问你这个。”很久了，再开口，斐雯不好意思地说。

“你不要误会，我没出声是因为我不知道该怎么和你说起你的父母。”潘文渊说。

“我不想和任何人说，今天一说到你，不知怎么我想我一定会和你说的。”

“你没有跟David说过？”

“他对这种问题没兴趣。”

潘文渊听了觉得愕然。

斐雯解释说：“我没和他说过，我感觉他不会有兴趣的，他会觉得我不可思议。我想只有两个极端的人才会想到一起，他们不懂。”

潘文渊心里想，她那么喜欢他，无论她的问题是多么不正常，眼镜兄要是喜欢她，没理由没有兴趣，没理由不懂。

斐雯继续说道：“没有人不觉得我幼稚，我反叛，我特立独行，甚至——小心眼。其实，我心里老跟自己过不去，非常难受。”她说，“我真的什么类型都是，我自己很清楚，我是和自己过不去，也是和父母过不去。我恨我的童年和少年，我讨厌完全的没有自由，每天像机器人一样地背诵那些永远读不完的书本，读到中学剩下最后一年时，我感觉我能把握自己人生的时候，我出逃了，我不想一辈子都照着他们的计划过日子而不是去做我自己想做的事。我想报复他们，我妈为了我快疯了。这件事不是她疯了，就是我疯了——我想。”

潘文渊不太能理解她所说的，她说的确实有点不可思议，包括她的幻想。

斐雯继续说：“事后，我们都没疯，虽然我们都装着没事，但最不开心的还是我，因为，我的周围大家都一样，但他们没有出逃，我常问我自己是不是一个忘恩负义的人，一个没有良心的人，为什么别人能忍，而我却要如此反抗，到底是我的父母太过严格，还是根本只是我的问题呢？”

潘文渊不知道如果是自己，会不会被这样望女成凤的父母逼疯，况且，斐雯不但健康，而且看来心理尤其健康，但是既然她自己认为不健康，那么，一定有自己不明白的地方。

斐雯没再说话，潘文渊不知道自己对这种事能说什么，他踌躇着说："我和你正相反，我整个童年都幻想着在父母的身边，幻想他们能够像别人的父母那样上班、赚钱、养家，然后，至少我的阿嬷不用那么辛苦，那么老了还上班，而且，她老担心自己会死，死了我就要上儿童院，她每次问我，我都说，不去。你不知道，我甚至想，被自己的父亲打是幸福的，至少你有一个父亲，像别人一样有一个父亲。"

潘文渊说到这里想起早年那个邻居——土生青年叫他去买白粉，然后又逼着他将白粉丢进厕所的往事，潘文渊后来一直拒绝白粉，就因为他——土生青年虽然自己已铸成大错，但最后为他宁愿忍受痛苦，也要用这种特别的方式让他明白——不能吸毒，这是父亲一样的爱。

等他回转头，看见斐雯看他的眼神，已不像刚来时的英气逼人，柔软了许多，他知道，她心里收得最紧的部分已经有所松动。

"你不恨他们？"斐雯问道。

"从来都不在一起的人，好像不存在一样，不知道恨谁，怎么恨？不像你的父母一直都在你的身边。不管在不在你身边，他们都没有背弃你，你不但可以恨他们，只要你愿意，也可以爱他们，你想想，你什么都有，我什么都没有，你说的，我们是南北极。现在细想，觉得我的父母已经给了我生命，无论怎么他们都不欠我。"

"如果有一天，你和他们见面时，你会怎么样？"

潘文渊沉默片刻，说："我怎么反应，都正常吧？"

潘文渊陷入沉思，等他如梦醒来，见斐雯在哭，很伤心地哭。

斐雯问他："你觉得我不正常吗？"

"我也一样，我也是这样想自己的。"一刹那间他突然明白了，他想她说的对，两个极端的人有着同样的心曲，他不懂她为什么要这样做，为什么对父母这么不满，但现在他知道了她对自身的追问，他对自己也有很多追问，他知道这种追问足以让人绝望。

林姑娘曾说他是一道最难解的题目，一直做着大家认可的事，一面却坚持着不被大伙接受的感观，坚持留着那象征反叛的发型，像极了一个词——别扭。

现在，他知道他的话说到了斐雯的心底，他见她逐渐柔和的眼神夹杂着原来的迷惘，使她看起来特别迷人，好像不是她本人。

潘文渊不好意思和她这样的眼神相对，他把目光移开，说："这里又黑又冷，你还是回去找你的朋友吧？"

可是斐雯说："你没约会吧，没约会我陪陪你不好吗？我们一起迎新年！"

接下来，斐雯其实已经不再想她自己的事了，她开始找话题和潘文渊说话，潘文渊有时听着，有时思想游离了。

等她说得差不多的时候，天已经亮了，一片白光在天边渐渐地扩大，黑暗的天空慢慢地变成了深蓝色，然后转青，天气那么的好。

他们同时说了："新年快乐！"

"一个晚上，我也没帮到你什么。"潘文渊说。

"我心里好受多了，你和别人不同，你很聪明。"斐雯很真诚地说。

第一次受到她的称赞，潘文渊倒很意外。她很聪明，聪明到让人觉得在她面前的都是傻瓜，只有眼镜兄例外，眼镜兄是能够吸引她，而又能拒绝她的人，而潘文渊觉得这也可能是斐雯喜欢眼镜兄的理由之一。

傻瓜被称赞还是傻瓜，潘文渊不觉一笑，坏坏的笑，他从刚才的认真又回到了过去那个放任不羁的自己。

“为什么这么笑?！”好像随着天亮，之前的忧郁也已消散，斐雯也故态复萌。

“你现在心情好，回去睡一觉会更好，走吧。”潘文渊有点倦。

斐雯意犹未尽:“今天没有朋友约我早餐，一起吧？”

“David 呢？”他想知道他们之间一定有的那个什么问题。

“他今天有很多事要做。”斐雯说，说完她马上又说，同时笑着，“他每天都有很多事要做。我不知道什么时候能和他说上话，我昨天是想和他说的，但最终没能说上，他不学习和工作时，已经累得听不进我的话了。我也不能老烦着他。我有时看着他，怀疑他到底是我的男朋友呢？还是我收藏的一个偶像？但我真的喜欢他，我爱他，我等他做完他的工作梦，我等他。”

潘文渊从这话里看到斐雯的专情，但也看到了让人担心的隐形的裂痕，他但愿这是他的错觉，他相信眼镜兄是好人，但他是否真的爱斐雯呢？他开始有些怀疑眼镜兄是不是也和他一样，对斐雯张扬的性格有些不知所措，潘文渊在眼镜兄情感外露时察觉过有那么一丝几乎看不出来的犹豫；或者，他也如他一样，不喜欢她的张扬，却又喜欢内心软下来的这个时刻的她呢？潘文渊最后的结论是，面对这样一个冰雪聪明而且美丽的女孩子，通常情况下没有人可以抗拒，哪怕自己其实并不适合。

“你有女朋友吗？”斐雯放下了她自己的问题。

“没有。”

“那是，也难得一个和你相配的人。如果有，学校里要多一个风景了，两个扫把头并肩走着，是一个什么状况？哈！”

潘文渊感觉意外开怀地笑了起来，心想没见过比这个女孩更会损人的人了，而且在自己心情这么不好的情况下还可以这么损人，昌嫂都被她比下去。

“我现在心情好多了，再见！”没想到斐雯说完就这么突然地、没心没肺地走了。

被鼓捣了一个晚上的潘文渊，心情此时没道理地好起来，好像终于卸下了什么重负，也不觉得疲倦了，伸手捋了捋头发，好久没有这样了——吹着哨子，走在路上，和斐雯走的是相反的方向，这是一条笔直而幽长的林中大道，走得很远很远时，路好像还是那么长，他们两个都没有回头。

回到宿舍，坐到电脑前，看到了林姑娘的电邮：

新年快乐，现在是凌晨，我刚和院里的孩子们去喷水池参加倒数回来，我们大家还谈论起你呢！你在做什么？你和你的学友一起过新年吗？

潘文渊现在才认真地想起新年这个词，想起自己昨晚和斐雯说的话。

在电脑前再坐下，给林姑娘回电，手按在键盘上，却不知说什么，说昨天和一个澳门女仔在一起，听她哭看她笑？这没什么不妥，但似乎不说好些，简单些。

想到斐雯说自己和另一个扫把头的女孩一起，不禁又笑了，自己会爱上一个扫把头的女孩吗？他想说不会，但为什么不会呢？难道自己也不认同自己吗？他走到洗手间的镜子前剃胡须，看了看自己，不免又笑了。

想起小愚说，你的发型不是也很另类吗？

他当时回答说，他和琼兰属于坏孩子。

那么，如果琼兰没有和阿辉结婚，如果命运让他们重新相遇，他会选择她吗？他在自己的心跳里听到自己的声音：会的！

现在，他骂自己是一个混蛋，在松山上的那个黄昏，他让琼兰头也不回地走了。

琼兰说过，你将来爱的人不会是我。他想如果有机会，不，他现在就要对她说，她比斐雯可爱和聪明多了，她瘦小而强劲的模样，让他为失去她深深心痛。

他最终没有立即回应林姑娘的电邮，直到那天晚上，才回复到：新年快乐。

潘文渊没时间再想得更多，因为学业内外的所有这些事已经足以让他竭尽精力，而他还挤出时间参加了一个一群同学自己组成的足球队。

那天他用手指头旋转着足球走在校园里，碰见那个选修课的黑人教授，黑人教授学他的样子夸张地捋了捋头发，让他开心大笑不已。

从足球场走出来的时候，已是黄昏，他最后一个走，走到场边，一个人从场边上的座位那儿站起来，他这时才发现球场上还有这么一个人，仔细一看，那是和他同一架飞机从澳门飞过来的、一路上都没有交谈过的，他的母亲陪他来美国读书的那个胖少年。

潘文渊像看一个孩子那样看了看他，觉得他好像比上次所见的样子长高了一些，也瘦了些，那孩子见潘文渊看见了他，脸上现出有点笨拙的笑容。

潘文渊先开口：“很久没见。”

那孩子说：“我看见你在打球，等你。”

潘文渊没想到是这样，说：“有什么事吗？”

那孩子越发腼腆，说：“没什么事，我路过这里，看见你。”

潘文渊不知说什么好，想起他的母亲，说：“天晚了，你妈等你回家呢？”

那孩子脸红了，说：“我妈回澳门了。”

潘文渊睁大眼睛，那孩子笑起来，说："我让她回去的，我爸支持我。"

潘文渊也笑了，心想那斐雯，这孩子可能不比她聪明勇敢，但敦厚多了。

潘文渊不知怎的觉得他的解放好像是自己的解放，他心里一阵高兴，高兴得想请他吃饭，要开口，突然想起还不知道人家的名字，说："我叫潘文渊，你呢？"

"我叫子轩，姓陈。"看得出陈子轩兴奋得很。

"我们一起吃饭吧。"潘文渊心里念着陈子轩三个字，这才想起对方其实和自己是同龄。

"好啊，我请你。"

"我请。"潘文渊不容分辩。

等上菜的时候，陈子轩问："你为什么要请我吃饭？"

潘文渊一边和他碰啤酒杯，一边瞪着眼睛说："你现在才反应过来啊？庆祝你独立嘛！"

陈子轩受宠若惊又自足的样子，接着问道："你今天不用去兼职吗？"

"哦？我今天难得休息，你呢，你不用兼职吧？"

陈子轩脸又红了，说："我妈和我约法三章，今年的功课全通过才能做兼职。"

潘文渊说："你妈说得对。"说完觉得自己的口气像人家的叔叔，再一次想到其实这个陈子轩和自己是同岁，读同一年级，不觉又坏笑了起来。

"你喜欢做兼职？"

陈子轩点头，潘文渊有点可怜他，这个陈子轩一定没有什么朋友，潘文渊在脑海里搜索着，想有什么办法能帮他呢？

陈子轩没注意他的笑，或者觉得印象中他就是这么笑的，他说："我跟你踢足球怎么样？"

潘文渊说："原来你会踢球？行啊！"

陈子轩的表情即刻像泄了气，说："我不会，我想跟你学。"

潘文渊说："那没办法，我们个个技术都差不多，时间有限，没人能教你。"心里再次想到他的年龄，这个年纪才学踢球，太晚了点，叫谁陪练啊？

陈子轩失望之余退而求其次："我帮你们捡捡球吧？"

潘文渊又坏笑道："值得吗？我们又不是世界名队，就是世界名队也不值你这样浪费时间。"

潘文渊认真地想了想什么，接着说："你是闲得慌，这样吧，我介绍你加入一个网站，他们那里需要不断更新和扩展资料，这要时间，你有兴趣吗？"

陈子轩听说一个属于华人留学生的网站，就一直点头，潘文渊说："头点一下就可以了，不要弄得好像叫你进国家队一样。他们那些人多数也是闲着没事干才干这些的，但你将来如果找到新的更好的事做，要退出的话，一定要找个人顶替才走人，人要有一点责任心才行。"

陈子轩听了后又忙着点头，潘文渊这次很满意他的点头，没叫停。

潘文渊把陈子轩介绍给了斐雯，他想如果陈子轩能令斐雯满意，那他就可以退出，参与这个网站的工作，为他开启了一个窗口，但他有其他的事要做，不想在这个窗口停留太久。

过一星期，斐雯打了电话过来："你哪儿捡来的宝贝？笑死我了。"

"怎么样？"

"真是太过瘾了，把我们几个月要做没做的事，他一个星期就做完了！"

“那，你刚才说你笑死在哪里？”

“我先前以为他是蠢才，后来以为他是天才。”

“那到底是什么才？”

“我正在寻找的就是这样的人。”

“我可以退休了？”

“悉听尊便！”

潘文渊在这边坏坏地笑了，没出声地放下电话，心想这不是预谋的预谋还挺顺手的。

陈子轩回请了一次潘文渊，说感谢潘文渊让他认识了斐雯，他现在不再闲得发慌了。

潘文渊说：“你读什么的？”

陈子轩说：“法律。”

“斐雯说你搞电脑那些事很在行？”

“我从小就感兴趣。”

“那怎么不攻这行？”

“我妈不让，她完全不知道我自己在学这个。”

“哦，你妈整天围着你转，竟然不知道？！”

“嗯，我总是很听话，学习也没拉下，她相信我，我有零用钱，也有自己的空间，电脑她又不懂那么多。”

潘文渊从来没这么认真地看这个陈子轩，心想一向把这人看扁了，没想到这也是一奇人啊。

潘文渊买了架二手车，小心翼翼地开了一个月没事，第一次放胆开就出了事。

那天一下车听见左后轮传来咻咻咻的漏气声，心想不好，一看果然一根又粗又长的钉子扎进轮胎，上边还有螺纹，卡在那里不上不下的。

潘文渊嘴里咕哝了几句脏话，想到去补胎至少也要十多元，突然想起斐雯的万能网站，就先回屋上网，刚上网就被斐雯捉住，说:“好久不见？”

潘文渊心急，没顾上和她搭话，同时眼睛已看到网站上的资料，上面很贴心地写着：被钉子扎破轮胎可以不必寻找修车店，轮胎可以自己修复，只要买一套工具就行，一套工具能补五次，而费用是五元，即补一次只需要一元！

潘文渊整个人提了神，马上给斐雯一个答复:“网站伟大！”

斐雯说:“不必客气，你也曾为这里做出贡献了！”

“那是，不少像我这样的傻瓜工蜂似的排着队为我们伟大的网站贡献自己可怜的经验，然后你像那蜂后驻守在蜂房里，接受大家的进贡，脑量大增，所谓巨头就是这样产生的。”潘文渊想象那斐雯因他的话笑得不能打字，所以没有马上答话，而他急着要去买工具，没等她说什么，就下线了。

为了省钱，第一次这样自己动手做汽车技师让潘文渊又累又爽，等他扶着轮胎站起身来，诧异地看见斐雯站在他面前。

斐雯一句招呼不打地就说:“我想把网站转让给陈子轩。”

潘文渊有点诧异，斐雯说:“我累了。”

停了一下，斐雯又说:“我和他分手了。”

潘文渊好像早有思想准备的沉默，斐雯也是从未有过的静默，然后她突地坐到车库的栏杆上哭泣。

“他说了，说我们门户不对，个性不对，向往不对，我不相信这是理由，我想他从来都没有爱上我。你知道吗？他向我坦白，他喜欢上别人了！”

最后一句让潘文渊有点震惊，思想了以后，觉得这是可能的，像斐雯的个性，爱上了就会大胆地去追，人家就是不想也得想跟她谈恋爱，眼镜兄也许心软下来就和她谈起恋爱，毕竟她那么漂亮可爱，然后越想越觉得不合适，就提出分手，这期间碰上真正心仪合适的，也是正常的。到了最后，潘文渊心里肯定地说，这个眼镜兄是一个懦夫，他早就应该说自己不适合，而不是到现在才说。他到了有了新女朋友才表态，让潘文渊甚至不再觉得他是一个好人。

斐雯哭了一会儿，见潘文渊静静地在一旁使劲发呆的样子，又说了一句："我心里很难过！"然后又哭了起来。

潘文渊没想到斐雯会这样深地爱一个人，也为她可惜，但情无踪，似乎怪谁也没有好处，他只能这样干等着斐雯把眼泪流完。

斐雯哭了不知多久后，安静下来，擦干了眼泪，把自己整理了一下，他们两个都坐在车库里的围栏上，呆坐了好一会儿后，潘文渊受不了那沉闷，说："到外面去空气好些。"

斐雯站起身来，他们走出车库，才知道已经入夜。

潘文渊让斐雯等他，等他回来时，手上提着从中国餐馆买来的好东西，包括汤圆，他对她说，吃点甜的东西心情会好一些，那是他班上的女同学说的。

斐雯什么也没吃，就吃那汤圆，潘文渊看着她吃，好像在等她高兴起来，但直到吃完，斐雯也没有高兴了一点的表示。

潘文渊极力地想如何帮她走出大脑的风暴，最后他试图说一个笑话："其实在爱情中，大家都期待能与之修成正果的，应该是那些最勇敢的，最强大的，最动物性的，按道理来说。但现在情况有些变了，你没听说人类在退化？人类在变得不像动物了，发明了越来越精密的机器，将来有一天，什么事都能让机器代劳，人的一切都将消失，包括手脚、内脏、五官。最后，剩下什么？剩下头脑，用人的软件，指挥机器的软件。剩下大脑的人类，看起来像什么？像精子和卵子，将来，谁在谈恋爱？精子和卵子！

“卵子在等亿万精子中最优秀的那一个，但这一个在做更高级的研究，等不等他？等他研究好了时，可能退化又前进了不只一步。”

潘文渊一边说一边害怕斐雯会生气，生气他这个时候还开玩笑，而且玩笑开得那么直接。结果他很满意自己的笑话，因为斐雯破涕而笑，他觉得她并不是真的那么任性。

潘文渊继续编：“因为人类科学进程的惯性，卵子也认为精子这么磨磨蹭蹭是有必要的，人类需要更高级的替代品，最后可能连大脑都可以替代，而精子对漫长的科学研究比目的地更感兴趣，这种等待使得卵子失去了原动力，表现出精神空虚。”没想到听到这里，斐雯竟做了一个表示空虚的表情，轮到潘文渊笑了，他觉得斐雯其实挺好的，她的心理和智力同步强大，而且强大得可爱。

“你选修什么？”心情平静下来的斐雯问。

“这不是选修课上的，是我们主讲教授那天说到退化，我借来发挥一下想象力。人类的退化是可见的，你知道吗？有一次儿童画作业评比，我们儿童院的画作胜出，因为儿童院孩子的画里面，人是有脚的，一般正常家庭孩子的画里竟然很多没有画脚，脚不存在了！这是真的事，他们得出一个结论，儿童院的孩子脚用的比正常家庭的孩子多，他们也许更健全——不管是心理上还是生理上。”

“我每天的时间都塞得满满的，还是觉得缺少了什么。”斐雯的表情坦然，她已经自认是那空虚的卵子。

潘文渊没说话，他在确认自己说的和斐雯想的与事实是否能对上号。

“我们是精子、卵子，你不也是吗？”斐雯说，潘文渊喜欢她这时候还用“我们”来说自己和眼镜兄的关系，这对大多数人来说都不容易做到，况且她才刚刚失恋。

“我不是，我觉得每个人都不应该是，人类科学应该为人服务，而不是将人变成机器。”这话无论针对谁，都是斐雯想听的。

斐雯换了一个坐姿，让自己更舒服些，这个动作让她显得精神愉悦，然后她问：“你失恋过吗？”

潘文渊稍微想了想，有点艰难地说：“失恋过。”

斐雯看着他：“是儿童院的？”

“是。”潘文渊觉得自己一个男人不该和一个女子说这些，但他还是说了。

他说琼兰，说到她在松山的黄昏中离自己而去，融进那渐行渐黑的夜色里时，突然哽住，他不再往下说，并努力地将喉咙里的什么往下吞，让自己平静下来。

斐雯见此，因为心里有所震动而暂时忘记了自己的悲伤，她被潘文渊的用情之深所打动，好像重新认识了这个人，这样的深情虽不属于她，但意外地弥补了她心里的那个缺憾，就好像冰冷的心急于靠近温暖。她被他吸引，觉得这才是一个真正的男人，觉得那深情也温暖了她。

潘文渊丝毫没有觉察到斐雯对他的这些微妙的心思，他只觉得斐雯是因为和他同病相怜才得以释怀，因此看来，把琼兰的事说出来还是对的。

将心事展开后的潘文渊心情显然宽松了许多，同时也觉得那斐雯看起来好像随和了许多，实际上，这件事后，斐雯的态度确实有了根本的转变。

斐雯不再咄咄逼人，不管是在网上还是见面，好像换了个人，潘文渊心里有些不适应，好像接触的是另一个人。

在那一年的圣诞节前，斐雯告诉他，她要回澳门一趟，去看父母亲。

她说："他说的对，我不懂得和父母相处，所以我缺失了和人相处的某些感情经验。"她说的他是眼镜兄，她开始自省。

"你回去你父母一定很高兴，你想过会怎样吗？"

"不知道。"

"怎么都是对的。你回去就什么都是对的。"潘文渊没想到一听这话，斐雯的眼泪即刻掉下来，潘文渊心里跳了一下，然后因了她柔软下来的身心，顿觉安心。

斐雯无声地掉了许多泪，潘文渊感觉到了这泪水里有对他的一种信任，像对兄长一样的信任，但好像和小愚给他的感觉不一样。

斐雯真的像换了一个人，尤其从澳门再回到美国后。

她来找潘文渊，他们一起去看风景，宾州的气候四季分明，潘文渊觉得这个冬天的雪静静地落，阳光静静地洒在雪地上，很像此时的斐雯，静静的，明亮的，像她应该像的一个知性美女。

斐雯穿着一件肉色的外套，里面是一件浅啡色的毛衣，深啡色长呢褶裙下，是一双崭新的啡色皮靴，整个人淡雅素净，显得斯文得体的美，潘文渊不觉意下忘我地看着她时，被她看见后不好意思地别开脸去，斐雯倒意不在此，她说："我知道你要说什么？"

"说什么？"

"我以前太疯了。"

"什么让你变了？"

"他。"

"你应该感谢他和你分手。"

"是。"

这最后一个字说完，他和她都笑了起来，他舒了一口气。

他想，她真是一个特别的女孩子。

“你父母好吗？”

“很好——因为看见我吧，从我进家门到我离开澳门，他们好像没有不笑的时候，这让我很内疚。”

潘文渊想这就好了，他看见斐雯在等他回过神来。

她说：“潘文渊，你喜欢我吗？”

潘文渊不觉得现在看起来那么知性的她是在说一个假设性的问题，但他觉得这问题不论是真是假都让他不明所以，他从来没想过这个问题，对他来说，这是一个根本不存在的问题。因此，他笑了一笑，像随手从空中抓住一句话那样说：“如果你和我这样的人一起，你和你的父母又要开始一场新的战争了。”

他说完嘴里嘟囔了一声就走了，斐雯没有追上来。

潘文渊觉得她真的有所改变了。

潘文渊好像永远地走了，他没有再见到斐雯。

这之后一直到完成所有学业，他硕博连读，而且前前后后提前两年完成学业，那一年，斐雯刚刚硕士毕业，那么长的时间里，他们只保持着一般学友的电讯来往。

回澳门之前，发生了一件事。

那天，他路过教学大楼旁边的小路时，一面落地窗里传出来一个声音：“看见斐雯了吗？和那个理工小子散了以后，她什么也不干，就只知道读书了，不会这辈子就这样了吧，哈哈……还有，你们没听过法学院那个胖子？……”有人接着说了什么悄悄话，于是爆发出一阵不知所以的笑。

潘文渊突地脑充血一样，满脸通红地推开门进去，喝醉酒一样将那些人呵斥了一通，过后，他全然记不起自己骂了什么，也不知道被骂的是谁，更不知旁边又有什么人看到了这一切。

也不知道为什么，他没有和眼镜兄道别，他们已经很久都没有联络了。

他想起阿辉说的，没进过监狱的男人都是阳痿的。

他边这么想着边在心里骂了一声，不知道是骂谁。

这一次想起阿辉时，他没有联想起琼兰。

在离开的那一天，陈子轩来了，他请潘文渊吃饭。

潘文渊如约来到一家餐馆前，发现这是一家高级得门都不知道从哪儿进的地方，他看见子轩摇摇晃晃地朝他走来。

这个胖子似乎比以前更胖了，他的身上满是名牌衣服，耳朵上戴着耳机，一副有闲阔少的模样，潘文渊在心里骂了一声。

一直到两个人坐到餐桌前，潘文渊都没拿正眼瞧那个子轩一眼。

陈子轩倒是一如既往地把潘文渊当偶像看，他一边给潘文渊倒水，一边笑呵呵的，一点也没看出潘文渊的脸那么难看。

潘文渊在他的殷勤招待下，有点过意不去，先说话："学习不错吧，你妈给你置办这一身东西挺前卫的，贵吧？"

陈子轩见潘文渊看着他奸笑的样子，忙不迭说了："这是我自己买的！没要我妈一分钱！"

见潘文渊好像不相信的样子坏坏地点头，子轩又说："我开了一个网站，做广告设计，刚赚了钱。"他说完呵呵笑了。

"你是说斐雯那个网站？"潘文渊没笑。

"那个我做一年后就转给别人了，现在这个是我自己开发的。"

"斐雯知道？"

"是她帮我找人接手那个大家的网站，她说我集中精力搞设计就是了。"

"你行啊，上学之外还能做这个，赚很多钱吗？"他心里想赚的钱都在这身行头和今天吃的饭上头吧？

没想到陈子轩一味地点头，他说：“做了两年多了，突然之间很多人找上门来——最近。我现在想请人帮忙。哦，我不在学校好久了，我没读硕士。我父母都同意我不再深造，他们以前希望我至少要读到博士，现在，他们一直想给我解决资金问题，让我更快些上轨道，但我不要。”

陈子轩说得两眼放光，潘文渊突然发现他和过去相当不同，现在，他的眉宇之间闪烁着一种青春活力的光芒。

陈子轩还在说：“我父母很欣赏斐雯姐，我想把我赚的钱分给她，这里面确实有她的功劳，但她不要。”

潘文渊听到这里，脑子里突然想到那群被他怒骂的学友，说话中好像提到了什么胖子，他们说的胖子难道就是眼前的子轩？他这样想着时，整个人像一头狼似的看着子轩。

“她说，你留着自己做生意用或将来用，找一个女朋友吧，找一个女朋友还可以帮你。”子轩好像没留意他，继续说着。

潘文渊突然笑了，他问：“你父母不是很喜欢她的吗？”

“我父母说，女孩子这么说，是探你的口气。我告诉他们，她叫斐雯，她不是一般的女孩！她要是像你们说的那样喜欢我，她不会管我喜不喜欢她，都会直接告诉我的。”

“你喜欢过她吗？”

“怎么会呢？她那么凶！”

潘文渊大笑，子轩也大笑。

“你不喜欢她？”

“谁会不喜欢她！但得她喜欢才行啊！”子轩到底最孩子气，最坦白，而且，他有他独特的幽默和机智。

子轩继续说道：“我只当她是我家姐，她也当我是弟弟，她不要的钱，我记在账本上了，以后她需要时，我会拿出来给她的。不过这种机会几乎没有，她那么聪明能干，她帮我的机会多得多。我妈要我和她上契做姐弟。你回澳门，斐雯姐很快也要回去，她最近在作论文，作完了就回去。她说回去当老师，教那些没有技术的失学者。她将来要做这个。”

“澳门什么学校？”

“理工学院新办的一个职业培训中心。”

潘文渊听了心里一愣，他和她去的是同一个地方。

“这几天等论文通过，她就有双学位，她说，现在青少年中有一种——叫做NEET，我没记错的话，是Not in Employment, Education or Training的简写，中文叫尼特族，被视为‘偏差群体’——辍学，避世，与人沟通困难，宅在家里靠父母养着，不要说融入社会，就是找一份工作也有困难，找到工作后也很难做长久。听她说这种情况在很多国家已经成为一种社会现象，有社会和家庭还有个人的综合原因，她的论文就分析这个。她说，那天看到理工在招职教教师，要硕士毕业以上的，她就报了。我告诉过她你也要回澳门去的，不是吗？”

潘文渊看着陈子轩滔滔不绝的样子，事实上后来说的他一句也没听进去，他在想那斐雯，何时有了这么不同凡响的精神追求，直觉比自己还胜出几个段位。只听那子轩又说道：“我那天听斐雯姐说尼特族，我说好在有她，要不我可能有机会也是其族中一员了，当然，也是你把我介绍给她的。”

“你们经常见面？”

“当然不是，大家都忙得一团糟，哪有时间。我今天和你吃饭，特地把手机关掉了，要不这饭吃不了的。”陈子轩摇头晃脑地说着。

潘文渊没说话，看着这小子现在一副志满意得的模样，再回想子轩刚来美国时的样子，如今已经今非昔比。他这回真的以为自己是叔叔了，年轻而充满活力的是眼前这个胖子。

后来的故事

儿童院搬了新地方，新的大楼，一切都是新的。

老顽童的葬礼，儿童院上上下下的人，包括院长都参加了。林姑娘去台湾参加交流活动回来迟了很多天，没能赶上。

这天，林姑娘在办公室里朝门这边转过身来时，看见潘文渊脸上带着微笑正在走进来。

林姑娘看着他说不出话来，潘文渊和去美国的那年相比，已经脱胎换骨，几乎让她认不出来了。

等潘文渊走到她的面前，林姑娘得抬起头来看他，她细细打量他的模样，活像一个母亲看着她凯旋的儿子（在潘文渊离开澳门的这段日子里，林姑娘结婚生子，已经是一个真正的母亲，而且在这同时，带职进修，眼下只等论文完成，就和潘文渊一样拥有同等的博士学历）。

潘文渊变得那么高大，有一米八几那么高，从前的那个青涩少年已经成长为一个很有气质的成熟青年。她看着他变得那么宽大的肩膀，不变的是和以前一样黝黑粗糙的脸，脸上的小眼睛还是那样眯着，配上一边上扬的嘴角，还是那个嘲笑的表情，只有那高高的笔直的鼻子是现在才有的，还有他那个雀巢发型，已经没有那么夸张了，很短很贴，颜色也是大多数人都能接受的沉稳的暗色调的金棕色——不知是因学识渐丰、思想成熟所以收敛了？还是潮流变了？和过去真正不同的，还是他浑身散发着的男子气概，让林姑娘在一瞬间的对比下，想笑又想哭，她最终笑了。

潘文渊也被她看得再次笑了。

不约而同的，他们心里最先想到的是老顽童的葬礼。

潘文渊期望在葬礼上见到的人，一个也没有出现——小愚、废柴、琼兰、阿辉，连昌嫂也没见着。

潘文渊开口说的第一句话是："怎么不见昌嫂呢？"

林姑娘说："昌嫂回乡下了。"

潘文渊印象中从来不知昌嫂的家乡在哪里，也从未听说她有什么亲戚，只知道她单身一个人在澳门，从来也不见她的丈夫。

林姑娘递给他一杯茶，让他坐下。

林姑娘说，一年多前，有一个男人到儿童院来找昌嫂，他们一起到外面去谈话。

男人走后，昌嫂找院长说，她要辞职回乡。等院长做了工作安排后，昌嫂就回去了。

临行前的晚上，她把下了班的林姑娘留在她的房间里，说了一晚上的话。

昌嫂说，那个来找她的男人，是她的前夫。

她和前夫结婚多年，一直没有生孩子，后来，前夫去外地打工，做了建筑工地的包工头，赚了些钱，找了一个年轻姑娘，和她离了婚。

离婚后，她一个人跟人偷渡来了澳门。

她没再回乡，因为不想见到那个男人，自己家里父母也都不在了，所以早断了回乡的念头。

那天，前夫来找她，告诉她，他后来娶的老婆跟一个比他有钱的人跑了，丢下他们的孩子，孩子只有两岁，需要人照顾，他这几年没赚到什么钱，也没办法请人照顾孩子，来澳门找她，是希望她能念在过去的情分上，和他复婚，给他和孩子一个家，也是给她自己一个家。

这样的事，听得林姑娘目瞪口呆，也让现在听着的潘文渊愤怒莫名。

林姑娘当时问昌嫂，你就为这辞职，你真的要回去和他复婚？

昌嫂点头。

林姑娘觉得太不可思议，这样的故事不在她的认知范围里，她问："院长知道这件事吗？"

"知道。"

"她怎么说？"

"她说，你要问你的心，听从内心的召唤，如果你的心真的能够爱那个孩子，如果你确定自己还愿意和那男人一起生活，你可以回去。院长还说，回去后，你要有什么困难，随时可以回来找我。"

林姑娘沉默许久，然后她流下眼泪，昌嫂给她擦眼泪，自己的眼泪却同样滴滴答答地掉下来，她说："要是早几年，我会当他疯子，但这几年，我在这里学了这么多，我才有了今天的想法。儿童院的孩子，哪个家里不是这样那样的事，我能帮他们，为什么不能帮其他人呢？再说，我有名有姓，为什么离婚这么多年，还让人叫我昌嫂，我不是想他回来找我，不是，我是不想让人知道我没老公，我不想再嫁人。可是那天他来找我，我的心一下软了，我需要一个家，我愿意给自己和他一个机会。林姑娘，我不会再让他欺侮我的，你放心，院长说的，如果男人再搞事，带没带着孩子都回来儿童院，儿童院这份工作永远给我留着。"

林姑娘说到这里，和潘文渊两个默默对望，林姑娘说："我在读澳门大学的一个博士学位，我在准备写毕业论文，我想用昌嫂的故事来作社会工作中的个案介入分析。等放假，儿童院要搞外游活动，我已经向院长建议，我们去昌嫂他们乡下，去看他们那里的田野和村庄，顺便看望昌嫂。我和昌嫂通过电话，她说她现在过得很好，丈夫给家用，她自己澳门带回去的积蓄留着将来还有很多用途。到时候你也一起去好吗？你们培训中心也放暑假的吧？”

接着，林姑娘看了看一声未出的潘文渊，说：“你怎么不问小愚呢？”

潘文渊还沉浸在昌嫂的故事中，冷不防林姑娘这么问，他以为小愚有什么事，忙问：“小愚怎么了？”

林姑娘看他半掩心思的尴尬样，微微一笑说：“小愚去加拿大了。”

看着他愣住的样子，她说：“和废柴一起去的。我知道废柴一直是个虔诚的基督徒，他歌唱得很好，我为他报了教会的唱诗班让他参加，但没想到教义在他的心里扎根如此之深。他在澳门大学学的是软件设计，但他现在却选择去加拿大读神学院。小愚和他一起去，小愚告诉我，她尊重他的决定，如果他将来有机会做神父，她也会支持他，她愿意做教堂里的普通神职人员，陪他走这条路，即使不结婚也不影响和他在一起。小愚说，现在她也是一个真正的基督徒。”

潘文渊站起身来，他神色肃然地走到窗户前，看着外面的风景。

林姑娘走到他的身后，细声说道：“小愚说，等你从美国回来才告诉你，她怕你知道后会不急着回来，跑去加拿大等他们两个，帮他们安顿生活，她怕这样会耽误你在这边的工作。”

林姑娘感觉他的心在流泪，等了一会儿，他转过头来说：“琼兰？”

林姑娘看着他说：“琼兰我那么久也没见到，阿义告诉我，她说了，她要等到你结婚那天，才来见你，见我们大家。”

潘文渊的脸让林姑娘不敢看下去，他自己也感到难看，他转过头去，好久都不再回头。

那天，在老顽童的追思会结束后，他一直跟在阿义的身后走，到了大家都看不见的时候，他问阿义："琼兰他们在哪里？"

阿义好像想说又说不出来的样子，潘文渊到后来忍不住上去揪了他的衣领说："到底发生什么事了。"

阿义没想到他这么冲动，赶紧说："没事，他们挺好的，只是琼兰现在不想见你。真的。"

"真的挺好？"

"真的，不骗你。"

心里长久憋着的那团心事现在又一次在潘文渊的心上淌过，他一时间转不过弯来。

很久了，林姑娘走上前去，抚着他宽大的后背，用因哽咽而颤抖的声音说："寻找自己的幸福吧，文仔。对小愚和琼兰这样的女孩来说，你的幸福就是她们的幸福。忘了告诉你，小愚才刚到加拿大，她没能为老顽童送一程，她那天给我打电话，她说了，说她知道你会为她——把老顽童的后事做到最好的。"

最后这句话，真正地让潘文渊放下了那颗一直不安的心。

潘文渊陪林姑娘去看了老顽童的骨灰坛，接着他们一起去看了阿嬷的骨灰坛。然后他们分头回去。

顺着新西洋坟场门前的那条路，潘文渊一路走到了卢廉若花园的围墙边，路边高大的樟树和花园里密植的草木，将浓重的树荫气弥漫在这段路上，整个地段那么的阴凉。在那里，有个站在巴士站等车的身材窈窕的土生女子看着他，他心不在焉地也看了她一眼，然后他感觉那女子还在看他，于是又看了她一眼。这次，女子笑了，潘文渊也笑了，他认出来，她是波拉，莉蒂娅的女儿。

“我在想你是不是那个谁呢？你变得太多，这么高了。”波拉笑说。

“你也变了许多，也长高了，现在可以去参加澳门小姐选举。”潘文渊从来没这么夸过女孩子，这种油腔滑调讨女孩欢心的事真没干过，他只是想起以前听邻居们常说的，莉蒂娅这几个女儿如果去参加选美，一定和那个同是土生的，出了四个冠军的毕氏选美世家有的拼。

波拉淡淡一笑，潘文渊之所以敢夸她，也是因为她的性格根本和别的女孩不一样，她像莉蒂娅，与世无争，不慕虚名，不在乎别人的看法。她的漂亮是天然的，潘文渊放心地、大胆地看着她，就是一个正常男人那样地看她，虽然从小到现在都没有真正接触过，但他们相互都明白，彼此是安全的，没有那种假设的存在。

波拉放心地被他看着，那一点坦然的接受和对自己美貌的自信特别的好。绝色的土生女子是一种琉璃般的美，玲珑剔透，包括身材，也包括肤色，整个在那里，就像夜色下的琉璃艺术品，她们的肤色不是白也不是黑，是夜色下的玻璃的颜色。

波拉站在那里，她那精致细巧的五官，往上翘着的尖细鼻头，好像带起了小小的唇珠，而且随时都会撩起浓密的眼睫毛，她的皮肤好像婴儿一样，有着细细的汗毛，看上去像扑了一层粉。

他边看边笑问：“阿喳好吗？”

波拉听了后，不再笑，说：“你不知道吗？我们已经不在那儿住了。”

见他有点惊讶的神情，她说：“你不知道旧房子就要拆了？”

他说了一声：“哦。”。

然后，好像前奏结束，可以进入主题了，波拉说：“阿喳走了，已经两年了。”

潘文渊的心一下紧了起来，虽然他想过这事可能会有，但没想到已经发生了，他默默地点了点头，问波拉：“在哪里？”

“就在那边，很近，圣味基——旧西洋坟。你进去看到有一个没有墓碑的，就是阿喳的。”

潘文渊点头，波拉解释说：“因为是临时租用的，过几年还要迁地方，所以没有做墓碑。”潘文渊仍是那样地默然点头，然后他说：“以后迁地方时，告诉我一声。”

波拉点头，他给了波拉一个电话号码。

道别后，潘文渊往圣味基坟场的方向走去，走远了，他回过头来又看了一眼波拉。波拉还在那里，她身上穿着的时髦衣裳更显得她身材那么的婀娜多姿，让他想起莉蒂娅，阿喳说过，波拉最像年轻时的莉蒂娅。想那年轻时的莉蒂娅也曾在这条街上，和她的葡萄牙乡下来的大兵迭戈在这条古老路上走着，那是非常遥远而又好像不太遥远的事。

圣味基坟场里一个人也没有，正值晚春，墙角的藤蔓植物花开正盛，墓道上打扫得干干净净，这里不同年代的天主教装饰的墓葬群，精美地展示着不同神态姿势和故事的大理石雕像，让人走过，好像去的不是墓地，而是进入了一个文艺复兴时期的艺术博物馆。

天气干爽如秋，潘文渊走过时，耳边满是“沙沙”的响声，不知是风吹过后树叶在地上翻滚发出的声音，还是脚踩着地上的落叶而发出的声音。

他一路看过去，就看到了阿喳的无碑墓。

阿喳的坟墓上覆盖着一块长方形的粗糙简单的水泥板，周围的培土上早已长满了野草，没有墓碑，没有照片，也没有姓氏来历，只有一个墓地用的数字编号，自然陌生人也不会知道这是谁。潘文渊想到，阿喳本来就没有来历，她本是孤儿院里的弃婴，她如此地来，也如此地走了。

潘文渊站在那里看了好一会儿，直到醒起自己手里一直拿着一罐可乐，想到阿喳喜欢喝汽水，他打开罐头的开口，将可乐洒在水泥板周围的野草上。

然后，他走了回去。

在临近大门的地方，他不觉意地看到一个小小的墓碑，那墓碑小到让人觉得它不会属于一个成年人。他走近前去蹲下来看，那墓碑虽小却精美典雅，上面镂刻着小小的天使和花卉，四方柱体的碑面上是用中葡两种文字凿出的碑文：亲爱的玛丽亚，我们的天使，昨天夜里，你飞到我们家里来，天还没亮，你又飞走了。永远爱你！玛丽亚，你是我们永远的天使！

他仔细再看那碑上的其他字，那上面的日期是一百年前的，生与死在凌晨前后，碑上的天使长着洁白的翅膀，那么永恒的可爱——它属于一个已经安眠了一个世纪的土生女婴，一个时代的幸运儿，她的生命那么的短暂，却又那么长久地被记忆——比她父母的生命更长久。

他仔细想了想那个年代，那是一个动荡的岁月，和阿喳的出生相差二十年，但同属那个兵荒马乱的年代，也是阿嬷的年代。那个年代，澳门乃至中国的大地上，有许多没有翅膀的天使，他们流落街头，忍受着饥饿和风寒。

他转头朝阿喳的无碑墓望去，那里的一切随天色的暗淡已模糊起来，黄昏在即，如即将逝去的霞光，那些逝去的生命，在越来越浓的昏暗中鬼火般闪烁着最后的光，擦亮了活者心中希望的光芒。

潘文渊站起身来，离开墓场，大门在他踏出墓园的那一刻轻轻关上，管理员在那里等候多时，要下班了。

职业培训中心终于开学了。

潘文渊在开学的第一天竟然请了假去香港看望她的姑姑，因为他不想给学生上大课——那种励志大课，给学生讲大道理，他不觉得谁能把大道理讲好，包括他自己。

下午，到了快要放学的时间，他才在臂弯里夹上装满讲义的文件袋，匆匆走过理工大礼堂的门口。

在那里他被中心主任叫住：“你考虑一下，一会儿上台去讲。那些学员起哄，把前面那个讲师哄下台去了，你知道这些人多数曾经是辍学的，他们不吃乖学生这一套，你救一下场，快去准备。”

他知道在中心主任的心目中，他还是不属于乖学生，因此笑了。但他仔细听主任眉飞色舞地说刚才发生的事：“女讲师说自己勤奋读书的事，从小学到大学到硕士都那么优秀，然后听者分心，这关他们什么事呢？！有人的手机开始响起来，越响越多，那老师不依不饶，结果你知道的，你可不要犯她的错！”

潘文渊早就知道在大礼堂上大课的主题是：重返校园，再创未来！

他一直都抗拒上这个台，也让他躲过去了，但现在还是躲不过。

上台前主任说，不要再说手机的事了，一说准起哄。可是他一上台，众目睽睽之下，一只手高高向前方举出去，手里握着的正是手机。

有人笑起来，但更多人想听他说什么，看在他的与博士身份不相称的染成金棕色的有些夸张的发型的分上。

他说：“从小我的父母就不在身边，在我阿嫲健在的时候，我从来没想到她会去世，我顽皮，我嬉皮，我打架，我被劝退学，转校，我差点掉进毒品的陷阱，因为担心我，阿嬷去世了，她本来可以活得更长的，但她去世了。我的中学时代在儿童院度过，我准备去美国读书时，我的社工导师送给我一个手机。到了美国，第一次拿起属于自己的手机，我不假思索地想打给阿嬷，才想起阿嬷不在人间已经六年了，她在世时，我嫌她念叨很烦，现在，我却永远都再听不到她对我说的话。黎明的那首和记传讯广告歌在那一年唱红，我想起那段歌词：这一刻你在何方，我有话说未能讲——我真的很后悔。很多年来，我都在想一件事，我现在书读得很好，但我做的一切还有意义吗？什么是生命的意义？这几天连续去了几个坟场，我探望的那些逝者都是我生命中重要的老人。我那天在坟场里突然感觉到死亡的黑洞里有未竟的希望在闪着不甘的磷光，它们让我的心为生命的奇迹雀跃，这是生命之光，不管我们愿不愿意，它都将通过我们，不断地传递下去，不管我们做得怎么样，它都将燃尽我们！是的，生命只有一次机会，你想怎么燃烧取决于自己——这也许就是生命的意义？我想，这意义不在于你有没有去过美国，也不在于你是什么，而在于你有没有把自己烧红烧透了！在于你是否能接受生活的种种挑战！在于你是否愿意让自己更好更高更有力量地去接受挑战！当年我去美国读书的时候，上机前，我想过，我去吗？我也可以留下，当年如果留下，今天也许是你们中间的一名；留下的路更难，所以有另一种精彩，也不仅仅因为难你才更精彩，是因为不管什么样的生活，都自有它不能替代的精彩之处，那是你去美国，坐在现代化的教室里得不到的。就好像有人在最大最现代化的图书馆里写出了探索生命本源的最富创见的论文，也有人在自己简陋的作坊里用自己的双手做出了当代陶艺的极品，你能够说什么是更有价值的？难道我们每个人不能保有自己认为有价值的东西么？又有什么样的生活是不需要努力进取的？”说到这里，他想起琼兰，想她要是听到他说这一番话，会有什么样的回应。

这样想时，他突然懂得自己为什么一直不能坦然地走上这个大讲台，因为在他的潜意识里早已知道自己没有资格去判定别人的生活应该怎么过，更不能武断地去否定别人的生活意愿，或去决定什么样的生活才是有价值的。

每个人的生活首先应该是有尊严的，而尊严，不是靠已经爬上社会上层的人施与，而是那些占有更多社会资源的人，应该去创造条件努力归还的，尊严本来就是每个人都生来有之的，应该说，它属于任何一种劳动和创造，它属于生命本身。

此时的潘文渊因此彻底明白了琼兰，这个美丽而聪慧的姑娘将永远是他心里甜蜜的痛，但他必须尊重她的选择，并相信她的选择没有错，她将来的生活幸与不幸都与她的选择无关，她勇敢的态度决定她这辈子将是尊严的一生，决定她得到的不是怜悯，而是尊重。

潘文渊决定结束自己的演讲，他于是说：“有幸相聚，我们大家都不要半途而废。谢谢！”

潘文渊没有留意有没有人在听他说，没有留意学员们的态度，也没有留意那不该响起的手机有没有响起，他顺利地讲完了。表情安静而专注的学员们给他鼓掌，那是带着思考、没有情绪夹杂的掌声，主任很高兴，一天下来，这是学员们第一次发自内心的鼓掌，于是主任也鼓起掌来。

潘文渊看见了，他将手指向主任说：“我知道，主任在那里为你们的鼓掌而鼓掌，你们为我的头发而鼓掌，我这些话谁会听得进多少？我是对自己自言自语。现在，你们可以为我的话鼓掌了。”

这一次掌声空前热烈，夹杂着尖叫声和笑声，那里面不乏揶揄——下课时间早已过了。

潘文渊在这嘈杂声中看了一下台下的听众席，再往上看，他看到梯形座席的最后一排，那里有一张熟悉的面孔，好像是明慧。这一发现让他大跨步地走向前去，接着跳下了主席台，再三两步走上听众席，然后顺着梯级向那最后最上的一排走去，好像忘记了他自己眼下正是这大庭广众中的主角，也无暇理会众人的目光。他靠前仔细看后确定那就是明慧，他感觉明慧看他的眼神和他看她的一样，他们都想看清楚对方是不是自己认出来的那个人。

就在这时，主任宣布散场，人流涌向通道，潘文渊一直都没能找到明慧，他不急，反正总能在中心里找到她，同时他又有些急，他想着见到她时会有许多事要讲要问，而他所有的事，明慧都能理解，因为只有她最清楚他是那个曾经的青涩少年，最重要的，她是阿嬷的朋友，她是他和阿嬷在那条街上的胜过亲人的亲人，她之于他，就好像自己的亲姑姑。

一个月后的一天，培训中心的放学时间已经过很久了，潘文渊最后一个离开，楼道里一个人也没有，静悄悄的，最后听到的声音是清洁工人将工作小车推进电梯，然后是电梯门关上的响声。

潘文渊低着头心不在焉地走着路，突然眼前有什么挡着，他抬头一看，是斐雯，他已不记得有多久没见过斐雯了。

斐雯看上去又变了一些，有一些岁月的痕迹，但不是老了，也不是沧桑，而是一种成熟，就像不再青涩的葡萄，还在变甜变酒，更有味道。

“你什么时候回来的？”

“前两天。”

“教什么？”

“英文。”

“你不是又学了什么吗？”

“是，社会学。我的论文题目是‘青年就业心理与相关社会问题’，因为写之前我已经决定回来这里。学院要我迟些时候，等下个学期，给大家讲这方面的课——以我的论文题目开课。”

“先给教师讲，还是直接给学生讲？”

“先给教师讲。”

接下来两个人都沉默了，只那么一两秒之间，潘文渊说：“没事我走了，有机会再说吧。”最后那句在他的嘴里嘟囔着，连他自己都听不清。

他转身才走了两步，斐雯在他后面大声喊道：“潘文渊！你是懦夫！”

潘文渊愣了一下，仍要向前走去，但是他感到走不动了。

斐雯在他身后说道：“你为我把那帮人骂得狗血淋头，全世界都知道！子轩都对我说了，你一直在打听我，他说你假装若无其事，但其实脸色都变了，他叫我别找你，要让你尝尝追不到人的滋味，可你是个懦夫！你连见 David 一面都省了，我瞧不起你！懦夫！”

潘文渊无暇去理会已经变得如此狡黠的子轩。但他感到了在这个斐雯面前，没有一个男子能占上风，正是这一点让所有人趋之若鹜，也因此最终都知难而退。他突然醒悟，一个真正的男人，不是要占上风，而是要让她不断地挑战自己，引领自己。

他听得出斐雯的声调还是那么肆无忌惮，还是那么热情奔放，但已不是初见时的那种没心没肺和坦露无遗，而是蕴涵着一个他似曾相识而又不曾相见且好想见识的内在的斐雯，一个更具吸引力的斐雯。

潘文渊一动不动地站在那里。

斐雯说："你走你的吧。"说完她自己转身就走。

她才转身，就听见身后一阵风，她知道他追上来，很快，一只手从后面拉住她，把她整个人转过身去，然后，一把将她拉入怀里。她被他整个人包围住，他很紧很紧地拥抱着她，她可以感觉到他整个人都在颤抖着，为了不让自己抖得太厉害，他唯有将她搂得更紧。

潘文渊心里想的是，此刻不能松手，他怕自己一松手时，会抑制不住地高声喊出来："我恋爱了！"

然后在这么高的高楼上喊出来的声音，可能会传遍整座城市，甚至从松山上灯塔前的那块空地上传来回声。

他忘了，这个楼层里，只剩下他们两个人了。

而他永远都忘不了的，至此一刻也一直在他心里的，将一辈子都不断敲打他的，是那松山上传来的回声：你将来爱的人不是我！

澳门来兮

第一章

一

澳门，氹仔，1990年，立春。

巴士站，一个略高个子女青年，背着一个背包，走进了车站。那里已有两个年轻女子先行到达，二人正在细声交谈。

女青年站到她们身边，眼睛往四周望了望，周围是一片靠着山包的荒野，路的一头消失在山包的后面，另一头远处看得见海，虽已早上九点钟，但行人绝少。

女青年不经意地听着那两个女子说话：“你快生了吧？”

“是啊，这个月。”

“乡下有人来帮你吗？”

“来不了。”

“那你老公会照顾月子吗？”

“没有。”那女人本来低的声线更低了，意思模糊。

“什么？”另外那女人惊讶道。

“走佬了。”不知是天气湿冷，还是暗泣，那女人吸着鼻子。

女青年觉得一股深深的凉意，令又冷又饿的她打了一个寒颤，她不觉看了看大着肚子的女子。

一分钟的冷场，那问话的女人再开口本来随意亲切的语气里多了让人有了距离的礼貌和对这距离的一点歉意：“那你生了怎么办呢？”

“见一步行一步吧。”女子还是那平静小声的语调，可见那伤害已经过了冷处理，无助中有看淡的刚强支撑着她。

这时，一辆巴士驶过来，那问话的女子忙挽好挎包，边走开边讪讪地说：“哎，车来了，我走了，有什么事给我打电话啊？”

“嗨。”大肚子女子不变的声调。

车站上，又剩了两个人，因为女青年明显已听到了刚才的对话，所以两个人都还在那些对话中没有出来。女青年看那女子，年纪不会比自己大多少，洗得很干净的不太合身的衣服紧绷在身上，显得肚子特别大，没有什么血色的脸上，平静中有一丝自爱的哀伤，这让女青年有些好感，有些感慨。那女子也稍稍注意了她，女青年下意识地看了看自己的衣服，有一些不整和慌乱，她想拍拍裤脚的尘土，弯腰的一刹那，她看见了两个人——是两个警察，从路的拐弯处走了过来。

在这一刹那间，她已选择了大肚子女子，她直觉可以信任她，她很快地对她说：“阿姐，帮帮我，那边有警察。”

那大肚子女子只愣了一下，很迅速很果断地对她说：“你扶我，快，离开这里。”

女青年伸出手来的同时，那女子向她靠过来，同时引她向着警察走的方向走去。她们走得很慢，当警察超过她们并走远后，女青年松了一口气，睁大眼对那女子说：“阿姐，我还没说完，你知道我是怎么回事？”

那女子浅笑道：“你是偷渡客。”

“你怎么知道？”女青年问道。

“八年前我也是在这里的海边上岸，猫在树丛里等天大亮才出来。可没你笨，胸口贴个勇字就站在车站等。”两人同时笑了起来。

女青年说："我和亲友约好等我到了以后找个电话亭打电话给她们，然后她们坐的士来接我，可我找不到打电话的地方，看见这个巴士站，我想坐车去她们那儿。"

"你亲友住哪儿？"

"她们说写着'关闸'的车坐到终点，就在那儿附近。"

"哦，离这儿好远呢，我本来也住那里，你还是先打电话让她们来接你。"

女青年这时发现她们走得离巴士站越来越远了，说："阿姐，你不是在车站等车吗？"

"我本来是想上医院去检查，今天早上肚子里有些动静。现在好像又没事了，离预产期还有些日子，还是回去吧。是啊，你同我一道回去，我们附近有个小店，那里有电话，跟我走吧，这个时候，警察会在这里来回搜查，不可以在这里逗留太长时间。"

那女子带着女青年穿过公路边的一片菜地，就在几分钟前，她们还互不相识，现在她们紧紧相依。越过一个山坡，看见一棵大榕树，那榕树边上有一个小店，她们从那小店门前经过，女子告诉女青年，电话就在这里打，那里的老板娘挺不错的，但不要现在打，因为警察这个时段经常也会来这里查看，等回了家再说。女子的家是沟壑不平的菜地中间一个孤零零的小屋，就在那小店后面不远。进了屋，里面可是真正的家徒四壁，一张铁床，一张桌子，所有的日用品都放在墙根，没有一样是值钱的，但是所有的东西都出奇的干净，挂在门外竹竿上的衣服，好像有老人家的，洗得发白，惹人好感。

女青年说："阿姐，真多谢您了，很失礼呢，还不知您贵姓？"

女子说："免贵姓田，叫我阿雨就行了。"

女青年说："我叫小青，小姓陈，我是广州人。不知阿雨姐是哪里人氏？"

外地人初来乍到广东地方，会惊叹广东话里保留了很多中国古文化的优雅，至今连年轻人也还不时用着，让人称奇。阿雨说，她是新会乡下人。阿雨还说，一眼看你斯文白净就知道你是城里人，但奇怪现在内地生活越来越好，城里人极少会想偷渡出来。小青一语难尽，也就不说了。阿雨告诉小青可以把电话号码告诉她，由她去联络小青的亲戚。小青把电话和姓名写给了阿雨。

这时，门外有一阵响动，一个老婆婆的声音说："是阿雨回来了？这么快，有没有检查啊？"

阿雨答应着起身，门外进来一老人，可以看出她已非常高龄，同时又非常硬朗，虽然驼着背，脚有些跛，那是长年劳动的结果。她一眼看见小青，即说："我说阿雨和谁说话呢！你是阿雨的朋友？阿雨难得有一个朋友来，唉。"像一般耳背的老人，阿婆一轮嘴自问自答，然后又说，天要下大雨了，所以她早早回了家，虽然早回家，但还不错，今天有间铺头的老板娘把所有的纸皮箱都给了她，卖了一大笔，回来时就在鱼栏买了一条大桂花鲈，可以大吃一顿了。

等老人说完，小青和阿雨看了看天，风云际会，真就要下雨了，阿雨对着小青说："快下雨了，我先去打个电话。"她又告诉老人，小青是刚上岸，她现在帮她去打电话。让老人先煮饭，小青已饿坏了。老人说："哦，知道了，你自己小心啊。"

小屋也是厨房，老人下米煮饭，然后拿来一砧板、一盆子，就坐在地上开始洗鱼。小青挽了袖子，说："阿婆，我来。"一把接过老人手中的菜刀，利索地刮鳞、剖肚，老人在一旁看着，表情很是赞许。等阿雨回屋时，小青正用刀斩完最后一块鱼肉，紧接着手一拨拉，鱼全装进旁边的锅里，再一个回刀，砧板上的水腥点都不见了，动作之干脆麻利，看得阿雨和阿婆眼都不眨一下。阿雨说："你这个城里人很能干呢，看你幼幼嫩嫩的样子，真看不出呢。"阿婆说："行，又醒目又勤快，在澳门街不怕饿死。"一转身，抓了一块抹布，往空气里一甩，顺势一下就围在盖好了盖的正煮着米饭的锅沿上，大有不让小青专美的意思，小青和阿雨不约而同会意地笑了。

阿雨告诉小青，电话已联络上了，对方说她们现在就来，交代让小青千万要等到她们来后才可以离开。这么一说，大家都放心了。

谈话间，阿婆把鱼做了，端上来时，让小青眼前一亮，阿婆看着小青，颇得意地说："我这是葡汁焗桂花鲈，没吃过吧？没人这么做过，人家都是焗马介休，那么贵我们吃不起，桂花鲈其实更好吃！"说着夹了一大块鱼肉给小青："快吃吧，你一定饿坏了，这么冷的天，唉！为什么呢？为两餐。哪，这还有鱼头汤，先饮了暖身。"

阿雨问小青："你那亲友是你什么人，很紧张你，很斯文啊。"

小青说："是我老师。"阿雨有些惊讶。

小青解释说："她待我如自己的女儿。她和她女儿来这里已有几年，是申请出来的。"

老人看着小青狼吞虎咽的样子，笑着说："好吃吗？"

小青抬头，想了想，说："我光顾吞了，没吃出味来。"

阿婆和小雨都笑了，阿婆心疼地说："饿坏了，慢点吃。这女仔够坦白，得人钟意。"阿婆接着说："你还好啊，那年阿雨来的时候，整个人昏倒在菜地里，我把她背回家，她还不醒呢。醒来时，我问她是什么人，她半天也说不出来。"

阿雨笑说："我当时两天没吃饭。"

小青说:“你们不是一家人吗?”

阿婆咯咯笑道:“是一家人!我有这么个女儿就好了。”

阿雨说:“阿婆也是像我娘亲那般待我。上个月阿婆让我搬来一起住。”

小青点头,又问:“阿婆你屋企人呢?”

阿婆说:“屋企人都在乡下。澳门街我是孤寡一人,阿婆我没结婚,没儿没女。我十四岁就跟着人来澳门,担水、劈柴、做妹仔,我肯学,所以有人教我烧菜,别小看我,我做的菜,那些大户人家都叫好。赚的钱寄回去给父母,父母没了,给哥哥,哥哥走了,给侄儿,再后来,老了,寄不了钱,大家渐渐失去联络,都不知他们现在如何了。六八年困难时期,内地来的人太多,没工开,政府鼓励开荒,政府说你能种多少地,那地就是你的。我未出来时在乡下都种过地,所以我也开荒,我一个人开这个巴掌大的地,种菜种瓜自己食之外,还卖钱和送熟人吃,我又周围拾垃圾,拾到现在。”

小青说:“阿婆,您高寿了?”

阿婆笑说:“就来九十了。”

小青惊呼:“阿婆你都这么老了还这么辛苦,你的侄儿应该养你啊!”

阿婆摇手:“唉,你估谁生活好过还要你养?你现在叫人养,还不如当初不养人。”

阿雨说:“阿婆可以申请政府补助,是阿婆自己不要的。”

小青不明白:“为什么?”

阿婆说:“我自己还能做事,做咩要政府养,我又不是废人。早两年有个政府工作人员,年轻人,来这里登记我这块菜地,他好心告诉我,怎样怎样领养老金,我都是这样对他说的。后来他跟我来屋里,他西装骨骨的,以为我的屋子一定很污糟，入得屋来，说阿婆你真干净啊！我说年轻人，阿婆如果不干净，谁个人家肯请我做事啊？阿婆是穷，但我双烂鞋比你的皮鞋还干净！不信伸出你的脚来看！那个年轻人笑得不行，说什么来？文绉绉的，说听我说话，好过听书？”

小青笑说：“阿婆，他是说听君一席话，胜读十年书。”

阿婆惊叹小青有学问，能说这般斯文的话。阿婆又问小青读过多少书，小青说高中毕业，阿婆说那比阿雨强，阿雨只读到初中。阿婆说：“你们已经幸福了，有书读，我们那时，不出来是饿死啊，出来，节衣缩食也要寄钱回去，一家人不是指望你享福，是指望你开饭。逢年过节，都不敢回去，怕被辞工。”小青又问：“阿婆你为什么没结婚呢？”阿婆说：“澳门街多的是女工，男的少，想找好男人难，再说结了婚，又哪有钱寄回去呢，家里都怕我嫁出去，他们不说，我也知道。所以，澳门街有好多阿婆都没结婚，到老了，走不动时就入婆仔屋。有时想来心酸，为什么这样死心塌地地不为自己留一文钱呢。想来想去，想到十四岁那年出来，妈妈舍不得我，送我到山头，望到我看不见了还在望，你就几十年无怨无悔过来了。”阿婆说到妈妈，眼神已经飘离，仿佛已回到了世纪初那个风雨飘摇的年代。

小青和阿雨，各怀心事，泪眼模糊。

后来，小青把阿婆的这段话说给她的小学和中学时的同学小薇听，小薇就是她来澳门要投奔的那个老师的女儿，她正在澳门大学读人类学硕士学位。小薇说：“我们平时的行为模式是因循社会历史给予的，就像平时喝惯的自来水，因为所受的教育你觉得那是安全、卫生的，其实里面是经过人为处理的，有消毒剂的。阿婆的话是她从自己的人生总结出来的，她不识字，没有文化，她的话如山里的泉水，不矫情，不媚俗，你可能觉得喝山泉不卫生，但其实那是生活最本质的文明，它保存了最全面的矿物质。”

小薇经常有如此比喻贴切的高论，因此小青送她一个花名，叫 Dr. Xu（小薇姓徐）。

小青没有想到这么深奥，但她感到一种吸引力，那来自一种简单和朴素的生活，很符合她的率直乐天的个性，因而也好像在某一部分认同了她，使她顿时快乐起来，也因为她本来就是一个开心的傻大姐，现在又吃了饭，全身暖和舒适了许多。

小青连吞三大碗，连汤带菜加起来恐怕有六大碗，她吃得不能再吃了，停下来，看阿雨和阿婆，都还在吃第二碗。

小青笑道：“不好意思，我吃得太快了。”

阿婆说：“干活的人吃得快，吃得快才好干活啊，阿婆我是没牙齿，要不我也吃得好快的。”

小青说：“我不干活时也吃得这么快，我妈说我是饿鬼投胎。”说完就咯咯笑个不停，恢复了精神，小青的本性开始露了出来，这使她看起来特别的青春漂亮，很吸引人。

她站起来，看着门外的菜地，那里郁郁葱葱，各种各样的蔬果，好不热闹，她对阿婆说：“阿婆，以后你教我种菜，我帮你推车仔，你就不必那么辛苦了。”

阿婆说：“不辛苦，我每天走街上，一路上好多人和我打招呼，有的人特地攒了汽水罐、旧报纸来给我，那些铺头的人不知有多喜欢我，看见我就喊我停下来和他们说两句。

“再说一件事给你听，上个月有个人想租我块地，我不知他租来做咩鬼，我说不租，我吃菜吃饭都靠这地呢。那人说，我给你的租金够你吃山珍海味还有得剩！我说吃山珍海味我不消化！我种菜不光好吃还好看呢！那人说我蠢，我说你才蠢！”

看着这个固执的老太太，已经接受了阿婆思想模式的小青和阿雨听得哈哈大笑，小青更装凶作势添油加醋说：“他才蠢，自以为是的家伙！”后面一句用普通话说的，阿雨笑，阿婆不知那普通话是什么意思，但明白那是和她一条战线的意思。

阿婆接着说：“我这么老了，今日不知明日事，我还租给你，你以为我傻啊。”

小青没深究这句话的含意，说：“阿婆你会长命百岁的，你这么开心。”

阿婆嘴里念念叨叨地说：“以前有算命先生说我死的时候是儿孙满堂的好日子。阿雨都要生了，新的来了，老的就应该走了，等到阿雨生了，安安乐乐的，我就眼闭了。”

小青没听见阿婆还在说什么，因为她看见天上的乌云大片大片地变幻密集，风也刮了起来。阿婆忙着收衣服，收拾农具，小青跟着她忙，阿雨在屋里洗碗。

小青心里快活，哼着歌：“小小的一片云啊，慢慢地走过来。”心里面想这可是大大的云飞过来了，才正午时分，天在黑下来。忽听屋里碗摔破的声音，她赶紧探头一看，只见阿雨倚着桌子，一脸错愕地捂着肚子，黄黄的羊水顺着阿雨的脚跟流了出来。小青惊叫一声，跑过去，扶了阿雨往床上坐。阿婆说，快叫的士上医院。阿雨说，没法走了，要叫救护车。阿婆一手放开手中的东西，边说她到杂货店去打电话，边急步往外走，这时风卷着树叶进屋，雨开始下了，等阿婆已走不见了，听得雨声如倾盆。

阿雨躺在床上，一只手紧握着坐在一旁的小青的双手，她忍着痛对小青说：“救护车很快就会来，你没有身份证，不要多说话，也不要跟我上医院，你只要把我准备好的这个包裹交给他们就行了。”

小青说：“阿雨姐，你生了孩子后，他们会不会送你回内地啊？”

阿雨说："我已经有身份证，1983年大赦，我已经拿到证了。"她接着说："你来得太晚了，应该不会再大赦了。"

小青想说什么，但阿雨越来越剧烈的痛楚中断了她们的谈话，阿雨越来越紧张，小青感到害怕，不知会发生什么事，她紧紧握着阿雨的手，着急地说："阿婆不知打了电话没有。"阿雨安慰她，也是安慰自己："救护车很快，十分钟就能到。"

雨越下越大，阿雨拉着小青的手越来越紧。忽然，她一声尖叫，紧接着一个闪电，把小屋照得惨白，春雷响着，大地为之震动，小青吓得哭了，雷声停歇的那一分钟，阿雨听她叫到："阿雨，你没事吧？"

阿雨无法回答，她感觉到那新的生命正在出来，她下意识地指着自己的下身，小青哭着喊着，颤着手向那被血水湿透的地方伸去……

救护车的铃声终于响起，这中间只是短短的十多分钟，但小青感觉好像等了一个长夜，等到人们赶到，婴儿的头已经出来了。

和救护人员一起进来的，还有小薇和她的母亲秦老师，她们和小青做梦也没想到，在这样的情景下见面。

带着一大班人来到这里的是小店的老板娘，她说帮阿婆打了电话后，她就一直在等救护车，如果没人带路，没人知道如何找到小屋。

小青突然想起阿婆，她问："阿婆呢？"

老板娘说："阿婆不是赶回来了吗？她不放心阿雨，一定要冒大雨回来啊。"

小青叫声不好，冲出门外。她边跑，边四周张望，边喊着阿婆。在一处田埂，她滑了一跤，摔到沟里去，在沟里，她发现了昏倒在那里的阿婆，浑身是雨和泥的小青，扑在阿婆身上，叫道："阿婆，你没事吧？"紧接着又向上方大叫："阿婆在这里啊！"

小薇和一个护工赶到，她们把阿婆背回了屋里。

因为阿婆已昏迷不醒，又一辆救护车赶到，两辆救护车同时把阿雨和刚出生的婴孩、还有阿婆，送往山顶医院。

秦老师、小薇和老板娘都跟着去了，秦老师告诉小青，让她在小屋里待着，等她们回来再一起回家。车子和人全走了，小青看着杂乱无比的小屋，想动手清理一下，雨似乎小了下来，但风还未止，她掩上门，回头走的时候，忽然眼前一阵昏黑，在就要晕过去的感觉驱使下，她赶紧抓着门框，身体贴在门上顺势滑向地板，倒了下去。

小青昏睡过去，她太累了，这两天一夜的不眠不休和紧张刺激，让这个身体健康的年轻女性终于支持不住，她沉睡了。

二

小青醒来时，已是第二天早上八点钟。她张开眼时，一时不知身在何处。雨早已停了，阳光射在窗外的那棵樟树上，绿色的叶子深深浅浅地遮着蓝天，鸟儿扑着翅膀飞叫着，一夜的大雨似乎冲淡了海风的咸味，一切都那样清新宁静，唯有屋檐角雨水秒钟般规律的"滴答"声，提醒着昨天的记忆。

屋子的一角，炉子上煲着什么，噗噗地响着，团团喷出的蒸汽，暖暖的弥漫在空气中，屋子里已打扫得干干净净，小青可以感觉到自己穿着干净的衣服，躺在舒适和暖的被窝里，她看见她的秦老师就坐在炉子旁，正和她四目相迎，小青的身子不自觉地动起来，她和秦老师都露出了甜美的笑容。没等小青下床，秦老师走过来坐在床边，两个人都细细地端详着对方。"秦老师，你瘦了很多。""几年不见，我们小青又漂亮了许多。”秦老师笑着上下看着小青。“秦老师，我没听你的话，你没生我的气？”“谁说没生气？多危险的事，昨天那么久没接到你的电话，我心都要跳出来了。你真的游水过来的？建新为什么没来？”“建新的妈妈病了，他临走又不能走，有人说可以带我坐船，我就先来了。”“坐船也不比游水好多少，听说有蛇头怕被捉重判，光顾逃走，结果船翻了，一船的孩子都死了！真可怕啊，你想到做这种事！两个人都有好好的工作，你想建新的妈妈会怎么想？”秦老师一脸祥和中带着严肃。小青想到了什么，悲从中来，她靠在秦老师的肩头，哽咽道：“我只是想要有一个自己的家。”秦老师的表情和缓了过来，她说：“你还没来时，我已经想通了，现在内地也不是铁饭碗了，很多人都去外地打工，就当你换一个环境吧。既然来了，就做来的打算吧，不过你要有思想准备，你随时会被解回内地，你在这里也未必能实现你的理想。内地开放，这里很多厂家都搬到内地去了，这里的工作机会至少暂时来讲都会减少。”“只要和你在一起，我怎么都行。”小青即刻恢复了笑容。秦老师摇了摇头：“先不说这些，你知道你昨天有多吓人。我和小薇从医院回来，推门推不开，叫又没人应，幸好窗户没拴上，小薇从窗子跳进来，才看见你衣服都没换，浑身是泥倒在地上。”“小薇呢？”“去医院给阿婆送身份证，要补办手续。”

“救命恩人在此！”没等秦老师说完，一个带笑的声音插进来，吓了两人一跳，“我和妈妈把你抬上床，你不知道你重得像猪！”

原来是小薇不声不响地进来，和她一起来的还有杂货店老板娘。小青跳下床来，拉着小薇的手，还没说话，小薇收了笑容，对她和秦老师说：“阿婆凌晨三点过世了。”小青愣了，她感觉像自己的亲人去世般，她和老人只相处了几个钟头，但好像已认识了一个世纪。

秦老师说：“昨天不是醒过来还好好的吗？她听到阿雨生了个男孩，还很高兴啊？”

老板娘说：“医生说是脑震荡，年纪太大了，这种情况下，通常会这样。”老板娘接着说：“阿婆这么大岁数，这也是很自然的。唉，不知阿雨日后一个人怎么过，年轻女子一个人住这里是不太方便啊，阿雨刚才那个哭啊，唉。”

大家沉默无声。秦老师稍停说：“我一早煲了鸡汤，你们一人喝一碗吧。老板娘辛苦了，坐下喝一碗，休息一会儿吧。我带一些去医院给阿雨。”

小青说：“我也去。”

小薇说：“你是黑人，不能去。”

秦老师说：“你们吃了饭，就回家去。”

老板娘客气，告辞了。

秦老师把鸡汤装了，就要走。小青心思重重地对她说：“秦老师，阿雨姐是好人，昨天全靠她了。”

秦老师明白她的意思，点点头说：“老板娘都说给我听了。放心吧，我们还没谢她呢。”

“你们快吃了收拾好早点回去，小薇你还要回学校。记得把钥匙交给老板娘。”秦老师说着走了。

三

踏进病房，不等秦老师把东西放下，阿雨说：“秦老师，想不到你还来看我，你们太客气了。”

“不要这么说，都说在家靠父母，出门靠朋友嘛。昨天要不是你，小青有难了。”秦老师倒了一碗汤，递给阿雨，阿雨没喝，放在床头柜上。

秦老师坐在床边，第一次细看阿雨，产后的阿雨，加上刚哭过，脸色更不如前，但有一份痛苦过后的坦然，只这份坦然，已让她有了让秦老师喜爱的底色。

秦老师问阿雨什么时候可以出院，阿雨说明天就可出院了。

“那你怎么打算呢？”秦老师看着阿雨，阿雨是那种典型的乡下出来的打工妹，苍白的脸，五官不出众，带着一点羞涩和温柔，配合起来却秀气。“没什么特别的，我可以回阿婆的屋子先住下再说。”

“一个人怎么住那里呢，我昨天一晚上都不敢睡呢，还是小青和小薇都在一起呢。”

“可以的，我惯了。”阿雨浅浅地客气地笑。

“你不想回乡下去吗，家里有父母照顾会好些。”秦老师试探着问。

“家里有家里的困难。”阿雨掂量着是否要说得更多，她看着秦老师，这是她很少接触到的人：一个在侨居地成长的人，一个六十年代的大学毕业生，教了几十年书的，身形瘦削，脸庞清癯，头发盘在头上的知识女性。

阿雨也读过中学，那是乡村简陋的学校，老师也是农民。但她在秦老师的脸上看到了和她的母亲一样的沧桑，这种沧桑让她具有了一种年轻女性所缺少的美，那不同于年轻漂亮，那是一种可以依靠、可以信任、理解和宽容的质量。

阿雨说，家里哥哥已结婚，父母都和哥嫂一起住，父母老了，很多事都要靠哥嫂，她不想难为父母。另外，她来澳门八年，多数的钱都寄回去，现在她的父母哥嫂住的房子就是用她的钱盖起来的，但房子也不太大，她回去的话，会给大家增添麻烦。最主要的是她没有什么积蓄，回去还要靠家里养。阿雨也说到她和孩子的父亲是同乡，也是一同偷渡来澳门的，因为结婚要回乡办手续，比较麻烦，所以一直都没办理，她的身份证上甚至连事实婚姻也不是。

短短几句话，秦老师在外表柔弱的阿雨身上看到了付出与承担的骨气，看到了自己所秉承的文化。文化和学历没有太大的关系，正直与善良的质量，有说是教育的作用，甚至有说是来自人类遗传基因。Dr.Xu说那是因为每个人身上都有着正反两面，当正面因子被激发时就是一个好人，而当负面因子被激活时，灾难就出现了。而这当中教育当然起着极大的因素，而教育绝不仅仅来自学校。秦老师看到了和自己相契合的那一面，因此她很自然地说了自己的打算："阿雨，出了院你就到我那儿去住，家里就我和小薇，加上小青三个人，很方便。"

阿雨急急摇手："不行，不行。小青刚到，你已经够忙了，不麻烦了。"

秦老师看她倔强的样子，说："小青以前在广州就住在我那儿，我们已经是一家人了。"

看着阿雨朴实的目光，秦老师说："小青不是她父母的亲生孩子，她是水上人家的孩子，刚出生就送人了。她的养父母是半个水上人，就是也捕鱼也贩鱼的那种。"阿雨想起昨天小青剖鱼的干练样子。"她的养父母当时没生育，就抱养了小青，他们想给她取个比较贴近男孩的名字，好招来弟弟，小青来了后，他们真的连生了四个儿子，但家里经济也越来越困难。小青很小就要一大早挑担子卖鱼，她的大弟弟在旁边收钱。小青是小薇的同学，那时正在读小学六年级。一天，我和小薇一起上市场，小青看见小薇，忙叫她，我一看小青，真少见这么漂亮又乖巧的女孩子，辫子梳得油油的拢在后面，一双凤眼笑眯眯的，小小的身子已有少女的窈窕，她见了我，甜甜地叫一声'姨！'，我已经喜欢得不得了，她还拿了鱼说送我吃，我说我买吧。我买了她几次鱼后，才知道她每次都多给了我，我就买了件衣服和小薇送去她家。到了她家，天已经晚了，小青妈说她已睡下，喊她，她和一个大点的弟弟从床底下爬出来，原来家里地方太小了，小青就睡在床下。我吓了一跳，我跟她妈说，让小青到我那儿去睡。她妈同意了，这一睡就睡了八年，读中学时我还当过她们的老师。直到小薇大学毕业，我和小薇来了澳门。”

秦老师叹了口气：“小青本来学习成绩一点不比小薇差，但高中毕业那年，她母亲一定要她做事帮补家里，她就失去上大学的机会了。我也不知我是不是帮了小青，小青没住在家里，再回去家里已起了变化，弟弟们大了，谈恋爱了，小青变了累赘，她谈了男朋友，男朋友家里也不富裕，住房也紧张。后来小青和家里有了意见，她想到了来澳门，我们一直有通信，我知道她一直是个善良的孩子。相信我，小青和小薇都会接受你的。”秦老师还说：“这不是我帮你，是你帮了你自己，你帮了小青，我们不帮你还过得去吗？”

阿雨知道秦老师为什么说小青的身世——既然可以接受小青，就可以接受她，这让她很感触，已经不必再多说什么了，有的人一起生活一辈子，思想却形同陌路，而她和秦老师竟一见如故，她禁不住泪流满面。

第二章

一

小青和小薇一起走出阿婆的家，她们在田埂上一前一后地走着，两个人身高相仿，小薇显得文弱些，性格也内向些。她们同年出生，小薇大些，小青小些，而在生活中，秦老师说，干活和开小差小青是大姐，想正事小青听小薇的，这两个人建立起来的，不是姐妹般的朋友，而是像朋友一样的姐妹关系。

春天的山野，雨后的晴天像秋天般舒朗，也让小青不禁想起昨天的暴风雨，她停下来回头看阿婆的家，世界上没有比生与死更让人思绪万千了，而在这短短的二十四小时里，都发生了。

小薇回头，看见小青停在那里，她走回来站在她旁边，看着她看的方向，她刚听完小青讲了阿婆的故事，所以能知道小青在想着什么，每个人的故事都保留在他们自己的不可复制的那本书里，在我们生命的历程中，有些人用她们独特的故事吸引了我们，她们的神髓像那春雨里的落叶，落在了我们的土地上，化作那春泥，营养了我们的生命之树，生活就是这样延续的。

她们只稍停了一会儿，就大步走了，没有过分的伤感，年轻人总是看着未来，而生和死都是人生的必经历程，当有机会，你用心真正阅过，你的新的一天就真正来临了。

第二天，为迎接阿雨和孩子的到来，小青和小薇在家里忙着打扫卫生。秦老师和小薇本来只租了一个房间和一个公用的厅，另一户租客早已搬走，现在秦老师临时决定把两房一厅全租下。

打扫整理好，小青又准备午饭，这时秦老师带着阿雨和孩子回来了，小青和小薇欢呼一声一拥而上，小青眼疾手快，一把就把孩子抱了过去，小薇和她肩并肩，看那小小的人仔，那小人被她们这样一弄醒了过来，睁大眼睛看小青，小青乐得不行。

小薇说：“让我抱一抱。”

小青说：“我这才刚抱，等一会儿。”

小薇急了，说："妈，你看小青！"

小青笑道："孩子是阿雨的，你叫秦老师也没用啊，哈！"

秦老师笑道："你们老大不小，都多大了？还小啊！快把孩子给阿雨，别弄哭了。"

小薇说："婴孩哭是运动啊，哭啊，小不点。"

小青说："Dr. Xu 还什么都懂啊。"接着大乐，"啊，他笑了，快看！"

大家都凑过来看，小薇又说："嗯，从动物学的角度来看，你是他出生时第一个看见的人，所以你可能被他认为是妈妈呢！"

小青叫道："是吗，哈，小宝贝，以后我是你的妈妈啰！"

小薇不失孩子气地说："我也是他最先看到的人！"

大家乐了，秦老师笑得眼睛成个弯月了，阿雨笑说："这孩子真福气，一出世就有这么多妈妈！"

小青不作声，把孩子给了小薇，小薇忙不迭地接过去，笑着和孩子亲热去了，

秦老师看小青转身去了厨房，也跟了过去。小青在厨房里拿起一把葱来切，神气不怎的，秦老师从侧面看她，说："小青，我这几天忙这忙那，都忘了跟你说，给你妈打个电话，你出来没告诉她，会把她急死的。"

小青淡淡地说："她会急吗？"

秦老师说："怎么不会呢。"停了一下，秦老师又说："你要体谅你妈，你想你那几年在我那儿，你妈也经常拿鱼来送我呢，说明她心里一直内疚啊。她有她的难处，她没能只考虑你，我们应该理解。"

秦老师看小青垂下眼帘，有点会意，就拉了她："现在就去打电话。"

两人回到客厅，小薇正坐在阿雨身边，看小不点吃奶。秦

老师对小薇说:“小薇，帮小青拨她妈妈的电话。”

电话接通后，小青接过电话筒，一听声音眼泪就哗哗地流下了，一声“妈”也在哽咽中说得不清不楚，秦老师和小薇不知她们说什么，但眼眶都红了。

电话说完，秦老师望着小青，小青回答她的眼神:“她说死丫头，你走也不跟我说一声，建新来找我，我才知道你去了澳门，这么多天，也没个电话，把我急死了，这偷渡有多险啊！”说完小青破涕而笑，秦老师也笑了。

秦老师说:“对，也应该给建新打个电话。”

小青一嘟嘴说:“不打！也不知他来不来呢。”看秦老师笑着摇头，就说:“反正我妈也会跟他说我已经在您这里了。”

小薇把饭菜摆在饭桌上，秦老师说:“吃饭吧。”

饭菜很丰盛，这对秦老师和小薇及阿雨来说都是，新移民每一分钱都要用得得当，每月的工资，吃饭、交房租，已用去一大半，要想着未来就得省吃俭用。

饭桌上，秦老师说:“阿雨，孩子要报身份证，你还没给他起名字呢。”

阿雨说:“我没什么文化，秦老师您起吧。”

秦老师说:“大家一起想想什么名字好。”

说来说去，意见都不统一，后来，阿雨说:“立春那天生的，叫立春可以吗？”

小青和小薇觉得有点土有点白。小青说:“阿雨你是雨水那天生的吗？”

阿雨笑说:“是啊，乡下人没知识，就这样随便起名字。”

秦老师说:“很好啊，土到极处是不土，再说文彩尚白，简约最好。立春不仅是生日，也是纪念阿婆的日子，又是我们这个家的成员走到一起的日子啊。再说，立春，有农民的后代的意思，也是种下希望的意思，这孩子应该有个美好的未来。”

小青和小薇这次同声叫好。大家以茶代酒，为立春这个美好的名字干杯。

吃完饭，小青、阿雨和小薇都抢着收拾，秦老师让阿雨带孩子去休息，让小薇带她去房间。说话间，小青已收了碗筷进了厨房，秦老师随着在厨房里和她说：“小青，你知道我今天有多高兴，你刚才哭了。”

小青洗着手中的碗碟，说：“我听阿婆说，她每当日子苦时，就想妈妈在山头望她的样子，也就挺过来了，我今天才知道，原来我妈也紧张我呢。”

秦老师一个一个地接过她洗好的碗，说：“你比阿婆幸福，你还有一个生母，虽然你不记得她的模样，但一个母亲把孩子送出去，一定是迫不得已的，她一定在你看不到的地方，无时无刻不在望着你，比你想她还强百倍呢，你想不是吗？”

小青内心那个生母情结，在这一刻彻底开窍，从小到大，她总是想着自己是一个没人要的弃儿，除了秦老师，没人关心她，她从来没站在生母或养母的角色上去感受，泪花在她的眼里打转，秦老师决意让它们掉下来，她说：“而且你还有我，不是吗？”小青终于忍不住，趴在秦老师身上，也不管双手湿漉漉的，就抓住秦老师的双肩不放。

幸福有时就是哭着享受的。——Dr.Xu 那天在她的日记里写道。

二

春寒料峭，屋外的雨淅淅沥沥地下，屋里，一切摆设简单而有序，素净而别致，在阴雨天气的衬托下更让人感到家的温馨。

小青在烫着婴儿的衣服，喷气熨斗喷着蒸汽，暖雾融融，小青烫好一件就拿起来扬一扬，散那湿气，动作悠闲得来又逗人。

阿雨躺在床上看着，说："小青，你的男朋友一定对你很好吧？"

小青斜看了她一眼："怎么讲呢？"

"你这么靓又这么鬼马，连我都被你引死了！"

小青放下熨斗，过来坐在阿雨的床边，叠着手中的衣服，对阿雨说："秦老师和小薇都说，我漂亮是因为我快乐和自信。阿雨姐，你要是能抛开那家伙给你的创伤和困难，你一定比现在漂亮一百倍！听我的，把他忘记！"

阿雨叹一口气，说："我已经不想他了，要不是他这样，我还认识不了你们呢！但我觉得这样麻烦你们，很不好受。"

小青做烦死人状，说："阿雨姐，你这话说了有一百遍了吧？能不能换一换话题啊！！"

小青接着说："我想了一个让你不必过意不去的办法，你看行吧？我说你就放心大吃大喝，大睡特睡，一切算在我身上，将来等我结了婚生孩子，你给我侍候月子，可以了吧？"

见阿雨没作声，小青又说："秦老师的主意好啊，她让你满了月也在家里看孩子，做家务，然后我们大家给你工资，这很不错啊，这样我们就可以多些在外面工作，回来有饭吃，你又可以放心地自己看孩子，多好，这叫互助！有什么过意不去呢，快别再说这些了，我看你和秦老师一个客气过来，一个客气过去，差一点就像日本人不断鞠躬了。我要晕了！"

阿雨说："小薇还在上学，秦老师负担很重啊。"

小青说："小薇课余有打工，秦老师给人做家教和补习社的工作，都可以应付，只是小薇有打算去英国读书，她父亲在那里，可能会帮她吧。”小青看阿雨询问的眼光，又说：“秦老师和小薇爸爸不知为什么分开，小薇都没见过她父亲。内地开放后，她父亲才和她们联系上，为了让小薇去英国读书，秦老师才申请来澳门。小薇父亲已另有家室，秦老师不会和小薇一起去英国。”

小青收了衣服和熨板，去厨房端了汤来给阿雨喝，阿雨说：“我如果在娘家，也没能这样舒服啊！”

小青烦死了的表情说：“你快要变成幸福版的祥林嫂了，真怕了你！放心，等你满了月，我就去上工挣钱，应该够我们三个人吃饭吧。”

阿雨看了一眼碟子上的猪脚姜说：“小青你真会做，这猪脚姜做得一看就知道好！”

小青说：“是吗？秦老师今天早上教我，我是第一次做呢！”说着夹起一块送到阿雨嘴边。

阿雨推说：“这块你吃。”

小青说：“那就不客气了，和你抢东西吃了。”吞下去后，连说：“真好吃啊！”

阿雨说：“再吃。”小青说：“不了。”想一想，又说：“煮的不少，够吃上半个月的，等秦老师和小薇回来让她们也尝尝。”

阿雨说：“你们吃多些，我吃不了那么多。”

小青说：“别傻了，不吃身体恢复不了，秦老师不让我去找工作，就是要全心全意照顾你，你不吃怎么对得起我和秦老师啊。”

小青连劝带逼，吃到阿雨最后表示真的吃不下了，小青一看，碗底还剩一点汤，就顺手喝了。

那天晚上，吃晚饭时，秦老师说：“阿雨今天吃好没有啊？”

小青说：“放心，我一定在这个月里把阿雨姐养得像我们家隔壁那个肥婆一样胖。”

小薇说：“哪个肥婆啊？”

小青说：“就是那个她婆婆干瘦的那一个啰，她婆婆一生最成功的地方就是在她坐月子的时候，把她像养猪一样养肥了，在满月那天，差点没给自己戴一朵大红花，把媳妇展览出去。”小薇、阿雨和秦老师都笑得出不了声。

秦老师又问：“小青你今天声音沙沙的。”

小青说：“喝了阿雨的汤，又吃了猪脚姜，喉咙痛。”

小薇笑说：“呀，没见过这么贪吃的！”

小青慢条斯理地说：“我刚盛了两块猪脚姜给你和秦老师，现在为了你的健康，就我和秦老师吃了吧。”话音未落，小薇大叫一声，两个人齐向厨房扑去，阿雨和秦老师笑得直摇头。

三

小青和小薇的俏皮和善良，让阿雨在一个月里渐渐习惯了这种生活，秦老师说，阿雨也学会说俏皮话了。但阿雨心里始终不能释怀的，是如何解决经济上的问题，她从小就知道“无功不受禄”这句话，她不能这样依赖别人，尤其是秦老师她们这样的好人。满月一到，她就立即把什么事都抢来做，好像犯人得了大赦令。而且打电话给旧工友，帮小青找了一份玩具厂的工作，小青想工作已经想疯了，就如阿雨满月就是她的解放之日。阿雨看她高兴的样子，就更为自己的前景担忧。

阿雨决定实行自己的第一个方案，那天，她向秦老师说，她要带着孩子去阿婆的屋子拜祭阿婆。秦老师说明天是星期天，她和小薇都休息，大家一起去吧。

小青一听，说：“我也去吗？”

小薇激她：“你是黑人，安全起见还是不要去了！”

小青说："我都要上班了，怕也没用。"

秦老师说："去阿婆那儿不同，那是氹仔，要过大桥，多时可能会检查证件。坐的士去吧。"

第二天，她们很早就去了。阿雨出了个主意，让小青抱立春，这样就比较不会被警察查证，据说警察通常不会查证的有三种人：孕妇、老人、抱孩子的妇女，把这三种人遣送走，于心不忍吧。小青憋了一个月的劲，一路上都笑出来了，秦老师一路嘱她别把孩子碰着。

到了阿婆的屋子，阿雨把带来的冥金等烧了，双手合十，默默哀思。小青见状，也拉了小薇，合掌低头，念念有词："阿婆，你在天堂好吗？你放心吧，阿雨和我们一起很好呢，你老人家要保佑她和立春快快乐乐，健健康康，富富贵贵，过得永远比立春的叛徒爸爸好！"

听她这一说，大家都笑歪了，连伤感的阿雨也禁不住笑了。拜祭过后，阿雨即换了一双雨鞋，下菜地去了，一个月没人理的菜地，荒芜了不少，但还是很有收获的，特别是薯类，小青和小薇跟在阿雨后面，收拾着瓜菜果实，开心得合不拢嘴，一阵劳作，阿雨的脸泛起红晕，显出从来没有的美丽。

小青说："阿雨今天真的开心了，你看，脸色多漂亮，多美！"

秦老师说："阿雨在重拾自信，自信能让一个人精神焕发！"

阿雨说："这是小青一个月来照顾得好啊！"

小青笑着没说，小薇对她说："哇！你知道你笑得像谁？"

小青一愣，道："谁？"

小薇开心大笑："就像肥婆的婆婆！"大家又笑了，小青追着小薇打。

阿雨把收下的蔬果送了一些给杂货店的老板娘，又感谢她的照顾。秦老师把带来的食品和着刚收下的瓜菜一起煮了一大锅大杂烩，中午大家就在阿婆的房子里就餐了。

秦老师问阿雨："看阿雨的架势是想接着种菜？"

阿雨说："暂时种吧，种菜还可以兼顾孩子。只要政府还没想动这块地，就可以种下去。"

小青恍然大悟，说："所以阿婆那天说，人家给多少钱她也不租，就是想给阿雨留这地啊。"

阿雨说："是啊，有的当年开荒的人碰上现在政府征用土地，都得到补偿的房屋，所以阿婆还想过把地转名给我呢，她请教过一个律师，律师说不能办的理由阿婆也说不清，我也没多问，阿婆真是一片心为我着想。"

小薇说："种菜是不错，但不是长久之计。现在很多任务厂都搬到内地去了，厂工以后几年都难找，阿雨，我想你可以学一些用得上的知识，比如做写字楼工作需要的，还有其他工作需要的，现在看来，电脑是将来会普及到各行各业的最普遍需要的技术，是首要学习的。"

阿雨说："我们乡下人不比你们，学不来的。"

小薇说："你没看前些时的电视，有一个三十多岁的也是内地农村来的带着两个孩子的女子，她丈夫包二奶兼家庭暴力，她没办法之下寻求政府组织的援助，后来社工帮助她找到工作，还鼓励她进修，结果她一读读到硕士文凭，现在是香港政府社会工作部门的官员呢！"

小青听得兴奋，说："阿雨姐，我们一定支持你，说不定你将来也可以成为澳门政府部门的阿头呢！"

小薇瞪小青一眼："你不进修一样跟不上发展的！"

秦老师说："阿雨，这是对的，我当初和小薇爸爸分开，小薇还很小，我为感情所累，没有学业，工作也没劲头，小薇的奶奶是一个见过世面的胸襟宽阔的老人，她对我说，我的儿子对你不起，但这不能成为你自暴自弃的理由！她鼓励我重新学习，我才有了函授大学的文凭啊。”

阿雨说：“我们农村的学习基础很差，我怕我不能。”

小青说：“我们三个人都帮你，再差也可以上。”阿雨本来还有她的其他方案，现在看来都说不出口了。她脸上现出的红晕久久不散，看来她要一直漂亮下去了，这是小青的结论。

那一天风和日丽，春天的晚霞难得地挂在天边时，阿雨在车上给小青和小薇用苇草各折了一只草蜢，就像街市里有人卖的那种。小青和小薇各举着一只活灵活现的大草蜢，都好像回到了童年，秦老师看得心动，也让阿雨折一只，当阿雨递过来时，她们都看到了对方那颗赤诚的心。

秦老师说：“阿雨真手巧。”

阿雨羞涩地说：“我们那里的孩子个个都会的。”

第三章

一

小青那天去上班，阿雨一大早起身煮了粥，看着小青吃下去，小青出门时小薇和秦老师才开始吃早餐。

小薇说：“要这么早吗？工厂就在附近。”

阿雨说：“她像个孩子，一晚上都睡不安稳，不如早早去了安心。”

小青走到门外，停下来整鞋带，听得阿雨在说：“秦老师，小青的男朋友怎么连电话都没打一个啊？”

秦老师说：“你别替她担心，那个建新一定是在忙着偷渡，等马到功成才出现，那个年轻人的性格我知道。小青这阵也没吭声，想工作就顾不得想这些了。”

阿雨说："不会有什么其他事吗？"小薇说："放心，建新离了小青活不成的，没见到小青也舍不得被人拉，他一定有办法安全到来！"

小青在外面听得清楚，笑着拉了拉紧鞋带，一站起来，从门外探回半个身来，对小薇恨恨地斜了一眼。

大家伙都笑了，小薇说："偷听人家说话呢！"

阿雨说："下了班快回来，不要去街啊？"

小青说："阿雨都成了秦老师的代言人了。"说着就笑着跑下楼去了。

小青到了工业大厦的门口，从门外已看见楼底层里的几个电梯门前有不少女工在等电梯，她走到人群里，不久就跟着进了电梯。

小青忙着看她去的层数是否有人按了，旁边有人笑着对她说："你去几楼？"

小青忙回头看了看说话的人，边说："五楼。"

"宏达玩具？"说话的是个近三十岁的少妇。

"嗯。"小青看着她，笑了笑。

那女子和旁边的几个人笑了，女子说："别看了，跟着我们就行了。"女子又问："今天刚来？"

"嗯。"

"偷渡来的？"没等小青答，又说："我们都是偷渡的。"一群人又都笑了。

小青不自觉地喜欢她，那女子一看就是珠江三角洲的农村来的，和阿雨不同的是她的性格和身段。有一种人和任何人都不认生，一见面就好像认识了许久的感觉，说话自然的亲近。

再没等小青说，她又说："我叫阿英，你呢？"

小青说："阿青。"小青知道工厂里没人叫个小字，习惯冠个亚字，就这样说。

“像个男人名字！你哪里人氏呢？”

小青心里想，本来就是个男人名字，嘴里答道：“广州人。”

“城市人，怪不得脆卜卜个样！”那个阿英笑得一脸红晕，小青看她的衣服裹着的充满血气的浑圆丰满的身子和胳臂，妩媚的脸蛋加上一身的正气和干劲儿，让人喜欢。

光顾说话了，差点忘了已经到了，好在阿英身旁的一个小机灵提醒，大家一窝蜂般哄出了电梯门。

一进了那个叫宏达的门，那些人都不见了，赶着上岗去了，只有阿英带着她去见了管工。

管工是个长得不错的三十多岁的女人，但眼睛钉子一样看着小青，小青感到一点不自在。

管工上下打量一下小青，问：“哪里人？”

阿英笑着说：“广州。”

管工横阿英一眼：“这里没你的事，今天赶工，快干你的活去！”

阿英应了一声，笑嘻嘻地看了小青一眼，走了。

管工手势把小青的眼神叫回来，没有表情地说：“做过厂吗？”“在广州做过。”“没问你广州！告诉你，手脚不快不要，今天试工。”管工像放炮般自说自话，说完转身向流水线喊：“阿云！领大圈妹（内地女子）去你那儿。”

小青看见一个人跑来，原来阿云就是刚才那小机灵，阿云只十多岁的样子，穿着不合身的大码衣服，朝小青示意，小青跟她走到流水线，几个人给小青挪了挪地方，小青就开始工作了。

小青身边一个脸色不太好的女人，有四十多岁了，朝小青和气地笑了笑，告诉小青怎么组装那些不断流过来的玩具组件，小青很快就熟悉了这种操作，速度快得让人惊讶，见小青这么勤快，大家先自喜欢了。

吃饭的时候，大家拿出自己带来的饭盒，小青没带，她想回家去吃，本来想离家很近，但工友们都让她留下，说大家平时都一起合着吃惯了，每人匀一点，也够她吃了。小青心想明天也带饭来吃。

吃饭是最热闹的时候，阿英最后一个来，一来就唱主角，她把好吃的塞到小青碗里，边说："听说你很能干啊，行啊，一来就出名了！嗳，阿玉呢？"

阿玉就是坐小青旁边的那个和气女人。阿云说："去洗手间，她今天没敢去多，憋到现在。"

阿英叹一口气，对小青说："你手快，帮帮她，阿玉身子不好，要勤上厕所，常被管工骂，看得出你也是个不怕吃亏的，大家担着点。"

阿云说："我一看阿青姐就知是好人，所以让她坐在阿玉旁边。"

阿英啐了她一声："你还成了诸葛亮了，你做得够快的，不见你把自己插在阿玉旁边？"

阿云委屈地说："这不是管工不让吗？"

这时，阿玉远远走来，大家伙就不再说了。小青心里觉得这里人情味挺重的，真的喜欢了这里。同时对那个本来就有点抗拒的管工，心生距离。

工厂里的新生活，刺激着小青的神经，她每天回到家里，都有新鲜的事儿告诉大家，健美侠气的阿英，聪明机灵的小鬼阿云，善良懦弱的阿玉，说不尽，道不完，小薇说这是章回小说，小青的嘴巴越说越麻利，等哪一天没工开或被警察拉了，就可以回广州开茶馆说书。

二

小青有时被笑不高兴了，憋两天不说还说，这一次说的是一个叫美萍的工友。美萍三十多岁，是一个漂亮女人，不单漂亮，手巧得很，会打扮自己，一头乌溜浓密的长发，大家看着她梳，用几支别针就能把头发盘在头上，还让你看不见别针。每天不同的发式，把大家眼都看花了，可怎么也学不来。上班的时候，经常扭着身子走过来走过去，尽偷懒，但奇怪的是没人管她。没人喜欢她，但人人都稀罕她，别看她不干活，一干起活来，排山倒海，把人家装不上的不对劲的玩具全装上，风卷残云般，把几天来大家对她的不满全抵消了，然后继续偷懒。

这个美萍不但会做、会懒、还会说，说的完全是她自己的一套，不能说是歪理，其中许多正是大家想说而不敢说，或想说而不能说的。

那一天，阿玉去了洗手间，小青两手比赛终于都没让流水线有一点堆积，但那个神气可憎的管工郭小姐第N次又过来了，阴声怪调地说:“阿玉又上哪儿去了，屎坑味好过外边。”虽然说的是阿玉，但小青憋了几天的厌恶还是霍地涌了上来，在脸上明明白白地写着，她没出声，但比出声更糟，那郭小姐眼睛不是白长的，早就看出她心里的那个反字，这一早就盯上了。只是那郭小姐也是从底下升上去的，做到管工也不是那么容易，知道这火候未到，今天只不过是试试小青的底气，所以只是瞄了小青一眼，就装着若无其事地走了。

这不动声色的一幕让美萍看在眼里，她的眼睛在管工离开时和小青有了一次会合，两个不同的人在一个交点上有了一个相互知道的默契。在小青的字典里，没有好人和坏人，只有脑子有病或脑子健康的人，另外就是有故事的人，依她看，美萍就是一个有故事的人，而且还是一个良心未泯的人。而一个人是否可交，就看她是否是一个有良心的人。

那天吃午饭时，那美萍从外面吃了回来。小青正吃着饭，无意间看见对面墙上贴着一些粉红粉绿的纸，上前一看，上面写着："急聘靓女，不用加班挨更，即可月入过万。请电××××××"。小青正看着，那郭小姐刚从旁走过，对着小青扔下一句："你够条件，可以去啦！"小青听出一点名堂，但还不能确定明白，阿英斜了郭小姐的后背一眼，对小青说："别看，那是招鸡。"小青恨恨地看了走远的郭小姐一眼，回过神来看见美萍对着自己妖笑："做鸡又怎么样，那嫁了好丈夫的和那鸡不是一样靠男人吃饭吗？有什么不同？！"那声音故意大得让走远了的郭小姐听见，郭小姐最得意的除了她在此车间里一人之下，百人之上的地位，有一个旁人没有的做政府工的丈夫，也是她炫耀的本钱。郭小姐扫了一眼这边，大家都没动静，只见美萍一扭一扭地走着猫步。

阿英和阿云、阿玉，个个背着脸，笑得饭都喷出来了。

阿云说："奇怪郭小姐无论如何都不会生美萍的气，但就紧盯着小青不放。"

阿英说："说你聪明，始终还差一点！那美萍是烂浮萍，没那水性和她还站不到一起。咱小青可是有文化、有头脑、有样有貌，粗细活都做得来的，怎比啊。她最怕的是小青有一天抢了她的风头，其实小青连身份证都没有，她用不着这样紧张哇。"

阿玉说："你们没听说可能又要大赦了？"

阿英说："说只赦小童呢。"

刚放下饭碗，郭小姐又在那里恶声恶气地叫开工了。

小青刚坐到凳子上，美萍走了过来，和小青说话。小青问她家里都有什么人，她说自己带着个女儿过活，小青问她老公呢，她说死了，那神气天跌下来当被盖，让人不辨真假，小青一时无话。美萍说，她从小就和母亲不和，她胃口大，她母亲把好东西锁上不让她吃，她笑说：“我也拿一把和她一起锁上，大家都别吃！”说完哈哈大笑，斜睨小青一眼，在她耳边小声说：“这叫请君入瓮！什么时候让郭小姐也试试。”说完走人。

阿英推着一小车经过，瞅着她们俩，过来凑着小青说：“别和她太近，听说她收工也干那个呢。”

小青不解：“什么？”

阿英对着通道墙上那些红绿纸努了努嘴，小青明白，心里觉得难过。

阿英说：“可惜了一块聪明漂亮的好材料，都用错了地方。”

三

尽管工友们都不太接受美萍，但小青对她没有太多反感，甚至有些地方还挺喜欢的，应该说更多是好奇。小青从小住在大杂院里，那里什么人都有，什么人品都见过，这使小青对人有一种宽容的态度，她知道，生活会让一个人变形，一个人的今天，可能是她过去的遭遇所致。另外，青春期的血气，在鼓励她去以牙还牙，不把那郭小姐的气焰打下来，哪能甘心！她很想去实践美萍的那个办法。车间里多是年轻人，而且是这样一群或坐船或游水而来的不安分的年轻人，这事自然很快得到了共鸣，连已为人母的阿英也同意。她们唯独没有告诉阿玉，以阿玉的人品，为她去策划这样的行动，心里不安，所以还是先别告诉她。

说起来这也不是什么大不了的事。

那天，阿英一大早提了一大桶煲好的汤来到车间，那桶是借来的保温桶，阿云的一个舅舅工作的饭店里借的。那天吃饭时，阿英打开保温桶，一阵香气在潮冷的春雨天气中散开，大家都围了上去，阿英拿了一个特大号搪瓷杯和勺子，挡着众人：“去去去，我还没盛呢，慌什么！”只见她拨去汤面的浮油，盛了满满一大杯，笑嘻嘻地走向郭小姐。

那郭小姐坐在自己的办公桌前，正吃着自己的饭，阿英捧着那热汤，来到跟前，忙不迭地把烫手的杯子往郭小姐眼前一放。郭小姐说：“做什么啊？”阿英赔着笑说：“这一阵大家赶工，火气大了，又都远离家门，没汤没水的，昨天大家凑个钱，我今天起大早煲了这莲藕淮山薏仁排骨汤，去火养胃去湿，你试试！我知道你讲卫生，所以把这杯子洗得特干净，趁她们还没盛就先盛给你！你看你每天给帮乡下妹气的，脸干干的没气色，多喝些汤滋润滋润，不要客气啊？”说完回头去拿了自己的饭菜过来，一路吃一路劝郭小姐喝汤。

眼看着郭小姐把一大杯汤喝了下去，那帮鬼丫头就急急把饭吞了下去，收拾好碗筷，有事没事的站在那过道上。

已经到了上班的时间，郭小姐收拾了自己的东西，刚想叫开工，突然转了方向，向过道这边走来，洗手间就在过道的尽头，郭小姐走近了才发现洗手间外已排了长龙，她想回头觉得难受，排下去不知又要排到何时，突然闪过一个好主意，到楼上去。但没想到好不容易乘了电梯上得楼去，已有不少有识之士——她自己管辖下的一些工人在那儿排队，不禁发火：“你们不开工到这里来干什么！”那些人苦笑说：“郭小姐，你自己不是也来了吗，忍不住啊，都怪阿英，煲了太多的汤，还下什么薏仁去湿，把人憋死了。”

郭小姐一把火没处发，又实在太难忍，只好再下楼去，仍有人在那儿排队，只见阿英见到她，正向她招手：“郭小姐，让你先！”郭小姐如获大赦，一头忙不迭撞进去，才关上门，就听外面一阵爆笑，很想撞开门去看谁在笑，但如果个个都在笑，那尴尬的不是自己吗？只得窝了一肚子火，等她故作镇静地走出来，个个工友已各就各位，没事发生一般。

那天小青把这些讲给秦老师、阿雨和小薇听，秦老师说：“小青啊，你不会再胡闹下去吧？这种事可不能有第二次。你才去上班几天，就搞出这样的事，你知道会有什么后果？”

小青说：“后果就是郭小姐不再骂阿玉了。”

小薇说：“我觉得只能这样了，也不过分。”

阿雨说：“她会不会找你的碴啊？”

小青说：“她要这样，我就换一个厂。”

小薇笑说：“然后你就把澳门的厂做遍了。”

小青若有所思地说：“郭小姐如果找我麻烦，还有点意思，现在她大气不出一声，我觉得一点意思也没有。”小青说完看见大家都看着她，更正说：“我的意思是我觉得我们这样好像孩子一样，没什么意思。”

秦老师回一口气说：“你总算明白了，你现在不是孩子了，多想想正经事吧？！”

说到正经事，小薇说：“你们知道吗，阿雨会打字了！”

阿雨说：“刚会，打得很慢。”

小青故作生气状：“你们两个背着我干的好事！”

小薇说：“每次叫你学电脑，你都说累得很。阿雨要种菜，看孩子，还做饭，现在一边学电脑，顺便学了不少英文呢。很快你就落伍啦！”

秦老师说：“现在已经落在阿雨后面啦，不用说以后。”又向阿雨说：“阿雨先别忙，你现在身子恢复差不多了，带孩子回乡下去看看父母，免得他们担心。”

阿雨低头说："不用了，写信他们就知道了。"

小薇说："立春的爸爸和他们同一个村里，所以阿雨不想回去。"

秦老师说："为什么呢？错的是他，但你这样回避好像错的是你。我让你回去，就是想你趁这个机会挺起腰来，这样你才能有信心去走自己的路。"

小青觉得意犹未尽："正因为同一个村，所以偏偏要回去给他看！阿雨姐别忙，等我发工资，给你买漂亮衣服，买礼品，打扮得漂漂亮亮、风风光光回去，让那家伙吃完后悔药后从他家楼上跌到水塘里去！"

小薇笑："你知道他家住楼上，旁边有水塘？"

小青说："这是坐月子时，阿雨说给我听的，我那天真梦见他掉水塘里了。"

秦老师被她逗得笑个不停，小青这下来劲了，接着说："阿雨姐一手抱个大胖小子，一手拖着大箱子，从他们家门前走过，看他们是打招呼不打？！天哪！没比这更爽的！"说着说着就边唱边舞起来："左手一只鸡，右手一只鸭，背上还背着一个胖娃娃啊……"

小薇说："有警察从这儿路过，说这里有人唱内地歌曲，可能是偷渡者，就上来拉你了。"

小青说："那就唱个意大利的，他们会不会以为有意大利人住这儿？"

小青做咏叹调女歌手状："啊，多么辉煌灿烂的阳光！但是还有一个太阳比这更美丽，啊，我的太阳！那就是你。"

小青听到众人笑声戛然而止，然后小薇大笑着喊："你的太阳！"小青随着她们的目光，背过身去，黑黑的门洞外站着两个人，其中一个就是建新。

第四章

一

那天小青被秦老师、小薇，还有阿雨的眼睛指引，望出门外，看到了建新，而建新的身边，还站着一位男青年。

阿雨听小薇叫着“你的太阳！”时，完全不知是怎么回事，但接着就听秦老师叫：“是建新啊，快进来！”

众人一阵忙乱，把两个人让进了屋，阿雨边忙着看没见过面的建新，边进厨房去端茶水了。等阿雨把茶水端出来，小青一手接了过去：“忙什么啊，阿雨姐，这种粗重活还让你干啊！”又对建新说：“这就是我信上和你说过的阿雨！”

阿雨满脸通红，把小青拨到一边去，将茶一杯杯放到每个人跟前的桌子上，和建新他们点头打招呼。

秦老师笑说：“阿雨和小青情同姐妹，你慢慢会认识的。你们刚到的吗？煮个什么吃的？”

建新说：“不必了，刚吃过才来的。”

小青说：“在哪儿吃的啊？”

建新说在他姨家吃的饭，大家才知道，建新有个表姨在澳门，同来的男青年，就是表姨的儿子。小青说：“怎么没听说过啊？”建新说他也不知道表姨什么时候迁来澳门了，只是这次他母亲知道他要来，才联系了表姨。

小青对那年轻人说：“噢，我知道你叫什么了，你是红糖！”

那年轻人皮肤白白的，一脸腼腆，嗫嗫说道：“不是，红糖是我大哥。”

小青紧接着说：“那你就是白糖！”

那小青年仍是文质彬彬地说：“也不是，白糖是我二哥。”

小青不耐烦地说:“反正，你就是什么糖！”包括秦老师在内，大家都顾不得礼貌，忍不住笑了。

小青年一本正经的、学究似的说:“我是冰糖。”大家这下哄地大笑了，小青大喊救命之下，笑得和建新的头碰在一起，建新把她的头打了一下:“什么让你知道了，就能演一出戏！”

细谈之下，原来小青年也正在澳门大学读书，和小薇同一个学院，这样，冰糖如获大赦，忙着和小薇交谈去了。

建新说他是游泳过来的，秦老师和阿雨频频摇头，以示感叹。小薇说:“这爱情的力量真够伟大，小青你可要珍惜啊。”小青装着一脸不平，说:“当初是我追他的，现在他追过来，我刚心理平衡呢，还什么呢？！”

那天晚上，阿雨问秦老师，当初真是小青追建新的吗？秦老师笑说，当初小青在工厂里，追她的人多得很，只有建新没有搭理，越不搭理就越引人注意，你知道这小青疯的，去问人家为什么见了她都不说话，这小伙子才知道被看上了，建新承认不是没意思，是怕没机会。

那一天，建新和冰糖一起走了，他表姨让他暂时住在她的家。冰糖说，他们有一个亲戚做装修老板，可以让会模具技工的建新去那儿帮忙，虽有些大材小用，但慢慢再看吧。那一天除了小青，最有满足感的是阿雨。建新和冰糖两个在肚子“已很饱”的情况下，把她煮的点心一滴不剩地吃了精光，还大夸好吃，给足面子，而且建新的礼貌和清爽的外表都让她感觉不错。

建新他们刚走，小薇在书桌前做功课，听着阿雨和小青在那儿说着小声话。

阿雨说:“建新的牙齿真的很白啊。”

小薇不由得拉长了耳朵，只听小青说:“我没说错吧？”

阿雨接着说："特别笑的时候，雪白干净，干净到心里去了，整个人透亮。"

这边小薇忍不住笑，笑得整个身子颤个不停，小青过来掐她脖子，小薇抵抗着说："快让建新把牙再刷得白些，卖个大价钱！"

秦老师从厨房走出来说："又怎么啦？"

阿雨笑答说，建新没来时，她问小青，建新是个什么样子，她看上他什么呢，小青说，建新没什么特别的，她当时看上是因为他有一口很白的牙齿，阿雨说，难道建新的好处就是那么一棚牙？不信。小青当时说，不信等他来了你就知道了。秦老师也和着笑在一起说："这个答案我们都听过了。很难想象没了一口白牙的建新会是怎么样，小薇说可以写一篇论文呢。"小青被她们这样笑着，一句不吭，自己也笑着。

小青本就是一个快乐的姑娘，现在建新来了，幸福指数猛然上增，第二天差不多是跳着芭蕾舞步去上班——小薇的说法。

阿英一见她就说："怎么，男朋友来了？"小青吓了一跳，怎么阿英这么厉害？阿英笑着斜睨她一眼，说："你脸上明明白白写着，还有什么好事让你这么高兴？"

小青上前挽起阿英的手臂，呵呵傻笑，阿英挣开小青的手，说："我可没你那么开心，我烦都烦死了。"小青问为什么，阿英叹气，家里水管爆裂，弄得一屋水，包租婆说这要租户自己负责，这一整就要几千块钱，不要命吗，刚攒的一点钱又泡汤了。小青一听，指着阿英哈哈一笑，阿英说你疯了？小青说，叫建新整，建新最拿手这些了。小青让建新收工就连夜上阿英家去了。

第二天，阿英把建新夸得天上有、地上无，让小青在一众工友面前美得像小新娘，羞答答的。阿云凑着小青的脸说："我想看看建新哥什么样子！”阿英说：“想看是不？先把你们家的水龙头弄坏！”

这一句真提醒了大家，立刻有工友请小青麻烦建新帮忙，当然不是故意弄坏，新移民手头拮据，能省就省，平时坏了什么就将就着过，现在有了这么个不收钱的义工，自然很多人排起队来。小青来者不拒，清点一下，只那美萍没出声。小青瞅了一个空，对美萍说，美萍你有要帮忙的，说一声啊。那美萍好像没想到小青会这么说，受宠若惊似的，说：“你们建新也来帮我啊？”简直有些语无伦次的样子。阿英见状，咬着小青的耳朵说：“你自找啊，看她那衰样，还不把建新吃了！”小青笑说：“看你说的，如果建新能让她吞了，那他活该。”小青明白为什么美萍会有那意外惊喜的表情，有些同情美萍，她不知她的底线，但她相信她是有底线的。

这时已是3月下旬，立春已有两个半月大了，长得圆圆实实的，秦老师催阿雨带孩子回乡下去见父母，阿雨不走还是走了，带着这一家人给她买的一大堆手信，开开心心地回去了。

小青每天收工，路过螺丝山公园，被那里盛开的杜鹃花吸引，忍不住顺道进花园去逛了逛才回家。这一天刚回到家，接到建新打来的电话，问她怎么这么晚才到家。小青说：“我去了公园，和那里的一个清洁工说了说话。”建新说：“你没事去公园干什么啊，想急死人啊，还以为你被警察拉了呢！”

小青没好气地说：“我总不能每天都像老鼠一样从工厂到家，又从家到工厂，迟早憋死！”

建新说：“这不是你想要的吗，千辛万苦也要来，现在后悔啦？”

小青面笑声不笑地对着电话说：“程建新！是你后悔了是不?！你要不愿意，可以立马回广州！”没等建新回答，小青又说：“我这个星期天休息，工厂这一阵不是很赶工，你回去我帮你打行李！”

建新说：“这是我说的吗，还越说越像了。”

小青暗自得意，说：“还没打算回去吗？那星期天我们出去玩玩？来两个月了，我连澳门是什么样的都不知道呢！”

建新说：“玩？要碰上警察怎么办？不白来了吗？”

小青说：“你真没劲，老是警察警察的，到底去不去吧！”

建新说：“不去行吗？不等着你来剥皮？我怕不等到星期天，就已经累死了，你那些工友，把我的休息时间都分配完了，现在最后一个休息天只等周扒皮您来总结性分割了，再见！”

小青听他把电话啪的一声放下，开始一个人在屋子里跳舞，她盘算着要去很多景点游玩，拍下照片，寄回广州，让母亲和朋友们瞧瞧。

二

寒气未尽退，春花已烂漫。阿雨带着孩子在路上，在汽车上颠簸，看着那一路的山花，像看到自己的少女时代。农家少女，生活虽勤苦而简单，一样有花样年华，现在，这一切已经远去，她不知道回到村里，老老少少会怎样看她，她本来不能面对的心态，在秦老师、小薇和小青的鼓励下，有了一些坦然，但还是有点乱。

到站，下车。阿雨把行李拿出来，先折好婴儿车，让立春在里面躺着，收拾好行李后，再将婴儿车折成背篓，把立春背到背上。这个婴儿车、背篓两用具，很新潮很先进，是小薇和小青从屈臣氏商场买回来的，应该是特贵的，在澳门也挺新鲜的，所以阿雨两母子一路上备受瞩目，这又提醒着阿雨，自己并不孤独。

走进村里，路过立春爸爸的家门前，没有小青想见的情景，村里人都下地去了，没有闲人。

阿雨还没见过自己寄钱盖起来的那个家，她先回到了家里的老房子，然后再顺家里人信里写的方向，找到了新的家。

本来阿雨想，见到了母亲，自己一定会痛哭一场。但一切都出乎意料之外，虽然她早已准备带孩子回澳门，自己养活自己的。父亲阴沉着脸一声不吭，让她不知道他是怎么想的，母亲则是一脸的愁容，看着她，一句话也说不上来。等晚上，哥哥和嫂嫂回来了，嫂嫂不出声，哥哥则粗声粗气说，为什么不把孩子交给男方家里去抚养，这是天经地义的。没有人提这新的房子，也没有人提她将来怎么过，甚至也没有让她多住几天的提议，看来家里在她回来前已有一番争论，阿雨心里准备好的所有话都不想再说。晚上，她望着簇新的天花板，想流泪，又让泪水回去了，半夜里下起了雨，阿雨干着眼在心里说，下吧，把所有的雨都一次下完吧。

第二天天刚亮，阿雨看孩子还睡得香，一个人走了去老屋。老屋现在摆放杂物，阿雨走进去，看到的尽是以前的情景，在这里，当年父母虽重男轻女，但也当她是一枝花，哥哥当时对她多好，家里有哥哥，谁也不能欺侮她，她当哥哥是英雄，是顶梁柱。想着这些，一夜没流的泪水像决堤的洪水，一发不可收拾，好在天又下起了雨，等阿雨哭够，站起来回家时，雨水掩饰了她的泪眼。

下午，哥哥的一双儿女放学回来，在客厅里做功课，阿雨刚洗好尿布，闲着没事，上前看看两个孩子，两个孩子抬起头，看着她，脆脆地叫一声：姑！阿雨笑着边看他们的功课，顺手拿起一本，一看是英文第一册，阿雨随意一翻，心里一跳，怎么这些字自己竟都认得呢？她再看了小侄女的作业，给小侄女提了个点：这句子开头字母要大写啊?！小侄女说："姑，你比我爸懂得多呢，我爸不懂英文！"阿雨笑笑抬头，和正碰面走来的听得一清二楚的哥哥打了个照面，只一个眼神，阿雨和哥哥都知道，她已经不是过去的阿雨，过去的，已经过去，谁也守不住，不论是年华还是财富。阿雨想起小薇说的那句，授人以鱼，不如授人以渔。她开始坐不住了，打点行李。妈妈走来，对她说："阿雨，妈对不起你，留不下你。"妈妈犹豫了一会儿，又说："你爸说现在我们都老了，家里一切都是你哥嫂做主，你在外面要带眼识人啊！雨！"阿雨定眼看着母亲，说："妈，我知道你们难，你不用为我担心，我会养活自己和孩子的。"看着母亲垂泪，阿雨又说："如果有一天我的日子比哥好过，我会让你和爸跟我过。"

阿雨第二天就上路，妈妈送她，父亲在远远看着，快走近立春爸爸家，阿雨说："妈您回去吧。"在立春爸爸家的门口拐弯处，碰上了立春的奶奶。立春的奶奶人称三婶，她猛看见阿雨，有些尴尬。阿雨说："三婶。"想到自己没来得及叫她一声妈，就已经又叫回三婶，阿雨一下之间觉得有点滑稽。三婶脑子还没转过弯来，阿雨又说："您不看看您的乖孙？"那三婶一口气回过来，忙说："啊，啊，阿雨，你回来啊，我，我……"阿雨把孩子从背上松下来，让她看，看够了，重新背上背去，说："我走了，回澳门去。"留下三婶一个人呆在那里抹眼泪。

阿雨走了，她感到自立春爸爸出走后从来没有的轻松，也感到自己从来没有的智慧和大度。她不是泼妇，她不会发脾气，过去她不发脾气是她脾性好，有克制力。但今天她不发脾气，是她知道她可以这样来表达自己的心境和立场。从今以后，她的少女时代才真正结束，而她也不会再为一般女子的小心眼而烦恼。像秦老师所说，她放下了她应该放下的，她带走了她必须带走的，那天早上她梳头时照着镜子，看着镜子里的自己，她跟自己说：她只是一个普通人，老天爷不会把幸运无条件地交给她，但她可以努力，她只努力了一个月，就已经能读懂侄女的英文课本，那说明她有一天也能和那些聪明的有知识的人一样，成为这个社会上有用的人才。想到这里，她紧了紧身上的背带，脚步轻盈地走着，她要赶在天黑前回澳门那个家。

三

没等小青把星期天等到，厂里提前休息两天，建新也刚好没工开，就准备好第二天出去玩了。那心情就像小学生去远足。

小青买了汽水面包，还有零食，分了一些给小薇，说："本来等星期天和你一起去的，谁知提前放假，没办法啰，小姐！给你了，别偷吃啊！"

小薇横她一眼："收回去吧，谁稀罕，还偷吃呢，我买的那些东西，经常一觉醒来已经是剩一半了，老鼠都没这么快！"

小青呵呵笑说："别这么小气呵！"

小薇装作要发作，秦老师说："别闹了，不知阿雨回去怎么了，也没个电话。"

小薇刚拨开小青，喘着气说："乡下人家可能还没有电话呢。"

小青走过来对秦老师说："秦老师，阿雨可以再找一个男朋友。"

秦老师笑说："那也等立春大点吧。"

小薇笑："整天就知道张罗男朋友。"

小青嗔道："秦老师，快找个人把小薇嫁了，都快变成女管家了！"小青见小薇要扑过来的样子，笑着躲着说："我一定要找一个人把你娶到手。"一不小心，踩一个空，跌坐在地，让小薇兴奋得拍起手来。

第二天，小青一早起床，就看见床前书桌上有一架分镜头照相机，下面压着小薇昨夜写下的纸条，上面写道：这是向同学借来的贵重相机，只准建新使用，小青只能在建新的指导下才能摸一摸。

小青看了笑着拿起相机就玩魔方似的摸起来，每摸一下嘴里就说：“哼！摸一次少一两了？”吃了早饭，就和前来的建新一起满世界玩去了。

下了两天的毛毛雨，突然放晴，前两天还盛放的木棉花和杜鹃花却凋落不少，只是冬天里没有落下的树叶中又长出了嫩绿的新芽，深深浅浅地吐着春天的气息。

小青在公园里做了好一阵深呼吸，伸了伸懒腰，看一眼建新，好像还想睡觉的样子，就说：“还没睡醒啊？”建新说这星期都没睡好，给小青的工友修水喉比白天打工还累。

两个人好像同时想说什么，小青挥手说：“你先说吧！”

建新说：“那个美萍和你很好吗？”

小青说：“怎么这么问？”

建新说：“我那天去她家，赶上她的女儿病了，她把钥匙给了我，我说这不好吧，她说她家里也没什么，叫我别怕，她带孩子去看个医生就回来。后来，我一个人在她家里做活，那电话不停地响，开始我接了一个是个男的，一开口很难听。”

小青问：“怎么难听法？”

建新皱着眉说：“反正不正经，知道我是男的，就放下电话，后来我就没再接电话了。”

“后来呢？”

“后来美萍回来，我也做好了，就回家了。”

“你没告诉她电话的事？”

“我没说。”

“她回来后，你就走人，一句话也没说？全哑了？你们两个?!”

“因为我帮她把孩子背下楼，我叫她回来时按门钟，让我下楼再把孩子背上来，所以她回来时就说，你真好，又有技术，又有力气，又肯帮人。”

小青笑说：“你真好！”

建新明白她话中有话，故意怪声怪调说：“我对她说，将来有什么事就直接找我好了，我随传随到呢！”

小青这下真气极，突然双拳如捣蒜，在建新肩头猛捶，建新忍不住笑着招架：“谁叫你自作自受！”看小青真的生气了，建新才说：“其实她人还是为你好的，她对我说：‘和小青可要好到底啊，小青也是个好人，和你是天生一对。’”

小青想起那天阿英的话，说：“我不知怎的，就相信她，相信她心里是善良的，相信她这样做一定是有她的难处。”

建新说：“是啊，一个女人带一个孩子是很难的。”

小青本来没什么，但忍不住又多嘴说：“你很有同情心啊！”

建新没好气地说：“怎么你可以同情，我就不能同情呢？！”

小青更没好气地说：“她是我的工友，轮也轮不到你去同情！”

建新气极：“是你叫我去她家帮忙的！”

两个人越说越像有其事一样，小青突然想到一点：“帮完忙就完了，你为什么就放不下，要说这么多?!”

建新气得就要哆嗦，忽然想到：“我不是一开头就问你和她是朋友吗？我怕你交友不慎！”

小青还要抢白下去，两人同时醒觉到双方都乱了套，不觉都噗嗤笑了起来，建新怒气不好意思一下打消，径自走了前去，小青在后面叫："小气鬼！"建新只好转过头来等她，在春天的阳光下生气不减地笑着，露出一口白净的牙齿。春天就是春天，始终是春光明媚的春天，即使来一阵雨，也只是让大地更湿润，更充满生机。

走了一个上午又一个下午，天气好，心情更好，眼看太阳就要下山，他们才来到主教山。在那教堂前的石阶旁，他们看见一对年轻的西方情侣在小道上散步，那男的穿得整整齐齐，女的包了一块头巾穿了裙子，在余晖中的树影下，姗姗走着，像极了电影里的19世纪的欧洲绅士淑女。小青和建新与他们擦身而过，小青不觉回头去看他们，正好他们也回过头来，小青美的，拉了建新说，走！到那高处去。

在教堂前地，可看得很远，整个西湾景色尽收眼底，太阳西斜，一片橘红色的霞光中，小青爬上围栏，站在那人说可媲美著名的马尼拉落日的美景前，一望四周无人，禁不住想一展歌喉。建新一听急了，把她从栏墙上拉了下来，说别疯了，你那大嗓门上次在家里唱我的太阳，让我在街上都听得能找上门去，现在这公共场所，不把警察招来才怪呢！

小青说："哼，胆小鬼，今天走了一整天也没见一个警察。"

"不是没见着警察，是警察见了我们没理。"

"我都说在风景区没人会怀疑你是偷渡的。"

"你别以为啊，像我们这一身穿着，人家一看就知道是内地来的，不查证才怪。"

小青不服气，说："那怎么都没查我们？"

谁知说曹操曹操到，台阶那里走上来两个警察。小青心说不妙，嘴里说："快！"同一时间就一手把建新从栏杆边推到外面草坡上，她自己和建新同时飞了出去，从那陡坡上连飞带滚，往下面摔，一路上被植被上的灌木拉扯着，最后让灌木丛遮掩了。建新冷不防被摔得七荤八素的，拨开满脸的树叶看见小青脸上被树枝划破了一条痕，本来气恼的他忘了骂小青，忙着问有没有摔伤，又看到小青整个头发乱成一堆，却用手举着手里的相机，看来刚才一路滚下坡都是这样举着，就乐了，小青用食指指着嘴，叫他别出声。

听得见那两个警员见状赶来，正在那上面的栏栅边说着话，一个说："怎么回事，一眨眼不见人了，不会摔出事故来吧？"另一个往下喊："喂！有事吗？人在哪儿啊?！"一个又说："别喊了，下去看看。"听到这里，小青忙拉了建新往边上挪。

那两个警员这下看得见动静，一个大声喊："站住，干什么啊！"

另一个说："算了，应该是偷渡客，以为我们抓人呢。"

那一个听了，又喊："喂！今天大赦，快去赛狗场，晚了登记不了！"

小青听了糊涂，问建新："他说什么？大赦？"

建新说："他玩我们呀，别动，等他们从那边下来时，我们就开始跑！"

警员的声音渐渐远去，小青和建新跑到没力气跑时才停下来喘气，建新上气不接下气地说，如果心脏有问题，那就死啦死啦的有啦。小青说每次在这种担惊受怕的时候，她就当自己是被坏人追，这样就会觉得心里有些正气，就不必怕了。建新说你这是老鼠扮猫的游戏，我才没这么阿Q！

两个人像挂彩的敌后武工队一样走在回家的路上，眼看就要到了，忽然在冷清的黑下来的小巷子后面，传来一阵很急的嘈杂脚步，有人喊："到哪里去了？你们？"两个人同时吓了一跳，第一时间的反应就是快跑。才跑两步，前面又跑出两个人影，挡在前面，小青这下的感觉真是后有追兵，前有强敌，而且兵从天降，一点预感都没有！仔细一看，原来站在面前的是小薇和冰糖，再回头一看后面赶来的竟是阿英和阿云她们一大群工友。小青脚突然没劲，一把拉住小薇，想找个地方蹲下去，一边有气无声地指着她们大伙，没等她说，大家伙七嘴八舌一轮嘴说，你们一整天去哪儿了，今天大赦，我们都登记了，轮班满世界找都看不见你们俩，别停在这里，快叫的士，马上去赛狗场。小青和建新听一半已喜出望外，不自觉直了身子，话没说完一伙人就往狗场的方向跑去，一会儿消失在夜幕中。

一夜无眠，凌晨三时，小青与同伴们及建新狂欢后告别，和小薇等拖着棉花似的双腿回家时，才知道昨晚上阿雨已带着孩子回来了。阿雨一直没睡，和秦老师一起等着她们的到来，小青一进门，就和阿雨和秦老师分别来了个她所形容的俄罗斯式的熊抱，口里不停地说："太高兴了！"接着拉着小薇转了个华尔兹舞圈，阿雨高兴得眼湿湿的，小薇骂道，别把立春吵醒了！秦老师笑说，这下两天不吃饭也不会饿的！

小青突地想起什么，走向电话，拨了后，很久才有人听，小青说："美萍，你去登记了吗？我之前在电话亭打电话给你，你不在家，今天特赦呵！"

那边美萍一把懒洋洋的声音："小青，只有你还想着我，我早几年已经拿了证了。不过还是谢谢你！"

小青不好意思地说："打搅你了。"

美萍说："别客气，我还没睡。小青你心好，你会好运的。"

所有的好事不会一同来到，第二天上班阿英就告诉小青，公司随时会裁员，因为出口订单越来越少，听闻很多厂家会北上内地，以后找工更难。

吃晚饭时，小青和小薇提起这事，小薇说，问题主要在于苏联的解体和中国的开放，使得资本主义世界体系用全球纺织品出口配额的优惠制度围堵社会主义计划经济阵营的手段变得没有存在价值，将来几年配额会不断消减直至取消，因为工业化而跑进来的劳动人口，特别是非技术性和低学历的劳动人口，便要沦为后工业边缘劳工，你看港澳这几年来了这么多的泰国、菲律宾劳工，就是他们的国家从这个政策的受惠者变成受害者的结果。澳门面临的也是一个工业转型的问题。小薇说："阿雨也想找工作，我想小青也应该转工作，找一个技术性的工作，才能在这个转型中不被淘汰。"小薇特别告诉小青，阿雨已能基本操作电脑，只要再多多练习就可以，而你还没开始学习，找一份普通的写字楼工作都很难。

小青听后闷着头吃饭，小薇拿出一份报纸，上面的招聘栏好几处用笔画着圈圈，小薇指给阿雨看，让她明天可以去哪几家试试，听得小青快耐不住性子时，小薇才坐到她身旁，告诉她，有一个公司招请文员，不必会用电脑。小青眼前一亮，抢过报纸，小薇拍她脑袋说，现在电脑还不是太普及，再不学，将来是没机会的！小青根本没听见她说的什么，她只看见报纸上的那家公司是一家船务公司，不用说，是一家很不错的公司，不由得喜上眉梢。

第五章

一

小青第二天早上请了个假，去船务公司见工。

和工厂的嘈杂狭窄的环境不同，船务公司就在码头，小青沿着贴墙的扶梯登上写字间，一阵海风徐徐吹来，吹在她迎着朝阳的身上，她在阳光的照射下眯着眼睛，看着港口那远远近近的货船和海面上飞翔的海鸥，感受到天地之间的宽广，她的心里迫切地想得到这份工作。

偌大的写字间里，好几十个人在卡位里埋头工作，一位小姐走过来，问她有什么事，然后就指着旁边的座位让她先坐着等一会儿，说经理有事出去了，很快会回来，说着拿了一张应聘表格让她填。

小青很快填了表，看了看周围，只见一个老者走了进来，埋头做事的人中有人和他打招呼，叫他卢生，那老者看见了小青，有人即说："卢生，这是请来做你帮手的。"小青听说，细细打量了老者，一个年近八十的老人，厚实的身体，沉稳的气度，小青欠了欠身子，不知该说什么，老者已向她走来，还没开声，又一个人走了进来。那人约莫五十多岁，一身的肌肉，黑黑的脸膛，像最黑的黑人那样的黑，还没看见人，就已笑着露出了一口白牙，小青看见他不觉笑了，心想怎么会有如此黑的人呢。老者看见了小青不加掩饰的笑容，本来对一个年轻靓丽女孩子的好感更加深了一层，他对小青说："他叫包公，是我们船上的水手。""包公?！"如果不是在一个完全陌生的环境，小青一定哈哈大笑，但现在也可以笑得像被风吹过的茅草，弯向地面去了。包公被小青的笑声吸引，就像认识她很久一样，即刻对她说："靓女，今天刚来？"没等小青答话，即转身向卡位里的一个女子说道："四眼妹，你好好对待我的世侄女，让我知道你欺侮人家，我绝不客气啊！"四眼妹年纪不小，有四十多岁了，不好看，但打扮入时，以她的年纪和样貌有些过了。这时正好有电话进来，四眼妹粗声大气地对包公说："收声啦，死包公，老板电话呢。"然后四眼妹拿起电话，突然像换了一个人一样，声音无比娇柔："东阳公司，请问有什么可以帮你？"是客户打来的电话，眼看四眼妹的声音从大山婆，一下子变成了美国之音的播音员（50年代国产片里的那种），小青这下笑得更加惨烈，老者也看着她笑。这让小青感到，这里好像是她很早就熟悉的地方。

小青好不容易才收起笑容，双手将手里的表格给老者看，老者细细看了后说：“你的字写得很好，嗯，你的证件号码要填上去。”小青说：“我没有证件，我前天才登记大赦的。”老者看了看小青，指着窗外海的对面，说：“你从那里偷渡来的？”小青点头，老者也点点头，老者说：“你会游泳？”小青说：“会，我是水上人。”老者眼神一亮，说，我们船上的水手都是水上人。说着，把正和谁说着话的包公叫过来，说：“等会儿经理来，你就说这是你的世侄女，让他留用她，我现在有事出去。还有今天船到香港，你也跟老板这样说，就说是我要你这样说的，记住啊?！”

小青有些不明白。包公也有点不明白，但知道小青是水上人，已经足够了。他对四眼妹说：“你看，我们水上人的女仔才这么漂亮呢！”

二

那天，小青很顺利地就被录取了，她紧接着赶回工厂去辞工。

一进车间，所有的眼光都晒在她身上，她正怀疑自己身上有什么不妥，只见阿英上前来，捉住她的手，对她说：“厂里裁员，你第一个被裁呢！”小青立刻想到管工郭小姐，阿英好像知道她想到哪里似的，说：“你都不计前嫌，让建新给她家做了那么多水水电电的事！这种人，哼，得人恩惠不图报，倒反咬一口！”小青不怒反笑：“反正她不裁我也要裁其他人，裁我不正刚好吗。”阿英正要骂她有病，小青笑得更灿烂，振臂欢呼：“我是回来辞工的，我被船公司录取了！”轮到阿英们傻了，阿云反应快，说:“做的什么工啊，青姐？”

听小青说做写字楼工，所有人啧啧称奇，在目下这样的萧条市道下，还能找到这样的工，不是太那个好得不能再好了吗?!

小青没有再提到郭小姐，一个人走运的时候，不应该记仇，做人要厚道，这是她广州的母亲常说的，每次讲类似的话，母亲总要加上一句，老人的话总是不错的。小青越是长大，就越觉得那些从上辈人传下来的古话还是满有道理的，人不应该把自己陷在过去的泥沼里，应该向前看，抓住未来，对人对己都是好的。

那天晚上回家，大家都为小青高兴得很，阿雨说，她不再种菜了，因为她已找到一份零售集团的写字楼工作，她所学的电脑和一点初级英文，正好刚刚够用，现在正准备为立春找一家托儿所。秦老师说，真是好事连连，怪不得今天一大早，喜鹊就在周围聒噪呢。

第二天，小青又去工厂一趟，拿结余的工资。走时，阿云跑来送她，临出门，看见阿云仍愣愣地看着她，就问阿云，有了居留权后打算做什么呢？阿云说不知道，自己的学历太低。小青想到阿雨，说:“你年龄还小，应该向你父母要求去上学，现在什么都要学问，你不学的话，将来会后悔的。”阿云点点头，小青心里有些难受，每个人的背景不同，很多人不是不懂得计划未来，就是定位不够高，同样聪明伶俐的女孩子因此会有很不同的生活方式和命运，她突然很强烈地意识到自己真应该加紧学习了。

三

小青第二天就正式上班去了。她没见着老者，写字间里有几十人在自己的格子间里做事，没人理她，只有四眼妹招呼她说：“你坐坐，等经理回来见你。”

小青呆坐在大门里，写字间出出入入的人倒不少，几乎每个进来的人都看见小青，然后大声说：“哇，来了个靓女！”小青不好意思，站起来走近一格子间，看人家操弄电脑，许久，听身后一声：“上班了？”小青回头一看，是卢生，她正思量如何称呼为好，卢生像看穿她的心事般，笑呵呵说：“我姓卢，大家都叫我卢生。”小青跟着卢生走到他的座位旁——就在四眼妹的隔壁，四眼妹说：“本来公司要请大学生的，但卢生为你向经理和老板讲了很多好话，你要多谢卢生啊，我在这里做了十几年了，要知道卢生从来都没有这样称赞过我呢！”四眼妹边说边用她那有很多圈圈的眼镜片下的模糊的小眼睛娇嗔了卢生一眼。卢生也不分辩，笑着指了指前面的椅子，让小青坐下，看着四眼妹皮鞋“噔噔噔”地跑去复印机那里，他侧过身对小青稍压声音说：“人和人不一样，怎么说呢，你说对吗？！”接着又大点声说：“你会电脑吗？”

小青觉得卢生的表情和神气有点像老顽童，但因一门心思想着自己的事，所以想笑没笑，说：“我正在学，打字的速度才每分钟不到三十个，不知可不可以？”老者头向后一扬：“你懂电脑?！不早说！我还向老板说可以出学费让你去进修呢！唉，让我浪费了多少口水！”小青听了眼睛也大了，放着光说：“卢生，真要多谢你呢！”卢生说：“不谢不谢，这是缘分。”四眼妹又“噔噔噔”地回来了，她小声说：“经理来了。”就埋头在自己的位置上了。

经理是个满面春风、穿戴整齐的四十多岁的男人，但他的笑让人不舒服，小青不知为什么联想起自己小时候在市场里卖鱼时见到的有些市管员，手指间耍着大把钥匙，笑着边走边看，突然间翻脸不认人的样子。经理当然没有凶，看见小青礼貌地站起来，就很亲切地让她坐下，但小青知道那亲切和卢生的不是一回事。

卢生对经理说，原来小青会电脑的。经理仰头对着空气哈哈哈笑三声，然后说："卢生的眼光是不会错的！"把小青交给四眼妹，就走了。

四眼妹向小青介绍了她今后的工作内容——接电话，接待客户，笔录登记等杂务。四眼妹最后补充说："都是些简单的工作，但你要小心，因为一个电话听错，可能会出大问题，有不明白的一定要问。"

小青被安排在卢生座位的后面，卢生看着她整理文件好一会儿，对她说他要回去了，小青问他现在下班么，卢生说，他只是来这里兼职的，今天因为小青来，所以他多待了一个时辰。小青看着他的背影，觉得自己运气好，要不怎么会碰上这么一位神仙似的老人呢？又想自己的亲生父母那里会不会也有一个这般慈祥的爷爷呢？不觉叹了口气。经理走了，四眼妹又活跃起来，她告诉小青，卢生很好人，但他只是有事才来一下，经理才是要认真不马虎地对待的。小青感受到四眼妹的好意，感受到她镜片后那模糊眼神的温柔。

每天都有一个小个子男孩，在写字间里穿梭，干送文件之类的杂事。没事时，他就往小青这里来，眼睛尖得很，只要有人来，他第一时间已不见人影。小青和他熟了才知道，他只是个子长不高，其实已有二十岁了。

长不高的男孩叫阿义，因此被戏称"小二"（广东话义与二同音）。小二好像自动成了小青的跟班，有事没事跟小青短话长说，小青因此知道了许多公司的"秘密"。小二说，公司里有圈子，但实际上只有一个圈，就是以经理为核心的圈，老板在香港，根本就理不到这么多，但这个圈是有磁场的，越靠近核心当然越强有力，证明你有本事得到器重，同时也不怕被地震，而离核心最远的像四眼妹、小二，杂务多，一天忙到晚，还要担心得罪了哪个被炒。小二看了看小青，说：“你比我们两个还要外围，因为你是卢生极力推荐的。”小青不明白，小二说：“你来了这么些时候还不明白？卢生和老板是朋友，虽然卢生很少上公司，但公司的一举一动他都心中有数，这是经理的心头患。”小二又看着一脸疑惑的小青，小声说，在码头，有很多街外钱，有些是合情合理的，有些是违法的，而不管是合法或违法的钱，你都要在圈子中有一定地位才赚得到，好像你我四眼妹，就只能每月支人工过日子了。

早上上班时，秦老师过来帮小青理了一下衣服，说小青你别理什么办公室政治，做好你的本职工作最重要，把本事学了，不怕没地方去。

小青不去理那些圈里圈外的事，但她也看得出经理不想让她做某些事务。虽然卢生说过她懂电脑，但也没人让她摸一下电脑。虽然秦老师的话让她有了一点主心骨，但她不免有些无法言说的、被人冷落的苦闷。卢生好像看出她的心思，但都不出声，平时也很少和她交谈，等她到了公司已有好几个月了，一天，别人都出去吃午餐时，卢生才坐下和她说话。

卢生问了她的生活状况，来澳门的前前后后，感慨说，后生时吃点苦是好事，但做人一定要行正道。卢生说，他小时候家里很穷，但父母也一直供他读书，读到初中毕业，没办法再读，后来他完全靠自学，学了英文又学葡文，当时他学葡文时，有人笑他，学葡文做什么，你能做政府工吗？你知道，旧时葡国佬当政，华人是不能做政府工的。但我坚持学了，当然没得做政府工，但多数识葡文的人都不懂中文，我就得了好处，我在码头帮人入禀海关，政府公文来往全是葡文，很多小业主都不懂葡文，唯有请人搞，我靠这个赚的比政府工还多。卢生说到这不禁哈哈大笑，他接着说，他赚的钱供了三个儿子、两个女儿出国留学，现在儿女都事业有成，有的还在政府部门做高官呢。

小青也听小二说过，卢生在货运码头地位超然，和许多老板都是好朋友。

卢生说，人生起步总是困难，你要赚得未来，唯一的方法只有学，你不要以为你现在做的事好卑微，但这些都是经验，你要从低微做起，才会知道上面的人应该怎样做。卢生又说，你是不是觉得你现在做的事太简单，但以后你就会知道，简单的事一点都不得马虎，如果你没有经过这个阶段，你是无法体会的。卢生最后说，我知道你心里面当然想做些有劲的事，这样啦，你把手头上的事做好之余，就帮我把禀纸写一写吧！小青吓一跳说："我不识葡文啊！"卢生笑说："我教你啊，我早该退休了，我看你是可以的。"小青几个月来苦在心里的寂寞的泪水，一下子涌了出来。卢生忙说："哇，让包公看到还得了，说我欺负他的侄甥女呢！"说到包公，小青又忍不住破涕为笑，这公司里其实好人多，很多人对她很好呢！

四

与此同时，阿雨在大型零售公司做了文员，每天朝九晚六的上班，秦老师的一位朋友介绍她把孩子托进了澳门最好的一家托儿所——何鸿燊夫人托儿所，那里甚至有全托服务，收费又便宜，因为有财团和政府资助。阿雨忙不迭把孩子送了进去，从早上八时托到晚上十时才抱回来，秦老师心疼孩子，阿雨说，她已经报名读夜校，而且这间托儿所很好，人手充足，还有医生护士，孩子在那里很放心。阿雨说，夜校里多是辍学不久的少年，她在那里是老人了，可是感觉好像回到了少女时代，一切好像又从头开始了。秦老师又心疼阿雨，夜里孩子醒来，秦老师总是起来帮忙，让阿雨多睡一会儿。

自从卢生让小青写票纸，经理更加不待见小青，话都说得特别热情客气，但话里总有那么一两块聪明人才看得见的骨头鲠着，小青很无奈，这种无奈渐渐变成内在的抵制，再后来，小青觉得自己没有必要去理会，像小二所说，学会写葡文票纸就有了在码头立足的本事。卢生可不这么认为，他说，香港已经定下九七回归，澳门也差不多了，不必到回归，中文就会提前成为政府的官方文字之一，所以单靠这是不够的。一个人要在哪里立足，就要把所有的本事尽可能的都学下来。

小青有了目标，心里轻松多了，所谓心底无私天地宽一点不错，凡事纠缠在一点上就成了盲点，宏观一点，再大的事也变小了。小青自己私下作了一大本笔记，把各种工作的运作都详细作了记录，她想，即使将来不在这里，到其他公司去做事也会有用的。小青对公司各种业务越熟悉，对公司的人脉、利益流向也越清楚，她想，卢生应该更清楚，但为什么表面都风平浪静，静得让人生疑。

她看不到一股暗流在平静的表面下正向她涌来。

小青有一次和来查货的水警说，再过几年就回归了，很多政府部门的工作人员都改变了他们的态度，没以前那样把市民当贱民似的恶声恶气了，但你们不同，你们总是那样粗声大气的，不怕将来被投诉？那警员说，我们接触的多是司机、苦力，他们粗声粗气惯了，你不能想象我们对着他们细声多礼，说先生请你多关照啊！说得小青哈哈大笑。

确实如此。司机中有一个叫阿强的，年轻力壮，眉精眼企，走路风风火火，说话像吵架。每一次来，四眼妹声音都要比平时高上两个音阶，等他走后，四眼妹就恨恨地说，这死阿强，一来就像斗鸡，鬼杀都没这般吵。再后来，就轮到小青了，有一次小青还拍了桌子，叫他将嘴缝小了再来提货，把大家包括小青自己都逗笑了。小青心里其实满喜欢的，这世界要是统一一种声音，那就太无聊了。

阿强为很多家公司提货，这一天来到，大声小叫，让小青赶快把手续搞好。小青说，不行，未批准下来。阿强又在外面吵，经理走进来，对小青说："阿强那单已经批了，让他走。"小青作了登记后，让阿强去提货。等小青把头从桌面上再次抬起，看见两个水警站在面前，小青一愣，那警员说，要查阿强那批货。小青说，不是已经批下来了吗？说话间，突然看见经理站在旁边，经理看着小青投去的眼光，一脸故作厉色掩饰不住的奸险，说："谁说批下来了？！"小青一听，全身的血忽地往脸上涌，她仍机敏地看见经理的眼神在往窗外探，随着那目光，她看见阿强的车正在缓缓开出大门口。小青不假思索，对着两个警员说："跟我来！"就往门外跑。

等她跑出大门，那车已上了马路。小青转身拿眼睛往门内一扫，小二正在那里停靠他的电单车，小青上前抓着小二，说："开车！"不等小二反应过来，已先坐上了后座。小二很快上车，载着小青往马路上跑，很快追上阿强的货车。电单车贴紧货车身时，小青从车上一跃而上，跳上了货车后斗。阿强气急败坏地下车，一脸惊愕地问小青干什么，小青说："别问，回码头。"这时，那两个警员也赶到了。

回到码头，小青看见很多人围在门口等着他们回来，经理那死青的脸非常触目，周围的人们则压抑着一种不明朗的兴奋，说明公道自在人心。小青在一阵极度紧张后，全身有一种极度运动后的无力的亢奋，在人们这种目光中走回去，让她像刚刚经历肉搏而凯旋的英雄。

她径自走进洗手间，打开水龙头，让冰凉的水冲洗自己的脸庞，趁机让自己的泪水随水流出来，发泄心里的紧张和委屈。

因此事件，小青、亚强、经理及阿强代理的客户一并上了法庭，真相大白，经理伙同客户走私违禁物品，收押候讯。

那一天从法院大门外的台阶走下来，阿强跟在小青后面一路赔不是，说那完全是他们老板的罪恶，虽然他自己常常态度恶劣，但那完全是个人的粗俗行为，并不影响他对小青一惯的佩服，他早就认为小青是人中凤凰，将来一定大有作为。如果不是自己结婚太早，一定非小青不娶。小青看他越说越语无伦次，说：“你和我是一样的，都是因为别人的错卷进来的，就不必客气了。”阿强说：“怎么会一样呢，你知道吗，你现在英名远播，整个货运码头，谁不知道你飞车截货的那个精彩片段，我说啊，你在大家心目中，就是唱红脸的，我虽不是唱白脸的，但让你一衬，也和白脸差不多了。我告诉你，你很有可能是下一任经理！”小青想起初见经理时，经理对着空气大笑三声的情景，忍俊不禁，说：“你想到哪儿去了，我要是当经理，你可以当总理了。”阿强说：“说你不信也就算了，但我要在你当上经理前巴结巴结你，不是因为你是未来经理，是因为我一向敬仰英雄豪杰。你有什么要我帮忙的就告诉我，只要你说得出的，我就给你办到！”

小青说：“过奖了，这样肉麻的话私下说说也就算了，你如果敢在人前这样笑话我，小心你的后脑勺！不过，你可以帮我什么？”阿强说：“你有男朋友吗？我介绍一个给你。”小青说：“这叫帮忙啊，我不用你介绍。”阿强说：“我介绍你男朋友去开货车。”小青说：“我男朋友不是做这行的。”然后小青想到阿英的丈夫好像会开车，就问阿强什么公司。阿强说是有一个船务公司要聘司机，如果是他介绍，一定成事。小青立刻给阿英打了电话，阿英那边欣喜地说：“真多谢你啊小青，我们现在都失业在家，三个孩子还等着交学费，正在到处找工做呢。”阿强给了小青一个电话号码，让阿英老公自己去见工，自己再打电话给船公司，把事定了。

第六章

一

那阿强临分手时说：“说真的，如果没小青你那天奋力一跳，我们今天的麻烦大了。而我更佩服你事后的表现，换一个人，不把经理骂得狗血淋头才怪，你如此淡定大方，个个都赞你呢！”

小青也觉自己对经理怎么一点感觉也没有，她的心思全不在那上面，她看到了人生的真相，她更在乎那成长的裂变的痛楚与丑陋，是的，那么丑陋，她看到了就意味着她告别了天真无邪的少女时代，这是成熟的开始，直到有一天就像古老的松树，用斑驳的、伤痕累累的身段，支撑着向着蓝天，绽放着青春岁月才有的青葱翠绿，那是人生更高的境界。

那天下午，小青上班，小二匆匆跑来，对她小声说：“老板从香港过来了，整个上午都在和卢生闭门谈话，听他们的意思，要让你代理经理呢！”小青说：“发神经了你，还偷听人家说话！你听错了吧，别乱说好不好。”小二被她抢白了，倒很高兴地唱着歌跑了。没一会儿，四眼妹让她去经理室见老板。卢生也在屋里，他们都笑着。老板说：“你那天反应很快很及时，让公司减少了很多麻烦，我首先向你表示感谢，不过，你那天的动作也太危险了，以后不能再这样冒险了，你还是个女孩子呢，搞不好可怎么办。”卢生笑着说：“老板现在正考虑经理这个位置怎么办呢，你有什么好人选，说来让我们听听。”小青心想，小二完全在胡说八道，她放下心来，笑容就上来了，说：“公司人才这么多，要学问有大学生，要经验有老员工，卢生最清楚谁能担当。”老板听得笑开：“卢生极力推荐你呢！”小青一听，玩笑开大了，说：“你们如果想奖励我，就发一点奖金给我吧，我从来都没想过当经理。”卢生说：“如果发奖金给你，你首先会做什么呢？”小青说：“太多事要做了，要寄钱回家，还要让这里的家人改善生活，还要存钱。”卢生又说：“是啊，没有人不喜欢钱，所谓贪念难防。你认为我们公司这件事上有什么是最要改变的？”小青说：“制度吧，生意做大了，但管理上还是旧的家长管理模式，跟不上现在的环境，这不是我一个人的意见，很多人私下都这么说。”

老板说，他的儿子在美国读MBA，毕业后会回来帮他打理生意，届时，会大刀阔斧地改革一番。而在这段时间里，他一时还没能定下一个适合的人来坐经理这个位置，所以会暂时空出这个位置。

老板又说，他会发奖金给小青，以表彰她对公司的尽责，同时会加她五千元的人工，因为那是调整她为公司高级文员的薪酬。还有，公司会向航运公会申报小青的表现，作为今年度向市政府呈交好市民名单的提名。

随着老板的亲切道来，小青的小女孩本色展露无遗，脸上笑成了一朵花。老板不失时机地说：“在经理的正式人选还没落实前，公司决定由你代理这个职务——你只是掌握情况，随时向卢生或我汇报。我们会安排各方面人手协助你，放心好了。”

小青从经理室开门走出来，一头撞上小二在门缝边来不及缩回去的脑袋，小青忍着痛楚给小二狠狠一拳，小二不敢作声，蹑着手脚跟在小青后面小声说:“我早跟你说……”

小青转过身面对小二说:“我一直在想你小二这么机灵聪敏，为什么就没人发掘你呢?!”

小二摸着被小青打痛的肩头，说:“这世界的人都是以貌取人，你看我这样尖嘴猴腮的，谁会看上我，委我重任？”

小青噗嗤一笑，说:“你不说我还不觉，其实是你把自己头削得太尖了，什么你都想知道，什么你都想让人知道，结果是你知了等于不知，别人倒把你看透了！”

小二一脸正色说:“小青你这话可是具大将之风，看来你这个位置是坐稳了。”

小青说:“我警告你不要再说个不停，这件事到此为止，记住我只是代理！代理代理代理!!! 要不然我饶不了你！”

小二装模作样，挑眉竖眼地行个立正军礼，跑了。

二

小青回家去，一路上很兴奋，想着那加薪五千元，急急脚回到家，拿出银行簿，计算着，就这样靠在家中仅有的一张破沙发上睡着了。等她醒来，发现全家人——秦老师、小薇、阿雨抱着牙牙学语的立春，都坐着椅子围在她前面。没等她说话，小薇说:“做发财的好梦啊？”她发现银行簿子已经揣在小薇的胸前，想去拿回来，小薇丢还她，小青没心思理她，兴奋地对大家说:“我加了薪水！”大家差不多异口同声地问:“多少？”“五千！”小薇说:“哇，你这是不是非法所得啊！”小青面露骄色:“我升为高级文员。”阿雨说:“高级文员是干什么的？”小青说:“我也不清楚，因为公司里经理被押了，所以目前暂时要我代理经理，等经理有人选后，才做回文员。”小青之前有说过她追车截货的事，但大家都没料到这件事的后续发展会是这样。秦老师为这件事的最初反应是小青太毛躁了，人身危险不说，如何能这样由着自己的性子来呢，应该让警方去处理。现在，想不到反而小青被提了级，她不能理解老板和卢生的主意。小薇说：“代理最终就是正式上任。”小青说：“不会，老板说他在考虑人选，而且他的儿子就要毕业回来了。”秦老师说：“码头情况复杂，你年轻不经事，去跟老板说换人，他如果真的欣赏你，就让你做高级文员。”小薇说：“妈你怎么缩手缩脚了，你不是常说甘罗十二为相的故事吗，你也不必怕小青心浮气躁，她是有那个胆才做那种事，你想她如果不是自小在那些渔船之间和大人们抢鱼货，她那天敢上人家的车吗？我佩服老板和卢生的眼光，因为年轻才没负担，敢改变。再说，小青都做一年有余了，有些经验了，有什么好怕的？人生的机会是有限的，现在有机会不做，将会后悔的！”说完，做长者状拍拍小青的肩膀。小青也拍拍小薇的肩膀，做感动流涕状：“没想到知我者小薇啊！”小薇一把将她推开。阿雨接着说：“小青聪明机敏得很，不会有什么麻烦的，而且老板也不会甘冒风险，他们会小心盯着的，他们比我们更怕出问题才对！”秦老师终于松了口气，小青不免又疯了起来，大叫：“我有钱了！”

小青接着说了她的用钱大计，第一个月要把破沙发丢掉，买一个新的。

小薇说：“你还是算了吧，你和建新都联名一个银行簿了，想想你们结婚的大计吧。”

秦老师说：“是啊，不要换沙发，我正想着要搬一间大一点的房子，要有一个房间让阿雨和立春住，这样挤着不好。”

小青说：“房租我来付。”

秦老师说:“租房不如买房。”看着大家惊讶的眼睛，秦老师说:“只要交了首期，接下来的供款和租金是差不多的。我想过了，首期我来付，供款大家一起付，好吗？”

小青说:“但是你那钱是给小薇留学用的。”

小薇说:“傻大姐放心，我的留学费用已经差不多够了——我们还有筹钱的时间。”

秦老师笑说:“小青，这一阵怎么都不见建新呢？”

小青说:“忙着加班啊，别人没工开，他们倒加个不停。”

小薇说:“为了娶新娘，不拼命行吗？安排好了，我和妈妈一个房间，阿雨和立春一个房间，你和建新一个房间……”

小青扑过去堵住她的嘴:“你有完没完?！”

两个月后，秦老师和小青、阿雨、小薇看了无数次房子后，终于敲定买下了位于岗顶前地的一所二手住房——大家的意见归于小薇的一番话，岗顶前地是一个离繁华路段很近，却很宁静整洁又富于异国风情和历史韵味的地方。

小青一早就趁晚上休息时间和建新把房子粉刷修整干净，在一个星期天约同全家人一起去看整理后的房子。

从市中心的市政厅旁边的东方斜巷沿陡坡走上去，豁然开朗，眼前一片旷地，没有了刚刚经过的车马行人商家的熙熙攘攘，行人骤然稀少而悠闲，空气清新得像换了人间。走在黑白欧陆石子铺就的市区难见的大片的整洁的空地上，小青拉着小薇的手，有想跳舞的冲动，最后还是笑着一路跑上新寓所去。

按了门钟，等在里面的建新打开房门，站在门口的众人，除了小青，全都惊喜得说不出话来——浅浅的乳黄色为主和白色装饰的墙面，新买的椭圆形餐台上的一个玻璃雕花花樽里放着一大束各式各样的色彩绚丽的鲜花，花樽下面还若有其事地铺着一张仿蕾丝布台纸——小薇一边走进去，一面说:“太奢侈了！太奢侈了！”等众人走进去后，又骤然发现，墙边摆着一座崭新的钢琴，秦老师回头碰到小青期待着她的目光，不觉微笑，小青走过来，倚着秦老师的肩头，对她说：“秦老师，我知道你喜欢钢琴，你的钢琴没了那么多年，今天回来了！”秦老师没说话，轻轻打开钢琴盖，轻轻地敲下一个音符，气氛里即刻荡漾开一种莫名的情愫。她拿起钢琴上摆放的一个相框，那相框里的是一只马来西亚的蝴蝶标本，那是她年幼时侨居地的蝴蝶。她摸了摸相框，笑着对小青说：“谢谢你，小青，你什么时候有我的蝴蝶的？”小薇走过来同样倚着秦老师说，那是我很小时候藏起来的，后来小青硬给要去了。小青调皮地笑了，秦老师不觉想起十来岁时的小青那一脸慧黠的甜笑。小青不好意思地调转话题说，来看看房间吧，全是旧家具，希望你们能喜欢。小青把秦老师安排和自己住一间，推说小薇读书需要一个安静的空间，不想小薇反对什么，就拉了小薇去看窗外的风景。小薇指着窗外说：“那是圣奥斯定教堂，有四百多年历史，现在看到的是一百多年前重建的；那边是岗顶剧院，也有一百多年历史，是中国第一座西式剧院，那种建筑风格叫新古典主义；那边是何东图书馆，里面有很多珍贵的古籍，房子是西式的，树木花园却是中国庭园的味道，我以后可以在那里做功课。”

秦老师再走到钢琴旁，坐下来打开琴盖，双手按下去，悦耳的和声在小小的房间里响起，站在一旁的阿雨听得入化，抱在手里的立春闻声一愣，继而立刻也伸出手来，扑身在琴键上兴奋地拍打，这突如其来的动作夹杂着琴声把大家和他自己都逗笑了。阿雨生怕把钢琴弄坏了，急忙抽回立春的手，秦老师说，不怕，让他敲，别坏了他的兴致，很快我就可以教他弹了。小薇笑对小青说：“小青，等你以后结婚有了小小青，这里就可以开儿童音乐会了！”小青笑笑说：“你再不找个人，将来到了英国，哪一天说不定带回一群朱古力，白色或黑色的，那就可以开一个国际儿童音乐会了！”说着想闪开，但这一次小薇却没动静，一回头，小青看小薇噙着眼泪，叫道：“妈，你就不管管小青！”跑进了房间。

小青和大家都傻了眼，秦老师跟着进了房间。建新白了小青一眼，说你总是口没遮拦的，乱来一通。小青还没明白自己哪说错了，秦老师走出来，走到窗边小青身边，说小薇做功课，没事。小青疑问地看着秦老师，秦老师手靠着窗棂，说：“对你来说是公开的问题，对另一个人也许是尴尬的问题，有时候自己能说，但别人说就不好受啊，小青？”看着秦老师询问一样的眼神，聪明的小青明白，点头，有些愧疚，有些困窘。

一会儿小薇背着书包出来，说她和同学约好了要回学校做功课，小青给建新一个眼色，建新忙说：“我有电单车，我送你。”小薇说不用了。秦老师说建新送你最好了，免得我担心。小青和阿雨在窗边目送他们，阿雨说：“小薇很少这么生气，可能情绪一时过不去，别担心她，我们做饭吧。”

生活中往往是那些看似细小甚微的小事改变着我们的处世方式，小青和小薇也是这样，因为年轻所以洒脱的她们不察觉或不在乎这些事实，但有些相处的方式已经不再相同。对此秦老师不知是应该高兴还是担心，阿雨劝她：“人长大了总会有所不同，就像我们乡下屋檐下那些来做窝的鸟儿，一会飞就各自东西。人比动物高明的地方就是不管去到哪里，不管年纪多大，总会恋家，总有情意。但动物也有比人高明的地方，它没有那么依赖，像我，如果不是这个家，我不会懂得怎么去学习去自救的！”秦老师笑说：“这点仍然是人高明，因为人懂得互相帮助。阿雨，你老自谦说自己水平不高，但每次你劝我都让我心里踏实下来，我就喜欢和你说心事，可能你生活经验多些，但也不完全是这样。”阿雨甜笑婉约：“像我妈说的——这是缘分！”也许如阿雨所说，秦老师心思太过缜密。小青和小薇根本上并没有太大的改变，改变的只是孩子气。

那天，小薇买了一张唱片，是内地摇滚乐手崔健的“一无所有”，香港电视台隆重介绍过的。小青和小薇趴在那儿听。“这是什么歌？情歌？励志歌？抒情歌？伤心？悲愁？愤怒？奋发？”“你觉得是什么就是什么。”“好像什么都是？”“好的歌就是这样，你觉得好，但具体说不出来，它把你心里某种情绪发泄出来，那个情绪是你当时的主旋律。拿这首歌来说，他唱的对象可以是情人，可以是母亲，可以是我们生存的土地，可以是我们心目中的祖国，也可以是我们的时代。”“小薇，我真想和你一起去上学。”“你不用羡慕我，你很多地方已经比我好多了。”小薇还没说完。“我替你说下去：不过呢，我相信书本还是很重要的。”小青摇头晃脑，装腔作势，俏皮不减。小薇那边说：“我还没说完，一首好歌总是有很多诠释，所以，情人觉得那是情歌，有志者觉得那是励志，母亲看到了孩子的希望，同时，卫道者看到的是叛逆，改革者看到的是革新的阵痛，当然，也会有颓废沉沦者感到被震撼的快感。每个人都感觉得到那种新的变迁的可能性，都找到了共鸣点，因此才有所谓争议。我想，所谓共鸣就如一部交响乐，乐声发自不同的乐器，有不同的声部，没有一个乐手奏出的是全部，但我们每个人都可以在一首这样的好歌里找到自己的位置——正如我们不管成功与失败，都能在这个时代里找到自己。”看着她们一问一答的招式，秦老师和阿雨相对一笑。小青想：哪儿去找可以配得上这个小薇的才子呢？

三

本来老板让小青搬进经理室，但小青想自己只是代理经理，大概很快就会下台，再说，在外面能听到看到的也比在里面多，所以还是坐在原来的位置好了。

那天小青在她自己的写字台用电脑敲她的工作报告，四眼妹看着她在一系列动作后，用一个夸张一点的手势按了一下，知道邮件发出去了，说:“小青，今年生意平平，有希望加工资吗？”小青说:“这次的报告没提，因为上星期已提了载费提成，虽然这是关于起卸工的问题，但因为这样公司会做一份利润评估，我们根据评估再向老板要求写字楼员工的工资问题吧！”小青说着，一边见到门那边有人向她招手，是阿强。阿强把小青叫到门外，还磨磨蹭蹭不开腔。小青说什么事这么神秘。阿强一直把她带到没人的地方才小声说:“有人告诉我，装卸工今晚卸货时要罢工！”“为什么？”“听说是因为公司的载费提成不公平。”“但老板已应承两个星期内答复，现在才一个星期啊。”“我不知道，你要小心，我听说跟副经理有关，可能对你眼红呢，不过你也不怕，如果今晚真开不了工，我帮你找人做！”小青没顾得被阿强感动，心想如果真的怎么办？卢生度假去了，老板在香港，总不能叫救命吧？

离晚上开工还有六个小时，她打开经理室，把门关上，一个人坐在办公台前那张旋转的黑皮沙发椅上，左旋右转，想了半晌，终于拿起电话，给老板打去。小青向老板说了，不过没提副经理的事，老板说他已经同意载费提成的申请，一会儿就寄过来，如果晚上真有此事发生，就拿出来平息事件。小青让老板在签名下方写明批准日期时间，当然时间在晚上开工之前。

小青一直坐在经理室里。

六点整，听到货轮的汽笛在港湾拉响，船到了，小青走到窗前，海水在晚霞的映照下发着粼光，她的心思随着波纹起伏，静等时间的每分每秒。

只听得门外一阵拍门声，小二在那儿叫喊。不等小青把门开大，小二就撞进来了："不得了了，全部都停工了。"小青拍拍自己的衣服，好像上面有灰尘一样，这久违的习惯动作让她想起自己很小的时候，去和人家争鱼货时常常就是这样，拍拍自己，就什么都不怕了。除了小二，还有不少人跟着她后面走，还没走到岸边，就有夫力七嘴八舌地对她喊："不公平，不马上提成就不开工。"

小青一扫人群，全在那里，远远的，船上的水手们也在看热闹，小青见包公也在那里，定一定，大声说："给公司的意见上交已经一个星期，公司已答复两个星期内答复，这是大家都知道也应承的，为什么现在又这样？大家很清楚这船上有冻货，如果不实时卸货不但造成重大损失，还会损害公司的诚信！"

"你个黄毛丫头，不知深浅只知道说这种大道理，不识做也学人做经理，我们不识字，别跟我们说大道理，公司为什么不考虑我们的利益？不即刻答应，就不开工！"

"我是资历浅，未经世事，但我至少知道你们中间并没有人真的想这样做，因为你们是否知道？不管什么天大的理由罢工，也不能没有事前通知说停就停，这样做公司有一百个理由解雇！"最后一句话像锤子敲在人心上，声音即刻少了许多。

小青语气紧迫："我鄙视那种煽风点火的人，他不惜牺牲你们的工作机会来达到他的目的，现在澳门街工作机会在减少——美国的纺织品订单在取消，你们却拿自己的工作机会在为那种不仁不义的人效劳！我有讲错吗?！你们今天的做法如果有一点在理，我负全部责任！有的人以为我不懂法理，这样突然袭击会让我束手无策，错了！”人群里已经没有声音。

小青紧接着说：“你们是讲义气的人，这样让你们开工你们会很为难，我没理由让你们在这种人面前败下阵来，我决不是想开除任何人，也不想令你们难做！所以我也要请用一下你们的义气，和那些想算计我们利用我们的人打个平手！”

一众人不知小青说的是什么，只见小青信手指了指其中两个苦力，说：“你！还有你！就他们两个！现在大家如果不马上开工，我就开除他们两个，请便！”一转身，走了，留下不知所措的两个人和后面的几十个苦力。小青走回经理室，刚坐定，小二像发大水一样冲进来：“开工了，小青，他们开工了！”小青用沙哑的声音说：“给我倒一杯水。”小二赶紧去洗了杯子，斟了热茶后，恭恭敬敬地端给小青：“小青，你今天比经理还要威风！”马上又更正道：“你比一般的经理强多了！”小青拿起老板六个小时前电邮过来的关于载费提成的同意签署邮件印本，说：“让四眼妹放大，贴在告示板。”小二一看内容，睁大眼不明就里地看着小青。小青说：“我们公司的苦力都是很有能耐的人，你看，澳门街一年能保送上北大清华的学生有多少？一个两个，保送制度才有几年？总共才保送了多少个？我们公司苦力的孩子占了两个！我要趁今天的机会让他们知道，光让儿子上大学不够，他们自己应先做一个明白人，把道理弄清楚，不要整天拿不识字来吓人，讲义气也要看对谁讲。”又有人敲门，进来的是包公，小青忙起身：“我没出错吧？”包公一摊手：“那谁做个对的来给我看看？”

四

卢生度假回来，见到小青，对她说：“老板已决定正式任命经理人选。”

小青不无失落地说："老板这么快任命，是不是对我有看法？"

卢生笑说："看来你自我感觉不错啊，之前让你做你还不做，现在倒怕任命太快了！"没等小青回答，卢生又说："你猜是谁？"没等小青猜，卢生又说："我听说你已经在经理室里坐了好几天了，你就继续坐下去吧！"说得小青脸刷地红了起来，羞涩之间更多的是自信和骄傲。

卢生说："我有很多事要问你，你那天怎么不直接拿老板的批条让伙计们开工？要这样冒险？"

"我要考验自己的能力，我也不愿让大家伙以为我离了你们就不行，我不能输！"

卢生点点头略显严肃地说："但老板希望你以后做事要先和公司通通气，商量后再做，这一点要切记！"小青不好意思地笑了。

回到家，阿雨和秦老师在忙着做饭，小青抱起立春就上下来回抛，弄得立春呱呱叫，秦老师见了，忙说："刚吃了东西，不好这样！"

立春才学话，刚被放下，喘着气也跟着嚷嚷："不好这样！"

阿雨端着热汤一边走一边说："小青这么高兴，有什么好事一定的！"

小薇从她的作业堆里头也不抬地说："不会是稳做经理了吧？"

小青没答，小薇又说："这么快？你大概捅了什么娄子然后又成功补上了吧？"

小青语气轻描淡写："Dr. Xu真是一针见血！不过不是我捅娄子，是人家设计了个娄子让我去补。明白？"

小薇抬起头不无认真："有些精彩，细说来听。"

小青把事件从头至尾说了一遍，大家听后都没说话，小青不满意，说："你们说个意见啊？"

小薇说："你怎么想出这么一个办法的？"

"我那天在办公室里想破头，想到林肯，他不是每处理事的时候都会用一个小故事吗，我就想我以前读过的那些故事。"小青不好意思说，那天她脑海里闪过的有很多童话故事，比如中国的田螺姑娘、外国的长腿叔叔，都不管用。她也想过阿凡提的故事好像比较有用，但那是用来斗财主的，有些不拉纲。她说，她最后想到前些天在网上看到一则故事，说的是二战时发生的一个故事，一个奉命不可轻易伤害俘虏生命的军官就是用这样的方法，让他的二百多个不听话的绝食抗争的俘虏，乖乖地吃饭和做其他一切事情。而这件事主要利用的是人的善良或者说义气。而她认为那天发生的那件事和这有着非常相同的地方。

秦老师说："我怎么听来有些不安稳，这劳资方面的事复杂着，你以后千万要慎重。"

阿雨说："小青这样做没伤害到任何人，应该没问题。"

小薇说："法律不外是情理法，合情合理即是法，不过你要吃这碗饭还是把澳门的劳工法读全了。"

秦老师说："是啊，你应该先和老板商量了，然后看老板的意思是否合理合法才去执行，这样才是正见。"

小青叹了口气："这二万块真不是好赚的哟！"大家都睁大了眼睛，问："多少?！"然后都笑了。

五

正式走马上任，正是5月的鲜花盛开的日子。5月20日是澳门的港务局日，港务局举行庆祝晚宴，船务公司经理自然也在受邀之列，小青华灯初上才匆忙赶回家中换衣服。

从柜子里拿出一件干净衣服，小青还没换，秦老师问小青，今天咋这么早回来。小青说去参加晚宴，身上衣服有些肮脏，所以回来换了，一会儿就要去港务局。秦老师说：“去参加晚宴怎么能穿得这么随便啊。”小青想，这秦老师一生最提倡朴素美了，今天怎么了？小薇说：“是啊，去参加这种宴会的人都会多少打扮一下，你这样穿会很突出，不太得体。”小青愣一下，说：“我就这样！反正我也没什么去宴会的衣服，你们有吗？哈！”说着不免好笑。

秦老师说，等等。进了房间，半天，拿出一件衣服，展开一看，是一件绸料对襟衫，布料像一幅加了彩色的水墨画，之所以这样说，因为那底色是用深深浅浅的灰画出的湖水和墨荷，只在荷花的花瓣尖加了粉赭红，在荷花的茎和叶处加了些少暗湖绿，而这一点点颜色和水墨配合得天衣无缝，当然还有中国式的滚边和如意扣——湖绿色的。画中的荷花荷叶都是写实的比例，看起来非常大气，而把这种雨后的朦胧的荷塘表现得美轮美奂的是那精美的杭丝，拈起轻如毫，薄如羽裳却不透明——把小青和阿雨都看呆了。

小薇说，那是外婆给妈妈的嫁妆。小青叹道：“这是多少年的东西了？”秦老师说：“都二十多年的东西了。”阿雨说：“还像新的一样，真是太宝贵了。”秦老师叫小青穿上，小青直摇手，说：“不，这么珍贵的东西怎么能随便拿来穿呢！”

秦老师径直拉了小青帮她穿上，这下阿雨和小薇叫出了声来：就像小青度身定做的那样合身，小青好像换了一个人似的，整个玲珑剔透，亮丽起来。大家把小青拉到镜子前，小青顿时红了脸，越发显得如花吐艳。秦老师又拿来一个胸针，那是一只深绯红的玉蜻蜓，别在胸前正好点在一朵含苞未放的花骨朵尖上。小青不好意思地说：“穿得这么漂亮，太过了吧？”秦老师说:“怎么会过，这颜色这么沉稳，就是平日里都可以穿。这种场合正好派上用场，让人们看看真正的内地货！我本来想可能要等小薇毕业典礼才用得着，现在提前用上了，小青穿上真漂亮，值！”小薇说:“是，这种场合有很多西洋人，土生葡人出席，让他们开开眼界！加油！不过别忘了别把衣服弄脏了，吃东西时淑女一点，我还指望它去毕业典礼呢。”小青心里放心地美了，对着镜子转圈，风骚地摆个谢谢的舞蹈动作，把一旁呆看的立春逗得咯咯笑。秦老师说，仪表注意呵，别太疯了。小薇不忘揶揄她:“吃东西嘴不要开得太大，走路步子不要太大，话不要太多，说话要莺声燕语，学学古代美人。”小青不显山露水似轻描淡写地说:“我今天晚上要睁大眼看看有什么杰出人士把他挑出来，让你嫁出去，说不定嫁到西洋去！”小青正在把小薇的一双新买的凉鞋往脚上套，小薇装作没听见。长大了，不同以往了——阿雨和秦老师不禁相视一笑。

阿雨看着要出门的小青，忍不住再次称赞:“小青真漂亮！”小青说:“阿雨，你老赞我，可我知道你是喜欢小薇的，你坦白吧，如果你必须在我们中间选一个，你喜欢做谁呢？”这孩子气的问题让阿雨愣了后笑起来:“我想要你们两个加在一起！”小青说:“加在一起是怎么样的呢？”秦老师说:“不就是阿雨这样的啰！”看着阿雨吃惊的眼睛，秦老师点头肯定地说:“我觉得是！我说的是内涵，不是吗？”

第七章

一

港务局大楼灯火辉煌，尽管九七将近，九九在望，连电视广告也在用抑扬顿挫的普通话说着脍炙人口的广告词:

“九百六十万平方公里……你说的完全对！”但在这幢集合着阿拉伯风格与歌特式建筑风格的有二百多年历史的旧日兵营的宴会大厅里，今日仍是一派西方做派，政府要员们多是高鼻子淡眼珠赤色皮肤的葡人，在乐队开始演奏的一瞬间，人们下意识地朝着门的方向望去时，正好是小青姗姗来迟的时候。小青走得比平时的步伐慢了一拍，是因为小薇的崭新银色高跟皮凉鞋让穿惯了平底鞋的她不太自在，同时收腰的贴身丝绸褂也让她有些拘紧，而这些在性格大方的小青身上，众目睽睽之下表现成了内敛、矜持还有些害羞，使她像一个传统的东方美女，霎时间吸引了许多目光，把那些衣冠楚楚的西式做派，从充满异国情调的屋穹下，心诚口服地让位于这块土地的主人。

小青从容地和她不多的相识者握手寒暄，之后，她正在想如何在一个没有熟人的情况下度过一个晚上时，自助晚宴开始了。小青没吃过西餐，她思量了一下，和别人一样拿了盘子，跟在一个女人身后，她拿什么，小青也跟着拿什么。

“今天的生蚝是贝隆生蚝，你不试试？”一个男子的声音是对她而来的。

小青转过身，她认得出他是刚才澳督致词时的翻译，一个非常俊朗的西方青年——从他的五官轮廓小青断定他不是东方的。小青想，他广东话说得确实不错。小青对他礼貌地笑了笑，不想多说什么。什么贝隆生蚝，她只听说过贝隆夫人，这些西洋鬼子，在我们这块土地上什么好东西没吞下肚子去，现在还不变本加厉才怪呢，今天我也要尝尝什么叫贝隆生蚝！小青这样想时，脸上不免有些调皮的笑容，那青年视为一种鼓励，又啰嗦道：“贝隆生蚝鲜味十足，不必用太复杂的酱汁，了不起用柠檬汁就很不错了，你试试！”小青听了他的话，就忘了看前面女人拿的什么，赌气之下就真的拿了柠檬汁和生蚝。

等她找了一个角落的位置坐下，还没歇气，那青年又过来了，笑着问可不可以坐在她旁边的座位。小青心里叫道：“为什么来呢小西洋鬼！来看我出洋相吗？”脸上却装着笑点头。

那青年用一杯白葡萄酒来自我解释：“我帮你拿了白酒，法国白酒配法国贝隆生蚝，那种矿物质的细致独特最恰到好处。”

小青想不如假设这人是上天派来帮我的，她把盘子刀叉摆好，一脸光明地对青年说：“谢谢您了，我没吃过西餐，您肯教我吗？”

青年惊讶地说：“是吗？”

小青有些不满，嘴上说：“您不是一直在帮我吗？”

青年聪明而善意地说：“西餐没吃过没什么损失，中餐没吃过的人就亏了！”这话小青喜欢听，笑容自得灿烂。

对自小和海产打交道的小青来说，把生蚝起了放到嘴里，真是小菜一碟，她吃得比英女皇还仪态万方——青年说的。虽然这话有奉承之嫌，但小青把这与之前的话归为对中华文化的景仰，她觉得有必要回敬几句。小青说：“你一个外国人怎么广东话说得这么好呢，在哪儿学的？”青年像要喷饭的表情，说：“谁说我是外国人，我是地道的澳门中国人！”小青纠正说：“是中国澳门人！你是土生？”青年说：“我身上的血有百分之八十是中国的！”噢？小青不知为什么自己会有些开心起来。她不自觉地、不怀好意地看了一眼青年的手臂，那上面没有一般西方人的茸毛，光滑的手臂是东方的。这有些不礼貌的眼神被青年人捉住，有些挑战地，他伸出手臂给小青看个够，俩人同时哈哈大笑，隔阂顿时打破。

“你是港务局还是澳督府的？”小青想他如果是港务局的那尽可以请教一些工作有关的问题。

“我什么也不是。我刚学校毕业回来，在找工作，一位朋友因为临时有事，让我顶替他翻译。”

“你们从小讲葡语？还是讲广东话？”

“两样都是。你呢？”

“我？我讲广东话，上学讲普通话。”

“那你可以当我的老师，我正在学普通话。”

“说两句听听。”青年咳两声作准备，小青笑了。

青年用普通话像对着所有人那么高声地说：“他们说您是中国公主。”

小青被吓了一大跳，周围看了一下，说：“你做什么啊？”

青年改用广东话低声笑说：“我自己也吓了一跳，因为平时没机会说普通话，上课时老师都要求这么大声。”

“不过你说得挺不错的，好像比我说得还好呢！”

“老师说南方人说普通话不标准，你不是北方人吗？刚才有葡国人说你是中国公主呢?！他们说你个子又高，穿衣品位有些旧日宫廷的贵气。”

小青原以为他说“中国公主”是一句临时台词，现在不禁哈哈大笑，碟子里的生蚝差点被飞出去：“嗯，不错，我是落难公主——来此南蛮之地，还请多多关照呢！所以你不能算中国人，竟然信那些葡国人的说话，公主活到现在，没死也七老八十啦！我是如假包换的广东人。”

青年说：“你不是澳门人吧，怎么来的澳门？”他的意思是为什么会来澳门，小青答非所问，说：“我偷渡来的！”

那天他们除了盘中的几个生蚝，顾不上吃其他什么东西，因为小青的那些刺激有趣的偷渡经历已够上大半餐了。等小青看着青年很有兴致，非常好奇，并且说得上佩服的神情，心满意足地用餐巾擦着嘴时，才想起自己应该先打听一下青年的学养家世才对，她本来一心记着小薇的终身大事的。

小青还没来得及发问，那边厢走来一帮人，看得出个个都块头不小。领头中有一个人向这位青年伸出手来，说道："威廉！整晚找不到你！"

青年忙起身道歉，那人早就一眼看见小青，也伸过手来握小青的手，说："没事，没事，招呼女朋友是天下第一大事！哈哈！"

小青被称为女朋友有些说不出的抗拒，威廉在她的抗拒之前挡驾："介绍一下——这位是东阳船务公司的经理。"

接着他又为小青介绍，原来对方是大名鼎鼎的蓝宇集团的董事长蓝先生。

小青忙客气道："蓝宇集团是我们的大客户啊。"随即送上名片。

蓝先生认真地看了名片说："哪里哪里，改天还要请教陈小姐船务方面的问题呢。"

小青忙说是她要请教蓝先生才对，蓝先生指着威廉笑说："你有这么个商务才俊，留美博士，还有什么需要请教我的呢！"

等蓝先生忙着寒暄这么几句，又和一大帮人走了，小青才转过来，那么正式地看了威廉一眼。威廉让她这么一看有些不好意思但明显有些喜出望外。

晚宴不知何时已经散了。威廉和小青都意犹未尽，虽然各自想的相差了一百八十度，但不约而同地都想再多谈一会儿。

二

走过妈阁巷那暗暗的小斜坡，像走过一条时光隧道，刚离开那穆斯林式穹顶和通花围栏，一眨眼，一边是永远不变的钱纳利画中的有五百年历史的妈阁庙，另一边迎着海风，大海的岸边停的是新建的钢筋水泥的白帆三桅船——海事博物馆。

天气这么好，月亮不知在哪儿躲着，天上的星星，在这五月天，在海岸边棕榈树的背后和着海上的粼光扑朔迷离般闪着。不约而同，他们随意走向博物馆旁海岸边的围栏，在那里继续他们的话题。

小青很顺利地知道了，这个叫威廉的中葡混血青年，有一个很有故事的家谱，那是一个葡萄牙冒险家来到中国而后娶了中国贫女的故事，那是他祖辈的事了，但他的爷爷奶奶仍然上演着同样的故事。

“为什么？”小青有些不解，“你的祖先到你爷爷，经历和财富已有不同，为什么要同样的婚姻？他可以娶一个……比如说家世比较富裕，或者比较有文化人家的女孩啊？”

“咱们中国人有句古话：物离乡贵，人离乡贱。中国有家世的人家看不起葡国的暴发户，这些暴发户就只有娶乡下的没文化的贫苦人家的女子做妻子了。”威廉像说别人的事一样的不屑置评地笑着。他说咱们中国人几个字时特别加重了语气，用普通话说的，小青不觉莞尔，聪明的她有一种本民族文化足以抵挡强权与财势的荣誉感。

“现在不一样了吧？”小青笑着，语气有些揶揄，“经过你们父辈的强硬努力，你们已反客为主，好位子都占尽，以贵族自居了吧！”

威廉笑不笑都不是，而后用普通话笑说：“葡萄牙人和你一样，驾着小船来了！然后他们当了经理！”小青和他一起放声大笑，笑一半小青不笑了，威廉反应很快，很敏捷地说：“这是葡国佬的说法，你知道历史总是各说各的，没有人会在自家的家谱里写自己的哪个叔辈到人家那里赖着不走吧？”小青这回想到威廉无端为其祖先背上历史的包袱，所以不再大笑，那无声的笑靥让威廉怦然心动，小青对他动情专注的眼神却视而不见，心里只想着他的机智幽默。

话一说开没个完，等他们想到时间时，已是凌晨三点钟，小青吓了一跳，威廉则是不好意思，不觉原来夜如此深了。

小青说秦老师她们该担心了，这么晚还没回去。威廉顺便问了她的澳门家人，知道有一个小薇，聪明温婉秀美，特别是有很高的学历，小青认为那是很重要的，所以特别强调了两三次。

等威廉送小青到了岗顶的家，小青一眼看见楼上灯火通明，心想不好，不过她想有一个铁盾牌，就是威廉，足可以证明，她之所以这么晚才回家，就是让小薇的终身大事给弄的。小青想到这些，不免兴奋，满脸通红地拉了威廉径直上楼去了。

小青和威廉将门一打开，不禁吓了一跳，里面坐了可能出现的所有人：秦老师、小薇、阿雨，还有建新。先是几秒钟的沉默，小青知道那意味，但秦老师和阿雨很快起身，因为有威廉这个生人到来。小青很快恢复了常态，想介绍威廉给大家认识，很绕口，威廉没有具体的工作单位，只有一个学衔，说出来还有炫耀之嫌，小青吞吞吐吐索性就不介绍了，说，晚宴结束后，说话说得忘了时间，所以回来晚了，让你们担心，不好意思啦……秦老师刚要开口，那建新站了起来，嘀咕一句："天快亮了，我上班了。"没和小青说上一句就头也不回地走了。小青看他的神色，有些不满，正要说什么，小薇拉长着脸，自顾自地离开，当小青透明。阿雨看小青就要疯了，说："大家等你等了一晚，找你也找了一晚，你也不知会一声，打个电话也好嘛。"小青没话。

威廉找到这个当口，连声道歉，然后告辞，说已送到家，他可以安心回家了。

小青把他送下楼去，秦老师很客气地跟着送他，并谢谢他陪了小青回家。

小青回到屋里，又见小薇脸臭臭的，不免气从中来，说：“我是不对，让你们辛苦了，但我如果不是为了你小薇，也不至于这么晚回来。”这话把一屋子的人都说蒙了。小青不免得意：“这个威廉是留美博士，我可是一晚上施出浑身解数，和他交谈，今天晚上立刻就让你们见了面！”

小薇目瞪口呆，只说了个：“你！”就跑进房间里去了。

小青让她这一来也呆了，愣了一会儿说：“好心没好报！”

秦老师上前拍了拍她，她带哭声说：“秦老师，这是怎么了？”

秦老师笑中带着无奈：“我知道你一心为小薇，但你没看刚才那个威廉，他从头到尾在意的是你啊！”

阿雨这时说：“小青，别说小薇了，建新误会呢，打个电话解释一下吧。”

小青气头上，赌气说：“爱怎么误会就误会去吧！”她也走人。

三

小青没能合一会儿眼，就上班去了。像往常一样，先把桌上的信拆了看。小青把那信封又大又别致的先拿过来看了，这一看，本来心情不好的她，觉得喘不过气了。

原来，信是蓝宇集团寄来的，说的是前些天蓝宇集团有一部价值百万的医疗仪器由东阳起落，而在这期间，仪器损坏，虽然已买了保险，但如果不能证明不是人为损坏，将不受赔。所以，鉴于此原因，即将到期的合约可能不再续约。蓝宇集团的合约是上千万，小青想这事只能交给老板去决定，自己能做的，就是有人找上门来时，不要说错话，不说错话要靠的是有关资料、知识，想着不觉心头沉重。

电话响了，小青小心翼翼地拿起电话，草木皆兵的她以为是蓝宇找上门来，却想不到是威廉，一下被迅速拉回昨天的情节，心情又是另一种复杂。

“是陈小姐吧，早上好！”

“哦，你好，有什么事？”小青有气无力。

“我今天打开公文包一看，里面不知怎的有一支胸针，是一只蜻蜓，是你的吗，我想来想去，除了你没可能是谁的。”

小青浑身被提了起来，自己都乱了，昨晚回去后根本就没想起蜻蜓胸针的事，忙不迭说：“是我的！是我的！怎么会掉你那儿去呢？赶快还给我！”

威廉看她急的，说：“我也不清楚，可能昨天你就坐在那公文包旁边，不觉意掉进去的吧。我现在上哪儿还你？”

小青想了想，说：“水坑尾那家麦当劳吧？我现在来？”威廉说好。

小青在麦当劳门口等着，好一会儿看见威廉在前面的天桥上面走着，就快步上了电梯，正是午餐时分，人很多，穿过身边的人流，好不容易挤到威廉前面，接过那只胸针，眼睛看着胸针说谢谢，然后回过神来抬头看见威廉笑着看她，才觉得自己把胸针看得忒重了些，有些不好意思说：“这胸针是秦老师的结婚纪念品，真怕丢了呢！”

正说着，余光中不远处有一个人，很熟悉，在看着她，她定神一看，是建新，她这一看，那威廉也看到了。

一刹那之间，建新疾步走了。小青条件反射地想跑过去，但人太多，看来是追不上的，下意识地往反方向楼梯下，才跑两步，没想被威廉拉住，说：“错了！这里过不了马路！”威廉的口气之凶，让小青诧异，转头看威廉，还真是一脸的急切，心想关他什么事嘛，但觉有一点不是滋味的温暖——那小薇错过这威廉真是可惜了！威廉这一刻也觉自己太投入了，两人不觉相对一笑，突然觉得都松了一口气，好像已相识了许久，什么话都可以说了。

威廉笑说：“你男朋友大概和我是一个星座，这几天都见到不该见的人。”

小青不觉大笑，开心了许多，而后问道：“你怎么知道他是我男朋友的？”

威廉忍着笑说：“这还要问么？我昨晚上就知道了，你不觉得我告辞得快吗？”等小青笑够了，威廉说：“吃饭了吗，我请你，可以吗？”

小青知道这“可以吗”的意思，说：“吃就吃，谁怕谁啊？”俩人又笑。小青接着说：“随便吃吧，我上班呢。”

“那就麦当劳吧。”威廉说。

坐下来时，威廉说：“公司里很多事吗？看你急的。”

“不是很多，是有些麻烦。”小青把事情简单说了一下。

威廉说保险公司的合同是没有一定的规范的，完全是看需要，贵重物品更是单单不同，所以我们很难去知道这批货保的范畴。有时候对方其实没有损失的情况下也会拿此来做戏，索取更多好处。所以可能他们只是虚晃一枪，看你们反应如何，再和你们讲讲价钱，此外，正面的说，也提醒你们把工作做得更细致，确保不再有错。虽然有保险，但延误交货，毕竟有损公司声誉或还会影响与第三方的合约。

威廉笑说：“蓝宇集团董事长就是昨晚那位蓝先生，如有需要，我可以帮你点忙。当然最好你自己能够搞掂。”

小青说：“我知道。”

威廉还是笑说：“蓝宇的那些办事的，上上下下都是仰着鼻子看人的家伙，对着英文人说中文，对着中国人说三成英文，前者是英文底子心虚，后者是瞧不起本地姜，殖民地心态；他们又家大业大，分工细，对外有得推，你很难有切入口。”

威廉一口气喝了半杯大可乐，停下来紧接着说：“店大欺客，反过来客大也欺店。所以唯一的办法就是反客为主，你要把主动权拿过来，让他们知道本地姜也是辣的，更不要说广东姜。”广东姜小青不禁笑了，威廉又说：“等你们开始着手，你把情况告诉我，我也许可以帮你拿点主意。”小青觉得他很认真，也很可信赖，点点头。

分手时，小青心有不甘地说：“威廉，你怎么可能就没有女朋友呢？”

威廉乐了：“你怎么老管我啊，管管你自己的事吧！”

小青话中有话：“你不用人操心，我管的是小薇的事。”

威廉笑：“那你多操心了，我敢说，小薇和我是同样的问题。”

小青不否认威廉说的对，她不再瞎操心了，她自己还一团乱麻呢。

四

老板打来电话，让小青先和蓝宇方面开个头，再向他汇报，然后再决定怎么进行，却没有具体的意见给小青。小青把情况在电话里说给威廉听，威廉说，你们老板可能想看看你的实力，再说，你们公司是家庭式公司甚至不是家族的，独门独户，没事不请法律顾问，只能顺着人家的局走。不过你不必怕，大公司也是徒有其名，只要我们清楚他们的底，一样可以制胜。

他问小青准备了哪些资料，小青说：“闭路录像带、货运记录，还有我个人准备的一些应付对方的笔记。”

威廉说:“据我猜测，对方可能会先出示一些英文甚至葡文的文件，让你看得一头雾水，然后绑住你的思路。”

“别说什么叽里咕噜文，就是中文——那些什么专业名词，我也可能看不懂的。”

“这方面我可以帮你，到时候你把文件传真给我，然后我给你出点子。”

小青说:“当着他们的面怎么搞呢？”

“他们把英文文件交给你，你假装看文件，然后就说，你们这英文是美式的，但我们老板是用英式英文，用这种英文会让他骂的，我现在让秘书重新打过，再给你们一份吧。如果他是用英式英文你就反过来说，据我所知，他们用的是美式英文。”

小青说，这妥当吗？心里想起在玩具厂时捉弄管工郭小姐的事来，那有些儿戏呢。

威廉说:“别被对方的头衔吓住，最复杂的事最好用最简单的方法去解决，他们既然吓我们，我们不过反过来吓吓他们而已。其实这个方法我也是前些日子才从电视上学来的。”

见小青一脸诧异，威廉说:“有一个名人在电视上说，当年她创业时就是这样对付某些难对付的人的。”

小青想想也是，这么好玩不禁咯咯笑起来。笑过后，小青又说:“我不懂美式英式的差别吔。”

威廉说，那先传真过来再说。我帮你把所有不同改过来，你再让人打过。很重要一点，你要把会谈争取安排在自己的公司里进行。

就这么定了。几天后，蓝宇公司派了个部门经理来，还带了个职员，西装革履的，派头十足。

一切在意料中进行，当小青说因为美式英文的问题，要重新打字时，对方那顿然矮了三分的样子让小青很爽也很惊奇。

在等待打印期间，小青很主动地很有条理地很认真地说了自己对此事处理的看法，等小二毕恭毕敬地递上那份英式英文时，小青看到留给自己的那份上，空白处威廉密密麻麻写满了翻译的段落和应对的观点，小青像不经意似的就着威廉的提点，谦和地指出了他们文中的几个文法错误，那个部门经理差点崩溃。蓝宇公司本来想轻而易举地就可以把小青罩住，没想到这个内地来的乡下妹不动声色，就把他们彻底降住了。对方真是百思不得其解。

小青顺势和颜悦色地劝说对方续约："我们双方公司合作已超过十五年，没有什么公司比我们更加了解对方，我们一直合作愉快，不必为一个不能确定的错误而否认双方的信任和感情。"而且小青还用几天来不休不眠得来的资料说，目前为止，没有什么船务公司比我们的服务更优，如果有人能提供比我们更优质服务，我可以保证我们也做得到。再而，诚恳地指出：如果不续约，不只是我们公司的损失，也是蓝宇公司的损失，或许相对于东阳公司，损失还要大些。

蓝宇方面无法说什么，只说回去汇报了再说。拿着小青的一堆调查资料，走了。蓝宇人这边跨出门口，那边厢小青和同事们高高跃起，双臂上扬做V字表示胜利。

小青把所有文件当晚随船送去香港给老板看，第二天老板就打来电话，说："一早接到蓝先生的来电，说你们那个新上任的经理厉害得很，把我们下面部门的阵脚都打乱了。蓝先生说要和我再谈过，后天晚上在澳门老店陶陶居请吃饭，请你也出席。你给我的材料我看了，没想到你做得那么细，好好干啊，小青，公司会善待你的！"

小青给威廉打个电话，说感谢他帮了大忙，什么时候请他吃个饭。威廉说，吃饭免了，他这阵忙得很。小青问忙什么呢？威廉说：“我要解决吃饭问题啊，现在有两个地方选择，澳大和商校，我还在考虑。”小青说：“当然澳大好，大学嘛。”不期然又想到小薇。威廉说：“我可能会选去商校，我朋友要我去帮手，另外商校在澳门举足轻重，为市场培养很多人才，各行各业都有商校的毕业生，我希望在那里待一阵再说。”

两天后的晚上，小青和老板准时来到餐馆，谁知蓝老板已经先头到了，旁边跟着一英俊土生青年，原来就是威廉。威廉和小青互使了个眼色，小青觉得俩人好像地下工作者一样，不免好笑，老板看她笑容有异，有些奇怪，蓝老板见怪不怪，说：“你们一早认识，所以我特别邀了威廉来，大家有说有笑，陈小姐才不会拘束啊，今天我们纯是朋友相聚，不谈生意！”小青觉蓝老板有大将风度，所以才有今天的业绩，不觉像个小女孩一样不再顾忌，整个晚上畅所欲言，直到捧着肚子出门口，蓝老板才说：“放心吧，合同就和上次一样吧，合作愉快就是赚了。”蓝老板让威廉送小青回家，小青说她还得回码头看看，就在附近，坚持不让送。

五

小青一个人走福隆新街，这里是旧时的烟花之地，十一点多了，路灯昏暗，不见人影。拐个弯，街角墙上磁砖的路牌上赫然写着三个大字——道德巷，小青以前没留意到，今天看了觉得好笑。

忽然前面暗处有两个女人厮打起来，一个女人明显比另一个女人有力气，边打边说：“谁让你抢我男人！”拼命地打，拼命地说。

巷子那么窄，小青踟蹰着，不知怎么走过去，同时觉得那声音沙沙的，有些熟悉。突然，远处又有脚步声，有人跑着，喊："警察！"那两个女人同时松手，各自跑了，喊人家抢她男人的女子，向着小青这边跑来，小青睁眼看着她，她看见小青那么专注地看她，停下来，那一秒钟，小青认出她来，她是美萍！在这一秒钟里，小青眼睛一扫就把美萍看到底了，美萍已不是那个美萍了，她那样臃肿、蜡黄，眼皮过早地下垂，身上的又黄又旧的厘士布衣裙，不是她自己量身买来的，可能是旧货摊的货，把整个身子绷得紧紧的，有几个地方是用针线重新缝过的，缝得不好，那个聪明手巧的美萍怎么了？小青觉得美萍在这一秒钟也看出她是谁。她们都愣了，但美萍一秒也没停顿，她扯着因扭打而凌乱的衣服，那么快就对小青瞪大眼厉声说："看什么看！没见过靓女啊！"接着蹬着一双听声音就知道廉价的鞋子"呱呱呱"跑了。一个警察跑过来，看了愣着的小青一眼，又跑开了。小青愣在那里很久，她知道美萍是故意骂她的，她不想她认出她来，即使认出她来，她也不认。小青靠着路灯的柱子，无力地伤心。

那天都半夜了，小青才有气无力地走回家，上楼，看见灯火通明，平常都不开日光灯，是有客来了？原来来的是建新。秦老师正和建新说着什么，站着，看见小青进来，秦老师好像把事情交给小青一样，说："小青来了，正好。"

建新没正眼看小青，甚至也没转过身来。

小青看着他手里拿着银行存折，说："拿钱么。"

建新嘟囔着说："我妈生病，寄钱。"

小青说："不要紧吗，你刚知道？"

建新没说，秦老师说："好几天了，建新前几天刚取了钱寄回去。"

小青看着建新，建新回避着她的眼睛。小青说："我昨天才看见冰糖，他还告诉我你妈刚打电话来，说问起我呢。我还问冰糖说你妈最近身体没什么吧，他说越来越好。怎么你前几天为你妈病寄钱？”

小青一下把建新揣在手里的存折抢过来，打开一看，钱有一半都领走了。就是说，属于建新的都领走了。那建新本来就不是会说谎的人，一下心虚，竟说：“是，我妈没病，我只是想拿钱。”

小青说：“你拿钱做什么？”

建新说：“我没钱，我没学历，没房子没车，什么都没有，我能做什么?！”

小青看他语无伦次，一脸负气的样子，突然想到：“你不是去赌钱吧?！”

建新越演越烈，说：“是又怎么样?！”

房间里被惊动的小薇和阿雨都出来了，听了建新的话都呆了。

小青气极无力，半晌说：“你！你就这么没出息！”

建新哼的一声冷笑：“是没出息，可我也没这山看着那山高，我靠自己吃饭。”他还没说完，小青的一个巴掌已在他的脸上响起。所有的人都呆了，包括小青自己。

在一片无声的死寂中，建新跑了出去。

小青在众人的眼光下，走进房间，伏在桌上痛哭，桌子上，录音机还在唱着，那是小薇听一半的歌，崔健的“一无所有”，那旋律掩盖了小青的哭声，无休止地唱着：我曾经问个不休，你何时跟我走？可你却总是笑我，一无所有。我要给你我的追求，还有我的自由，可你却总是笑我，一无所有，噢……你何时跟我走？脚下的地在走，身边的水在流，可你却总是笑我，一无所有……为何你总笑个没够，为何我总要追求？难道在你面前，我永远是一无所有？……

秦老师走进屋来，等小青平下心来，说："建新那孩子是一时想不通，我想找一个时间和他好好谈谈。"秦老师停了停，又说："听小薇说，你和威廉又见过面？"

秦老师见小青看着她，说："她是听建新说的，她前些天想介绍建新去参加一个进修课程，是关于机械的，在澳大开课，和建新闲谈时知道的。"

小青生气："怪不得小薇这么多天看见我都气鼓鼓的，我和他见面怎么啦，我和他根本没他们想的那回事！"

秦老师说："我相信你，但是……"

小青恨恨说："但是他们为什么就不问问我？"

秦老师说："应该让人知道你想什么嘛，毕竟这是你们两个人的事。"

小青："那他给我说的机会吗，不管怎样他都不应该去赌！"

秦老师："你打人也不对，多难堪！小青，明早打个电话给他，说说就没事，总要有个开头。"

小青："不打！他喜欢赌就赌光去吧。"

秦老师："小青，你们都不是小孩子了，如果大家真的相爱，就要心平气和地坐下来，对未来有个规划。"

小青泪水不自主地流了出来："我们从没这么久不见面，不说话，我不知道我们是否是真的相爱，还是没有选择的碰巧在一起，这么多年，大家一直是没心没肺地玩，很少去想将来，我说什么他都听，可是……"秦老师："你是不是觉得你们没有一个理想的更高层次的共鸣？"

小青抬起泪眼婆娑的眼帘看秦老师，秦老师接着说："但这些威廉可以给你。"

小青要说什么，秦老师摇摇手说："我知道你是一心想给小薇找一个对象，那晚只是很短的时间，但那个年轻人举手投足之间已给我足够的好感，一个人的修为是可以看出来的。可惜那年轻人看中的是你，他和小薇就此多数是不可能的了。爱情就是这样，有时可以排除万难去争取，有时却容不了一粒砂。”秦老师继续说：“那个年轻人够好也够聪明，所以他就不会介入你和建新之间，要不你也不会打建新那一巴掌，爱之深，恨之切，你在想，你建新也不缺胳膊腿，怎么就没人家那水平呢！”小青泪如泉涌，哇的一声哭了出来，秦老师为她擦着泪水，说：“你不能只是恨，恨不能成钢，你不拉他一把，谁能拉住他呢?!”小青一晚不能睡安稳，眼前一时美萍，一时建新，有时是梦，有时不是梦。

六

小青第二天早上上班，一脸疲惫，小二看见她跟了过来，说：“有人来应聘，想做文员什么的。”

小青说：“我们没招聘啊？”

“那是，她是自己上门求职的。”

“告诉她我们暂时都不需要人。”

“你见见她吧，她等了很久了。”

小青看了看小二，这小子这么有善心？

小二赔笑说：“这年头找工不易，你收不收都见见人，让人吃闭门羹不好受啊。”

小青点头：“请她进来吧。”

小青和来者都愣了，来的是郭小姐。

郭小姐一脸尴尬，小青起身让了座，说：“郭小姐，怎么，厂子关了吗？”

郭小姐眼圈红了红，但表情若无其事，说：“订单都没了，怎么有工开呢。”

寒暄几句后，小青不好意思开口，但还是只好说："我们这里也是满额了。要不一定让你留下。"

郭小姐说："刚才你那同事已说过的，是我求他再问问。小青，你真能干，大家都找不到工作时，你还当了经理！没关系，以后有机会再说吧。"

小青觉得她话里苦涩，不知怎的自己也一道说不出的苦涩，等送郭小姐出了门，小青突然想起，追了出去。她让郭小姐等一会儿，自己打了电话给另一间船务公司，那家经理她熟。对方竟说没问题，可以去见工。郭小姐一脸红晕，突然哭了出来，小青慌了，不知说什么好，郭小姐说："小青，我对不起你，没想到你还肯帮我。"

小青说："你别想这些咸丰年代的事了。我们这些马骝仔也是头痛丸呢。"

郭小姐接着说："你不知道，我离婚了，再找不到事做，我和孩子都不知怎么活下去。"

小青说："怎么会呢？"

郭小姐说："这年头，男人说变就变，钱能活人，也能害人。"

送走郭小姐，小青不能安下心来，想着秦老师的话，心想着要不要给建新打电话呢？那手却一直不愿拿起电话。心里晃着那些个人：美萍、立春爸爸、郭小姐丈夫……真是穷的穷疯了，富也富疯了。在广州，为什么怎么困难都能过去，在这里就全变样了呢，人穷志短最可恨！小青想来想去，一肚子话没人说，鬼使神差地就给威廉打了电话。威廉问小青有什么事，小青说没什么事，只想交谈一下："你很忙吗？"威廉说最近确实忙，停一停威廉又说，吃饭时间谈谈吧。

两个人就在大三巴左近，找了一家西餐厅坐下，叫了简单的蛋糕咖啡。坐下后，威廉想小青会说什么，可小青一时无话，威廉看出她欲说时眼眶里有一点红，就自己说开了：“我最近忙着帮同学整理学校的教材，日夜加班。”小青顺着嘴笑说：“有事做好啊，现在好多人找不到工做呢！”威廉也说：“失业的不止是新移民，大学毕业生现在也难找工作，都随便找个工作先做再说。据说，现在高中毕业比大学毕业好找一些呢。”小青说：“老板怕大学毕业生心高，经济回升后又走人，白白帮人培训嘛！”然后说些老板雇人的笑话新编，这样闲谈了一轮，小青的精神劲儿又回来了，想言归正题，又不知说什么，眼睛往窗外转溜。威廉找话说：“我上中文课的老师那天讲一个俗语，说物离乡贵，人离乡贱。我们在座的包括老师，都是离乡人，或者是离过乡，感触自然多。”小青说：“嗯，一个贱字一言难以概括。”威廉说：“是，包括作贱自己。”小青觉得说出了她正想说的话，威廉继续说自己的：“像我们，很小就离开家去外国读书。”小青听他说离乡的事，来了兴致，一时忘了自己的心事。威廉说：“家长都寄予厚望，孩子则感受到自由的空气。好像鸽子一放出去，回来是什么模样，要天才知道。”“好像一个孩子突然有了零用钱，第一个想法当然是吃一直不让买的冰淇淋，还要买了再买，直到吃不动为止。”

小青笑，因为她眼睛瞧着外面，正好看见窗外，大三巴牌坊上正有一大群鸽子在那儿停停飞飞。“到了国外，过往的束缚突然没有了，还有许多可支配的钱和时间，自然用来做以前不能做的事。落club、吸烟、沟女，总之能刺激感官的、一切让父母担忧的事统统都做。”小青不由得睁大了眼睛：“你也做过？”“为什么不做？同伴们听我的名字就知道我是一个不开化的落后地区来的人，在像纽约这样的现代大都市里，除了皇家贵族谁还叫威廉这样的老土名呢？就像广州人现在有叫春花的吗？你眼睛那么大，是不是想不再向我提小薇了？”两个人都笑，小青是有点觉得和心里想象的威廉不一样，想小薇也许接受不了，她自己心里却更踏实，因为看到了一个更真实的威廉，甚至觉得这样更可爱。“如果再不做，那真是无可救药的老土。年少无知就是这样，把时间大把大把地花在玩乐上，收获空虚，还有无法交代的成绩单，完全不知自己为何而来，为何而活。”小青看着他，等待着他的下文。“这样的日子过了两年，是一个同学救了我。”小青想这是一个老套的励志故事，打救的人来了。威廉的回答有些出人意料：“他比我还糟，简直无可救药，已经到了眼睛睁不开的地步，看着他我都已经在想我也要像他一样吗？”“他来自香港，家世很好，父母都是高级知识分子，对他期许很高，他自小成绩名列前茅，但在国外上了预科后，他不顾家里的反对，选了东方哲学，有人说，到西方去读东方学问，这是明摆着混学位。他有这个意思，他不想伤脑筋学东西，只想混日子。”“上了一年学后，他忽然在玩乐圈消声匿迹。再见时，他打扮整齐，气宇轩昂，一派正人君子的风度，和我谈了整整一夜。”“他说，人家说在这里读我们老祖宗的学问，凭我的底子是绰绰有余，其实也不尽然。但是在这里做学问没有选错地方。”“他看着我的眼睛，说他当初选这门课时，确实是有想容易过关的意思，但学了以后才知道过关非常不易，可能每个学校不同吧，他所在的学校绝非如此。”“他说在西方学东方学问可能最大的好处是那个时空距离。”“他说，有一次老师说佛教，说到轮回，他说他以前对佛教认识很浅，想到轮回觉得就是一般烧香老太婆的那种死后投胎等等，但老师说，轮回就是沉迷。”“他说这个思维的角度直截了当，直中他的要害，让他很震撼。”

“他说，我们现在的所为就是一种轮回。”威廉说到这里，继续吃他的蛋糕，小青看见窗外的鸽子忽地整群飞起。威廉放下手里的叉子，拿起杯子喝了一口，又放下，说："从那以后，我和他都改邪归正，我们都走了自己实实在在的路。""他现在是大学教授，在美国，很出色的东方哲学学者，'沉迷'两个字让他开了窍，他说应该用现代社会科学去重新解析古代东方文化，他的余生都要追随东方哲学。"看看小青，威廉又说："说到佛教，你想过因果吗？"小青不知他又要说什么。

"很多人说婚姻是恋爱的坟墓，也许是，但你如果把婚姻作为另一个开始，可以是很多事务的开始，也可以是恋爱的重新出发，那就不是了。我想，婚姻是恋爱的果实，而婚姻的开始是另一次开花。人生就是一次次的花期和果期，我们不要失望，也不会失望，有什么结果那一定和我们自己有关，不会全是别人的错。""很多人说，这个时代在变，这个社会在变，人也在变，变得复杂和混乱，但是如果什么都不变，如果我们永远都不离开家门，不犯任何过失，成熟的平静的心态和我们永远无缘。不经过动荡的水是一潭死水。"

小青关注着威廉的眼睛，他好像知道她在想什么，嘴上却笑说："威廉，你想不想我再提小薇？"威廉自嘲："古人有一句话说，水至清无鱼，这是前天的中文课老师教的，老师是针对我的吗？我当时就想。"小青明白他的意思，因而两个人都笑，威廉看表，说："我得赶快回去，有人等我谈事呢。"小青想问他怎么不问她找他想和他说什么，想想还是不问。这样很好，她想。

小薇自那次威廉来家后就没和小青说话，这在她和小青之间还是第一次这么久不理不睬。

小青这天回家，小薇开腔对她说，她介绍建新去读一个课程，在广州读的，所以建新过几天就会回去。小青没吱声。

过几天，建新来辞行，小青不在，建新说他读的是电子开模技术课程，据说澳门这方面人才是没有的，将来也许政府方面也会需要，因为他是参加考试得到政府资助去读的，这还要谢谢小薇的帮助，帮他报名，还有复习资料，连参考资料都提供了。临走时秦老师说：“你不等小青回来？”建新说：“我和她说过了。”秦老师皱了皱眉头，没说什么。等小青回来，秦老师问她，小青说：“我和他通了电话，都说了。”秦老师不无担心地说：“你们没事吧？”小青说：“没事。”看秦老师欲问还休，小青说：“您放心吧，我们现在都忙，以后都会用电话联络。我也报名参加一个物流管理的课程，现在忙得连感冒都没时间了，所以大家说把感情事先放下，以后再说。”听到以后再说，秦老师又怕了，这不是分手吗？小青看着她笑说：“如果要分手也没办法，大家如果真喜欢对方就都还会走到一起，如果会分开，那就分开算了。”秦老师也无可奈何地笑说：“我想我是老了吧？现在人和我们这一代不同了。”

秦老师突然又想到阿雨，说阿雨最近也不知忙什么，连个说话的时间都没有，回家就忙着出门，孩子都放在托儿所里，很晚才带回家。小青说：“阿雨那天说她会计课程读完，想再上职中的课程，正在考虑呢。”

阿雨晚上回来，说她已经报名商校，读市场推广，没有希望将来做什么，只是扩展自己的知识面。阿雨说，这也是小薇的意见。小青听她这一说，想起威廉就在商校，但碍于小薇在场，也就不说了。

秦老师那个晚上睡不着，想这三个后生女，都在求上进，但不会把恋爱婚姻都丢到脑后去吧。

第八章

一

在去商校的路上，公交车辗转，霓虹灯下，雨水稀湿，光影如金汤倒泻在马路上，已是晚上七时多，行人匆匆。

立春拽着妈妈的手，踉踉跄跄地走着。“妈咪抱！”每走两步，立春就叫道。来来回回叫了十几次，阿雨才停下，蹲下身，给立春整整衣服，说：“春，不是说好跟妈咪出来不吵要乖吗？记得妈咪怎么说吗？”立春点点头，但阿雨还是把他抱了起来，立春说：“春大了，要自己走，要乖。”阿雨说：“嗯，等会儿去学校可不能吵闹啊。”课室门外，阿雨让立春站在一个地方，可以坐下，不准乱跑。

上课了，阿雨就坐门边的那张课桌，不时看看门外的立春。好不容易挨到下课，阿雨收拾好东西，突然想起多时已没注意立春，即刻往外看。一看吓了一跳，哪有立春的影子？各个班级都在下课，门外熙熙攘攘，很快人就少了，阿雨把东西胡乱往书包里一放，奔了出去。走廊、楼梯、各个教室，再往下跑，礼堂内外空无一人，阿雨就要哭了，大喊一声：春！！！没有回声，一转身，听见春叫：妈咪！像半夜一声猫叫。抬头，春在楼上，要跑上去时，见春的旁边有个人，那人说：“我们下去，你别上来了。”阿雨黑暗中觉得那人眼熟，等人下来了，看出那是威廉。碍着威廉的面，阿雨还是忍不住一把抱住立春，眼泪流了下来。威廉说：“刚才走过教室，看见孩子在门外睡着了，看你们上课很集中，我知道你是小青的家人，没有打扰，就把他抱回办公室，想等下课交给你，谁知慢了一步。”

阿雨说谢谢了。威廉说：“很晚了，我有车，顺便送你们回去吧？”阿雨忙说：“不不不，家很近，你忙吧！”立春却说：“我要坐叔叔的车。”说着扑向威廉。阿雨心想这孩子真是，才认识人家几分钟啊？脸上笑着说：“这孩子不懂事。”要把立春拉回，可拉不动，阿雨有点恼了，嗔视着立春。威廉说：“孩子就这样，刚才和我玩得开心，我们成了好朋友啦，对不对？”后面问的是立春。立春笑着点头，晚上十时了，一点倦意也没有。阿雨没办法，只好和立春上了威廉的车，下车时，威廉说我帮你抱上楼去吧，阿雨说不用了，然后千谢万谢。

威廉开着车就要走时，想起什么，摇下车窗玻璃对阿雨说：“学校里是不让带孩子上学的，放在门外也不行的，今天可能他们忙什么事疏忽了，让他们看到是不行的。”阿雨面露难色说，一时找不到晚上可以托到这么晚的托儿所，家里各人晚上都有事做，所以暂时都没办法。希望学校能容她带几天吧？威廉说：“这样吧，最近我晚上都在，我帮你看几天。”立春先笑了，阿雨说那怎么好意思呢？威廉说就这样吧，这孩子还听话，说着伸手按了按立春的头，驾车走了。威廉走后，阿雨对立春说：“你怎么这么不听话啊！你有没有吵叔叔啊？”立春说：“我不吵，叔叔教我折纸，他问我会折什么，我说会折飞机，他说，哇，这么厉害，他说他不会折这么威风的大东西，他只会折蜈蚣这种小家伙。”阿雨笑了，觉得威廉很会哄小孩，问立春：“他教你折蜈蚣吗？”立春点头。阿雨说：“你学会了吗？”立春说：“折了一节身子，叔叔说要用很多节连起来，还要折一个头和一个尾巴。”阿雨笑说：“哦，那是飞机好折还是蜈蚣好折呢？”立春说：“叔叔说飞机虽然好折，但折不好就飞不高，叔叔说我的飞机飞得高！”说完一脸自信看着阿雨，阿雨感觉到一个新的门正在打开，那里通往她无限向往的世界——一种崭新的思维和充满挑战的生活。

威廉实在有些后悔帮阿雨看孩子，他真的太忙了，而且那孩子走路都还没稳当，只是出了口的话收不回来，只好这样了。第二天阿雨上课铃响时还是没看见威廉出现，直到响第二遍，威廉才匆匆跑来，他忘记了，铃响才记起。比他更不好意思的是阿雨，阿雨说：“我今天又打了好几个电话，还是找不到适合的托儿所，让你麻烦了。”威廉客气地连连说：“慢慢来，慢慢来。”阿雨没等下课就收拾好书包，等老师一说下课就急急脚走去威廉的办公室。威廉说等他收拾好东西，他顺路载他们回家，阿雨坚决不要，抱起立春逃也似的走了。又过了好多天，阿雨告诉威廉，她找到一家可以晚上十一点钟领孩子的托儿中心，以后就不麻烦威廉了。威廉说，听立春说星期六晚上不受托是吧。他摸摸立春的头，说：“我甩不掉这小家伙，星期六继续放在我这里吧？！”阿雨说：“不用了，星期六晚上秦老师在家。”威廉和阿雨都松了口气，只听立春叫道：“星期六我要来学校！叔叔说要教我，教我什么？你说的啊？”说完拿眼睛看威廉，拿手拉威廉。威廉故意要逃走那样说：“教你什么？我说过吗？”立春哭出声：“叔叔说大话！”阿雨忙要制止他，威廉说：“你不是骂我，说不跟我一起了吗？”阿雨插不上话。立春说：“是你骂我！”“骂你还跟我做什么？”威廉笑道。“我要跟你，跟你，你不要笑嘛！”威廉笑对阿雨说：“没办法，让他来吧。”转而对立春说：“校长要是见到你，你可不能说你认识我啊，啊？要不校长要炒我鱿鱼的！”立春换了一副表情说：“今天托儿所吃鱿鱼饼，很好吃！”

阿雨虽不好意思麻烦威廉，但心里其实又是很希望威廉时不时带带立春的。秦老师老说阿雨，说如果有合适的对象，趁年轻找一个，让立春有一个父亲会有助他成长。现在威廉肯帮她，她很高兴，本来对找一个男人，她没存什么希望，甚至不想再找了。威廉那样聪明有趣，和他在一起只几天，立春显然有别于过去，所以，也不再执着于不想麻烦别人的想法了。

对于阿雨来说，威廉的一切她都不了解，她只是模模糊糊地意识到那是她不能企及的生活层面，但那是她希望立春可以达到的生活层面，她对这个年轻人有一种诚惶诚恐的心理，如果不是几年来秦老师等人的相濡以沫，她绝不可能会希冀得到他的帮助，想也不会想到。

对于威廉来说，阿雨普通得毫无特色，以他这样的年龄和生活背景，阿雨普通得和她曾经赖以生存的土地一样，根本让人感觉不到她的存在。这样说有些刻薄，但却是铁的事实。

总而言之，他们是八竿子打不到一起的毫不相干的人。

威廉表现出来的所有善良和耐心、关怀和友善，阿雨都认为那是小青的关系，而她很周详地很体贴地让威廉不经意地明白，小青和男朋友还在进行时，而且也不失时机地想暗示小薇的存在，但每每怕触及敏感处，还没说及就收兵了。以威廉的聪明自然知道她没说出口的那些意思，阿雨的善解人意出人意表，她的人格在无言中升华。威廉想到他自己的祖母，一个石歧来的村姑，从小到大，他看到的她总是站在一边，默默看着她的孙辈，她的子女长成后，生活更加优裕，他们不让她管孩子的事，她连家庭教师也不如，她不识字，不懂科学，她只能和他们保持距离。在今天，在他思想成熟后，他觉得那是一种中世纪的罪恶，对他祖母的不人道的令人痛心的做法。他一遍遍地回想祖母的往事，她敬畏文字，如果见到孙辈们乱丢纸片，必拾起，恭敬地整理好，收藏起来，而他的父母以为那是穷人的怪癖。她敬畏有学识的人，即便自己的儿孙也如此，她在这个家过着非常简朴的生活，他小时候看她远远看着他们吃喝时，常拿好吃的东西跑过去给她，她很惊喜，但却舍不得吃，将那东西供在神位前。祖母在家里地位卑微，没有人特别教导要去尊敬她，但无论走到哪里，他都会想起她，他后来明白，她是他心中的神。

我们忽略了我们的土地，但回过头时，我们才明白那被我们淡忘的是我们文化的根。

威廉和立春的关系越来越熟，已经到了胡闹的地步了，但阿雨和威廉还是客客气气的。威廉在办公室无意中看到阿雨的资料，看她选的科目，觉得离现实远了点，她应该选些实用一些的吧，本想问问阿雨，但一转身还是没问，因为忙。

一两个月过去了，阿雨老想着怎么表示一下感激之心，但始终开不了口。

那一天，突然下起了雨，威廉回家时又碰上等着雨的阿雨和立春，照例请他们上他的车。

上车时，看见有一束漂亮的鲜花摆在车座上，才知道那天是威廉的生日。威廉说，有朋友约今天和他庆生，他说忙呢，免了吧，都这个年纪了，不想搞这些。

阿雨很想趁这个机会表示表示，但又说不出来，心里恨自己笨，踌躇了半天，才说，我打个电话，让小青她们和我们一起会一会吧。说到她们两个字，她想到了小薇，不觉停了停，她觉得威廉也想到了吧，因为他说这么晚不方便吧？可是立春的兴致被撩了起来，没等立春闹，威廉说，我们就近找个饭馆，我肚子还真饿着。和威廉一起走进餐厅，阿雨感到很不自然，她早先想叫小青她们，也有一帮人一起好些的意思。现在入夜了，和一个不太熟的，而且是个混血青年的人一起，她倒不是为自己考虑，而是想威廉要是碰见熟人人家会怎么反应。如果威廉知道她这般想法，一定会笑她，他的世界和她的差别就在这里，男女之间一交往就要往那想吗？

他们坐下时，另一对男女刚好离开，阿雨和那男的打了个照面，不觉蒙了，那是立春的父亲。阿雨整个冻住了有几秒钟，威廉以为那是她的常态，她不好意思时也是这样，所以饭还是顺利地吃了。

阿雨很快恢复了状态，威廉问了她为什么选市场推广课程时，她说，她已经学完了会计课程，不知道还要选什么好，就随便选了。威廉说，你的时间和经济能力都有限，应该实用一些，可以拿来就用的那种。

阿雨说学了“会计”她已受用得很，现在这个“市场推广”虽然有时也觉得与现实有些不搭边，但上课听有知识的人讲那些自己不知道的事是一种很开心的事。威廉愣了，他实在没能想到阿雨对知识有着这样开放的见解，反显得自己这个留洋博士太缩头缩尾了，不觉好笑了起来。阿雨见他笑，以为自己说错什么，再看身上，以为弄脏了衣服，都不是。威廉说，我收回刚才的话，你是对的，一个人最要紧的是有梦。

回到家里，等立春睡了，阿雨才有空去想立春爸爸的事，她和他四目相对时，他是认出她的，过去的生活随着她身上的血一下子涌到心头，她的泪水也涌了出来。

阿雨压抑了多年的愤懑像山洪一样倾泻时，她明白自己需要倾泻，她和一般女子没有不同，她一样需要爱和温情，虽然她一直都为自己的坚强骄傲。这段失败的同居生活给她带来不堪承受的羞辱和经济压力，她现在都难以形容自己是怎么站起来，再一路走来的。她在黑暗中看着床上立春稚嫩的脸，为自己和立春伤心哭泣，再想到威廉说，她有梦，她站起来，走到窗边，看着窗外的月亮，向心中的神明祈祷。在她的心渐渐安静下来时，她想她对男女之情已经绝望，但她有自己的路可走，她节衣缩食亦要交学费上学，她也不知这是否符合经济原则，她想的是，知识的融会贯通会让人出类拔萃，这是秦老师说的，她信服。她不能甘于下流，人格上不会，品质上也绝不会。等她定下心来，环视周遭，觉得自己是幸福的，是的，她千百次地说过，她的不幸是她的大幸，她由此换了一个人，一个知道该怎么生活的人，上天是公平的。

二

当威廉为学校重整教务的工作做得差不多时，不觉已一个学期快过了，他腾得出手来时，校长即让他统导其中的一个课程，那是一个讲创意的，需要综合知识的课程。

威廉不必上课，所以有时间看着立春，同时做手上的工作。那天，百无聊赖的立春，在威廉的电脑旁，不耐烦地隔两分钟就问做完了吗？最后威廉说，你干什么啊，画画去。立春不走，不停换脚站着，一只站酸了换另一只，好不容易等威廉哈欠着站起身，立春即刻占了他的座位，等威廉回来，看见立春自己按着那鼠标，在电脑屏幕上拖着什么。走近一看，立春已打开小画家，在上面拉着线条。威廉不说话，看着，直到他把那线拉到位了，才说："谁教你的？"立春说："妈咪。妈咪说等我会在电脑上画出太阳和花，就教我上色。"见威廉一脸好奇，再说："妈咪会画水，水会滴到地上不见了呢！"威廉说："哦？不见了？"立春点头。威廉想这阿雨够心思，这样教立春，真是个好办法，自己都没想过，小孩子学电脑这东西其实是最适合最容易进步的，还有这个阿雨也真够好奇上进的，什么都学一把。

在学期中，威廉为市场推广课程搞了个简报小组作业，以综合考核学习内容。考核演绎那天，威廉坐镇主考，考过三组后，第四组开始，又一个靓女上场，每一个上场作演示的女学员，都打扮如职场白领，雪白的翻领衬衫，削腰的西服套装，曲线尽显，威廉没顾得上看，就说：“开始！”

女学员没有说话，影片先播，是动画，一滴橙汁从一颗橙上，在橙皮上沁出，非常逼真地滴下，掉在地上，不见了。

那女学员正要开声说话，只见威廉挥手，说：“咔！”全体望着威廉，威廉经过三组考核，已经疲惫的脸上带着愤怒：“我说过！所有作业，不得抄袭！”静场，台下一学员在一片寂静中说：“阿 Sir，我们没抄袭啊？”威廉愈加愤怒地说：“这不是抄来的，你敢说这动画是你们自己制作的？”台下的学生没来得及说，威廉直逼过去：“做任何广告都要牢记，任何创作都是个人的专利，一定要自己的创意！自己的技术！不是你的就不要说是你的！”那学生惴惴地说：“不是我……”威廉就要发火，但那学生反而迎起头来，坚定地说：“那是田雨做的，创意是我们大家讨论的，电脑完全由田雨做的。”威廉一愣，田雨？他找阿雨，不见在场，同学们指向讲台，原来站在讲台上的那个靓女就是阿雨。讲台上抱着讲义夹的阿雨焕然一新，让威廉完全认不出来，威廉在一刹那想起立春说的掉在地上不见了的那一滴水，看来，阿雨为了这滴水已经用功多时，她们说的没错，是她，是她们自己做的。影片并没有咔掉，还在播着，这是一个饮品的广告，它带着童趣，稚拙可爱的童心，威廉觉得自己无法收场……让他感到诧异的是阿雨，她自始至终笑着，和过去的羞涩完全不同，那样自信，可以说自豪。

下课后，她告诉威廉，在他开始发火时，正是让她觉得高兴的时候，这证明她做的好啊！威廉觉得自己也很高兴，不只因为是自己的学员，好像她是他的什么人，与有荣焉。他脱口而出：“你要请客啊！”说了之后觉不妥，阿雨经济不富裕，两个人生活，还要交俩人的学费，下意识地又看了看阿雨身上那价钱不菲的套装。阿雨给他看得不好意思，但听他说要她请客，则觉得亲切，他至此不把她当外人了，第一次觉得和他站在一起有了自己的高度。阿雨先说："本来我想借小薇的，但小薇说我应该有一套自己的，有时出去和人吃饭有一套合身的衣服才好，最后是秦老师出的钱。她们怎么都要送我。"接着问："什么时候去吃饭？"威廉突然觉得不好意思面对她的笑容。

一星期后，威廉在总结时对学员们说，第四组做得很出色，这出色不只是说她们的影片做得好，而是因为她们超越学习的方法，分数不能说明问题，功课的倒背如流也不是最了不起，最了不起是超越的能力，学习应该视为一种入门，进去后发挥多少才是自己的。然后他说，第四组的作业还要修改和润色，准备参加贸易促进局和澳大联合举办的一个竞赛。田雨和她的同学欢呼雀跃，接下来，是威廉帮她们的忙，具体指导。

那一天，阿雨真的请了威廉去吃饭，威廉说他是开玩笑说说，怎么就当真的，但阿雨执意要请。还是他们两个和立春，这次威廉说，随便吃个饭就行，怕阿雨破费。说如果连小青她们都请，那要正式一些，下次由他来请。威廉觉得阿雨比之前练达许多，动作间没了从前的迟疑，但那种平静的坚定又觉得是她一向所有的，而谦和温暖的态度仍是她的主调。威廉感到一种亲切，就像在自家姐妹跟前。饭菜端上来之前，说到参赛的事，威廉说，这次赛事能办成不简单，其中主办机构中有多个参与策划者是他在外留学时的同学。阿雨问为何说不简单，威廉说："现在政府在准备交接，很多事发生，最近社会上很乱，发生了那么多，前几天有人当街拔枪打死人，又有边缘少年烧车什么的，政府看来都管不过来了。我们那些同学是冲着回归回来的，想在这里做一番事的，没想到遇到很多困难。"阿雨说："真的？不是说有的人想走吗？不是说有的土生选择在葡国拿退休金吗？”威廉说：“不是每个人都这样选择，这不是主流。中国内地今非昔比，我想会发展越来越快，将来有些人会跌眼镜。”阿雨说：“治安的问题，大家都说等回归，解放军一进城就没事了。”威廉说：“我也听他们这样说，为什么大家都对解放军这样有信心？国外的看法完全不一样。”阿雨说：“其他的事也许有很多说法，但解放军是肯定……”阿雨找不出一个词来形容，就说：“你看着，时候一到你就知道，我想解放军不用任何动作，那些人都会自动收兵！”威廉还是有点惊讶，阿雨说：“我们中国人说，邪不能胜正！”威廉笑道：“我也是中国人啊。”威廉又说：“我们土生最近在一起都在讨论这些问题。也讨论你们，为什么内地出来的人，特别是像你这样的非法偷渡来的，不管是什么原因来的，信任的仍是自己的银行、自己的军队，这好像在世界上是绝无仅有的。”阿雨拙于言辞，闭嘴笑着。威廉接着笑说：“其实解放军并不是管治安的啊，治安还是由澳门保安部队管的啊！”“是吗？那怎么大家都这么说啊?!”阿雨也笑。

立春在餐桌旁比着武术动作，像电影里黄飞鸿一样的架势。阿雨叫他安静下来也不听，阿雨生气，说：“这孩子不听话，很烦。”威廉安慰说家里有个孩子生活有趣多了。阿雨笑说：“你将来有了孩子就知道多烦了。”一句话出口两个人都觉得有些不自然，好像都不该管对方的事。

三

又过一个月，阿雨她们的作业正式交去参赛了。

那一天刚忙完，阿雨最后一个走，在楼梯口见一个人等在那里，心里突地一愣，是立春的爸爸。

立春爸爸看见阿雨，脸上现出一种不自在的似笑非笑，好像不知是嘲讽自己抑或嘲讽他人的表情，那扭拧的样子，阿雨曾经熟悉，现在看着却不惯得很。

“和你说点事，不阻你吧？”这一句一般的客套话，让因岁月而模糊不清的记忆，又扯上阿雨的心头，她不知他要说什么，就说：“说吧。”“就这里？”阿雨点头。她以为楼上人都走了，不知道威廉是最后一个，现在正在下楼。威廉走到上一层的楼梯拐弯处，就看见阿雨和人停在那儿说话。他听见那男的说：“你不怕给人见到？”威廉觉得奇怪，不自觉地放慢脚步。阿雨有些奇怪，说：“你说什么？”男的说：“你和那男人我都见到了你和他吃饭。”威廉觉得阿雨在发抖。“你乱说什么？！我知道你说谁，那是我的老师，不是你想象的那样！”威廉猜那是否指的自己。“嘿，你紧张什么，老师，又是土生，土生都有钱，不错啊，我当年跟你说过，分开大家都好，这不，我们现在各自都有好归宿。”阿雨不想和他说下去，想走开，那男的拦住她：“我还没说呢！”阿雨让自己恢复平静，她用那一惯的平静的表情说：“你说！”

威廉想自己不该站在那儿，又不好意思下来，就退了上去，但上面的自动闸门刚刚关上，只好无奈地站在玄关处，那儿正好有一个窗户，可以看到外面风景。

那男的说：“我要结婚了。”停顿了一下，阿雨没反应，他就接着说：“女方不知道我和你的关系，我想……”他又停了一下，阿雨仍不做反应，他就对自己狠了一下，快口说：“我想你现在好了，村里人都说你现在什么都会，赚的钱又多，你能不能说孩子不是我的呢？这样我们大家都好！”威廉错愕而激动地看着阿雨，只见阿雨平静地看着那男的，是心死一般的平静，那种平静足以杀至灵魂深处，那男的像霎时丑了下去，破陋不堪的样子。威廉没能看得那么清楚，事实是阿雨有几秒钟眼神游离了。半晌她才像缓过神来似的，客气地说："那你还来找我做什么？你不认识我不更好吗？"那男的想再说什么，但也没那么笨，自顾自走了。走到一半，心有不甘，又回来说："我想看看孩子。那毕竟是我儿子。"阿雨这回真的解脱了，所以心平气和："刚才你说你要结婚，我以为你总算懂得男人的责任了。你还是等孩子长大吧，他会决定是不是和你相认。"那男人看着阿雨，应该深深诧异阿雨由内而外的那种强大，同从前一样的柔顺的语调，但表现出来的内心的力量却不可同日而语。

阿雨其实已经气极，她只觉得浑身无力，等那男人走了，她就用手靠在楼梯的扶手上，整个身子都搭在手臂上。

威廉不小心弄出声音来。阿雨抬头一看，威廉忙说："对不起。"等威廉下得来，阿雨发现，威廉没说话，但眼睛里有股火在燃着，为她燃着，这火让她有一种可以慰藉的温暖，她的眼里因而有一点湿润，而他也接收到了。

威廉不知说什么好，也不知做什么好，阿雨说："我没事，我回家了，你也回去吧。"她走出校门后，只觉威廉还在后面看着她，就回头等他，威廉一愣，快步跟了上来。阿雨对他笑了笑，说："我真的没事。"

阿雨和他并排走在人行道上，夜，无人的街上，她无目的地看着眼前的某一处，一句话也没有，两个人走了不知多少路，像给不知怎么安慰她的威廉一个交代，她说："他根本不值得我为他伤心。"这语气的轻柔游刃于刚刚过去的思绪的风暴，令威廉看到一个内心细腻、感情经历百转千回，且外柔内刚的阿雨。

威廉对阿雨的处境一直讳莫如深，所以仅止于小青以前说过的大致情况，本来他也没必要去问她那么多，另外他感觉她在这方面也许很脆弱和被动。阿雨的生活背景和教育背景让他有难以沟通的惯性思考，他无法了解阿雨的生活方式，觉得大家思考和处理问题的方式方法也许会大相径庭，所以当看到阿雨这般处理感情事时，他不禁惊讶她的理性、身段和分寸，同时他也是第一次这样认真地看着阿雨。他在阿雨身上看到了时间的变化，这种变化在阿雨身上很难分清是她的内在还是外在起的变化，也很难分清她今天的品质是本来固有的还是现如今才造就的品质。从初相识到今天，阿雨好像脱胎换骨般，也许包括了她的思想、她的言辞还有她的审美观，当然这种变化给她一种自信，让她更漂亮，更有性格。

一个女子，从温存的逆来顺受过渡到柔中带刚，这让她具有一种阴柔的美的力量，威廉自此难以挥去她这个晚上的一颦一笑。

第九章

一

立春爸爸的缺德下作，反效果地彻底解开了阿雨的所有心结，她眼前如有千树万树梨花开，一扫心头的阴霾，豁然开朗。

当然无缘无故失踪的这个人自己浮上水面，让事情有个交代，这是最大的原因。

阿雨来到了人生的一个分水岭，她看到了岭外的那个未知的世界，她有把握那个世界比这个世界更美更精彩，因为从前那个世界里她是完全被动的、无知的，而将来那个世界，她是自己的主人。

过两天是休息日，难得一天大家都休息，秦老师和阿雨都忙着家务。迟迟醒来的小青，走过阿雨身边，听到阿雨难得的小声地哼着歌。小青古灵精怪地小声对秦老师说："阿雨怎么这么高兴啊，是不是恋爱了？"一句话点醒每个人，小青、秦老师、小薇都瞅着阿雨看。等阿雨察觉，秦老师笑说："阿雨，脸色很好啊，越来越漂亮了。"小青按捺不住说："是啊，心情好得像恋爱中人。"阿雨脸更红："错到不能再错了。是这样，昨天啊，立春他爸来找我。"话接得让人摸不着头绪，阿雨也觉察，因而笑着把经过说了一遍。听她说完，有一分钟没人出声，然后小青上前去搂着阿雨的肩头，说："阿雨，你应该打电话叫我去，我帮你把他踢到爪哇国去！不过我想想，还是你这样好，不用弄脏自己的脚！""阿雨，听你说故事一样说自己的事，我什么烦恼都到爪哇国去了。"大家听秦老师也拿这爪哇国说事，都笑了。小薇有些想哭，想到阿雨今天的骄傲，真让她感动得想哭，但一想到那个男人，她就不想哭了。

阿雨她们的简报演示后，就没有威廉的课了，等让她们参加比赛的通知来到威廉的手上时，威廉想到他有两个星期没见到阿雨，也没见过立春，他给小青打了电话，小青得知阿雨要参加比赛，兴奋得很。刚放下电话，又有电话，还是威廉打来的，威廉说："阿雨怎么很久不见人影，没事吗？好久不见立春啊？"小青说她也忙得很，不是很清楚，不过立春大概有时是秦老师帮着看，而阿雨一直很好，没问题。放下电话，小青有点觉得威廉有些怪怪的，也没细想。比赛那天，小青和小薇、秦老师都去捧场。

阿雨和她的那组同学，都装扮正规，当阿雨在台上讲解时，小青她们几乎都屏着气，阿雨简直像换了个人，青春逼人，口齿清晰，语气稳重。很少夸人的秦老师忍不住说："阿雨今天很美！"那天的赛果她们觉得再公正不过，因为阿雨她们得了一等奖。小青和小薇差点拍烂手掌。出人意料的是，主持人宣布一等奖的奖品是韩国七日游。而更出乎意料的是，实时有商家想买阿雨她们的广告。当阿雨和威廉一同站在领奖台上，小青觉得阿雨的格调一点不给比下去。她把这话说与秦老师和小薇听，小薇说是，秦老师笑着，有所思地看着台上的两个人。结束时，小青她们先回家去，因为阿雨她们还有些事要做。

威廉问阿雨，多少钱肯卖那广告，阿雨说:“不想卖，但不知其他人怎么想。”威廉用眼睛询问阿雨，阿雨说:“这是第一个成功的广告，舍不得卖。”威廉又问阿雨去韩国带不带立春，他可以替立春出旅费，有一段时间没见着立春，怪想他的。阿雨说:“可以带么？”立刻又说:“不带，不让你破费。我本来也不想带他去的。”威廉说:“为什么呢？”阿雨说:“他老缠在你身边不好。”威廉奇怪了:“为什么？”阿雨无语，许久，阿雨特别温和地说:“威廉，你这个年龄是积极找个女朋友的时候了，身边老带个孩子会让人误会的，我那天听立春他爸爸说，心想确实会让人误会，所以我现在都不把立春带来学校，就是这个意思。”威廉没想到阿雨突然说了这么个理由，但这好像点醒了他的某一条神经，他看了阿雨好一会儿，看得阿雨有点窘，然后他突地说:“你认为人家会误会？那如果我现在想配合这场误会，你觉得如何？”阿雨不能确定他所说的是她听到的那样，因而愕然看着他。威廉知道这说明她听得十分清楚明白，因此等着她的回答。阿雨只好说:“你说什么?！”威廉说:“我知道这个过程会有很大困难，但我希望你也能配合这大众的期望。”至少这最后一句是俏皮话，阿雨说:“我不懂开玩笑。”威廉说:“在这种事上我绝不开玩笑。”阿雨是真生气的，但她最生气的时候就是现在这样，除了脸红气喘外没什么大气候。威廉带正色道:“我是认真想找你做女朋友，请你认真考虑后再回答我，我同时希望你能找个时间听我的表白后再做决定。”阿雨当时真以为威廉疯了，高级知识分子也许有些普通人难以理解的地方，用脑过度后，霎时思想短路都是可能的。但是她看到威廉那涨得通红的脸，又好像说明他是在内心挣扎下说这一番话的，阿雨不知怎么说好，只见威廉说完上面的那一通话就走了。

二

那一天晚上正好台风到来，一连几天商校不用上课，所以威廉和阿雨都没碰面的机会。

因为连续几天的大风大雨，仓库怕涨潮浸水，很多事要做，小青忙得不亦乐乎，好不容易下班，在大门口看雨势，不知走还是不走好。

一辆私家车从路面驶过来，水花四溅，玻璃窗摇下来，看见威廉向她招手。小青绕着没水的地方跑上前去，威廉正好把车门打开。小青坐了进去，将门关上，说:“怎么这么巧，我刚下班呢？”威廉说:“我算好了啊！有事找你。”小青忙问什么事。威廉说:“阿雨没和你说什么吗？”“说什么？”威廉斟酌着，说:“找个地方说吧。”小青说:“什么事还要找地方说？阿雨没什么事吧？”威廉笑着，主要是让自己自然些，说:“没有，是我怕你听了从座位上摔出去！”小青愣一愣，还没回神，威廉把车驶向一个可以泊车的地方，两下子停了下来:“就在这里吧。”小青急着知道:“别兜了，说啊！”威廉眼睛看着别处:“你觉得我怎么样？”小青愣着笑:“你怎么样？”威廉自己也觉得别扭，说:“你觉得阿雨怎么样？”小青这回明白，心头一动，睁大了眼，威廉在这时回过头来，刚撞上她希冀的目光。“你觉得这事难吗？”他问。“你和阿雨说了？”小青想了解。威廉点头，感觉到小青的思路不同一般的快，直接删除了多余的对白。“阿雨一定以为你疯了？”威廉点头。

威廉把那天的情况说了。

“我为你，为阿雨高兴！”没有威廉以为的夸张表情，小青格外安静的笑，让他觉得踏实。“会高兴得太早吗？事都还没开始呢，你还没答我问题。”小青转过身认真看着威廉：“你这么说我就踏实了，你担心阿雨的意见，这让我放心她在你心中的地位。放心，我来帮你，阿雨外表脆弱内心顽强，不是这么容易打动的。第一次失败是因为她单纯，由于那一次，现在她会保护自己，这一次你除了这个困难外，主要的困难是你的外在条件太好，谁叫你读博士啊?！不过，阿雨听秦老师的，我们要先听听秦老师的意见。”小青说，等她先回去和秦老师说了，再决定下一步怎么做。威廉把小青送回了家，小青和他挥了挥手，就要跑上楼去，威廉叫住她，小青以为他要交代什么，那威廉说：“小青，一段时间不见，你变了，变得稳重了。”小青瞪他一眼，故态复萌地说：“你是说我以前不稳重？！告诉你，我不是稳重，我现在是重要得很，你的命运掌握我的手心里呢，说话小心点啊！”说完笑着冲上楼去。

那么巧，阿雨和立春不在家，只有秦老师和小薇在。听小青说完整件事，秦老师和小薇都一脸喜气，不管结果怎么样，这都是值得高兴的事。小青看着秦老师，等她说。秦老师沉吟一会儿，说：“你和威廉说，我们和他找个时间见面，我要和他谈一谈，找个阿雨不在家的时候吧。”小薇说：“我也想听听。”小青本想调侃她，最后想还是别这样，谁知小薇说：“建新广州学习已经结束，他考试成绩突出，又被选往日本学习，小青，建新说你忙，忙得电话都很少啊？”小青说：“我是少打电话，但他也可以打啊，他怎么不告诉我他要去日本呢？哼！”小薇说：“这我是听学校的人说的，他自己说不定也还没知道。”秦老师说："等把阿雨的事搞清了，小青我也要和你好好谈谈。"

小青告诉威廉请他来家里一趟，秦老师想和他谈谈，问可以吗？威廉说当然可以。威廉问小青秦老师会问什么呢？小青笑说不知道哦，不过秦老师把问的权利下放给她和小薇了。威廉也笑说："那看在你还没有报答我上次给你的帮助，你这次就透露一下内容吧。"小青说："是吗，你帮助过我？我都忘记了，你怎么老记着啊，不行啊，我们要全方位地观察。"说完就咯咯笑着收线了。

那一天，在秦老师家里那个简单而雅致的小客厅里，威廉出人意料地带来一大本影集，他的家族影集。当他在桌子上打开这本沉重的影集时，秦老师很满意，这个年轻人是有诚意的。威廉注意到桌子上原来放着一盆绿色植物，郁郁葱葱，其实只是一种路边常见的很容易生长的野草，种在盆子里却生出了别种风情。小青小心地把花盆挪开，好让威廉把那影集打开。那盆草是阿雨的杰作，爱说话的小青差点就说了，但一念之间不说，心里为此也觉得自己沉着了。大家先看他的影集，惊叹他父母的英俊和美貌，他的祖母，那个乡下中国女人在相集中毫不起眼，但有她在内的照片都摆在重要的位置，足见她在威廉心中的位置。

威廉说，爱一个人是不用理由的，但他尊重秦老师的看法，因为为阿雨而做的一切必有它的意义在。秦老师说："你什么时候开始喜欢上阿雨的？"威廉说："我也说不出什么时候。我和阿雨的相识不是像我的普通话老师说的那种'人生若只如初见'的情形，我得承认，一开始认识阿雨，完全是因为你们的关系，如果不是，她就是学校里一名普通的成人教育学生，她再出色，也和我擦肩而过。因为立春，我进一步认识了她，我发现她很用功，对任何事都有一股劲儿，有她的方法，她的待人接物方式也许和我不一样，但很符合我的价值观，我觉得舒服亲切。她们小组的功课让我觉得她非常聪慧能干。后来我开始觉得她是一个可以真正交流的人。当然这些是在她愿意打开心扉后。直到立春的父亲出现，我发现自己当时有一种愤怒，我察觉到自己有一种别样的感觉。也看到了她内心的刚强和理性，这和她外在的柔顺有一种强烈的对比。我当时并不自觉这其中有超友谊的成分，但那天阿雨说不想让立春和我在一起时，我突然发现我内心深处有一个自己都不确认的想法——就是说，我们是有这种可能的！在那一刻，我知道了，我要找的就是她。”

“以前你当然也动心过。”小薇说，这个问题让威廉和小青都有些不自在，但也许只有她方便问，且在场的人都认为这个问题问得聪明而必要：“这一次你不觉得也一样吗，或者说你认为那些都比不上这次？”威廉知道小薇的好意，但要表白不是容易的，他想了想才诚恳地说：“每个人的故事都会有不同，但爱情永远是真的，没有可比性。”威廉停了停，又说：“选择不同的人，生活会有不同的场景，但每一种生活都可以有美好的未来，只要我们愿意。”小薇点头。秦老师说：“威廉，你认为你的父母亲朋会怎么评价？”威廉说：“我已经跟他们说过。”这个回答出乎意料，小青她们表情明朗起来。“我的父母，他们听到说阿雨得奖时，差不多惊叫起来，我妈说：‘追！儿子，争点气，追到了即刻给我电话，我回澳门看你们！’”秦老师笑说：“应该为你的父母干杯，可惜今天没有酒。”威廉也笑说：“改天吧。”威廉接下去说：“我之所以想和阿雨一起，很大一部分是我欣赏她的人格、她的智慧、她的独立，她摔倒再爬起来的能力和毅力，如果命运将来要给我们很多挫折，我会给她支持，我会是一个有责任的男人，中国人早就有一句形容情侣的话：在天愿为比翼鸟，在地愿为连理枝——这是……”威廉还没说完，小青用手势截住他的话，对秦老师和小薇说：“这是他们的普通话老师教的。”然后转过脸向着威廉：“你别每说个成语或诗词都要加上一句——我们的中文老师教的。”然后摊开双手，鬼马地说：“Sorry，我的英文老师教的。”威廉哈哈大笑，秦老师和小薇也大笑不已，在笑声中，威廉继续说道：“白居易的诗很美，很感性，也更理性，这是最好的婚姻状态，是相互扶持，不是单方面的依傍，这是我想要的生活状态！”这些话三个女人都爱听。

威廉走后，小青和小薇一个眼神对上了，她们都在笑，小薇觉得小青看她的眼神有点复杂，先就说：“这是最好的结局。”小青知道这发自她的内心，这也是她的心声，她们都为阿雨高兴，这样一个优秀的人如此懂她、爱她。

她们站在窗前，目送着威廉走出楼下那个用欧洲产的黑白石子铺就美丽图案的圆形地。

那天晚上，秦老师见阿雨在房间里的桌子前坐着给立春的衣服缝着什么，秦老师走进去在阿雨身边坐下，对阿雨说：“阿雨，威廉刚才来过，说了你和他的事。”阿雨小声说：“我和他没什么事啊。”秦老师听得出她的意思不是撇清，是表白。秦老师笑说：“我知道，威廉说他好像回到世纪初，自己给自己说媒呢！阿雨，你想这是难为威廉这个留学生，换了一个人，不觉老土才怪。”见阿雨没出声，秦老师又问：“你是什么想法呢，阿雨？”阿雨说：“秦老师，我和他认识快一年了，直到他那天……我都没想过这样，你看，我今天收到他给我的信。”秦老师从阿雨手里接过那封信。秦老师从信中看到的，和威廉刚才所表达的大致一样，只是信中有句话让她咀嚼了半天。

信中是这样说的：你也许会觉得我的高学历会让你觉得

累，其实就因为我读过这么多书，走过这么多路，去过这么多地方，我才更比旁人理解你，我才没有让自己错过认识你的机会，从而错过一段大好姻缘，我现在为这一点为自己沾沾自喜。

秦老师觉得这话说明威廉有和阿雨这样的有过感情失败经历的女性谈恋爱并走进婚姻的肩膀，她问阿雨：“你觉得他人怎么样？”阿雨答的是另一个问题：“我从来不觉得他对我有什么意思，开始我不怎么敢和他说话，觉得他高高在上吧，那种感觉，但他喜欢立春，帮我看着立春，因为立春，我们渐渐熟了起来，我开始和他有话说。到后来，我觉得他好像是我的一个熟人，或者说一个亲戚一样，我总是想他怎么不找女朋友呢，小薇或谁呢，多好，我也对他说了，他也没说什么，怎么那天他突然就那样了呢？”说到这，阿雨认真地摇摇头，说：“这是不可能的，再说，我不想结婚了。”“因为立春他爸，你对婚姻失望？”“不，我只是觉得一个人带着孩子也是可以过的。秦老师您不是也是这样过的吗？”秦老师说：”当然不行，中国人脑子里有个贞节牌坊的影子，那是旧时代的想法，你以为还是你们新会乡下的自梳女啊。你还没答我问题呢，你说他为人怎样？”“我没想到他肯帮我，你不知道，他和立春玩起来很癫。”阿雨说这话时被秦老师捉到一丝甜蜜的笑，秦老师不觉开心起来，开始得寸进尺。“他和你说什么呢？你们谈得来吗？”“秦老师，我们同学之间都说，威廉学问最好，那些难懂的书经他一说，就简单了，比别的老师说得明白多了。这可能是书读得好的结果吧。”“深入浅出。”秦老师点点头，心想这和信上那一段话加起来就是一个和音，阿雨够聪明的。秦老师现在是胸有成竹了，她对阿雨说：“阿雨，我听你这样说，觉得你们是互相理解的。你和立春爸，倒像是盲婚哑嫁的，虽然是一个村里的，大家都是文化不高的农民。你想，如果威廉各方面也不错，而且对立春和你都好，你为什么不考虑呢？还有，你学我做什么呢，你想，我当时生了孩子，还正年轻，我就不想有个人吗？”秦老师从未讲过她自己的那段往事，阿雨紧张地看着她。

秦老师拍拍她的手，欲说什么，却又止住，说出来的是下一句：“时代不同了，现在这个时代，每个人都有权利找到自己的幸福，我还想知道的是，阿雨，如果你有一天结了婚，如果婚姻不如意，你会怎样？”阿雨看着窗外的天空，有所思地说：“我会比这次好吧，因为我不会再把男人当成唯一的救命稻草，就算和威廉这样的人在一起，我也会是一个独立的人。秦老师，我本来是不懂说这个的，但我心里是这样想的，看了威廉的信，他的话把我的想法勾勒了出来，我觉得他好像把我心里的想法都说了出来。”

三

那天上夜校，在走廊上遇见威廉，威廉问阿雨：“你帮立春报了名去韩国？”“是啊，不管怎样，我想我都不应该错过这个机会让立春去看一看世界。还有，我们把广告创意卖出去了，广告有人用才有价值。”阿雨一脸平和。威廉不是第一次惊讶于阿雨的回答了，同一个问题在短时间内的蜕变每每让威廉有惊艳的感觉。阿雨每每总先是那样固执地坚守自己的观点，但一遭遇挑战，就会迅速地做出调整，而在结果中，你发现她已经站在传统和现实间的一个最恰当的位置。威廉现在明白了自己为之着迷的缘故，他喜欢她身上的传统价值的东西，更喜欢她在此基础上变幻出来的姿彩，那种学习和进步的能力让她有别于一般的女子，栩栩生辉。

威廉回过神来即抓住那机会，一脸坏笑说：“你说不管怎样？”阿雨被他笑着，本来想把这事挺过去的立场被打乱了阵脚，心里那被搅乱的微澜不自主地荡漾开来，一下透露了心底封存的秘密，她挡不住威廉的俏皮，情不自禁地笑了，理性的她几天几夜不能决定的事，在几秒钟里突发情感的绽放，再回不了头。

她和他擦身而过，各自去自己要去的教室，彼此没有再说一句话。巨大的拖着影子的棕榈树叶子被风吹得在贴着葡萄牙风格瓷砖的墙上扫来扫去，发出习习悦耳的声音，与黑夜携手美化着他们的心情和样貌及对那心情的无尽理解。

几天过去，比威廉更着急的是小青，在秦老师的劝告下，她才没有直接去追问阿雨和威廉。她们完全不知事态的进展。

去韩国的日子终于到来，最兴奋的是立春，一早起来跳来跳去，直到电话响起。小青想去接电话，被立春抢了去，只听立春说："威廉！"然后搁下电话，跑去窗口大叫："威廉！"小青和小薇都跑去窗口望，只见威廉站在楼下，秦老师对立春说："怎么叫名字呢，叫叔叔啊。"立春说："威廉说叫叔叔太老了，他喜欢我叫他威廉。"小青和小薇都笑，见威廉也在楼下笑着，小青朝他挥手，让他上楼来。阿雨听着大家胡闹，不好意思地埋头做自己的事，不出房门，一直到要出门了，才走出来。

秦老师她们一直看着他们带着立春走出岗顶圆地。秦老师说："我一直想阿雨谁才配得上呢？就没想到威廉。"看到小青和小薇等着她再说什么，她笑说："现在想还真非威廉莫属。"

飞机那么快就把他们送到了首尔，阿雨觉得像做梦一般。

阿雨愧于自己那不争气的一笑，让威廉不战而胜顺利过关，现在，她不知一会儿在一大堆熟人中，人们会否拿她和威廉打趣，如果那样她会很窘。这一堆想法让她看上去闷闷不乐：一个女人当她痛苦时，她是善解人意，为人着想的；当她是幸福时，她就像阿雨现在，像一个被宠坏的女孩，觉得威廉是一个麻烦制造者。

阿雨很快明白她的担心是多余的，因为人们的注意力都集中在威廉和立春的身上，好像故意给阿雨留下一个自在的空间。

在首尔的汝矣道樱花大道，面对汉江，面对漫长的绵延几公里的樱花的海洋，阿雨坐在一旁，看着那一大帮快乐的朋友，看着完全忘记了她的存在的立春，看着这风景秀丽的异国他邦，有想哭的感觉。幸福来得太快，她得把潜意识里的那最后的一点阴霾尽情宣泄。当威廉在玩乐的空当走近她时，被她转过身时一脸的泪花怔住了。威廉轻轻说："等回到澳门，我们结婚吧？"阿雨点点头。威廉说："你知道吗？我们土生一出生就是天主教徒。"阿雨看着他说："有什么关系吗？"威廉说："天主教徒一生都不能离婚。"阿雨笑，脸上的泪花却变本加厉地涌出。威廉说："你从不问未来？"阿雨说："这个问题我想了好久，未来是我们共同的努力，我和你有一样的责任。如果有一天你要离开，我不会怪你，只要我们真心爱过就行。"威廉很惊喜她的回答，虽然这个答案并不是他期待的，他是看到她思想的成长，超乎他的想象，更由于他在这句话里领略到她对他的爱，义无反顾的爱，比翼的爱。

他们沉醉在自己的世界里，忘情地相拥着，像两朵并蒂樱花，缀入到漫天霞光的樱花世界里。等立春想起他们，大叫着他们时，人们才发现这一对恋人像被点化了似的还在并肩望着遥远天边的余晖。

第十章

一

那天，一年一度的“港务局日”又到了。小青穿上阿雨从韩国买回送给她和小薇每人各一件的丝质混纺衬衫，那华丽的条纹、浓郁的色彩及其款式都特意地仿民族风格，让人骤眼一望，以为是朝鲜族服装，再一看又是很新颖的现代便装。

当她徐步走上港务局大门的那道斜坡，和迎面而过的熟人打招呼，见两旁聚集的等候时辰的、三三两两交谈着的人们不自觉地朝她射过来的目光时，她惊觉一年过去了。

威廉不知从哪个角落里走了过来，然后和小青一齐走进宴会大厅。

蓝宇集团的蓝先生像去年那样和一帮人马前呼后拥地走过来，又一次老远地伸出手来，这次是先和小青握手，再和威廉握手时，脸上带着诡谲的笑容，语带双关地说：“威廉，鸿运当头，有酒要请我饮啊！”小青笑说：“蓝先生放心，有什么风吹草动，我这个姐妹团第一个通知你！”蓝先生笑着用手指指小青，为自己解围，依然对威廉说：“保密功夫这么好啊？让大家认识认识嘛！”然后大笑着走开。威廉笑着瞪一眼小青，小青还在笑着，和他一起走到窗边一个没人的地方。

窗外，南方仲春的夜晚，一股隐约的燥湿带着玉兰花的香气扑面而来，预示着夏日的即将来临，威廉说，到外面散散风，他们走出大厅，经过回廊，顺着草坪边的梯级往上走，来到大楼后面的空地上，站在依山而建的楼顶旁的露天楼梯上，月光下，比在大厅里的感觉凉快多了，而且看得见海，威廉说：“建新快回来了吗？”小青笑笑，说：“就要回来了吧？”

好像不是回答，而是她在问。她记得她曾告诉他建新从海上偷渡过来时，就在妈阁庙前边上的岸，显然，威廉也是现在看见了海，想到这个才问起的。

这时，一阵颇大的风吹来，他们一起望了望天空，方才还清朗的天，不知何时聚起了浓重的乌云。小青的手机响起，那是新近买的，小青拿起来听，收线时，脸色凝重，对威廉说："码头出点事，我要先走了。"她说走就走，才走出港务局大楼，雨就开始下了，她跑了起来，跑到巷口——妈阁圆地，威廉跟在她后面一路跑来，开了停在那里的车过来，载着她往码头奔去。

车在瓢泼大雨中行进，路变得比平时难走得多许多，威廉边小心地看着前路，边听着小青在电话里吼着，一路求人，一路无望，在声嘶力竭的最后的关头，听得小青带着哭声说："阿强，你终于肯回电了，怎么？你姐？行吗？哦，太好了，谢谢，我就到了。"电话还没关上，小青号啕大哭。

威廉一手抓住方向盘，一手伸过去握住小青的手臂。那手心的温暖和沉稳让一身湿透的小青慢慢镇静下来，离码头只有一街之遥，海在他们的身边，对岸就是内地湾仔，他们都恢复了平静，威廉用松开的手拿了纸巾给小青，小青说："大吊臂突然坏了，现在有人帮忙，没事了。"同时不好意思地笑了笑。她看见威廉看着海，海的对面湾仔已经看不见了，海在涨漫，漫上了岸，路已被海淹没，天空在黑暗中仍看得见被雷电霹雳撕得粉碎、乱成一片的云朵，海在这暴风雨夜中真挺吓人的。他们的车就像驶在海上，唯一可靠的是紧贴着码头沿岸的大楼，一点也不真实，感觉就像自己处于科幻大片中的真实场景，惊险而气势宏大，她想到建新，建新就是从这片海上游过来的，这一刻她强烈地感同身受建新为爱曾经的执着，好像建新是从宇宙的那一头游过来的。小青看看威廉，威廉也正转过来看她，她感觉到手臂上还有威廉手心的余热，不觉眼睛热了起来，她想起了去年的这个晚上，那个威廉，那个自己。

威廉说：“小青，不管是我们个人、朋友、情人，还是这个社会，这个时代，包括一切事物，就像打开电脑，有时会出现乱码，但不会次次都那样，更不会永远那样，那只是一时的变数。”

小青知道他在说什么，她无声地望着前方，泪水模糊。他们一时间好像都忘了他们现在正要去的地方。

二

码头已经到了，可以看见阿强和一帮人站在门口等着她，小青对威廉说：“你回去吧，打个电话告诉秦老师她们，我今晚可能回不去，回去也会有人用车送我，不要担心。”

小青往大门跑去时，阿强迎着她跑过来，然后一起向泊在岸边的货轮跑去，大吊臂歪在一边，一架大吊车在岸边运转，货物在滂沱大雨中那样沉稳地给吊到岸上来。小青使了使劲才从蒙蒙雨水间看到吊车上的驾驶者，看不出男女，她问阿强：“那是你姐？女的开大吊车，从来没听过！”阿强说：“你真是孤陋寡闻，你去码头上打听打听，谁不识我姐！”小青看看阿强，说：“你姐比你强嚅！”阿强说：“那是我姐当然比我强！”小青说：“我打电话订位，一会儿收工请你姐吃饭。”阿强说：“她不会吃的，不用订，等会儿被她骂，还是等她下来再说，要请也是我请。”

老天开玩笑，货物全都上岸时，雨也戛然而止。小青正拿了一条用热水烫洗过的拧好的新毛巾走到吊车旁，看到从那大吊车上跳下来的女人，想递上去时，不觉一怔，那女人也一怔，两人同时笑了起来。小青即时用双眼把那阿强从人群中挑了出来，笑着呵斥:“阿强！这是你姐？我还没敢叫呢？！倒轮到你叫啦！”那女人也笑着帮腔:“你信他八成都死！他对我说他妹有难！请我一定一定帮忙呢！早知是你，我自己飞过来了，还要他请！”阿强摸着头笑着，说:“我一会儿请你们吃饭。”女人笑:“请你个头，我们姐妹要你请?！”小青对她说:“英姐，你什么时候会开车，还开这么大吊车，没听说啊？”那阿英笑说:“不是你给我老公介绍去码头开车吗，后来连我也去了。”小青想起来，就是阿强给介绍的。阿英继续说:“我老公开车，我给他打下手，后来我看不惯他手脚什么都慢，就自己去学开车，现在他给我当副手！”小青看着阿英，还那么英姿飒爽的，就是体格大了一码，小青觉得像个女金刚似的，不觉笑了，阿英知道她笑什么，惹恼了，推她一把，两个人都笑。阿英说:“我现在很丑吗？我都想仙女似的漂漂亮亮的在家里待着，那一家人，家里三个和尚头，还有上面一对公公婆婆喝西北风啊？”

停一停，阿英指着一个人说:“那是阿玉的丈夫。记得阿玉吧？”小青自然记得，还没问，阿英说:“阿玉现在病得厉害，在家里躺着，他老公失业，我让他到我这儿来帮着，要不一家人不知怎么过。”小青看看阿英:“你真行啊？”阿英说:“人都逼出来的，你想我一乡下女人，去学车，差点给教练赶出来，好在我敢说，我说我要是家里有点钱，我就不出来献丑，你当我是只猪一样教我吧，我多交些钱也一定学会。那个方向盘差点把我的手扭断！重型机车啊！后来那教练反过来鼓励我。”小青差点没听成手把方向盘扭断，理清后觉得那重型机车真不是女人的活，实在佩服阿英。只见阿英突然不笑，看着小青欲说还止，说了另外的话:“肚子饿了，吃饭去。”小青问去哪儿吃，阿英说：“难得一见，去我家吃吧，我公婆烧一手好吃的乡下菜，保证你流口水，我们可以好好叙叙。”

小青跟着阿英去泊大吊车，然后坐着另一部货车回家。

阿英买了新房子，复式的二层单位，家里干净舒服，合阿英的风格。阿英的公公婆婆都是劳动惯了的爽快之人，厨房里很快飘出家乡的饭菜香。

小青问阿英：“你老公呢？”阿英努嘴向卧房：“睡了呢，不早睡明天开不了工。”小青有点歉意：“弄这么晚，耽误你明天开工。”阿英笑：“我天天都这么晚，恨不能长出三头六臂，生成的辛苦命。”阿英停了停，没出声。小青看着她，问她想什么。阿英说：“你记得美萍？”小青没答，她觉得有些不好的预感，她紧张地看着阿英。阿英垂着眼帘，脸无表情地看着手中的茶壶，把水倒进茶杯中。小青叫道：“阿英！”阿英抬起头，小青看她的眼里有泪光。“美萍没了。”阿英近乎耳语。小青惊愕地看着阿英，说不出话。阿英指了指楼上，然后食指放在唇间，示意小声，小青不解何意。她想起前些日子，她在福隆新街看到美萍的那个晚上。

她看见阿英的泪光在扩大，阿英说，有一天晚上，很晚了，她刚躺下，管工郭小姐来找她。小青问：“郭小姐？”阿英点头，说，郭小姐原来和美萍自小是一个村的，很要好的姐妹，只是来了澳门后，才各自分道扬镳。那美萍本来是有丈夫的，但丈夫在澳门被遣返，在遣返的密封的车上，因为保护身上的一点财物不被抢去，被打死的。小青没想到是这样，这类事她略有听闻，但死人是第一次听说。阿英说，那天郭小姐来找她，是告诉她美萍不行了，她自从丈夫死后，要养女儿，还要养乡下的父母，没办法才走上那条路的。小青眼神游离地想起那天晚上，美萍身上的那件发黄破损的厘士布衫，还有她骂那个女人抢她男人，现在她明白她说的男人指的是嫖客。阿英说，郭小姐说，她是美萍打电话给她后才知道的，她们离厂后都没有来往，她登门去时看见她已气若游丝，女儿大概已好久没吃一顿好饭，看了叫人心酸。小青的眼泪霍地流了下来。

阿英说，郭小姐见状说要打急救电话，美萍说，我有更重要的事要说。那美萍说，她不行了，但女儿不能没有着落，她对郭小姐说，想让她问问阿英，能不能收养她的女儿，因为以前听阿英讲过，她生了几个都是儿子，很想要个女儿。美萍告诉郭小姐，如果阿英不能收养，请她帮忙把女儿送去福利院。因此，郭小姐就十万火急，连夜赶来找阿英了。说到这里，阿英泣不成声，她说，她过去对美萍颇有微言，从来都是挖苦责骂，岂知美萍竟仅托孤于她一人。小青想那美萍是何等冰雪聪明的一个人。小青擦着眼泪，急着问，那孩子现在呢？阿英没答，继续说下去：“我当时被唬呆了，一时都说不出话来，郭小姐说，无论怎么都好，现在你和我上美萍那儿去吧，我怕她真不行了。”“我们两个跑着去的美萍家，美萍已经走了。”阿英越说越小声，呜咽着。“我拉着她已经冰凉的手，对她说，你放心走啊，我会把你的女儿养大的，她会好好的，你信我，我一定做到。后来郭小姐问我，你不用和你家人商量吗？我说，不用，我们家那位，还有我的公公婆婆，都稀罕女儿，稀罕得不得了！”

说到这里，阿英突然“噗嗤”一声破涕而笑，甚至声调也换了，她笑着说：“我公公说，嗨，人呢，全是和尚头，怎么连养的鸡只只也都是公的！我把那女儿领回家，即刻就成了家中一大宝贝，那些傻崽都发现被降级了。哈哈哈！”小青被阿英感染，竟也破涕为笑，她喜欢阿英这种强大的神经系统。

阿英带她上楼去看女儿，房间里开着一盏小红灯，暗淡的灯光下，孩子很甜美地睡着，阿英现在甜甜地笑着，给她把被子盖好，小声说：“你看多好看，和她妈一个模样。叫小平，和平的平。她本来叫小萍，浮萍的萍，不能再漂泊，我们希望她一生平安，快快乐乐的就好。”小青不禁鼻子又酸了，但自己克制了下去。

回到饭厅，饭菜已做好，两个老人和她们一起闲谈了一会儿，阿英让他们先去睡了。等吃了饭，刷洗了厨房，已经是夜半十二点，阿英问小青晚回去行吗，小青说，已交代了家里，可能整晚都不回去。阿英说，那就在我这儿睡吧，有多余的房间，我们可以再说说话。

阿英说，不说苦的了，说说开心的。歪着头想一想，说：“记得阿云吧，那丫头出息，考进警队，现在一身制服，漂亮得啊……”小青眼睛一亮，说：“阿云还真不错啊。”阿英说：“她还惦记着你，说是你叫她去夜校读书，所以才有今天呢！”小青听了真开心。阿英说：“不过这家伙也有麻烦，我说你怎么不在警队里找个对象，把人生大事解决了，你说她怎么说，她说警队那些人都不成熟，她不喜欢，我说人是不是多读两天书就会变酸了呢？”小青笑起，说：“真的吗？这阿云还真有想法，有头脑。”

阿英想起什么，问小青：“你呢，你怎么还没结婚呢？”小青脸静了下来，她拗不过阿英的眼神，把事情简单地说了一下。阿英沉吟了一下，说：“我看那建新挺不错的，一个人哪能一辈子都没错，我们那位以前也赌过，建新不算赌，他只是一时想不开，我们那位才叫真赌，我当时是过的什么日子哟，哎！好在有回头的一天。小青啊，现在人都兴海誓山盟，但没个真，我们没有海誓山盟，但只认死理，你喜欢了这个人，就要像他妈一样对他，每个人都是娘生的，哪个人没有妈疼着，他和我们有一天的感情，我们就有这责任。一看这人不行了，扭头就走，那是人吗，我当时就说，这是我的命，我不把你拉回来，誓不为人，其实我也不知拉得回来不，但豁出去了。”说完，阿英又说：“唉，我当时不应该对美萍那个态度，人都有难的时候。”小青想安慰她，但不知说什么，也就不说。那天夜里，她和阿英一个床睡，听阿英均匀的呼吸声，心里觉得平静而实在。

第十一章

一

第二天上班，小青坐在办公桌前，想到昨晚阿英说：“青啊，小平，就是我的女儿，还是用她们家的姓，她还跟她生父姓。她应该记住她的亲生父母的不容易。”小青觉得阿英的声音像来自天地之间，巨大的回音像海洋一般的宽厚，自己则像颠簸于这海上的一叶小舟，无论如何也到不了彼岸。

小青站了起来，推开窗户，雨过天晴，风和日丽，今天的景色和昨晚差天共地，一眼望过去，是珠海的湾仔，建新就是从那儿游水过来的，看起来很近，但来的那天逆流逆风，游到妈阁庙那边去了。

只有小青自己清楚，她当初给了建新一巴掌，给了建新一个重新站起来的机会，如今，建新的前程似乎比从前精彩了，她倒猜疑起建新和她之间的淡淡的联络。生活里的这么些细节和沟壑，有的人拖泥带水地过去了；有的不想马虎，硬着心肠碰得头破血流，两败俱伤各自东西。小青两种都不想，她不想分手，她不是没有欣赏过威廉，这一点上她很坚定。另外她更不想拖泥带水，因为这只能把心结难题留给未来。在她心神恍惚地走出公司的大门时，发现小薇正走到门前。

小薇说，家里没人，她想和小青一起去外面吃个饭。小青以为她想和她说建新的事。

在家附近的咖啡室坐下，看往窗外，是斜斜的抛物线一样弯上坡来的马路，夕阳把树上挂藤的影子拍在有些年份的洋房上，很有韵味。小薇和小青对视片刻，小薇说："小青，我被英国学校录取了。"和小薇安静的表情相反，小青很开心地笑："是吗，一早告诉我嘛，忍到现在！"看小薇没出声，小青又说："你可以见到你父亲了，你还没见过他啊？！"这次小青没笑。小薇特别安静的脸，这让她看上去特别娴雅。她停了一停才说："我和他没有血缘关系。"依然不紧不慢，但小青整个蒙了。小薇好像在空中说："我和妈妈也没有血缘关系，我不是他们的亲生女儿。"小青失去表情地愣在那里。小薇继续说："他们的亲生女儿生下来就不行了，当时父亲在国外，因为吵架，他不知道妈妈回到中国，他在南洋，奶奶在广西。奶奶赶来帮妈妈，后来她怕妈妈知道孩子没了会伤心，那时妈妈身边已经没有什么亲人了，外婆刚去世，就马上决定抱养刚刚出生同时被遗弃的我。妈妈是满月后才知道我并不是她的女儿。"

"她的婆婆、我的奶奶说，你如果不要这孩子，可以退还给医院，我是和她们有言在先的，她们可以找其他人收养。但妈妈坚持收养了我。"小薇的眼中依稀有泪光。"妈妈说，她当时已经觉得我就是她的女儿，不可能分开。"

小薇说："我的记忆中没有奶奶，她在妈妈身边照顾我们，直到我满周岁，她才回广西，妈妈不知道她当时已经病重，她回去后就去世了。"小薇说，"妈妈说爷爷是黄埔军校出身的知识型军人，奶奶受过高等教育，非常优秀，她在生命的最后时刻安慰了妈妈，让妈妈坚强地生活下去。"小青说："这么久以来，为什么你都不告诉我呢？”小青想到自己也是一个弃婴，不禁百感交集。小薇说：“小时候，我不能接受妈妈不是亲生的，后来我不说，是因为我不想说。”小青点头，说：“你放心去英国吧，我早就把秦老师当我自己的亲妈了。”小薇笑了，小青也笑了，笑得沉重，为了刚才的话。小薇说：“建新就要回来了。”小青没有出声，表示已经知道。沉默了一会儿后，小青说：“我还是我，我不知道他还是他吗？”小薇没有回答，表示有同感。小青有些激动，然后释然，笑对小薇说：“我真希望看你谈恋爱的样子，如果找到了，带回来给我们看看，秦老师急着呢。”小薇说：“我真想看你结婚。”两人都很认真的，一点说笑都不是。小青突然想哭，忍不住，强笑说：“你看你！”小薇也禁不住红了眼圈。小薇看着那黄昏的霞光最后一抹抹在对街的墙上，树叶烫上了金边，说：“阿雨要结婚了，我希望她能在我去英国前结婚，我和你做她的伴娘。”“那天，阿雨说她和威廉想买个新房，她想买岗顶这一带，好和我们住近些。妈妈说，阿婆的菜地那一周围，建了一批楼房，买那儿空气好，价钱又便宜，如果有适合的，我们这房子卖了，在那儿也可以买大一点的，而且那地方对我们大家都有意义。阿雨说那我们也买那儿，可以同住一幢楼，太好了。”小青说：“阿雨会申请她父母来，这也是威廉喜欢的，他喜欢传统的生活方式，家里有老人。”小薇说：“阿雨真幸福，看着她我都不想离开澳门了。”小青说：“学成后，就回来吧，别留在那儿，要是有了男朋友，就带他回来。”小薇只是笑，小青觉得她们俩今天真淑女，像一夜之间成熟了，别情离绪让这韵味更浓。小薇看着小青，说：“父亲给我准备了学费，但我和妈妈已经筹备了所有的费用，我自己有足够的能力在那里学习，我不会接受他经济上的帮助，他已经帮了很多。”“妈妈说父亲是个好人，所以直到今天也还关心着我们，但好人也会犯错误，她错过了让他改正的机会，所以整个人生的轨迹彻底改变。”小青知道这段话是说给她听的，她点头。黑夜在降临，屋子里的灯亮了起来，服务生端上菜肴，小青感到小薇即将离去的事实，突然地情绪崩溃。小薇递过来一张纸巾，笑说：“我又不是去刑场，我会回来，住在这里，老死在这里！”从前的性格又回来了，小青擦着眼泪，笑说：“你要回来得晚，可能要偷渡呢！”然后二人笑。

阿雨和威廉结了婚。

小薇去了英国。

阿雨和威廉与她一起去的，他们去度蜜月，顺路探亲和送小薇到学校，当然一起的还有立春。

临走的时候，小薇告诉小青和秦老师，她会追求爱情，哪怕到了一百岁，因为真正的爱都是来得恰到好处的。当然，她这样说有很大程度是要安慰母亲，这一点秦老师很明白，虽然这种年轻一代的说法仍让秦老师很容易地以为这更说明她再一次强调了宁缺毋滥的婚姻观，最终难有所成。

二

小青下了班就往家赶，因为怕秦老师一个人在家里孤单。

这天早上，小青直睡到让电话铃吵醒。拿起电话，对方说：“你好，请问这是秦雅兰女士家的电话吗？”小青说是，对方问你是她的什么人，小青没怎么想就说：“我是她的女儿。”对方说：“我是山顶医院病理解剖化验室的，秦女士的化验结果有一些问题，需要她明天上来做进一步检查。”小青问：“什么问题？”对方说：“怀疑是恶性肿瘤。只是怀疑，不确定。”小青觉得自己的头膨胀着。对方说什么她已经不甚了了，也不知什么时候挂了电话。停了一会儿，小青才想起秦老师是不是在家？她往客厅望了望，没动静，时钟九点，秦老师该已经上班去了。小青不知该做什么，她走出房间，看到阿雨的房间虚掩着，上前推了进去，却见秦老师躺在床上，没睡着，拿眼看着小青。小青上前一下坐在了床沿，没开口秦老师已笑说：“小青又有什么大事啦，脸色都变了！”小青忧心忡忡的样子：“秦老师你身体不会有事吧？！”秦老师还是笑着：“刚才是医院来的电话啊？医院是叫我作进一步检查吧？那说明并没有结论，还只是怀疑，别吓我啊？”小青半信半疑地看着秦老师，秦老师坐了起来，说：“我只是有点不舒服，所以医生前天叫我休息两天，我不会死，你和小薇都还没嫁，我怎么能死呢？”小青的心宽了一些，脸上有了笑意。秦老师看着小青：“怎么今天不用上班？”小青说：“我补休。”停了停，又说，“建新今天从东京回来。”秦老师听了要下床来，说：“哦，我去街市买些菜。”小青按住秦老师，说：“别忙，您休息，要买都是我去买。”小青要去煮早餐，秦老师说：“我已经煮了，一会儿吃吧，我们先说说话。”

两个人静下来，倒不知从哪儿说起。小青说：“小薇和我说了。”秦老师说：“我知道。”秦老师从床头柜里拿出一张照片递给小青看，小青看见一张三代女人的照片，她看得出那是小薇、秦老师，还有一个年纪和现在的秦老师相仿，看起来很美，且很有气质的女人，那就是秦老师的婆婆。秦老师说：“在见到我婆婆前，我是一个没有生活主心骨的女孩子，没有方向，我不知道自己需要什么。我只知道我嫁了一个自己所爱的人，而那个人就应该对我忠诚，这样无风无浪地过一辈子，但事情偏偏相反。我发现我的丈夫有了外遇，我很激动，我和他大吵大闹，结果没有得到我期望的答案，我离家出走，后来是漂洋回国，我的中学时代在这里完成，等到回国后，我才知道自己已经怀孕。等到我的丈夫知道，一切太晚，国门已经关上，我在国内的唯一亲人去世，接着是我的母亲在侨居国去世，我在这世上没有自己的亲人了，我得自尝苦果。小薇的奶奶在广西，她听说后即刻赶来帮助我。”秦老师说到这里让自己歇了一歇，小青去倒了水来，秦老师喝了一口，继续说：“婆婆是大家闺秀出身，公公是少将，抗日英雄战死沙场，婆婆说，男人死了，女人也要顶天立地活着，她倾尽积蓄将儿女全送了出去读书，自己在内地工作维持生活，在1949年，她没有接受儿女的建议出国，一个人留在了中国。婆婆来照顾素未谋面的我，一个大家闺秀做起家务活却像个利索能干的劳动妇女，面对对生活束手无策的我，她说这是一个真正的大家闺秀的教养。她对我说，我儿子对不起你，但我们女人不必遇事哭哭啼啼，那才对不起自己。婆婆为我安排了一切，给了我小薇，更重要的她给了我生活的风帆，她教我怎么去迎接生活里所有的风风雨雨。在小薇刚刚能够学着走路和说话的时候，她离开了我们，她很快就去世了，她走的就是一个大家闺秀的背影。因为婆婆的启迪，我进修学习，成了一名教师。后来我理解到，给我小薇，是给了我一个家，这个家给了我活下去的理由，我背着小薇，度过了十年动乱，我被污蔑是潜逃回来的特务，我的家被翻烂了，我的钢琴被作为资产阶级生活作风的展品，生活中爱慕我的人离我而去。在我绝望的时候，我想起婆婆的话，我想我也要做一个中国式的大家闺秀，我不能倒下，我要对得起自己。”

秦老师握起小青的手：“我的婆婆，她早就知道她病了，但她还是把快乐带给了我们，我在她脸上看不到一丝疲惫和烦恼。她对待疾病乃至对待一切困难的态度影响了我一生，小青，疾病和困苦也许不是我们能左右的，但我们能左右我们的心态，我们是有五千年历史的人，我们应该活得高级，活得精彩，活得美。”小青知道秦老师指的美是什么，她抬起头来看着秦老师，秦老师说：“物质不是最重要的，前途是可以争取的，谁更爱谁也不重要，最重要的是我们对爱的理解，对生活的理解。你记不记得你小的时候，我们去参加植树时，有一棵弱小的树苗差点被大家退回给举办方，因为植树是要负责成活的，是你坚持把它种上的，你说，我希望它能活。这句话我记了二十年。小青，这是爱啊！我觉得你最吸引人的就是你对人对事的这种情感。”小青显然不记得自己说过这样的话，现在她也为这句话感动，她想起小薇说过，爱情不是结果，爱是邂逅，千年一次的邂逅，千回百转不离不弃稍纵即逝的邂逅。那么美的爱情，只有像小薇这种唯美的追求者才想象得出。

小青告诉秦老师，她一会儿会去接建新，建新并没有要求她去接他，而她也没告诉他要去机场，她觉得他们如果还能在一起的话，要从头开始，重新认识。小青说这话时，想秦老师会失望吧？其实连秦老师自己也觉得奇怪，小青这不能确定的答案，倒前所未有地让她心里扎实起来，因为他们最终能不能成为一对情侣倒不重要，重要的是他们知道了自己要什么。这一点小青也看出来了。籍此，她们彼此感到心意相通起来，格外开心。

三

吃过早餐，小青骑上小薇留下的电单车，风驰电掣般地朝机场去了。当驶过氹仔那一片新建的立交马路，迎面远远看见一棵婆娑独立的大榕树，那就是阿婆家前面的那棵细叶榕。阿婆的家早已不复存在，那周围的一切，包括老板娘的杂货店，阿婆的菜地，那菜地的沟沟壑壑，所有的一切都已走进了历史的黑洞。小青的背包里有一本相簿，那是阿雨和威廉结婚那天，他们和小青，还有小薇、秦老师在这树下的留影。那一天，他们是去找阿婆的小屋的，谁知几个月不见，一切都已夷为平地，幸有环保理念的城市规划者，为他们保留了这百年榕树，让一方土地曾经的主人，找到了他们曾经的精神家园。

这榕树，现在成了一个地标，树前的永久性标志上刻着：

细叶榕，距今约一百年。

1995年5月，澳门氹仔市政厅立。

小青这时在这地标边上驶过，在转弯的时候，她迅速敏捷地停了下来，即时翻过了那道围墙，站到了榕树脚下的土垛上。在这高高的土垛上，放眼看去，那新建的盘根错结的公路及路旁的新建的栋栋高楼，展现了一个崭新的澳门。如威廉所说，澳门近些年的高速发展，其实是拜内地改革开放所赐，翻天覆地的改变来自1979年的春天，而这个改变，离不开几十万新移民的奋斗。从这高高的土垛上，可以看见远处的海和它翻着无数长条的白浪，浪尖上有海鸥和白鹭在飞翔着。土地人事沧桑，唯有海，千年不变地唱着它的渔歌，淘尽人间的苦辣酸甜。

小青生下来是水上人的女儿，被送了人也是水上人的女儿，现在在船公司做事，一样脱不了是水上的事。每当有台风时，不用出航，在船上值班的包公就会喝几口酒，三分醉的他就会和小青唠起海上生涯的过去现在。那天包公醉眼汪汪地说，老婆昨天刚出院，双膝要做手术，换膝盖骨。

小青没见过一个五大三粗历尽风浪的黑脸膛老男人如此深情脉脉地谈起自己的老婆，包公说他不能没有了老婆，老婆跟他吃了那么多的苦，拉扯大了几个儿女。

包公说，渔民生活苦，他的哥哥们都没上学，到了他，自然也没能上学，虽然新的时代已经到来，但家里一来没钱，二来哥哥们都没上，给你上了就是偏心，所以父亲还是不答应。大姐下了狠心，对父亲发恶，说:“你不让他上学，我就不认你这个爸！我就出这个家门！绝不回来！”包公说，那年头，一个女孩子离家出走能有什么下场呢，不是死，就是下火坑。因为大姐的决心，父亲让他上了学。他深知机会得来不易，小学跳了二次班，六年的书，四年毕业。父亲说可以了，从此下海。

识文断字是改变生活的开始，他们家不再把渔获交给中间商鱼栏，而是直接卖给商贩，因为家里终于有了会看账结账的知识分子。收入大大提高了，他们有了两艘机动船，包公骄傲地说，两艘船是两千万元啊！二十年前这足以当一个大老板了。有了机动船，他们去的地方多了，远了，去台湾，捕的多是章鱼，去福建，捕的多是带鱼。小青向往那遥远的渔歌。“为什么不做下去呢？”小青问。“父亲去世，分家了，我把船分给弟弟，自己上岸住，就来这里打工。”包公说之所以上岸，是自己累了，船上的机器活全是他干的，螺旋桨被鱼草缠住，要顶着风浪下去把草拉掉，那是很危险的力气活。海上生活，女人比男人辛苦，除了做家务，带孩子，渔获一上来，要分类，要煮，要起肉，要晒，要冰冻，要包装。小青听到这里，知道包公女人的膝盖就是在这海水中跪甲板浸坏的。包公说，上岸，就是让女人和孩子过正常的生活，这是男人的责任。包公的女人，小青见过，很白净，很温婉，很斯文，不像没读过书操过劳的样子。看着包公那双真情在在的醉眼，小青觉得一段好的婚姻，可以造就一个好男人，也可以造就一个好女人，这是没有海誓山盟的海誓山盟，这是最纯美的爱情，而最纯美的爱情来自最本质的生活。

小青当时没忘了问包公："你大姐现在呢？"包公笑："大姐可好了，做了老板，在香港。"小青喜欢包公的爱情故事，现在她知道一个水上人家的女儿应该要有怎样的爱情，那是和海一样宽广和包容的爱情。

等她从无边的思绪中醒过来，下了土垛，她没忘了，飞机已经到了。

在她把电单车扶正，正要上车时，她看见了一个人，确切地说，是一个警察，驾着警察巡岗的铁骑过来了。小青顶着初秋的太阳，太刺眼，等她手搭凉棚再看时，清清楚楚地看见那警车上下来的是一个女兵，穿着合身的开士米警服，头上扣着一顶船形帽，浓密的黑发全挽在后脑勺上，干净利落，婀娜多姿，英姿飒爽。小青被阳光炫晕了，只觉得那女子像一个人，却想不出来是谁。"小姐，这里不能泊车！"急促的话音刚落，小青知道她是谁了，那女警也欢呼起来："青姐！"那是阿云，玩具厂的机灵鬼阿云。一刹那间，小青觉得自己有点失落的感觉、有点不甘心的感觉、同时又那样幸福的感觉，她笑看着阿云，怎么会这么美呢，阿云出落的？！阿云笑着，说她刚好下班，把小青推上了车，她们双双在公路上奔驰，往海的方向驶去，往机场的方向驶去。

小青不知道，之前在空中早有一连串的邮件以光速重复飞过，在家里她忘记关上、一个早上都没有查看的电脑上久久地闪着橙色的讯号，没有乱码。

土生玛丽亚

三十年前的那个夏天，我孤身一人来到澳门。

在朋友的帮助下，我住进了在卢九花园旁边的一幢公务员宿舍。

这幢公务员宿舍如今早已不复存在，取而代之的是一栋崭新的高级住宅。

那个晚上，朋友的朋友带我走进那幢四层的楼房，我将得以安身的房子在顶楼。

一进门，看见屋子里家具俱全，窗台上的花盆里，粉红的花儿还盛放着，好像还有人住着一样。

朋友的朋友说，这房子是他朋友的，他们买了新房子后搬走了，不想让这旧房子空置浪费，才答应让我暂住。说好只是暂住，随时都可能收回房子，所以，在我找到工作后就应该找房子搬家。

话虽这么说，这房子后来我住了将近两年才搬走。我曾经如约说要搬走的，朋友的朋友说，他的朋友说了，你住得好好的，和邻居也相处得不错，你可以再多住一些时候。

话说回来，那个晚上，朋友的朋友走后，我将睡的地方稍作清理，就睡下了。

第二天，天没亮就醒来，给花儿浇了水，开始打扫卫生。

打扫得差不多时，天也大亮了，听到打开的门外有人走动，我探头看了一下，那是个四十岁上下的女人，一个明显是混血儿的女人。我想起朋友的朋友说，这里住的多是土生葡人，也就是中葡混血儿。在我的想象中，混血儿都漂亮，但这女人不算漂亮，而且有一个混血儿中少见的不扁也不高的狮子鼻。

女人看了我一眼，却好像没看见一样，她走下楼去。

看她的样子，是去上班。

她穿着雪白的衬衫，窄窄的牛仔裤，烫着爆炸头，挎着个漂亮的手提包，非常时髦——突出了她的优点，不胖不瘦身材姣好。

才走下楼梯两三级，楼道的另一边传来另一个女人的声音："这么早，上班了，玛丽亚？"

"是，七婶，上班。"玛丽亚说。

"昨晚搬进来。"可以想见那个叫七婶的女人指着我的房门说。

"我知道，他们说了，有朋友的朋友从内地来啵，他们自己也不认识，哈，就让住进来了。"玛丽亚的话里有些揶揄。

七婶没有出声，玛丽亚接着说道："不知这些内地人拼命跑来澳门做什么，一个两个不断地挤进来！"

听见七婶笑了，没说话，我想，她聪明圆滑，知道我门开着，听得见她们说话。

等她们走的走，回屋的回屋，我轻轻地将房门关上。

我稳稳当当地坐到桌子前面的靠背椅上，想着自己就是这样一个挤进来的内地人，不禁笑了。

我刚想起自己该吃早餐了，就听见窗外有人喊道："一杯鸳鸯，一个午餐肉包，要软包。"

声音就在这四层楼上，我好奇起来，探出窗外，这下看清楚了这幢楼的外表——陈旧斑驳的灰墙。在我的窗对面，正对着隔壁人家伸出楼身的露台，一个有着雕花铁栏杆、栏杆上飘着从花盆上垂下的不知名蔓草的小小的露台上，站着一个五十多岁的中国半老太太，刚才喊话的明显就是她，因为她手里拉着一条绳子，那绳子直伸下楼去，只见在楼底那儿悬着一个小藤篮。

这时，从街对面的茶餐厅里跑出一个围着围裙的人来，手里提着装好了食物的外卖袋子，正在向篮子这边跑来。看到这一幕，我觉得挺有意思，就定在那儿看着。

也就这时，那妇人转过脸来，见到我，她嫣然一笑，随即喊我："早晨啊！你还没吃早餐吧？我叫一份给你。"

没想到她会这么说，我忙说："不客气！谢谢了。"

说完，我就从窗台前退了回来，我明白，她就是刚才在楼道里和玛丽亚说话的那个七婶，这一道楼里每层就三个住户。

没多久，有人叩门，我开门一看，七婶端着早餐站在门前。

我说："真不好意思，您还真的叫了。"

她说："你昨天才来澳门的吧？"

我说："是啊。"

她说："我猜也是这样，不客气，你刚到，我请客，大家都是邻居了，有什么要帮忙的说一声，我就住在隔壁，我也是一个人住。"

我忙说："那往后要多麻烦您了。"

七婶说："不麻烦，你这么年轻，二十多吧？出门在外，家中父母一定很担心！我年纪大，都做人阿嫲了，好难说谁麻烦谁呢！人家都叫我七婶，你也叫我七婶吧。"

我心里别提多痛快了，乍到贵地，一切还没开始，就遇上这么个性格开朗洒脱的半老太太！

七婶没走开，她就坐在我的客厅里看着我把早餐吃了，这让我感觉她好像是我的一个亲戚，一个没见过面，一见面就很亲的长辈亲戚。

而且，在此之前对我来说还是那么陌生的这座城市，这时仿佛让我感受到了它内在的体温，我心里的那点儿戒备紧张一下松了开来。

这辈子从来都没有这么八卦过，七婶的家底不一会儿我就已经知道得七七八八了。

七婶说她十八岁结的婚，嫁给了一个葡国人，在澳督府做事的，生下了四女三男七个子女，最小的儿子还在肚子里，丈夫就因病去世，她靠抚恤金养大了儿女，现在子女们全在政府部门工作，也全都结了婚，而她，乐得一个人住。

“一个人住自由，孙子都上大学了，轮到我做回自己。”七婶的话至今都让我羡慕，不知她是怎样从一个不识字的小女子成长为这么一个有见识有主见的阿嬷的，悔不当初往深处问她个明白，要不一定足以写一部长篇小说。

我很快知道了七婶所指的自由是什么，因为我很快就大大方方地认识了七婶的男朋友，应该说是七婶大大方方地让我认识了她的男朋友，七婶说，两人拍拖已经十年了！

十年里就像两个小情人一样约会？！我伸了伸舌头，想问而没问，为什么不结婚呢？

七婶自己先说了：“我就喜欢这样，大家有情有恩，但各自独立，不仅仅是经济上，我不结婚也不同居，各自有自己的家。”

对于不论是三十年前的我，还是三十年前的她，这样的说法都非常前卫，也非常令我倾倒，我说：“七婶，你真聪明。”

七婶脸现骄色：“我年轻丧夫，从第一天开始就要自己去闯，连澳督我都自己一个人去见了，你想那些人会主动来关心我一个中国小女人吗？”

话说回来，那一个早上，我也知道了，玛丽亚带着四个儿子同住。

玛丽亚的丈夫呢？

七婶说，玛丽亚的丈夫回葡国去了，没有音讯。

七婶见我露出诧异的眼神，说，葡国人和土生葡人都是天主教徒，天主教徒不能离婚，所以，玛丽亚的丈夫在法律和上帝面前都还是她的丈夫，虽然不见了踪影。

我很快就认识了玛丽亚的二儿子萨沙，萨沙长得和玛丽亚一个样，都不算好看，轮廓突显的脸，皮肤粗糙，但他们母子的性格却完全相反。

玛丽亚不那么容易与人接近，看人带着批评的目光，她看我的样子让我怀疑她的丈夫是不是就是这样让她看得受不了才一走了之的。而萨沙，总是笑脸迎人，好像天底下所有人都是自己的家人。

萨沙是个大学生，二十岁不到，酷爱运动，他出门的时候手上总拿着一种运动物品，不是篮球就是足球，不是球拍就是球杆。

他下楼梯时，可以听见从四楼到楼下，他不停地和所有见到的人打招呼。

玛丽亚的另外三个儿子，大儿子也是大学生，三儿子和最小的儿子是中学生。他们长得比萨沙帅多了，英俊斯文白净，可以猜想，他们一定是像他们的父亲。也让我想见，爱美爱打扮的玛丽亚，当初一定是爱上了丈夫的英俊文雅。

这三个美男子我从来没和他们说过话，我知道他们不说话不是骄傲，是害羞，我相信他们的内心也和他们的外表一样文雅，虽然我和七婶都更喜欢萨沙，萨沙让我相信那句话：美好的心灵让人真正美丽。

玛丽亚说，她的孩子没事很少出门，有时间都在家里看书，这真是一个好习惯，在当下这个时代里。

玛丽亚家里的杂务似乎都是萨沙做的，他出门都会把家里的垃圾带走，顺便也将我和七婶放在门口的垃圾袋一起带走了。

七婶见不得他这么勤快和体贴，对我说，可怜萨沙的妈不疼他，你看，什么家务都让他一个人干，那三个大少爷什么也不用做。

所以，我和七婶无论什么时候，一出门就赶紧将三家的垃圾袋都带上，我有生以来对这种事情还真从来没这么积极和认真过。

面对七婶和萨沙这么好的人，我不这么表现表现的话，心里不安。

倒垃圾的机会不是很多，我想起了打扫楼梯的事来，楼梯清洁工一个月才来一次，平时呢，我就三天两头地打扫一下，看起来比以前干净些。

因为扫楼梯，玛丽亚开始对我刮目相看，见面有了笑容，说实话楼梯不扫的话也不脏，只是扫的人精神可嘉。

以前，我一直觉得人不用那么处心积虑地打扮自己，但仔细地分析了玛丽亚以后，我觉得人的外表三分天成，七分靠妆，至少在玛丽亚身上是成立的。

我每次见到玛丽亚身上的白衬衫，就觉得我的白衬衫都穿不出去了，看人家玛丽亚的怎么那么雪白，那么挺括呢？我开始喜欢玛丽亚的这一种生活态度，像穿白衬衫的这种态度，一种把事情做到极致的态度。

接下来就发生了一件事。

那是个星期天，初夏的天气，阳光普照，一大早，就看见玛丽亚穿着雪白的衬衫独自一人气足神怡地往卢九花园里去了，我心想这玛丽亚真够精神，在这种夜生活盛行的年代，这么早起身的可真少有呀。

一会儿，七婶来敲门，我刚把门打开，她就急急说，你去窗口望一下卢九花园，玛丽亚在那儿跟人吵架呢！我听她说到这里，也已经听得见花园里传出很激烈的争论声。

“和谁吵架呢？”我问。

“不知道啊？”七婶和我一样一脸疑惑。

“我下去看看。”我说，既然七婶这么说了，我是小辈，我就有责任去看看。当然我本身也有些好奇，因为那争吵声有增无减。

在向花园走去的路上，只觉得在这个宁静的假日的早晨，公园里显得特别的静，所以玛丽亚的声音就特别刺耳。或者说，玛丽亚的声音让人猜测那争吵的另一方为何了然无语。

等我走到事发地点，发现几乎所有路过的人都停下脚步走进花园，做了玛丽亚演说的听众——玛丽亚在紧靠大门的大块空地上正对着一大群围着她的游人，多数是路人，大声说着什么。

但见玛丽亚情绪高昂，振振有词，说她是演说没有说错：

“这是什么时代了？告诉你，孩子不是你的私有财产！你想打就打？想骂就骂？”玛丽亚忙中瞥见了我，为了让我了解她说的全部内容，显然第N次重复她的话：“你知道他怎么打他的孩子？他把孩子整个抛向天空！”

我这时才看见了那被控诉的对象，一个大概来自珠江三角洲农村的、壮实高大的四十岁左右的男人，此时满面通红地站在那里，他的旁边，站着一个和他一样壮健的、也是满面通红的脸上隐约还留着泪痕的五六岁的男孩子。

我在心里比划着这样一个孩子被抛向天空的图像。

这两个人都在强烈地呼吸着，没有说话的地方。

因为玛丽亚指着那男人说："你从现在起不要说话！也别想跑掉！已经报警，等警察来跟你说。"然后指向那孩子："下次你爸爸再打你，你要明白他没有权利打你！你要懂得报警！警察会帮助你！"

眼看着那个农家汉子，在一个女人的威慑之下，不敢轻举妄动的样子，我有点忍不住想笑，但我看了看周围，竟然没有一个人想笑，而我也不想让玛丽亚看见我笑，只好捂着嘴，悄悄地走出人群来。

玛丽亚的演说一直到警察赶到为止，聚集的听众最后有二三百人。因为他们是先争吵了一番才报的警，所以从头细细计算了一下，玛丽亚整整演讲了二十分钟有多。

等玛丽亚回到楼上，见我和七婶在楼梯口恭迎她，就又重新说了一次事情的经过。

她说完看着我们，我想她当然是对的，但要表扬她还是费了一番心思，因为难得一见有人可以如她般杀一儆百，而且我，就是此百中之一，虽然我还没结婚生子，但在玛丽亚眼中，我和那鲁莽汉子同是内地来的，错在同一条根上。

我想象着玛丽亚斩草除根的劲头，同时看见玛丽亚的眼睛最终盯着我一个人。

脑筋转了一转后，我表白道："是啊，以前在乡下，我的一个同事告诉我们，她的儿子太调皮了，她的丈夫忍无可忍之下，把儿子吊起来打。听她这样讲，我们没有人觉得有什么不妥，只是觉得她的儿子真是太顽皮了。就现在，很多人仍然认为打儿子是教儿子，是家事。所以玛丽亚，今天很多人听你说呢！他们觉得很新鲜，你说得对，那些人都听进去了。"

玛丽亚很得意很满足地走回家去。

七婶等她关上门，小声对我说："你知道吗，街对面楼下的那个妇人经常打两个顽皮儿子，那天有警察上门警告她，还登记起来，说下次再犯就不是这样了，要去警署的。一定是玛丽亚报的警！”最后那句，七婶加重了语气，停了一下，又补充说，“玛丽亚在司法厅做事！”

我笑着点头之余“哦”了一声，不禁暗中自省了一回，好在我没有什么值得大惊小怪的地方，要不不知哪一天玛丽亚会不会也给我报一次警，让我恍然大悟，出一身冷汗。

七婶则是为萨沙担忧：“她对萨沙不公平，不知在家里是不是也这么严厉，萨沙真可怜。”

当年年轻的我卑鄙地想，要是有一种对付不公平的父母的法律就好了，我们告玛丽亚，为了公平正义，为了萨沙！

接着又发生了一件事。

有一段时间不知为什么不见萨沙，七婶和我正提起呢，那一天就看见萨沙从家里走出来，我们吓了一跳，这是萨沙吗？

只见萨沙异常病态的瘦，几乎变成了一个骨架子，他走得很慢，慢得像怕踩死一只蚂蚁，一只手护着胸部，好像自己是一个玻璃制品，怕随时碎了，这情景看得我们的心都要碎了，这孩子怎么了？

这时萨沙也抬头看见了我们，七婶正要问，萨沙自己告诉我们，他的心脏突然出现问题。

萨沙说他的心脏在没有什么可见的原因之下萎缩，突然之间变得只有不到原来的一半那么大，他现在遵医生的疗法，正在服药，一个月后做手术。

那一个月好像尽在刮台风，到处是打落的树叶，台风过后是暴雨，炎夏季节却感觉凉浸浸的。

那一天，也是一个星期天的早上，风雨刚住，玛丽亚反常的没有打扮，穿着睡衣就来敲我的门。

玛丽亚一脸的疲惫，她说她半夜从香港回来，家里什么都没有，又睡不着，她问我有没有方便面什么的可以借给她填一填肚子。

方便面是我的必备品，但玛丽亚主要不是来借吃的，她手拿着方便面坐到了我的椅子上和我说起了话。

玛丽亚说，萨沙昨天做了手术，手术顺利，但医生说一个月内都是危险期，所以她现在心挂着，怎么也睡不下。

玛丽亚还说，主刀的香港医生是世界一流的，萨沙的病情很特殊，其他的医生都束手无策，只有这位医生敢下结论和施行手术。

玛丽亚说了，手术前后要服用一种药丸，每天一粒，一粒一万多元，已经吃了二十多粒，还要继续吃。

玛丽亚望着我，幽幽地说：我不要钱，我只要我的孩子。

她的眼睛湿了，我的也是。

我从来没有那么认真地看过她的眼睛，原来她的眼睛那么大，那么清澈，完全没有印象中的咄咄逼人，只有深爱儿子的款款柔情，就像圣母玛丽亚，原来一个人可以这样的美。

萨沙在香港的医院里住了整整三个月。我们再见萨沙时，他已完全恢复健康，又像从前一样，脸上充满了阳光般的笑容，脸色比以前更显红润，可以大声和人打招呼了。现在他不再用食指转动足球或篮球了，更多的是把网球拍扛在肩上。

我和七婶都说，感谢科学，科学多么伟大。

玛丽亚又像从前一样，精神焕发地上下班，穿着雪白挺括的白衬衣，很时尚地把领子竖起来，看着她，我又想我的那些白衬衫怎么办才好？

又一个星期日的早上，我打扫着楼梯，玛丽亚神不知鬼不觉地出现在我的面前，吓我一大跳，但见她的鼻子上戴着好像是医院包扎用的鼻套，像戴口罩那样戴着，活像个滑稽的大鼻子情圣，我没敢笑，心里想，没事吧玛丽亚？同时向玛丽亚行了个询问的注目礼。

“唉，”玛丽亚自己说，“天有不测风云。”

她说她那天想搭车，低头趴在车门上和的士司机说着话，谁知有人开车门，一下子就撞到了她的鼻子，这不？把鼻子撞坏了，鼻骨裂了，所以……唉，人家不知道还以为我整容了呢？！

玛丽亚叹着气进了自己的家门，我想着玛丽亚无事不用其极的性格，揣摩着她的鼻子和鼻套，小人之心地想，她不是此地无银三百两吧？

过了不知多少天，等玛丽亚拿下鼻套后，趁我在家的时候，她来了我的客厅一趟。

看着她，我想她是来让我看看她的鼻子现在有多美，所以也不在乎同时证明了此地无银三百两。这时候我要是笑了，多不好意思，但我实在忍不住，我转过身去，心里喊道：噢，天啊！这就是我们的不折不挠、一往无前的土生玛丽亚！

马里奥大叔的礼物

马里奥大叔是我众多土生葡人邻居中的一个。

我第一次看见马里奥大叔的时候，马里奥大叔一只手背着放在身后，另一只手的食指在肩膀的一侧上方旋转着一大串钥匙，嘴里吹着曲子，他的烫洗得雪白整洁的衬衫散发出一股香水味，他的毛茸茸的脸上带着当时我以为暧昧的笑，见到我看着他的那一刻，他吹得正欢的曲子为之停顿了一秒，然后带着更热烈的笑容吹得更响了。

我们住宅大楼的楼梯因为他肥胖的身材显得狭小，我小心翼翼地侧着身从他身边走过时，他很绅士地站到一旁，让我先走。

这以后再见马里奥大叔，他总是热情地叫我靓女，并试着和我交谈，但都被我礼貌的点头和匆匆的脚步简免了。

邻居七婶告诉我，马里奥大叔一个人住着。

“他没结过婚吗？”我问，马里奥大叔当时有六十多岁了。

“他有太太和一个儿子，住在巴西，是巴西人还是什么地方人不清楚。”七婶也不太了解马里奥大叔。

马里奥大叔好像闲着没事干，当然，他的年龄也已到了退休的时候了，如果退休了，那他为什么不去巴西和妻儿团聚呢？我之所以这么想，完全是在猜度马里奥大叔不正常的感情和家庭生活，我的内心对这样一个貌似快乐又那么注重外表的孤老头，有点不看好的，对着七婶也不好意思说出口的评价——老不正经。

现在想起来，马里奥大叔对我心里的那点儿看法是看出来的，所以，他对我的态度越来越像个世故拘谨的中国老人，尽量收敛他那种张扬的西洋派头。

那一次，因为代大家收公共装修费，他叩遍了整幢大楼的各家各户，但到我的门口时，他让七婶来敲我的门，门开了，我看见七婶和他一齐站在门外，我请他们进屋坐，马里奥大叔故意说了一句笑话："已婚男士不好进单身小姐的房间。"

这让我和七婶都笑了，在这句笑话中，马里奥大叔显得年轻了——而我就十足像个食古不化的老派女生舍监。

七婶故意地啐他一口："去！单身的就可以进吗？"

"单身的还有机会，已婚就自行了断吧。"

交谈中，我说到麻烦你们已经退休的老人来为我们年轻人服务之类的客套话。

谁知马里奥大叔脸色一变，连嘴唇上的八字胡都好像突地从嘴角两边翘起，晃着脑袋说："谁退休了？我不知有多少功夫做呢！我生意都做到国外去了呢！"

听马里奥大叔这么讲，我有些不好意思——我完全明白他不甘老之已至的心境，只是让我疑幻疑真的还是他的做不完的大生意。

说归说，真不见这老头子有什么大动静，每天就这么甩着钥匙吹着口哨四处去，也不见有人来找他，总是独来独往一个人，唯一可见的互动，是他总和隔壁楼梯的另一个寡佬一起喝酒，两个人总是喝到醉醺醺的才各自回家去。

脑子里马里奥大叔的老不正经的形象一天天地淡薄下去，觉得他也就是一个普通的老人家，只不过有时喝多了吹吹西洋水，直到有一天，马里奥大叔让我吓了一大跳。

那一天，我在回家的路上和男朋友吵嘴，在上楼梯时越吵越凶，我哭了起来，想要甩掉男友跑回家去时，正好路过马里奥大叔的门口，突然听见有人喊道："哟！哟！哟哟哟！"

我和男友都吓了一跳，循声看到原来关闭着的马里奥大叔的家门打开了，只见他冲了出来，然后又一个回身，从门后拿出一根扫帚把手，那可不是竹子做的把手，是实木做成的哦！

马里奥大叔就拿着这么一根棍子怒气冲冲地向我的男友冲去，我和男友登时都呆住了，好在我在几乎呆住的同时，大叫了一声，马里奥大叔停住了脚步，看了我一眼后很不满地用棍子指点着我说道："看你这点出息，人家欺侮你都欺侮到我们门口来了，你还心痛他！"

不要说男朋友听他这么一说愣住了，我也愣住了，这哪个跟哪个啊？

男朋友看看我再看看他，问他："您谁啊？"

"谁？她住在这里，我们就都是她娘家人，明白吧！别以为她离乡别井好欺侮！"马里奥大叔摇头晃脑带着几分得意地说。

这下明白了，我破涕而笑，男友也张大嘴笑了。

马里奥大叔看看我，又看看我的男友，也摇头笑道："到我门口耍花枪？下次可不会饶了你们！"

马里奥大叔紧接着盯着我的男友看，光看他的眼神就知道他已经喜欢他了："靓仔，她刚才的笑救了你，而你现在这样笑，让我觉得你这个人是可以做朋友的，有谁像你这样笑到满口白牙都晒出来呢？！是朋友就来我这里喝两杯吧！哼，我正在想找哪个好呢！自己撞到门上来了！"说完马里奥大叔就搂着他的肩膀双双进屋去了，没人管我。

那一天，我们真的在马里奥大叔的屋里喝了酒。

再后来，不知过了多久，我搬出了那幢大楼，临走时，男友说，我们买支红酒送给马里奥大叔吧。

马里奥大叔不知我要搬走，他捧着那瓶红酒说，这么贵重的酒，等什么时候过节我们一起喝吧。

事实上，我们不懂喝酒，更不懂品红酒，而那支红酒也只是平常店里买的一支价钱普通的酒。

我们不辞而别，不想见马里奥大叔形只影单地和我们道别，再说来日方长，一个小城里住着，我们可以再来看望他。

但一直也没再见面，因为一个城里住着，着什么急呢！

那以后，我结了婚，找到了一份新的工作——航运业的从业员。

不知过了多少日子。

那天，我在公司里如常接待客户。

当我从客户的手中拿过登记表格，抬头看来人，不觉惊讶地O起嘴来，来者正是久违的马里奥大叔！

马里奥大叔用手指着我，好一会儿说不出话来，最后做出一副不想理我的模样。

和马里奥大叔一起来的，是一个内地来的年轻人，像大学才毕业的模样，很精神，也很有礼貌。

马里奥大叔指着他对我说："他是内地客，他们公司最近会有一段时间要寄很多货，你别看我的分上给他优惠。你看他年纪轻轻，怎么就做这么大生意呢？你怎么知道他的钱不是贪赃枉法所得呢？告诉你，你就放心地往死里劏他！"

说完马里奥大叔做了一个大劏特劏的动作。

我早已熟知马里奥大叔语不惊人死不休的夸张，所以只是笑着看了那年轻人一眼，马里奥大叔笑说："他不懂广东话的，我们爱怎么说就怎么说！"

说完，他朝那年轻人一笑，用生硬的西洋调普通话说道：“我说的你不会反对吧？”

我不禁又笑了起来，马里奥大叔也笑，那年轻人不知就里的也跟着笑，于是我们笑个不停。

等我将价格算好递给年轻人时，马里奥大叔抢先拿了过去看，然后指着那上面的数字，继续用他那夹杂着广东话和葡国话的普通话对年轻人说：“你看，如果不是我，你现在让隔壁码头当猪仔卖啰！小数怕长计，一条数算下来能省多少钱！我就知道这个码头最公道，更何况我还是这个靓女的屋企人！”

马里奥大叔冷不防这最后一句，听得我脑后冷飕飕的，可以想见背后几十个卡位里立马齐刷刷竖起了无数对八卦的耳朵！

马里奥大叔当然见到了我脸上僵住的表情——他还记得我当年经常出卖在脸上对他的小家子看法，他反应很快地紧接着对我说：“你啊，结婚也不当我们这些街坊邻里是自家人，粒声不出就走了，我一会儿就和你老公理论，不摆个十围八围不放你回家！”

那年轻人不知我们说的是什么，趁马里奥大叔和我说话的空当穿插着向他道谢，马里奥大叔朝我做了一个鬼脸，说：“我们澳门人多好，送上门的钱都不贪，不过，下次他自己来寄时，你还有机会慢慢劏他的。”

我用普通话笑对那年轻人说：“下次再寄，我们会给你多百分之五的优惠，这都是这位先生为你争取的。”

此后我没有再见到马里奥大叔，那年轻人后来再来寄货，都是自己一个人来，我也没有问他怎么认识马里奥大叔的。

那年年底，年轻人又一次来到，他不是来寄货的，他说那批货已全部寄完了，如果将来有机会还在澳门出货，他仍会选在我们码头。

年轻人来另有目的，他特地找一个僻静的地方和我说话。

那一天，天气特别得好，在我们码头的海岸上，西斜的太阳把整个天空都映红了，映红的还有大海，海边的货轮和我们。

年轻人递给我一个礼包，很精美高贵的深红色礼包，他说，是一盒巧克力，是马里奥大叔托他买来送给我的。

“马里奥大叔呢？他怎么不来呢？”

年轻人迟疑地看着我，说：“我并不认识马里奥大叔，我是在马路上偶然碰见他的，他知道我要找航运公司，就主动说要陪我来码头，我们在其他码头得到的运费价格马里奥大叔说贵了，我就跟着他来到了你们码头，后来的事你知道。马里奥大叔后来都没再和我见面。这盒巧克力是这样的，那天从你们这里离开时，我听马里奥大叔念叨着说他要买一盒巧克力送你，因为你结婚时他不知道，他没有送给你一份礼物，但贵重而有故事的巧克力市面上没有，于是我就想代他给你买一盒巧克力。我向马里奥大叔要了他的电话，我说在机场的免税店里经常有贵重的巧克力卖，如果有合适的，我会为他买一盒。马里奥大叔很高兴，他直接告诉我，要比利时的吉莉莲，因为这个牌子的巧克力有一个美好的爱情故事和对美好爱情的祝福。那以后，我每路过一个机场都去看巧克力，前几天，我在北京机场见到了这盒吉莉莲巧克力，无论从什么角度看，都非常典雅而且厚重。我给马里奥大叔打了电话，但电话那一头告诉我：马里奥大叔已经不在了，他突发心脏病去世，就在前几天，他的儿子已经把他的骨灰接到国外去了。”年轻人最后说：“还有，巧克力的钱，马里奥大叔一早就给了我，我说买了后再给，他一定不肯。”年轻人为此特地来澳门一趟。

年轻人走了，我的手里捧着那盒巧克力，那火红的礼盒和天边的火红太阳及其火红的余晖，都融成了一片，我整个人置身于火红之中，我感觉自己在跳着一个火红的舞，就像马里奥大叔那样，我肯定他此时正在那热情的巴西，和那美丽的森巴女郎，跳那狂热惹火的桑巴舞，在卡西西和雅彼特的吹奏声中，大跳特跳。

我的邻居安德烈

我的邻居安德烈和他的儿子是连体人，我这样告诉我的男朋友，因为我每次见到他，无不是他抱着儿子的时候。

安德烈高高的个子，深陷的眼眶，英俊的外表配上随和的笑容和流利的粤语，让人分辨不出他是什么血统、什么生活背景，只有近距离细看之下，才可以从他略带灰蓝的眼珠，看出他是一个混血儿。

我上下班的时候，早晚或中午时段，每天几乎都要和他们父子俩碰上四次面。

我刚住进这幢大楼的时候，正是炎炎盛夏，早晨和中午出门的时候，总是见到他的儿子全身都扑满了爽身粉，一天两次，可以让人觉得这是一个很尽责很讲卫生很勤快的父亲，即使不笑时脸上也充满笑意的安德烈从来都没和我打招呼，可以理解，因为他在赶时间。

但当我的男朋友第一次来我住的地方时，安德烈就好像并不赶时间了，他只看了他一眼就和他说："哈啰！"

男朋友也哈啰了一下，然后他们就停下脚步开始交谈。

听安德烈说自己叫安德烈时，我自作聪明地问："你是俄罗斯人吗？"在我少年时代读俄国文学的经验里，安德烈应该是俄罗斯人才对。

安德烈不回答我的问题，他只回答我男朋友的问题，这让我有些气馁，但是并不减低我对安德烈的好奇。

从初次见面的一两句，到后来一次次的相遇，越说越多了。

我们知道了，安德烈是个政府公务员。

“怎么不见你太太？”每次还是男朋友先说话。

“我太太在读书！”我发现安德烈的脸上放出一道光芒。

“读大学？”

“大学毕业了，在读硕士。”

“不在澳门吗？”

“是啊，在葡国。”

“哇！”

“是啊，她很聪明，很会读书，很喜欢读书，她去葡国读书是拿政府的奖学金去的，她说她很想去，不想失去这个机会。我说你想去就去吧，她就去了。”

“你太太也是土生？”

“她是中国人。”

“哦，你学历也很高吧？”

“我？哈！我初中毕业！”

我和我的男朋友都瞪大了双眼。男朋友说：“你才初中？”

“是啊，我认识她的时候已经出来做事了，我们拍拖，是我供她上的中学、大学，她大学一毕业我们就结婚了，马上就有了孩子，但她不习惯做少奶奶，孩子还在肚子里，她就跟我唠叨，她想再去上学，我说，好吧，等孩子生下来，你喜欢做什么便做什么，结果她怀孕时就在复习，孩子还没生就考了，孩子一落地，她的录取通知也到了，满月一到，她就飞去里斯本了。”安德烈说着这些时，一点疲态也没有，也没有一丁点埋怨，就像一个慈祥的父亲在说自己心爱的聪明的女儿一样。

“孩子一出生，就你一个人带？”

“是！”

“那你上班时什么人带？”

“送去托儿所。”

我和男朋友脸上都充满了朝圣般的表情。

“回家后也没有人帮忙，全是你一个人带？”

“是！”

“你中午也抱回来？”

“我尽量和他多在一起，妈妈不在身边，爸爸再不多些时间陪，不太好。”

“你很累吧？”男朋友问的是安德烈，而觉得累的是我，我知道安德烈是不会累的。

“累是累点，也不是太累，还过得去，等太太读完书就好了。”

“你太太还要读多久？”

“很快，不到两年。”

天啊，他的学生太太才刚去的里斯本，我心里不禁叫道。

我和男朋友每天在楼梯口碰见安德烈，每天都看见他的儿子身上扑满了爽身粉，而安德烈的脸永远笑着，好像永远有什么好事让他如此的兴高采烈，但我和男朋友每天都在为安德烈计算着两年每次扣去一天还有多少天的算术题。

终于有一天，安德烈告诉我们，他的太太就要回来了。

“硕士毕业了？”

“对，硕士毕业了！”

“真是太好了，你们一家可以团聚了！”

“是啊！”

“你太太回来会找到好工作的。”

“政府部门的工作已经确定了，回来就是公务员了。”

我们大家都笑得像过年一样。

没过多久，安德烈一家和我们相遇在楼梯口。

安德烈太太黑黑瘦瘦的小个子，穿着一身合体简约的黑色连衣裙，小鸟依人地依偎在安德烈的身旁。一如既往抱着扑满爽身粉的儿子的安德烈，脸上笑得像一团花。

又过了两个月，安德烈又独自一人抱着他的儿子上下班了。

“我太太又去里斯本读书了！”这次没等我们问，安德烈依然兴高采烈地说。

看着我们询问的眼神，他补充道:“读博士！”说完骄傲地笑了。

我和男朋友都没有出声，我们心情复杂，不知该为安德烈高兴，还是为安德烈太太高兴，或者为他们之间的爱情和双方的眼光与殊见而高兴。那沉甸甸的甜蜜的厚重，更多地突显了安德烈的包容和博大的胸怀。

再见安德烈，我就会想起里斯本，想起那个没有进步那么快，因而也保留了更多美丽和宁静的里斯本，那里住着一位可爱的中国女人，她的丈夫，她的爱人，永远像未嫁时那样爱着她，等着她。

多么幸福的中国女子。

多么美好的爱情故事。

野花艳丽

小慧躺在肿瘤科日间医院的病床上，望着窗外，那里什么也没有，只看见天，茫茫然一片大气层透着干净晶莹的蓝色，所有的星辰都被掩饰了，就像看不见猜不透的命运，天气很好，好得不像是个生病的日子。

上个月的那天，她去医院做穿刺检查，那个年近八十岁的老专家告诉她，不必等做进一步化验，这一站的检查已能断定是恶性肿瘤。

她从医院走出来，也是这样的天气，干巴巴的好得很，她想象着应该下雨才对，这样好的天气，显得天地无情，她刚离婚。

过几天去看医生，医生问，家属有人来吗，她早就有心理准备，说，没有。医生倒干脆，说，乳腺癌第二期，准备手术吧。

不通知任何人，住进医院，心想这是拜离婚的福，要不是，这会儿该依着男人的肩膀哭着。这下倒好，眼泪都在离婚时流完了，现在落个轻松，可见福兮祸所伏，祸兮福还在。

大概癌症病人关心的都是还能活几天吧，所以当小慧问医生，什么时候可以出院时，医生的视线从她的伤口转向她的脸："你知道你是什么病吗？"

小慧觉得这个问题有点混账，但也不计较了，涎着脸说："乳腺癌第二期。"

“你这个伤口，恐怕几个星期都不会好。”

小慧觉得他有点幸灾乐祸，手术不是他做的。她也没想到，这不是一般的伤口。

这个伤口足足四个月才好。

这是不如意的手术，为这个伤口，每天要预防感染，后来感染没发生，但用药过度，菌群失衡，严重的全身过敏反应，这过程，让所有有经验的医生都如临大敌。

小慧不止一次想，不如死就死了，还要这样一个伤口来兴师动众做什么。

在病到七彩面前，死实在是太平常。

而病到七彩前面，情感的伤害才最深不可测。

那天，才知道自己得癌几天，她打了个电话给他，告诉他自己新开的银行账号，让他把属于她的钱存进去。期间两个人又为一些枝节问题争执了一下，她不以为意，她想他不知道她得癌，没想到，临了，他说了一句：“你总是这样，所以才会得癌。”

她默默放下电话，不想再说一句话。

来电显示他之后多次来电，她知道他想道歉，他没那么坏，不然她也不会和他结婚，但他总是嘴坏，很难联想心没那么坏，所以他们离婚了。

逃离，逃离，她一心想逃离这个世界，就算有人关心，有人赞美，也无补于事。

那个扫地的阿婶说她很勇敢，邻床的阿婆说她是勇敢美人，因为上一次有个女人知道得了癌症，一个星期就瘦得完全变了样。

那又怎么样呢？

护士来了，手里拿着一大包针药，黄澄澄的，她看了想吐，化疗是会吐的，只不过她还没打针。她看着护士埋在口罩里露出的半边年轻的脸，屏心静气、细心动人的给她扎针时的表情，直到药水顺着血管，流向自己的身体内部，然后在某一片刻，从头顶往下一下子散开来，让她想起一个词：醍醐灌顶。

打完化疗针，走出医院，还没到家，一阵作呕，病友们说，化疗没什么，和怀孕作呕一样，挺一挺就过去了。她没怀过孕，不知道有什么不同，不过，第二天，掌心和手指都发黑了。

过三个星期去复诊，她以为旁边的那个妇人是病友，后来才知道是她的女儿病了，看着一个十几岁的花季少女浮肿的苍白的脸，她生病以来第一次感到自己的病实在算不了什么。

但她仍不想说什么，坐在那里，看到有一个女人向她走过来，本来没什么，但那女人走到她跟前时晃了一晃，小慧本能地伸出手去扶住她。

那是一个五十多岁的女人，眼球有些突出，小慧没想和她说什么，在这里看病的人有什么情况都很正常。坐下来，缓了缓精神，那女人对她说，自己的白血球偏低，所以暂停化疗。小慧看了她一眼，说：“是吗，那为什么？”

“要吃东西，等白血球上升到一定数量才可以化疗。”

小慧没出声，她知道这是营养不足，怕身体承受不了化疗的破坏。出于礼貌，她说了一句：“你多吃些东西呗。”

“我吃不下，没胃口，从知道有癌后，我就吃不下。”

小慧又看了她一眼，想自己每餐都食神驾到，吃得太多。

“你孩子多大了？”

“大学毕业了。”

“那你还有什么可怕的？”小慧想，但嘴上还是说：“你不要想太多。”

“现在迟了，现在我都想吃，没胃口也想吃，但吃了都不消化，东西都在胃里不下去，我现在是生不如死，吃又吃不下，睡也睡不着。”

小慧有些同情她，又有些嫌弃她，开导了几句，终自觉无功而放弃。

女人大概已习惯了人们的看法和态度，并不介意，说，有一个护士给了她一个地址和电话，让她去参加一个叫“爱心之友”的癌病患者的团体，她想去，但又不太熟悉那个地址，暗示小慧有兴趣和她一起去。

小慧对这个组织毫无感觉，想到和素不相识的人同病相怜是何等无聊，想回绝，但看那女人呆滞的目光，恻隐之心不期然而生，就答应了，心想反正也没事干，就做一次好人吧。

那天把女人送到门口，小慧就走了。

第二天却又接到女人打来的电话，说想去探望一个已不能走动的病人，但又不知怎么去，想小慧再陪她一次。

小慧觉得有点过分，但还是答应了。

这一次，她和女人进了屋。

轮椅上坐着一个异常秀丽的年轻女子，脸色粉红绯绯，这么美的癌症患者，第一次见到。女子说她在发烧，乳腺癌骨转移，现在还在化疗。

屋子里有一对孖生婴儿和女子年轻壮健的丈夫，小慧心里一震，想自己多幸运，如果有了孩子，那死的时候眼睛都闭不上了。

那女子似乎知道她在想什么，说：“很多人很同情我，我知道她们担心到时候孩子怎么办，但如果可以重新选择，我还是要把他们生下来。看着他们，我就想我没理由拒绝他们和他们的未来。”

小慧很诧异地看着她，觉得自己脸上有了久违的一点暖意和湿润。

那一天晚上，她失眠。

有一天又接到女人的电话，她想这一次又去哪儿呢？想不到自己似乎竟有一点期望。

女人说，那美丽女子的丈夫想见一见她。

小慧问什么事，她说不知道。她接着告诉小慧，她好多了，自从参加了“爱心之友”。

小慧和美丽女子的丈夫通了电话，立刻就去了她家。

小慧觉得不妙，那丈夫说，妻子走了。

两人沉默了一会儿，那丈夫拿出一本书，交给小慧，说是妻子让小慧转交给书的主人。

小慧有点愕然。那年轻男人说：“这书是‘爱心之友’的一个病友借给我妻子看的，我妻子那天有预感，她说你会是一个爱读书的人，如果她自己来不及还，就请你帮她还。还有一层，她想让你也看看这本书，说也许对你有些帮助。”

小慧想，那天她和女人来这里，并没和那美丽女子多说什么，虽然她对她很有好感。

拿着那本书走出来，小慧的心里满是感动，那女子不但外表美，内心也是美得让人惊艳。

她走在街上，没等回到家就打开书来看，那是仓央嘉措的诗，新近的译本，一个名字叫马辉的翻译的，看那译者的简介，似乎是位肢障人士。

顺手翻开，映入眼帘的很触目：

所有的疾病，
都比野花艳丽。
……

看过这本书的都执着于这一页，所以只要随手一揭，就会揭到这一页。

再看，文字之美，如化外之境。

小慧合上书，双手抱着，仰望天空，觉得那美丽女子没有离去，自己也不孤单。

她去了“爱心之友”，很多人知道书的主人，因为他是这个组织的发起人之一。

会友说他还很年轻，是个工程师，还没结婚，很斯文，又很热心。

去了几次，才见到他，因而这期间认识了许多病友，小慧觉得在病友之间，与在非病友的人群中有些不同的，很难说是什么不同，但她感到一种放松，那是人与人之间对生命、对永恒的坦诚。

当她把书交到书主人手里时，他的笑容让她感到一种干净，他和她年纪差不多，都是三十多岁，他更年轻一点。她不知为什么想着：一个癌症患者是结过婚好，还是没结过婚好？所谓结过婚的，她指的是像她这样的单身的失婚者。

他和她谈起美丽女子，说她是一个很柔韧的女子，她觉得他弃坚强而用柔韧是太到位了。

小慧从来都不喜欢说什么坚强，什么抗癌英雄。在癌症面前，每个人都在与死神较量，每个人都以自己的方式较量着，死去的不意味着失败，活着的也未必就不怕死。怕死有什么难为情的呢，人不怕死又何必抗癌？但很少人像美丽女子这样在死神面前如此优雅，如此为人着想。

他没有和她说病，一句也没有，只是说到那本书，说关于宗教，关于生命的思考，也没有说到那句——野花艳丽。

他说那本书可以放在她那里，看到她不想看为止，她笑说，她很喜欢这本书，所以自己去买了一本。

从那以后，他和她就一直有联络，先是电话，渐渐有好书交流着看，有时也一起去看戏。有一段时间，他们两个都光头，戴上帽子一齐走在大街上。

他们也一起去山上走，松山上有一种野花有着小小的星星一样的有些忧伤的浅紫的花蕊，很美。小慧说，看见这花就想起仓央嘉措的那句野花艳丽，他听了笑，笑得不像是个病人。小慧觉得这时的他很阳光，就在那阳光下给他拍了照片。

他一直都很阳光，他在写书，技术方面的书，随着身体的变化写写停停，小慧帮他整理，有时候，两个人会四目相对，然后又让其他话岔开。

小慧不觉得有什么不妥，也不觉得有什么必要去猜想，他那么纯净，而且他已经患癌十年，现在又转移了。

说他纯净，是的，他的皮肤在变化着，越来越透明的样子。

他告诉小慧，因为得癌，我们经历了别人没有的经历，这也是一大得。

他说，去“爱心之友”的人，开始是为了自己，但去了发现自己被别人的痛苦牵着，开始关心别人，关心社会，继而忘记了自己的初衷，但最后发现，这是一种最好的疗伤，你在关心别人的同时，也抚平了自己的伤口。

小慧看着他好像玻璃般的没有杂质的轮廓，很轻地回答着他的话，好像怕大一点的声音都会震碎这生命的作品。

在他们开始交往的时候，每次复诊后，总是他帮她排解心中的疑虑，但渐渐的，小慧开始向他隐瞒自己的病况。

随着一次次的复诊，她在一天天好起来，他却在一天天地坏下去。

小慧这一辈子都记得，在自己做最后一次化疗时，她按捺不住兴奋的心情，向旁边的那个也正在做化疗的女病友说，这是自己最后一次做化疗，她问那女人，还要做几次？那女人说，还要做半年，说完一会儿就大吐不止，不再回答小慧的问题。

小慧知道他不会因为她的好而悲自己的坏，但她实在不忍心看他越来越没有生的希望。人生第一次这样近距离地看一个人在衰竭下去，尤其这个人和自己神交已久，小慧感到那种甜蜜的心痛的牵扯。

最后一次去看苏林——他的名字，是在他的家中，他说就不必再麻烦医院了，不必再浪费公帑，在家中也更自在一些。

那天，一大早她去松山采那种淡紫色的星点一样的野花，摘了一大捧回家，用一张粉蓝的纸包起来，去了他的家。

他和母亲同住，每次去，那母亲都避开小慧，小慧想，他母亲希望他恋爱，她完全理解那母亲的想法，所以从不试图表白什么，而她也觉得没什么需要表白的。

看见花，他很高兴，坐起身来捧着看了又看，深深地闻了一下，然后说，这是童年时在野外闻过的草香味。

坐了比平时久，小慧怕他累，她知道这已是最后的日子，但又难得他今天精神这么好。

小慧最后告别出来，走到街上，突然觉得不对，又折了回去。

进了门，看见他的母亲坐在床边看着苏林，他已经陷入昏迷，等她回过头来看见小慧，站起身过来拉她的手，她们都热泪盈眶，然后一齐坐到他床前的椅子上，两个人双手紧扣，小慧感到她和那母亲的手都是暖的，她们没有被伤心摧毁，她们知道死是另一种生，那是苏林说的。

她们坐了许久，直到苏林离去。

苏林的母亲说，儿子不想要遗体告别，他要遗像告别。

因此，那是出殡后的事。

那一天，她来到苏家，一进门就看见遗像中的他，那是自然阳光中的他，她在松山上为他拍的那一张，一点生病的样子也没有，完全是这个年纪的充满抱负的年轻人。

前来吊唁的人那么多，有病友，也有病友的亲友，很多也已是小慧的朋友。

遗像前摊开一本书，她俯身细看，那是最后一页，上面写着：

你走出房门时，
我也在走出去，
你应该知道，
我们在同一个房间，
打开不同的门。
请不要悲伤，
因为
看到的风景或会有所不同，
但春夏秋冬
我们同在。
我只愿你看到的是灿烂无比的春天，
如果是这样，
不要忘记
告诉我，
我也会
告诉你，
我见到了春天！

苏林的母亲走过来，用手轻轻拍了拍哭泣着的小慧，递给她一本书，是和桌上的那一本一样的书，是一本诗集，再看作者，是苏林。母亲告诉小慧，每一个前来吊唁者，都会获赠诗集，但只有小慧这本有她儿子的自制书签和祝福。小慧随手翻开一页，那里夹着一张手绘书签，她见过他画的，白底的浅浅的彩色素描，不专业的随性的线条，这书签上配画的诗和夹着书签的那一页的是相同的一首。

那上面写着：

我希望有一个他能和你一起来，
不想回头时看你孤单的身影；
我又盼望你一个人来，
因这一刻即永恒。
……

小慧动容，不能自已，靠着苏林母亲的肩头，久久不能释怀。她告诉苏妈妈，苏林用生命活出了一本诗，她可以为她的儿子骄傲。

医生告诉小慧，她已经痊愈，以后只要定期检查就行。

走出医院的大门，电话响了，是前夫打来的，他迟疑着说，他的情况很不好，第一时间想到她。小慧耸了耸肩膀，她知道在她最不好的时候，他又找了一个女朋友，并很快结婚了。

现在，他想要干什么？

什么都不重要，因为她觉得自己已经改变了很多，而他还在那里，和从前的她和他一样，或者，比那不如。

这样一想，她就知道该怎么回答他了。

好好生活吧，人们！小慧心里说。

小慧有曾经沧海难为水的感觉，她觉得她不可能再回到从前，因为她已经知道了人生的有限，就像站在悬崖上顿悟的。

人生是上天给我们的
一次有限的旅程，
不要浪费。
采下沿途所有的花，
在遥远天国的车站
送给来迎接你的我，
我情愿
在一个人的角落里看到，
一路上幸福和满足的你。

这是苏林诗集中给她的那一首中的一段。如果只有病才能得到这样真实而浪漫的深情、理解和祝福，小慧情愿病，病是他们生命的修行。

小慧上班了。

她在写字台上的一个小小的玻璃樽里插上几枝淡紫色野花。

听着窗外那些公司的装卸工，不知是骂还是笑的喧闹声，一时间里天上人间，想到仓央嘉措的诗句，想着诗人是如何把药酿成了酒，才写出了这样拈花微笑的深奥，才能在文字上如此典雅华丽且潇洒自如地进出于人世间。

一个装卸工在打电话，他学着西洋鬼说中文的腔调大声问对方，他大概以为这样说，那老外就会听懂他说的中文：

“你是鬼佬吗？”

“你是鬼佬！”

“你会说中文吗？”等他再问，小慧身边的同事都笑了。

装卸工继续用鬼腔：“不会？我不懂英文，你说的我听不懂，我说的你也不懂，我怎么送货。”

小慧忍不住笑出声来，同事们都看着她，但见她站了起来，迅步走到窗口。

窗外，海上，有船只在港湾进出，海鸟在船之间盘旋着，然后飞向天空。

小慧向着天空喊：“苏林！”

人们不知她喊什么，但都欣喜地笑着，因为小慧这么开心地笑了，好像天空都在笑。

穷学生富学生

早上七点钟，兰昕背好书包往外走，才出大门两步，就又马上回过头来，把跟在后面的妈妈堵在门里："我昨天说了，不要再接送我，我已经中二了！"

妈妈说："我不送到校门口，我在隔壁街停车。"

兰昕斩钉截铁地说："不要！"

说完头也不回地走了。

兰昕妈走回屋子，对还在吃着早餐的丈夫说："你看这孩子不会有什么问题吗？"

兰昕爸说："有什么问题？我早就说不要再接送了。"

停了一停，兰昕爸又说："孩子成绩不好被学校劝退，现在刚转学，心里不好受，你就别再烦她了，她也这么大了，自己会处理……"

兰昕妈不耐烦地打断他的话："如果是原来的学校，那些孩子哪个不需接送？——我没意见，可现在，这所学校的校风……唉，你说她要是交上坏朋友，要是还交个男朋友什么的，现在孩子什么讯息没有，一有机会还不早恋？你说……"

这回轮到兰昕爸打断她了："你这是杞人忧天，孩子昨天都说了。"想到昨天晚上，兰昕爸不觉笑了，他半开玩笑地说："如果找一个学习不错的男朋友，说不定她成绩还上去了呢？"让兰昕妈狠狠地瞪了他一眼。

昨天，兰昕回来很晚，手机不开，妈妈驾着车，整个学校里里外外都找不到她，回到家正急得像热锅上的蚂蚁团团转，兰昕回来了。

一进门，问她哪儿去了，她说班里有活动，妈妈说你不开手机想把我急死啊？兰昕说急什么呢，才几点啊？不要我一迟些回来就以为我失踪了，然后和坏学生在一起，接着让坏人先奸后杀，最后装在麻袋里沉尸黑沙滩，再让黄秋生演那屠夫，吓吓和你一样无聊的家长！

这一番话听起来像说笑，但兰昕妈听着，心里真是五味杂陈，自己这许多年来为女儿所做的一切，没有成果不说，还得不到一丝体谅。

紧接下来，兰昕和妈妈约法三章：

一、以后校服不要再烫，现在就读的这所学校的学生穿的校服都不烫。二、校服要穿旧才换新，很多人穿的呢子外套，毛都掉光了还在穿，不知穿过多少人了！三、不要接送，以后也不要驾车来学校开家长会。四、在学校不用“苹果”产品，虽然有些高年级同学自己做暑期工赚钱买 iPad。

兰昕妈现在记不清自己昨天怎么和女儿说的，说得都乱了套了。因为她知道女儿说的有她的道理，丈夫刚才说的也对，她和丈夫早意识到他们在孩子的学业上教育方式有偏差，但如果不接送，谁知道她上下学都和谁接触，要是交了坏孩子怎么办？这也是她眼前的一个心结。

兰昕妈怎么想也想不到，她千方百计想让兰昕和新同学绝缘的同时，正是兰昕非常痛苦地想得到同学认同的关卡。

之所以要和妈妈约法三章，是正如兰昕妈所说的，这所学校学生的家庭背景大都是中下层家庭，且以下层为主。穿着挺括、雪白的校服，背名牌书包，穿名牌鞋，手里拿着“苹果”产品，这不是把自己隔离于群体之外吗？

两三个星期过去了，兰昕孤零零地插在一群早已相互熟络的同学之中，想到鹤立鸡群这个词，可怜自己又不是鹤，人家都知道自己是被以前的学校踢出来的，越想兰昕就越觉得无地自容，越发不想和人说话。

今天把妈妈堵在门口后，兰昕第一次自己坐巴士去上学，那感觉是奇妙的，但等到中午要去吃饭时，才发现钱包里一文钱也没有，昨天光和妈妈呕气，忘了把钱放进钱包了，幸好有巴士卡，还上得了学。

可中午只好饿肚子了。

同学们陆陆续续走去吃午饭，有的去食堂，有的去附近的食店，有的则回家吃。兰昕的家太远，再说父母都上班，家里一向都不煮中午饭，回去也没得吃，就一个人留在课室里看书。

一会儿，有人从门外走过，又返回来探头问她："你不吃饭啊？"

兰昕抬头一看，是班长小凤。

小凤有着圆圆的脸，那脸上总是挂着笑，班上的女孩子男孩子连同许多老师都喜欢她，兰昕在这段难挨的日子里最悉心研究的就是她，凭什么这么多人喜欢她呢？

小凤的成绩很好，但不是最好，可是老师和同学们都属意她当班长。

"不吃了。"兰昕随便回答了一句。

兰昕没想到小凤知道她忘了带钱后，竟说："跟我一起回家吃吧？"

兰昕有受宠若惊的感觉，一时被这好意感动得心慌意乱——在这无人问津已久的时刻，同时也觉得没有理由拒绝，还有是很大的好奇，这辈子还没有单独去过同学家。

小凤的家离学校还有一段路，正是初秋，夏天的炎热还没抹去，秋老虎正盛，站在巴士里，两个人的校服都有些汗湿。

小凤的家在筷子基一幢老旧的唐楼里，兰昕小心翼翼地跟着小凤上了楼，怕碰着楼梯两旁堆放的杂物。

兰昕边上楼梯边想着她以前班里的一个同学，因为一次学校组织去珠海活动，回来时同学们知道她家就在关闸附近，已经到了楼下，想去她家坐坐，她死活不肯，也是这样的旧楼。

如果在以前就读的学校，兰昕的家庭经济状况只算一般，但在现在这所学校，算是家庭富裕。兰昕现在明白那同学和她现在是一个处境，一个相同的心理问题，一个穷学生在一群富学生中间与一个富学生在一群穷学生中间没什么不同。

上了楼，小凤拿出钥匙开了门，兰昕跟着进去，小凤一进门就忙着去开电风扇，一边笑说："我们家没冷气，你不惯吧？我去拿条新毛巾给你洗洗脸吧，降降温！"

兰昕听着小凤这么轻松地说着她们之间的所谓差别，心里的那些郁闷就去了一大截，顺口想问为什么不装冷气，好在立刻想到这个问题很傻，忙说："我不热，吹吹风就不热了。"

兰昕说着，一边看着这个家，很小，很简陋，但整洁，特别的是门边的墙上挂着一个小黑板，上面画着一朵花，旁边写着：二姐煮饭，拖地；三姐清洁厨房；小弟浇花，浇菜，洗碗。

小凤见她看着黑板，说："三姐是我，呵呵！"

兰昕心里已经没有了新旧同学隔阂，问："怎么没大姐呢？"

"大姐在乡下，已经结婚有孩子了，没能申请出来。"

"你们——种菜？"

小凤笑："种豆芽！"

小凤拉了兰昕去厨房看，窄小的厨房里真有大大小小的几个盆子里发着豆芽。兰昕又想问为什么要发这么多豆芽，随即想到自己还是别问的好。

等兰昕看起来真的不热了，在饭桌旁坐好了，小凤就掀开桌上的罩子，兰昕一看，桌上摆着四五碟菜，都用另外的碟子反扣着，等小凤把碟子全打开来，兰昕傻了——每个碟子里的颜色都不同，但每个碟子里的菜是一样的，都是豆芽和豆腐！一丝荤菜也没有。

兰昕在惊讶中还没有反应过来，小凤已经笑着给她一双筷子和碗，碗里是热腾腾的饭，从电饭煲里刚盛出来的。

桌上的菜是凉的，但小凤从电饭煲里端出来的一小盆汤是热的，那汤也是豆芽豆腐做的。

小凤又拿了碗来给自己盛饭，边对着兰昕说："吃啊，别客气啊！"

接着她坐了下来，先夹了一筷子菜放到兰昕碗中："你尝尝，我妈做的菜好吃极了，亲戚们都爱吃她做的菜，她做的豆腐有肉的味道，真的，你吃了就知道！"

兰昕从没有这么认真仔细地吃饭品菜，在家里，身为工程师的父母亲也一样忙工作，但有钟点工打理家务兼做晚饭，也会经常外出吃饭，吃饭是一件太普通的事，虽然偶尔妈妈心血来潮，会捧着食谱下厨，但这个豆腐豆芽餐却完全不同，她细细地品味菜的味道，吃出了不同碟子里的不同味道，吃出来普通蔬菜的真味，尤其是她从来没有这样去细想一个母亲，她为了孩子，把这么简单的菜，煮出了这样的心思。她联想到自己的母亲，意识到从未想过母亲为自己做了什么，现在，母亲过往所有的操劳都突然点点滴滴在心头。

小凤坦然而平常地说，父母都是没什么文化的农民，移民澳门后都是做力气活，由于家里三个孩子都在读书，还要寄钱回去盖房子给爷爷奶奶住，所以经济上很紧张。小凤说："我妈说，炒菜或吃饭，不管你有的是什么材料，只要你用心思做，用心思吃，什么菜都是山珍海味。呵呵！”

读书、人生种种何尝不是这样？兰昕睁着大大的眼睛看着小凤，她隐约地感觉到了小凤内心的强大，那强大说明她的富有——内心富有，她这一辈子就穷不了。

这顿饭让兰昕有所畏惧，有所压力。来自父母的压力，在她身上产生了抗拒。这来自友侪间的压力，却让她有了不甘落后的发奋之心。

那天黄昏，坐着巴士回家的路上，看着满街初上的华灯，她明白了一个道理，对于一个有信心有勇气做自己的人来说，富裕或贫穷都不是障碍。

学期末，开家长会，老师告诉兰昕妈，兰昕的成绩很不错，如果能继续保持这样的态势，将来考一间不错的大学是完全可能的，而且兰昕很活跃，和班里的同学关系也很不错。

“当然，我们希望她能有更好的表现！”班主任笑着说。

那天晚上，兰昕妈告诉兰昕，她想奖励她，但不知兰昕现在最想要什么，因为好像这个年纪可以有的她都有了。

正在做功课的兰昕头也不回地说妈妈：“妈你很有钱啊？你有多余钱不如捐给慈善机构。”

兰昕妈心想，这孩子！但嘴上还是顺着她的意思说：“那我用你的名义捐？”

兰昕失笑，说：“我要捐的话要用自己赚的钱！妈，你不要老用钱来收买我好不好？”说完，收拾好课本就回房间去了。

兰昕妈叹了口气，对坐在沙发上看书的兰昕爸说：“你说这孩子也变得快了点吧？”她怀疑这速度中有她不能确定的因素。

兰昕爸笑：“你想怎样？”

兰昕妈还没答，只听站在房门口的兰昕说：“妈，我的 iPad 哪儿去了，明天要带回学校呢，我答应同学做小组功课用的。”

兰昕妈心想你不是说在学校里不用苹果产品吗？一句话没出口，兰昕已经在那边又说了：“还有，这个星期天小组功课要在我们家做，我和同学约好了，因为我们家有比较像样的音响设备，家里地方也大，可以排练我们的视像功课。他们还说想参观一下我们家呢！妈你不会怕有人来把地方弄脏吧？”

兰昕不等她妈回话，接着还说：“同学说了，回家之前，她们会把弄脏的地方打扫干净！”

兰昕的爸妈都说不出话来，他们的女儿真的变了，从之前的不自信、自我中心和叛逆到现在说话做事这么有分寸，还有她的那些同学，怎么那么可爱？

兰昕妈什么都答应，只要宝贝女儿要的，除了天上的星星，什么是不能答应的呢？况且就是和这些可爱的同学们在一起，女儿才这么快就有了如此骄人的成绩。

当然，她自己也很想见见这些同学。

奔月

那是上个世纪70年代末，厦门的苏厝街和今天似乎没有太大的差别，虽然那些年代已久、几经修葺、满是补丁的，或也修缮一新的一二层平民住房，还有从那些狭小的庭院中或临街的窗口边，时而传出的不知谁家的家常话，如今随着城市的迅速发展，随着一幢幢高楼的崛起，已是一天天地买少见少了。

那一年那一天的黄昏时分，石板路上，走着一位二十出头的姑娘，这是一个漂亮的姑娘，随着她三步并着两步走的轻盈步伐，她的两条黑溜溜的粗长及臀的大辫子在腰间摇曳生姿。虽然并不在笑，但她的嘴角充满笑意地上扬着，可以看出，这是一个性格外向的快乐姑娘。

走到一所外墙剥落的房子面前，姑娘举起的手对着门没有敲下去，她将溜到胸前的辫子往身后一甩，抬起头叫了一声："莞斐！"

又连叫了两声后，门开了，一个中年妇女的头从半开的门里探了出来。

"莞斐还没回来，有什么事吗？"中年妇女挺有礼貌地笑问。

"没事，就找她说说话！"见到中年妇女，姑娘登时失望的脸上，上扬的嘴角没有因为客气而再上扬些，反而像生气似的往下扁了扁。

中年妇女觉察到但没在意，她问："你是她工友？"

"不是！"姑娘好像找到了笑的缺口，她的笑容突地顽皮绽放，“我是她的同学，也是邻居！”

“你住在附近？”

“住你们前院！”姑娘的笑容，顽皮里有明显的狡黠，她指着中年妇女身后的院子，窄小的院子里，从门外可以看到斜对面的墙上有一个被杂物和木板粗暴封上的通往前院的门。“自从您搬回这里住，门就被您封了，所以几个月来都不能像从前那样和莞斐日见夜见了，今天我是绕了半条街过来的！”

中年妇女明白了她刚才的扁嘴，她不再笑，似问非问地说：“你是楼兰？！”

“是啊，我知道您是莞斐的妈妈！我见过您，上小学那时候，和莞斐一起去过您那儿和您要钱买铅笔！您一定忘了，我还记得！”

中年妇女的脸没有了表情，她要下逐客令了——楼兰这样想，没等对方说什么，她先就说：“再见，我改天找她。”

楼兰故意似的哼着小曲走开了，刚转身，就看见站在门外拐弯处默默看着她的，正是她要找的好朋友莞斐。

半暗半明的天色中，莞斐苍白的酷似维吾尔族人的五官轮廓分明的脸庞和瘦弱高挑的身子有一种特别的韵味，沉静中带着严肃的双眸像黑夜的天空，看不见底。莞斐显然已听到了楼兰和她母亲的对话，所以她的眼神里有了复杂，好像要抹掉这些复杂，楼兰走上前去一把拉起莞斐的手，唱歌似的说道：“我昨天和惠强去看了市歌舞团的《丝路花雨》——我一边看一边想，要是台上跳舞的是你，那才叫敦煌飞天呢！惠强也这么说。”惠强是楼兰的男朋友。

莞斐没怎么留意她说什么，她问道：“什么事找我？”

“差点忘了，我们去中山公园吧，到那儿我告诉你。”

这是仲夏的晚上，中山公园里人影绰绰，挤满了前来消凉的人们。找了几个地方都不太安静，楼兰没好气地说：“都是那个什么破市长给弄的，好像跟花园有仇，恨不能全世界都变成广场，那么漂亮的地球鸽子都不见了，棕榈树也不见了，你看现在这个样子，光秃秃的连坐的地方也没有！”

莞斐看了看周围，也叹了口气。在公园大门内右边的草地上，本来立着一个房间那么大的地球仪模样的地球，地球的四面是四只背贴着五大洲和蓝色海洋展翅飞翔的和平鸽，地球的上方坐着一只威武的、回视蓝天怒吼着的雄狮，地球的周围是一片如茵绿草，上面种着棕榈树，草地四周摆着白色大理石椅子供游人休憩。

70年代初，这个一代人记忆中的代表着和平与美好生活的地球以当时的理由被铲掉了，仅剩下那只完好无缺的泥狮子，被送到动物园看门去了。

当时还在中学读书的楼兰对莞斐说，她最难忘那四只鸽子，纯白的鸽子多可爱，做梦都想。莞斐也有同感，但她说，我们也有份破坏，我们学校的同学都去那儿搬土，把地球平了，再把大到可以赛舟的人工湖填了。

现在，草地上仅仅留下了四边上的石头排椅，坐在上头的人，面前是东一块西一块长满杂草的瘌痢头一样的草地。

终于有人从石椅上站起身离开，楼兰忙拉了莞斐奔过去。

楼兰刚坐下，就碰上莞斐等待的目光，她自己那颗怦怦跳着的心其实差点就跳出来了，现在，她贴着莞斐的耳朵，压低声量清晰地说：“我要偷渡去香港！”

说完楼兰盯着莞斐看，她知道这句话的效果，果然，莞斐的表情非常紧张，她不安地看着楼兰。

“我们全家都去。”楼兰补充道。

莞斐的表情只是更惊讶，好一会儿，她睁大眨也不眨的眼睛说:“真的?”

“当然真的!”

“如果不成事,你们会被抓的?”

“不会!就算抓住了,也不会怎么样,反正不像偷渡去金门,那是投敌,偷渡香港不一样,现在和以前不一样了。”

“怎么不一样?”

“我也不知道,反正不一样,不会枪毙,也不会坐牢,最多写个检讨。”

“你们全家都去?你妈妈呢?”

“嗯,都去。”楼兰的语速慢下来,有些不忍地说,她知道这对莞斐意味着什么。

楼兰第一次认识莞斐,是读小学四年级的时候。

那一年,楼兰刚从另一所学校转到莞斐就读的学校。

这是全市最好的学校,就在中山公园的对面,红砖的校舍,绿色的草坪,窗外什么球场都有,还有花圃,春兰夏荷秋菊冬梅一样都不缺,老师全是师范专科出身,年轻充满活力,那个年代,这样的学校全国第一,无他,这里面对台湾海峡。

老师在全班同学面前介绍她:“这是我们新来的同学,她的名字叫楼兰。”

老师话音未落,“到——!”楼兰像军人一样地应声答道,声音之响亮干脆,让人以为她是那些来自山东河北的军人子弟,这所学校里有很多军人子弟。

军人子弟们唱着:“向前!向前!向前!我们的队伍向太阳,脚踏着祖国的大地,背负着人民的希望,我们是一支不可战胜的力量!——”跟着他们的父辈来到这个海滨之城的,加上北方人豪爽的个性,纯正的普通话,天生洪亮的好嗓子,他们和本地孩子不一样。

楼兰显然不是军人子弟，从她的南方口音可以听出来，因为她不是军人子弟，却如此个性张扬，同学们都笑了，楼兰也笑。

楼兰不仅笑，她还转过头把全班同学环视了一回。

她的目光在一个女孩子的身上停下，这个女孩子就是莞斐。

吸引楼兰目光的原因，不仅仅是莞斐出众的美丽，也不仅仅是她酷似维吾尔族人的相貌，甚至也不仅仅是她在全班同学都笑得兴高采烈的时候显得落落寡欢的模样，其实，莞斐那天是笑的，只是她习惯在心里笑，正是这种内敛的气质，吸引了楼兰。

楼兰还没把莞斐看清楚，老师就把她带到座位上去。

同桌受落她的洒脱性格，见她目不转睛地看着莞斐，乐得告诉她："她叫莞斐。"

"她是维吾尔族的吗？"

"不是，大家以为她是，不是，和我们一样，都是汉族。"同桌道。

"她爸爸妈妈有一个是维吾尔族人吗？"

"她爸爸妈妈离婚了，家里只有奶奶，她爸是右派，在新疆劳改，她妹妹跟她妈妈过。"同桌答非所问，那个年代，离婚是大事。

楼兰的眼睛定格在莞斐身上。

那天放学，莞斐走出教室，听见身后有人叫她，转过身，看见楼兰一边努力从人群里挤出来，一边向她不停挥着手，示意莞斐等她，那种童稚的急于友好的神情很让她感动，从此在她的记忆里长年地挥之不去。

"你家里有人是维吾尔族吗？"楼兰终于挤到莞斐面前时，

迫不及待的第一句话就是继续她的这个问题。

莞斐摇了摇头，但她笑了，为了楼兰的友好和率真。

“你家住哪里？”

“苏厝街。”

“噢？我也住苏厝街，怎么没见过你？你家住几号？”

“八十五号。”

楼兰瞪大了双眼：“我也是啊！”

“我住后院，你家住前院是吗？你们家常有人拉琴唱歌，是你家吧？”莞斐显然少有一口气说这么多话，她的脸红了。

“是啊，是啊！”楼兰高兴得手舞足蹈。

那天下午放学，楼兰就跟着莞斐去了她后院的家。

楼兰太熟悉隔在她们家之间的那堵高墙了，但完全没想到后院是这个样子的。

后院比前院小多了，前院有楼上楼下两层楼，后院只有平房，而且这边的院墙久已失修，陈旧的墙身多处剥落，墙角长着青苔。

进门后，莞斐才把大门掩上，就听见屋子里传出一把衰弱的老太太的声音：“是阿莞啊？”

“嗯，奶奶。”

“有人来？”

“同学。”

“你给我倒碗水。”

莞斐走到院子旁边的屋廊下，那里权当厨房，她端起灶台上的沙锅往碗里倒了水，然后端了碗向房间里走去，楼兰跟着她走了进去。

下午五点钟不到，房间里却已是昏暗的了，久未粉刷的灰沉沉的墙身，简陋的床上圪着一团被子，再生布的被单，本色的布料上沾着一颗颗洗不掉的黑色小球，那被子下露出一张衰老苍白的脸，伸在被头外的是一只瘦骨嶙峋的手，楼兰看了看老太太的脸，只见她双目半闭，对初来乍到的楼兰，似乎没有应有的关注。一分钟都停不下来的楼兰，此时有缺氧的感觉，她无法喜欢这个老太太，她想离开。

这时，老太太突然咳了起来，莞斐放下碗，给老太太揉背，她那关切担心的黯然神色，有一种近乎宗教的美，让楼兰对眼前的情景有了新的感觉。

老太太喝了水，缓过气来，突然对楼兰说："你是不是新嫂的孙女儿？"

"是啊。"楼兰不觉透了口气。

"你小时候我见过你，你长得和你奶奶很像，你奶奶早年是个美人。"莞斐奶奶好像突然醒来，可以看出她整天待在这昏黑的屋子里，很久没和外人说过话了，现在她很高兴。

楼兰也开心地笑了，莞斐奶奶的话让她高兴起来，不是因为她称赞了她的奶奶，虽然这话也顺带称赞了她，而是莞斐奶奶的话说明她内心生机未息。

"你有个叔叔去了香港，有没有回来看看你们？"莞斐奶奶继续打开话匣子。

"叔叔还在香港，他几年前回来过一次。"

"哦！你叔叔和莞斐的爸爸是好朋友。"莞斐奶奶的眼里闪过一道光芒。

楼兰想让她更高兴些，她很快想起了什么，说："您知道他回来的时候，发生了一件事，整条街都知道了，您知道吗？"

莞斐和她的奶奶都看着楼兰，等她往下说。

"你们不知道啊？"楼兰有点失望，但这随即让她更高兴，她有话说了，"您知道吗？我们家楼上临街有一个天井，那是真的井，直通楼下那口水井的，那里没有围栏，我叔叔回来那年我还没上小学，有一天坐在天井沿上——就在骑楼的旁边，我经常在那儿看街上的人。那天我手里拿着一根竹竿，一根晾衣服用的竹竿，我妈说我小时候和现在一样顽皮，那根竹竿很长，我将它从晾衫架上抽了出来，就在这时，我看见一个衣着和别人不一样的人从巷子口那里走了过来，他穿着西装，西装里是花衬衫，手里提着一只很漂亮的皮箱，你们知道，电影里的特务就是这个样子的！”

这时，楼兰自己、莞斐和莞斐奶奶，不约而同地笑了。

楼兰受到鼓舞，更加有声有色地往下说：“我想这个特务怎么跑到我们这条街上来了？一不留神，就从楼上掉了下去，一掉，就直接掉到这个特务身上去了。”

听得入神的莞斐和奶奶这时一齐紧张地“哦”了一声，然后带着惊讶又笑了。

楼兰笑着等她们不笑了，才接着往下说：“我摔昏了头，醒来之后，才知道，这个特务是我叔叔，我问他是特务吗？他告诉我，他不是特务，他只是香港一家公司的职员。我叔叔说，我掉下去时，手里紧抱着竹竿，竹竿先着地，然后我像一个撑竿跳运动员一样借着竹竿的弹力跌了下去，我叔叔说没想到好多年没回家，回家竟有这样的好事在等着他，他立刻就把特务箱子丢到一边，边往前跑边伸开双臂接住了我，街上的人都吓了一跳，但也为这事兴奋了好几年，现在走在我们这条街上，还经常有人指着我，说我就是那个从楼上跳下去迎接香港叔叔的女孩。”

看到莞斐和她奶奶开怀大笑的模样，楼兰当然也开心得不得了，笑到后来，她看见莞斐奶奶有一双和年轻人一样的清澈的眼睛。

天黑回家，楼兰的父亲在院子里摆弄他的二胡，看见楼兰进门，故意地说："大学生回家啰！"

楼兰没顾得上和他说笑，拉住他说："爸，我今天去后院，原来我的新同学就住在我们后院。"

楼兰父亲放下手中的二胡，问楼兰："她们家现在怎么样？"

楼兰反问："你认识她们？"

楼兰爸说："怎么不认识，我们的房子原来是她们家的，她们解放初卖给我们，你奶奶买下的。你奶奶说，他们家是留学生，读书人，一点也不懂讲价，奶奶开价，他们也不还价就卖了。奶奶后来说，早知道他们不还价，还真不好意思出那个价呢，因为他们真是好人，奶奶去世前还念叨这事呢。"

"他们家谁是留学生？"楼兰问。

"你同学的爷爷奶奶都是。"

楼兰瞪大了眼睛，她想起莞斐和她们家里的一切，想起莞斐奶奶那双清澈的眼睛："爸，我同学的父母离婚了，她爸爸是右派。"

"我知道，我们前后院本来是相通的，她父母结婚时把院子的门封了，只知道后来她爸被判了刑，她妈妈离婚搬走了，但院子的门也没再打开，大家不在一条街上出入，很久都不知道他们怎么样了。"

楼兰突然想到什么，急忙说："爸，我们把那个门打开吧！这样我要找我同学就方便了，不用绕一大圈。"

楼兰爸没吭声，但禁不住楼兰左右跟着撒娇，他说："门是她们家封的，再打开也要征求人家的意见啊？！"

楼兰立即说："那你快去征求啊？"

第二天放学回家，莞斐一进门吓了一跳，院子里敞亮了很多，和前院共享的院墙中间的那个门，本来就不见门扇，用来封门的杂物木板现在都不见了，门框用黑水泥新抹出一道整齐的凸边，从门这边看过去，一片翠绿里点缀着点点红色或黄色花卉，莞斐第一次看见前院的花草树木是那么漂亮。

莞斐转过头看跟在身后的楼兰，楼兰脸上挂着惊奇的笑，她没想到她父亲行动这么快。

莞斐和楼兰走进房间，只见奶奶没有像昨天那样躺着，她坐在被窝中间，看上去虽已衰老，但肩颈之间线条还在，刚刚梳过的发髻与众不同，有一种素雅别致的洋气。

莞斐奶奶一见她们就说:“楼兰，看到我们那个门了吧？你爸做的，你爸刚走。你过来。”

楼兰走到老太太跟前，见老太太从枕头旁拿起一张纸来递给她，接过来一看，上面用铅笔画着一个飞着的天使，天使长着一副东方美女的脸，就像连环画上的古代仕女，单眼皮，细眉细眼的。

莞斐奶奶说:“莞斐画来送给我的，我送给你，你看这个天使是不是很像你？”

那天，楼兰喜滋滋地拿着这幅画从那个重新打开的门回家，回家前，楼兰问莞斐，为什么天使真有几分像她，也是单眼皮。莞斐说，她喜欢单眼皮，因为奶奶年轻时很好看，也是单眼皮。

楼兰走后，莞斐看着前后院之间的门洞，看了很久，直看到天完全黑了，门那边的绿树也成了黑影，奶奶叫她回屋点油灯。

过了几天，楼兰爸帮她们家拉了电线，点上了电灯。

那以后不久，楼兰第一次跟莞斐去找她母亲。

莞斐的母亲离婚后住在她教书的大学宿舍，莞斐叫门，开门的是莞斐的妹妹，她母亲还没回家。妹妹见到她很高兴，热情地喊她进屋，但她决意不进屋，就和楼兰站在门口等她母亲回家。她的妹妹想了想不知如何款待她，回屋去转了一圈，用筷子绕了一团麦芽糖来给她吃，她也不吃，就在手上拿着。

好一会儿，莞斐母亲回了家，见到莞斐，木无表情地问：“又有什么事了？”

莞斐眼睛看着地上，小声说：“没钱买铅笔，奶奶说让你给几角。”

她母亲说：“她以为我很有钱啊？说过多少次了，不要政府的救济金一发下来就花光，不要以为没钱可以向我要，下次来我是不给的，让人看见还以为我和他们藕断丝连呢，她也不替我想想！”说着，从钱包里拿出两毛钱，往莞斐手里重重塞过去。

楼兰看莞斐，见莞斐一直都看着地上，脸上没有表情，心里很替莞斐难过，她忍无可忍好一会儿，忽地伸手朝莞斐手里拿着的麦芽糖筷子打去，麦芽糖连筷子掉到了地上，楼兰随即弯下身子将筷子拾起来，麦芽糖黏在地上，满是沙土，楼兰将筷子递给傻在一旁的莞斐妹妹，古灵精怪地笑对莞斐妈妈说：“我看见一只苍蝇黏在麦芽糖上面，没想到苍蝇没打到，把麦芽糖打到地上去了，我真的不是故意的。”

莞斐妈生气地看着她，她看出了什么，还没开腔，莞斐被楼兰拉走了，楼兰一边走一边回头说：“我们家也有麦芽糖，我赔给莞斐，让她坐在我家里吃到她不想吃为止！”

现在，楼兰看着呆在那儿的莞斐，说不出口还是说了：“我妈还不知道偷渡的事，我爸说，到时候才告诉她，要不她会害怕。我爸还说，她会舍不得你的。”

莞斐没说话，她想起那年，她和楼兰从母亲的宿舍要了两毛钱回家后的事。

那天回家的路上，喜欢说话的楼兰破天荒的一句话也没有。

回到家后，两个人面对面坐在后院屋廊下的椅子上，好一会儿也没说话。后来，莞斐回屋里拿出一个信封，从信封里面拿出一张相片给楼兰看，楼兰看到那照片上是莞斐和襁褓中的妹妹，还有她的父母亲，楼兰看到她的父母都那么年轻俊秀和聪明的模样，他们都是当时为数很少的大学生。照片上，莞斐的父亲，那么深情温柔地笑拥着莞斐，好像莞斐是捧在手上怕掉了的明珠，而莞斐那么享受地甜美地笑着，楼兰先是惊叹一家人的美丽，再后来让这父女俩曾经的幸福时光照耀得悲从中来，她控制不住自己内心情愫的强烈反差，放声哭将起来，在莞斐带着几分愕然的幽远目光中，擦着眼泪跑回家去。

紧接着的星期天早上，楼兰妈从她的打扫得一尘不染的前院走进后院来看莞斐奶奶。

莞斐跟在她身后走进里屋，只见楼兰妈帮正在睡觉的奶奶盖好被子，又将奶奶的手放进被窝里，然后转过身来看莞斐，见莞斐还在注视着她，她用手摸了摸她的头，对她说："我帮你梳梳头好吗？我最喜欢帮人梳辫子了！"

莞斐点头，楼兰妈说："楼兰今天和她爸去水库后面爬山了，不在家，我们到前院去洗头，难得今天太阳好。"

在前院那棵半开花朵半结实的红石榴树下，楼兰妈用什么药水帮莞斐一遍遍地洗头，直洗到倒掉的水里不再有漂浮的微细生物——那是虱子。

等楼兰妈帮莞斐把长长淡淡的褐色头发搓干了，让她坐在院墙下红石榴树梢上挂着的那面镜子前，一缕阳光正照在她俩的身上，等梳好辫子，楼兰妈看着镜子里的莞斐，说："知道你有多好看吗？"

楼兰妈接着提来整桶热水，让莞斐在她们院子角落那间用木板搭起来的浴室里冲了澡，然后给了莞斐一套漂亮的新衣服："这是楼兰叔叔从香港托人带回来的，两套，一套一色，楼兰一定要送一套给你。"

穿上新衣的莞斐走出浴室，看见楼兰妈用热水洗着自己那一直都没能洗干净的已经嫌小而且穿得很旧了的衣服，她停下了脚步，泪水突然雪崩似的流下，她赶紧背过脸去。

莞斐转身返回屋里，看见奶奶依然熟睡着，她走到奶奶跟前，想了一想，先为奶奶换上自己的被子，再将奶奶的被单换下来，抱着被单她走到院子，将洗衣盆装了水，又在炉子上生了火烧开水，她学着楼兰妈那样洗。

那天傍晚，她在后院听见前院那边楼兰妈和楼兰爸低声说着话："这被子是莞斐奶奶的，我让莞斐晾在这里通风快干些。你看莞斐洗得多干净！她看我洗衣服，就知道自己要怎么做，没见过她这么聪敏这么自爱的女孩子！我一句话没说，她自己一点就明。不像我们家楼兰，疯疯癫癫的，什么时候才长得大！"

楼兰家真的偷渡了，楼兰从澳门给莞斐寄来一封信，那里面有好几张当时最时兴的明信片——立体相片上是欧洲的古堡和庄园，还有美丽的黑色和白色的天鹅。

楼兰在信里告诉莞斐，她们没有成功地去到香港，而是去了澳门，她说她要帮莞斐也偷渡出去，不是社会制度的问题，而是她莞斐只有离开那个变态的母亲才会幸福。

莞斐给楼兰回了信，说知道她们一家平安她终于放下心来，很为他们高兴，莞斐还说收到那些漂亮的明信片觉得很不可思议，因为她的一个工友的丈夫是个邮差，为了得到这种港澳寄来的明信片，把自己负责送的许多信件拆了，偷了里面的明信片，因而被开除公职，成了无业游民。

莞斐没提让她偷渡的事，她想她不会去偷渡的，首先她不想麻烦楼兰家人，她们对她的恩情已经够多的了，而且她虽然也喜欢那些明信片，却对自己不了解的事物——对港澳社会并无向往之心。

几个月后的一天，莞斐收工回家，刚踏进房门，只见母亲坐在桌子旁边，见到她即刻将手里的一沓信往桌子上一摔，说：“你的好朋友偷渡去美国啦！现在你去不了香港了吧？！”

莞斐一看那些信，都是楼兰寄给她的，脸色登时变了，她看着母亲，一句话也说不出来。

莞斐拿起那些信，回到自己的房间，坐在床上听得见她母亲在房间外面嚷着：“要不是我及时搬回来，要不是把这个门封上，你还不跟着这家人去偷渡！你现在是不是后悔没跟她们走，要不你现在也在美国了？你以为香港美国遍地都是黄金？！哼！我知道你不喜欢我回来，你将来会知道你是错的，你以为我和你妹妹都在享福？你错了，我们怎么奋斗你知道吗？你看看我们！你妹妹今年已经去北京上大学了，我今年提了副教授，你呢，你跟着那家人，只会看眼前的一点好处，这叫鼠目寸光！”

当那刺耳的声音渐渐停歇下来时，莞斐拿起那封她还没看过但已被母亲撕开的刚从美国发来的信。

楼兰在信中告诉莞斐，因为去美国是一个临时决定，所以没能及时告诉她，连惠强也没来得及说。虽然让莞斐去美国比去澳门难得多，但她一定可以想出一个办法的。

莞斐站起身，将楼兰的信收进抽屉，她从抽屉中拿出另一扎信件，那些信件用透明胶纸袋包着，她拿出来，一封封地看，那是自小以来，她的父亲从劳改农场给奶奶写的信，每封信的后半段都是给她的。每一次的内容看起来几乎一样：“你要好好学习，改造思想，将来做一个劳动者，为社会主义事业服务。”但莞斐每一次收到父亲的信，都能从不同的句式和语气的变化，看出父亲的爱的用心。

在她初中毕业那年，父亲和奶奶几乎是同时去世，政府的救济金也在那时中断，莞斐那年由政府安排去做了这份工厂的工作。

父亲和奶奶没有留给她什么值钱的东西，这些信，她一封也没丢掉，仿佛丢掉了，她和父亲、和奶奶的联系就彻底没了，她刚才最担心的，也是这些信有没有被她母亲丢掉，现在，她松了一口气。

楼兰去美国有一段时间了，一天，莞斐下班回家的路上，见到了楼兰的男朋友惠强。惠强是那种高大帅气的小伙子，和楼兰在一起，人人见了都说他们般配。

见到莞斐，惠强踌躇了一下说：“莞斐，我是特地来找你的。”

“有什么事吗？”

“楼兰有给你来信吗？”

“有啊，你没收到她的信吗？”

“有。”

“哦。”莞斐不知道他想说什么。

“我们能找个安静的地方说说吗？”

“好的。”

在市文化宫前面的广场上，他们找到一个可以坐下说话的地方。

“听楼兰说，她一直想让你也偷渡出去。”

“哦，那是楼兰这样想而已，偷渡不是那么容易的事吧，而且她现在去了美国，那更是不可能的事了。”

“是啊，她偷渡去了美国，就是她将来有了绿卡，我也不可能申请去的，偷渡更加不可能！”惠强的眼睛专注地看着莞斐。

莞斐看见惠强说这话时脸上的表情不是沮丧而是兴奋，感到有些奇怪，但还是安慰着说：“你耐心等等吧，也许过一段时间会有转机也不一定，现在越来越开放了。”

他们都沉默下来，莞斐对这种沉默感到有些不妥，她站了起来，惠强也站了起来，他要对莞斐说什么又说不出来，因而结巴着，莞斐等着他，让他下了决心，他终于说：“莞斐，其实，我一直对你有好感。”

天色已经漆黑，也可以看出莞斐莫名无措的表情，但她很快安定下来，接着他的话淡淡地说：“我也对你有好感，因为你一心爱着楼兰。”

莞斐说完就要走，惠强拦住她。“莞斐，我们没必要为不可能的事等待，你说是吗？”

“我是楼兰的朋友，你是她的恋人，我和你不同。”

“但我们面对同样的事实，我是说，我希望你能考虑我，我希望和你在一起。”

“那楼兰呢？你有没有考虑她？你有没有考虑她的感受？”

“我可以先和她分手。”

“难道你就这样放弃你们这么多年的感情？！你怎么能说分手就分手？！”

说到这里莞斐非常气愤，她扭头就走，脚步错乱地急步走开，好像要摆脱一个什么危险的人物。

事情过后，莞斐不知道这事该不该讲给楼兰知道，而惠强在这一次和她表白之后仍一直都和楼兰保持着恋爱关系，对此，莞斐想：也许惠强最后想通了，也许那天晚上他只是一时糊涂，他应该还是爱着楼兰的，而他之所以会有那天的想法，应该是他随着楼兰一步步的远去而失去了信心，只要楼兰不变，惠强应该是不会变的。

莞斐和所有人都没有想到，离拿绿卡还无穷遥远的楼兰，从天而降般出现在莞斐的面前。

站在莞斐面前的楼兰，衣着打扮美国化，在当时就像直接从太空空投下来一样，虽然那时候内地人也穿牛仔裤，可没有女孩子这样，大热天时，上身只穿了一件本地女孩子只能用来做内衣的背心，而且那背心和男孩子穿的背心没两样，看上去让人觉得不男不女的。

“你怎么回来的？”莞斐心里想楼兰一定是被遣送回来的，而且是跨国遣返，想想都不知是可怕还是可怜。

“坐飞机回来啊！”楼兰比之前更疯，她笑得很美国，很狂野。

“谁和你一起回来的？”

“没人和我一起，我自己一个人。”

“你自己买的飞机票？”

楼兰笑而不答。

“你爸妈知道吗？”

楼兰笑说：“他们全不知道，要知道我就回不来了！”

莞斐一副意料之外且又意料之中的表情。

楼兰拍拍莞斐的肩膀，说：“我想了很久了，决定瞒着他们回来。”

见莞斐仍然忧心忡忡地看着她，楼兰说：“你放心，我想过了，我的弟妹都长大了，有他们陪着父母没什么放心不下的。等他们以后拿了绿卡，我们不是一样有机会在一起吗？”

楼兰继续眉飞色舞地说："因为不能让父母知道，而我身上根本不够钱买机票，所以我想了一个办法，在机场候机大厅里展开事先用英文写好的条幅，上面写的是——"说到这里，楼兰看着莞斐，一字一顿地说："我是中国人，我的恋人在中国厦门，他来不了美国，为了他，我决定放弃在美国的生活，回中国和他在一起，但我没有钱，请帮助我买飞机票。"话刚说完她就紧接着问莞斐："你知道他们有多快就帮我筹到机票钱？"

莞斐完全没听到她这个问题，她不知该为楼兰感到难为情——作为一个中国女孩子，厚着脸在机场乞讨；还是要佩服她——她真是一个勇敢的女孩，没什么能阻拦她去做任何事情。

这边，楼兰说着自己故事的高潮："不到半个钟，就有人送机票到我手中了！莞斐，我知道你心里会想我把中国人的脸丢了，好像中国人就是无赖！我告诉你，没那回事！他们觉得我为了爱情连美国都不要了！我连美国都不要，还在乎那区区机票钱吗？——这才是重点！"

楼兰终于把莞斐说得跟着笑起来，唯一让莞斐有点不舒服的是惠强，尽管莞斐心里本已原谅了惠强，但此时心里还是有点疑虑，惠强能对得起楼兰的这份爱吗？

楼兰看着心思多多的莞斐，说："我这次回来要马上和惠强结婚，这样惠强就可以立即申请去澳门，还有，要帮你申请出去！"

莞斐不置可否地说道："我能申请吗？"

楼兰告诉她："有人告诉我，只要有人冒充你的七大姨八大舅写信要你去领遗产，你就可以凭这封信申请出去！很多人都是这么办的，比偷渡还方便！"

说到这里楼兰说："我要去找惠强，明天再来找你，我走了。"

第二天天还没黑，楼兰在前院听见后院一阵激烈的喧嚷，细听之下好像是莞斐母亲一个人的独角戏，楼兰竖着耳朵好不容易才听到一堆关键词——香港，澳门，中国，美国，楼兰，不要脸，没出息，可耻，自学，准备考大学，奋斗。

楼兰一分钟也等不及就来到后院，举手敲门，还没敲，门自己开了，门里站着莞斐妈，莞斐妈的表情让楼兰觉得，小学四年级时把麦芽糖打到地上去的那一幕，是刚刚才发生的事，所以楼兰也摆出一副决不罢休的架势。

“我找莞斐！”

“她不在！”

“我刚在家里听到你的声音！你不会一个人自己骂自己吧？！”

“你家不是在美国吗？！”

“你家当然不在美国！你家不是在学校吗！你早就不是这里的人了！”

莞斐妈脸色铁青，楼兰这时看见莞斐就在她母亲的身后，她不再出声。

莞斐走出门口，和楼兰一起出门，她母亲在身后嚷着，她们两人都不说话，由她嚷去，楼兰心里很高兴，为莞斐的沉默和勇敢高兴。

但她没想到，莞斐当晚和她说的第一句话是：“楼兰，我想，我要和你去澳门。”

几个月后，莞斐拿到了去澳门的单程通行证，她在她母亲不在家的时候，拿起自己简单的行李——一个小小的旅行袋，那是她奶奶给她留下的一件旧社会的东西，一件当年的舶来品。当年，年轻的奶奶拎着它和同样年轻的爷爷一起从国外留学归来。

坐在前往广州的火车上，她想，等到了澳门才给母亲写信，告诉她自己这几个月来瞒着她悄悄进行的这件事。

在奔驰的火车上看市区、郊野、房屋、电线杆、树及种种向着后方迅速飞逝，想着母亲回家后不知是什么表情，想着前面不可知的前程，莞斐反觉得自己心里出奇的平静，未来的生活无可预见，未来的生活却又像就在把握之中，毕竟，她已经和过去完全告别，剩下的，只有未来。

楼兰到广州火车站接莞斐，她对莞斐说，她在电话里告诉在美国的父母，莞斐就要到澳门了，她的母亲即告诉楼兰，一定要到广州接莞斐，不能在珠海等，因为莞斐那么漂亮的女孩，要是碰上骗子怎么是好，我们要内疚一辈子的。

楼兰还说，她父亲听她母亲这么说，即抢过电话说，莞斐那么内秀的女孩，即使碰上骗子，也只会让骗子上当，自己是不会上当的，不过，楼兰还是应该去广州接。

楼兰说到这里，笑说："我爸说了，在我没见到你之前，是我碰上骗子机率最高的时候，这段时间，要和我保持联络嚅。你看我爸多会说笑，那些美国籍骗子都没能把我骗走，我就在自己家里被人骗了？！"

莞斐听说骗子还分国籍，也笑了，她说："你没听出来，你爸担心你。"

楼兰拧着嘴鼻反驳："他是绕着圈子担心你，他们更疼你！偏心。我在电话里对他们说了，莞斐是你们不小心丢失的亲生女儿，我是你们抱错回家的别人的女儿！要不然我怎么会叫楼兰？这明明是莞斐的名字才对啊！他们听得哈哈大笑。"

到了澳门，楼兰带莞斐回家，那是几幢同样的大楼中的一幢，面对大海，朴素、干净，进去还要通过一个有传达室的大门，等上了楼房，一室两厅。

楼兰问莞斐："怎么样？"

莞斐四下看着，有点疑问："不是说这里租贵吗？怎么租这么好的房子？"

楼兰神气地说："一个朋友借给我住的，不收钱！"

莞斐回头看她："你这里有什么朋友？这么好的朋友？"

"去美国前认识的，这次回来，我找租房，刚巧碰上了，说他有一套房子空着，可以借我暂住，我就住进来了。住这你放心，这是公务员宿舍。"

"你朋友是公务员？"

"他父亲是，他父母亲都去世了，他是本地人。"

莞斐没说话。

"你怎么不问了？你应该问我怎么认识他的，而且重要的是他是男的吗？对吧？"

莞斐笑着用眼睛问了，楼兰点头，莞斐皱了皱眉头，楼兰做了一个早知你会如此的表情。

"惠强呢？"

"他自己租房住。我们还没结婚呢？！"

"在厦门你不是说他要和你结婚才可以申请来澳门的吗？"

"后来我改变主意，他和你是一个方法申请来的。"

"为什么？"

"我要将他晾一晾再决定，把他放在花花世界里晾一晾，是龙是蛇晾一晾就晾出来了。结婚是一辈子的事，我要像我父母那样的婚姻，莞斐，你也是，你也要像我父母那样。"

莞斐笑着看楼兰。

"你笑什么？"

“你成熟了许多。”

“这么说好像你很老了，你还没问呢。”

“问什么？”

“我怎么认识屋主的。”

“是啊，你怎么认识的？”

“我去办证件，他也去办，就认识了。”

“然后他追你？”

楼兰点头。

莞斐又不笑了：“你不是因为他才把惠强晾一边吧？”

“当然不是！”

“我们住这里不合适。”

“没关系，我什么都和他说了，我告诉他我有朋友，告诉他我登记结婚了，只是还没办婚礼，所以暂时分居。他知道完全不可能，所以他和我是兄弟，异性可以是手足。”楼兰俏皮一笑。

莞斐瞪她一眼，楼兰被她一瞪，突然想起来，说：“哎，你可以和他呀？！”

莞斐这下真的狠狠瞪了她一下，楼兰说：“我这是说真的嘛！”

楼兰又想起什么，说：“我给你找了一份制衣厂的工作，等以后你会说广东话了，再换个好些的工作。”

莞斐说：“你做什么呢？”

楼兰说：“我刚换了个工作，做地产中介。”

莞斐妈在收到莞斐给她的信后，给她回了一封很长的信，信里说她一直都在劝莞斐考夜大，没想到莞斐竟跑到境外去了，现在，可以断定这一辈子都别想上大学了，因此对她极之失望，还把莞斐妹妹的辉煌成绩展示一番，说明她这个做母亲的一直做的都是对的。

楼兰也看了信，看完之后对莞斐说："这是什么时代了，她还在说她一直都是对的？从过去到现在都是对的？！她是真傻还是装傻？上大学？她知道你如果去上学就没饭吃吗？现在我怀疑她是存心想逼走你，她现在不是正独霸着那间房子吗？你看现在房子多值钱，房价还在飙升，内地很快也一样！"

莞斐没出声。

莞斐有一个下午没工开，闷得发慌，她上街去走走。

在白鸽巢公园门口看见一部车停在那里，车的左右门连同后门都是敞开的，车上挤满了书架，摆满了书，看清楚了是个流动图书馆，她走过去，从书架上找书看。

看了不知多久，当她将手中的书放回书架，想重新再找一本时，听见身边有个人对她说："看看这本，你可能会喜欢。"

她转过头，看见说话的是一个书生模样的年轻人，戴着眼镜，和她年纪差不多，也许比她大一点，面容斯文友善，见莞斐看他，将手中的书递过来给她。

莞斐礼貌地笑了一笑，接过那本书，见那书名，是——"林肯和他的一百个寓言故事"，只是稍微翻了一下，就觉得自己确实喜欢这本书，因此，她对那年轻人又微微一笑，以示感谢。

那年轻人没有走开，他对莞斐说："这书一下子看不完，你可以借回去慢慢看，看完再回来还，然后再借其他书。"

莞斐说："是吗？"

年轻人说："是。你没有借书证是吧？现在就可以办一个，你身上有照片吗？"

莞斐说："没有。"

年轻人停了一停，说："那也不要紧，下次来再办证吧，你可以把书带回去，我相信你，下个星期的今天，车还在这里，你来办证。”

见莞斐怔怔地看着他，年轻人有点不好意思地笑说：“忘了告诉你，我是这里的工作人员，这个流动图书馆是政府的，你放心。”

莞斐听到这里也笑了，没想到遇到这样一个这么好说话的政府工作人员，往后回家不怕没事做，有书看了，莞斐长这么大，唯一的休闲活动就是看书了，没想到来澳门还有这种免费的书可以看，真是从天而降的好事。

楼兰回家时，看见莞斐靠在床上看书，奇怪地问她：“哪儿来的书？”

莞斐说：“今天发现一个流动图书馆，不少书呢，都挺好看的，很多内地看不到的。”

楼兰说：“哦，你看完给我看。”

莞斐说：“人人都可以借，下个星期我们一起去做图书证。要照片，我身上没照片，没做成。”

楼兰说：“没借书证你怎么借的书？”

莞斐说：“那个工作人员说相信我，让我把书拿回家，下次还书时再做借书证。”

楼兰说：“你样子老实，谁都信你。”

莞斐说：“你不老实吗？要不人家能把房子借你住？”

楼兰说：“我听你的话，今天跟房主说了，告诉他我交房租，再不收房租我就搬了，他答应了。”紧接着又说：“跟你说，他不是我老实才借我房子。”

莞斐笑说：“你说过，他追你才借给你。”

楼兰也笑：“追不追的，他还真是因为我不那么老实才借给我的。”

楼兰见莞斐看着她，笑说：“第一次见面，我们在填表格，在身份证司，他问我哪里来的？我挺烦他，就说，我是南美洲来的，当时南美洲是第一个跳进我脑海里的地名。他竟然问我是南美洲哪个地方？我说巴西。他问巴西哪儿的？巴西有什么鬼地方我一个也不知道，我编，我说酷卡。他说酷卡是在南部还是北部？我说南部。他说那个酷卡中国人多吗？我说少得可怜。他说有多少人？我说就我一个！我说完将手中刚填好的表格往他跟前一丢，他看了大笑不止。哈哈哈！我今天还特别邀请他跟我一起到酷卡去玩一玩！哈哈哈！”

莞斐听了也跟着笑。

过一个星期，莞斐和楼兰一起去办借书证。

楼兰一见那戴眼镜的年轻人，没等莞斐和他说上话，就用手暗地里拽了一下莞斐，莞斐没睬她。

回家的路上，楼兰说：“我敢说那小子是看上你了。”

莞斐说：“人家一点意思也没有，好心给你一点方便就这么多话说。”

楼兰说：“你等着瞧。我今天不说话，是要让他主动，他条件不错，看起来挺斯文，和你相配，但不能让他太容易。”

莞斐笑说：“什么时候学的，这么老奸巨猾的。”

接下来，莞斐有几个星期没有去还书，因为老加班。

一天晚上莞斐回家时，见那年轻人在传达室外站着，见到她，上前和她说话。

他们两人站着说话的一幕给楼上窗前的楼兰看见了，她下楼来，走到俩人跟前，年轻人见了楼兰，忙和她打招呼。

莞斐说：“借的书过期了，一直加班，都没时间去还，好在他热心，帮我们做了登记。”

楼兰说：“哦，你们工作量不少，不还书的都这样上门服务吗？”

年轻人的脸霎时红了，莞斐忙岔开说：“不好意思，到现在还不知道你贵姓？”

年轻人说：“我姓余。叫我名字就行，我叫清华。”

楼兰说：“清华大学的清华？你模样还挺清华的！清华！上楼去坐坐吧，也好把书给你。”

上楼坐下，莞斐把书拿了出来，楼兰说：“像我们这样天天上班的，也很难上你们那儿借书，以后就不借了！”说完拿眼看清华。

清华忙说：“你们要是同意，我可以帮你们借书还书，反正我收了工也没事。”

楼兰得意地笑了。

莞斐忙说：“不麻烦了。”

清华也忙说：“不麻烦，不麻烦。”

楼兰说：“你要是觉得不麻烦，那就麻烦你了，我真的很想看书，你就帮帮忙吧，我们两个都是书痴，只不过她看的书比我深奥多了，我就看那些她早已不看的那种。你看着办吧！”

清华走后，莞斐赌气对楼兰说：“你还很有策略哦？”

楼兰得意地说：“本来想查一下他的家底，后来想到问的时候多着，问急了正中他下怀。”

莞斐生气：“什么时候学得这么滑头？”

楼兰说：“做地产嘛，把人做坏了，一脑子坏水。自己都瞧不起自己了，哎，我是不是很让人讨厌？”

莞斐没理睬她。

借书还书几个来回，清华的家底就被楼兰了解得一清二楚了，他们家上两代是上海人，移居台湾，到了他，还小，举家移居澳门，因为家族在这里有生意做，但生意式微，他也不觉得自己是做生意的料，大学毕业后，就考了个公务员，现在，刚在图书馆工作不久，这里是暂时的，过一段时间会调到司里去。

楼兰对莞斐说，不错啊，你觉得怎么样？

莞斐不说话，楼兰不再出声。

楼兰说她要回厦门一趟，她要去看看厦门的地产行业是个什么态势。

莞斐说："好像大亨的口气，不用上班？"

楼兰说："辞职，自己做了。"

莞斐说："开玩笑啊？"

楼兰贴住莞斐的耳朵说："我这个月做了两单，赚了够我十年不做都能活下去的钱，我决心自己干了。"

莞斐难以置信地看着她，楼兰说："先不告诉惠强，让他自己打拼一阵再说。"

楼兰回去不到一个月就回来，她说："我将我们家那房子装修了一下，租出去了，然后在集美买了两套房，楼花，不用多久就会升值，我现在要在黑沙环租一个铺面自己做老板。"

莞斐不认识似的看着她，楼兰说："我都不认识自己了，我照镜子时拧了拧自己的嘴巴，发现我还是我。莞斐，你做不做呢？我们可以一起做，钱一起赚？"

莞斐摇摇头："我做不了，我没像你那样会说话招人喜欢。正要告诉你，清华来找我，说北京大学在澳门招生，函授的图书馆学专业，清华报名读了，他做图书馆的嘛，有这个必要。他说人人都可以报名，问我报不报，开这个课程多数是政府需要这方面的人才，读了以后可能有进政府机构工作的机会。你报吗？"

楼兰说："我不是读书的料，现在也没时间。这最适合你了，你快报去！读出来就是大学生了。还没告诉你，这次回厦门见着你妈了，你妈初时在街上看见我不睬我，后来大概看见我在装修房子，就找上门来了，你知道她说什么？她说我毁了你的前途，她还说我去澳门这么短时间就有这么多钱来装房子，不会是走了什么快捷方式，不要把莞斐也卖了！我说怎么没见过你这样的母亲？有这么说自己女儿的吗？我说我都不想费力气和你说了！还有，她还说你妹妹已经去美国读硕士，她自己去美国做什么访问学者才刚回来，她这是要气我，你知道吗？我对她说，'你就是上火星去讲学，你也是个——'，我本来想捅一捅她的痛处，想到你，我没说下去，但她明白我想说的是什么，气极败坏地二话不说走了。所以，你千万要争这口气，把大学读出来，把你妈的嘴堵上！"

楼兰见莞斐听了没吱声，就转了个话题："忘了告诉你，最后几天闲着没事干，我去了趟中山公园，中山公园那些癞痢头草地都旧貌变新颜了，种了许多树让人认不出来这是中山公园了。先告诉你一个好消息，那个我们最喜欢的地球重新搞了一个，不过不是地球仪那样的颜色了，整个世界一个颜色！真服了他们！那只摆在动物园里那么多年，像放假太久变了性的雄狮重新放了上去，又变威武了。"

莞斐眼前一亮："是吗？！"

楼兰继续说："再告诉你一个坏消息，那地球四周边上飞的不是鸽子。"

莞斐说："那能是什么？"

楼兰说："那些设计人员怕人家不知道他们聪明，他们不能不突破一下，他们放上去四只老鹰，不像是雄鹰，比较像猫头鹰，凶得头都变小了的猫头鹰，真不知有多恶心，我看了直想吐，扭头就走，不知是哪个白痴设计的，没见过这么没文化的文化人！”

莞斐听了也觉得不知该笑还是恼，说：“以前问过奶奶，和平鸽代表和平，那上面为什么要坐着狮子，狮子代表什么呢？奶奶说了，狮子代表力量，代表尊严。没有尊严的和平是不平等，没有和平的尊严是战争，是暴力。人和这个世界是一个道理。”

楼兰击掌：“你看，人家奶奶——那才是真教授呢！”

莞斐认真地：“不过，能把地球恢复起来，已经是一大进步，至少他们知道它的魅力。”

莞斐和清华都考上了北大的函授图书馆学专业，每天晚上一起看电视上学，一起讨论。

楼兰问莞斐进展怎么样，莞斐说，要四年都通过考试，才能拿到毕业证书。

楼兰说：“谁不知道！我是问你们拍拖拍到什么程度了！”

莞斐说：“我觉得我们不是拍拖吧。”

楼兰说：“什么叫不是拍拖吧？”

莞斐说：“我们在一起比较像同学，都是说功课的事。”

楼兰说：“你们两个是什么，两个书呆子？有你们这样的吗？”

楼兰跑去问清华，清华说：“我们没说其他事，除了功课，我每次和莞斐说其他的事，莞斐都不出声，所以我也就不说了，她好像不怎么开心，如果说家里父母啊，兄弟什么的，她本来还高兴的话，会突然不出声。”

楼兰察觉到什么，她问清华：“她和你说过她家里的事吗？”

清华说：“没有。楼兰姐，她家里有什么事吗？”

楼兰看着清华，不知怎么说才好。

楼兰开始厦门澳门两头跑，每天都在那些楼房价格上上下奔忙，直到有一天，她接到莞斐的电话：“你和惠强怎么了？”

楼兰问：“你说怎么了？”

莞斐说：“我突然想起很久都没听说你起惠强，所以给你打个电话，你忙得除了睡着了的时候都见不着你。”

楼兰说：“惠强他说混不出个样子不见我！”

莞斐说：“等他混出个人样，你还认得他吗？”

楼兰笑说：“你自己呢，还只是同学阶段吗，请问两位同学什么时候结婚？”

放下电话，楼兰又拿起电话，拨了，对方是惠强的留言——最近忙昏了头，等这件事忙完，给你回电。

等楼兰把自己的事忙完——在厦门市区买了一套高级豪华住宅，让她父母将来回去居住，莞斐也毕业了，她顺理成章地进了政府图书馆工作，清华调到文化司工作。

半年后，图书馆的图书系统电子化管理改革，莞兰作为一名图书馆管理技术员，被派随司里派出的工作小组，赴伦敦大英图书馆学习。

莞斐把这事告诉了楼兰，楼兰说她早就知道了，是清华告诉她的，楼兰对莞斐说，你快给清华一粒定心丸吧，我看他心里七上八下的，你们不能老在同学阶段啊？！

楼兰注意到莞斐没有笑，说：“你知道吗？清华来找我。”

莞斐看楼兰，楼兰说：“他说他和你说过结婚的事，但你总是要等一等，他说他愿意等，但问题是他不知道你心里是怎么想的。”

楼兰看莞斐仍是没有出声，说：“我对他说你从小到大都是这样，不会太多话，但我相信莞斐心里只有你。清华说，他也知道，但他希望能走进你的心里。莞斐，这没有错。”

莞斐终于开口说：“清华说了，他感觉对我的了解和第一天认识我没有太大差别。”

楼兰说：“你觉得这正常吗？”

莞斐说：“他在台湾长大，我在内地长大，我们背景不同，这可能是问题。”

楼兰说：“这不应该是问题，莞斐，其实，这个问题我为你想过，你从来都很少说你自己的事，我们从小一齐长大，我从里到外都了解你，所以我们之间不说都不会有问题，但对于那些不了解你的人，你如果不说，人家会觉得摸不到你的心。”

莞斐看着楼兰，没有说话。

离开了楼兰，她才想起很久都忘了问楼兰和惠强怎么样。没想到，下班的路上走着走着，碰见了惠强。

很久都没见着惠强，她很感意外，尤其是天气不太冷，而惠强穿着一件厚厚的外套，只看出他明显比以往瘦削了许多。

更意外的是，惠强问她有空吗？想和她谈一谈。

按惠强的意思，他们走了一段路到南湾湖边的大榕树下坐下。

莞斐心想，不知惠强这次又要说什么了。

坐了许久，莞斐不像从前那样心慌，她在等惠强说。

惠强擦了擦鼻子，那里似乎有鼻涕流下，这个动作有点显多了。

惠强终于说话：“莞斐，你还记得厦门那次我对你说的那些话吧，想起来我都不好意思。”

莞斐看惠强，他没有看她：“后来我想起这事都害臊，一方面我自不量力，一方面楼兰对我那么好，她为我从美国回来，从那一天起，我发誓要对得起她。”

莞斐一直紧着的心宽了许多。

惠强接着说：“来澳门后，我一心想着赚钱，我要让她幸福，楼兰也是这样，我们都想多赚钱来实现自己的梦想。楼兰曾经想让我和她一起做地产，但我放不下男人尊严，我要自己做一番事业，由我来实现她的梦想。没想到，就这样，我一步一步把自己毁了。”

莞斐投来诧异的目光，惠强做了一个让他说下去的手势，接着说：“我一心赚钱，钱一度是赚到了，但很快失去了，因为想赚更多的钱，因为贪心，内心的平衡失去了，钱赚不回来，就赌，再后来就赌自己的命，吸毒。”说话间，惠强的鼻涕数度流下，莞斐没有表情，她所能认同的底线已全面溃破，毫无抵抗地听着。

“我今天来找你，不是来和你说楼兰的事，我对不起她，我辜负了她。”

“我的日子不多了，医生说的。不怕你笑话，虽然已经一无所有，虽然已走到尽头，但一个人不走到尽头不会有真正的觉悟，那些没走到过尽头的人我看不起，因为他们不知道我明白了的东西。”惠强这时转头看莞斐，莞斐并不看他，她看着虚无的前方。

“我来是想和你说，因为我知道你无数次走到过尽头。”莞斐终于转过头来用一种穿透了的眼神看他，她的眼睛里有一些湿润的东西。

惠强也看着她：“你的妈妈也许不值得你去爱，但值得你去明白，去原谅。我有一个姑妈，她和你母亲同时代，她年轻的时候相信政治，中年的时候相信赚钱，晚年她现在相信烧香。你能说她错或对吗？其实周围几乎每个人，包括我们自己多多少少都是这样的人，如果我们不能原谅她们，我们自己也永远走不出这个怪圈。”

惠强接下去说的是什么，莞斐不知有没有听进去，她的眼神幽远，幽远得看不见惠强为她说的那些话的去向，最后她问：“楼兰知道你的事吗？”

惠强低下头说：“我还没告诉她，我已经想好了告诉她的最好的办法，那样她也许会好受一点。”

莞斐想说什么，但她看见惠强抬起头看着她，想说什么而没说出来，惠强好一会儿才说道：“楼兰有你。希望你们都幸福。”说完，惠强转头走了，才走，又回头：“不用担心我，有政府照顾。”

莞斐一直看着他远远离去的身影，任海风吹乱了她长长的头发，任泪水纷披在她苍白的脸庞上。

莞斐去了伦敦，临走前，她让清华每天都和楼兰通个电话。

清华每天都给楼兰打电话，楼兰感到奇怪，她约了清华出来。

“你和莞斐没事吧？”

“没事。”

“那你每天给我打电话，是有什么话要说吧？”

“哦，我是想和你说说莞斐的事。”清华将计就计，反正自己也想说说莞斐。

“莞斐是绝对爱你的，只是她小时候家庭的变故让她不那么开心，她不像我。”

“我知道，所以我一直在等她。”

“等她什么？你应该有所行动，主动去影响她，让她快乐，像我那样。”

清华扶了扶眼镜，点点头，楼兰无可奈何地笑。

这时楼兰的手机响起，楼兰听电话那头的声音，然后说："哦，我就来。"

楼兰对清华说："惠强回来了，有点事，我去找他，改天我们再谈吧。"

清华说："我和你一起去吧？"

楼兰觉得有点奇怪，看了看他后说："你见一见惠强也好，让他开导开导你。"

楼兰和清华到了惠强约的地方，才知道那是戒毒中心。

在大门口，楼兰正犹疑着是怎么回事，只见凤仪——她的朋友，也就是她和莞斐的屋主，从远处走来。

凤仪带他们去惠强的房间，一进门就见到骨瘦如柴的惠强躺在床上，楼兰什么都明白了。

她问惠强："你对我说去四川做生意，其实一直在这里？"

惠强点头，楼兰痛哭。

等莞斐回到澳门，惠强已经走了。

等楼兰的情绪平稳下来，莞斐开始收拾行装，她告诉楼兰，自己要回厦门一趟。

"为什么？"

"看看我妈。"

"她没事吧？"

"我们都得到我们想得到的，但都不快乐。"

楼兰说："你得到的是你本应该就有的，她应该得到的是良心的谴责！如果你们都知道自己不快乐的原由，还自欺欺人，以为自己不说就等于没发生过，你真能原谅吗？"

莞斐拿眼看楼兰，觉得这话不像是她说的。

楼兰继续说："惠强临终前什么都告诉我了，那几天，他都和我说了。”

莞斐继续看着楼兰。

楼兰说：“惠强让我和凤仪一起去酷卡，我告诉过你的——那个我胡诌出来的地方。惠强说，凤仪是个好人，他曾因嫉妒，去找过他，没想到俩人成了好友，最后是凤仪帮他进了戒毒中心，为了帮他重新站起来，凤仪为他隐瞒了一切。惠强这么说，让我痛苦不已，后来他告诉我你们在南湾湖见面的事，他坦诚喜欢过你。我知道，惠强在这个时候告诉我他对你曾经的好感，是为了让我彻底忘记他，好走自己的路。”

楼兰说到这里，轻轻而坚决地甩了一下头接着说：“但我告诉他，原谅是什么？原谅就是假装不痛！莞斐用不着原谅谁，我也不会原谅你惠强的！我哭着大声告诉惠强，别以为我会原谅你，我要你下辈子还爱上我！死心塌地一心一意地爱上我！我不会放过你的！”

说到这里，楼兰放声大哭，莞斐递毛巾给她。

她擦着眼泪沙着声接着说：“听我这么说，惠强倒放心了，他就这样走了。他才刚走，我披头散发、满脸泪痕、脸色苍白、女鬼一般转过身去看那个一直站在我身旁的一脸惊愕的凤仪，一口气说了——你真的会和我一起去酷卡吗？我们没有前生，也不会有来世，只有今生！你还要和我去酷卡吗？！”

楼兰说到这里“哧”的一声似笑非笑：“那个凤仪，好像《聊斋》里万劫不复的书生，煞白着脸，不住地点头。”

莞斐一直呆看着楼兰，她想那惠强惨淡挣扎着逝去时，一定认定了世间再无像楼兰如此坚贞、坦诚、勇敢、绝美的女子，不用说下辈子，就是下九辈子，他也再躲不过这情债。

过了好一会儿，莞斐将行李箱中的东西逐一地拿了出来，自顾自说：“我先告诉清华一声再说吧。”

楼兰没有出声，她知道那不是一声，是很多很多声。

“我会告诉他，我们童年的那些和平鸽。”莞斐说。

隔一会儿，她又说：“我一直都不敢谈恋爱，我不相信有人会爱我，我不相信爱，我在逃避，而我自己不知道。”说完，她淡淡笑了，笑时眼角闪着泪光。

等她们收拾好一切，也收拾了心情，一起出门去散步。

一夜谈下来，天已蒙蒙亮，曙光乍现，在太阳将要升起的地方，竟挂着一轮明月，一轮被中国人诗化了几千年的月亮。

南湾湖岸蜿蜒成行的老榕树，在微风中飘拂着苍老的须根，远远近近的海，拍打着宇宙的节拍，和人内心的潮汐交相和应着。

莞斐对着月亮问楼兰，如果没有大气层这幅面纱，月亮以她的坑坑洼洼的真面目示人，还会有嫦娥奔月这个神话故事吗？

楼兰没有回答，她反问了莞斐。

莞斐停下脚步，眼睛看着楼兰，站得那么近，幽幽地说：“可是，她是我的妈妈。”

楼兰愣了一下，不自觉地张开双臂拥抱莞斐，同时她看着天边的明月，泪如泉涌。

图书在版编目（CIP）数据

你将来爱的人不是我 / 何贞 著. -- 北京：作家出版社，2016. 7

（澳门文学丛书）

ISBN 978-7-5063-9019-4

Ⅰ. ①你… Ⅱ. ①何… Ⅲ. ①中篇小说－小说集－中国－当代 ②短篇小说－小说集－中国－当代 Ⅳ. ①I247.7

中国版本图书馆CIP数据核字（2016）第165058号

你将来爱的人不是我

作　　者：何　贞

责任编辑：冯京丽

装帧设计：棱角视觉

责任印制：李卫东　李大庆

出版发行：作家出版社

社　　址：北京农展馆南里10号　　**邮　　编：**100125

电话传真：86-10-65930756（出版发行部）

86-10-65004079（总编室）

86-10-65015116（邮购部）

E-mail:zuojia@zuojia.net.cn

http://www.haozuojia.com（作家在线）

印　　刷：三河市华业印务有限公司

成品尺寸：133×214

字　　数：270千

印　　张：11.625

版　　次：2016年11月第1版

印　　次：2016年11月第1次印刷

ISBN 978-7-5063-9019-4

定　　价：32.00元

第一批出版书目

王祯宝《曾几何时》
水　月《挥手之后还会再见吗》
邓晓炯《浮城》
未　艾《轻抚那人间的沧桑》
吕志鹏《在迷失国度下被遗忘了的自白录》
李成俊《待旦集》
李宇樑《狼狈行动》
李观鼎《三余集》
李鹏翥《澳门古今与艺文人物》
吴志良《悦读澳门》
林中英《头上彩虹》
赵　阳《没有错过的阳光》
姚　风《枯枝上的敌人》
贺绫声《如果爱情像诗般阅读》
袁绍珊《流民之歌》
黄坤尧《一方净土》
黄德鸿《澳门掌故》
梁淑淇《爱你爱我》
寂　然《有发生过》
鲁　茂《拾穗集》
穆凡中《相看是故人》
穆欣欣《寸心千里》

以上按作者姓氏笔画排序

第一批出版书目

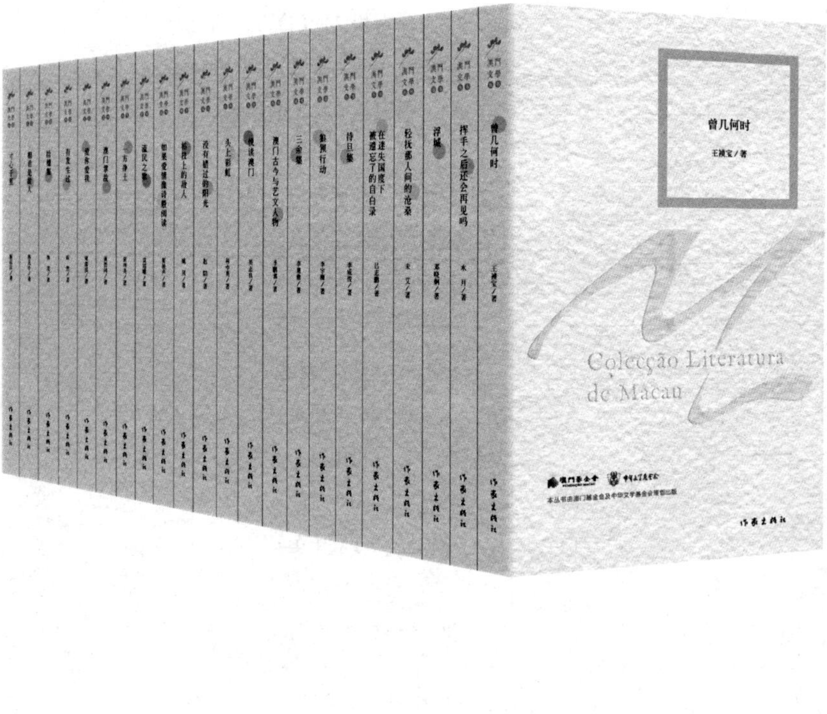

第二批出版书目

太　皮《神迹》小说

尹红梅《木棉絮絮飞》散文

卢杰桦《拳王阿里》诗歌

冯倾城《未名心情》散文

朱寿桐《从俗如流》散文

吕志鹏《挣扎》诗歌

邢　悦《被确定的事》诗歌

李烈声《回首风尘》散文

沈慕文《且听风吟》诗歌

初歌今《不渡》小说

罗卫强《恍若烟花灿烂》散文

周　桐《除却天边月没人知》小说

姚　风《龙须糖万岁》评论

殷立民《殷言快语》散文

凌　谷《无边集》诗歌

凌　稜《世间情》散文

黄文辉《历史对话》诗歌

龚　刚《乘兴集》散文

陶　里《岭上造船笔记》散文

程　文《我城我书》散文

程祥徽《多味的人生之旅》散文

以上按作者姓氏笔画排序

第二批出版书目

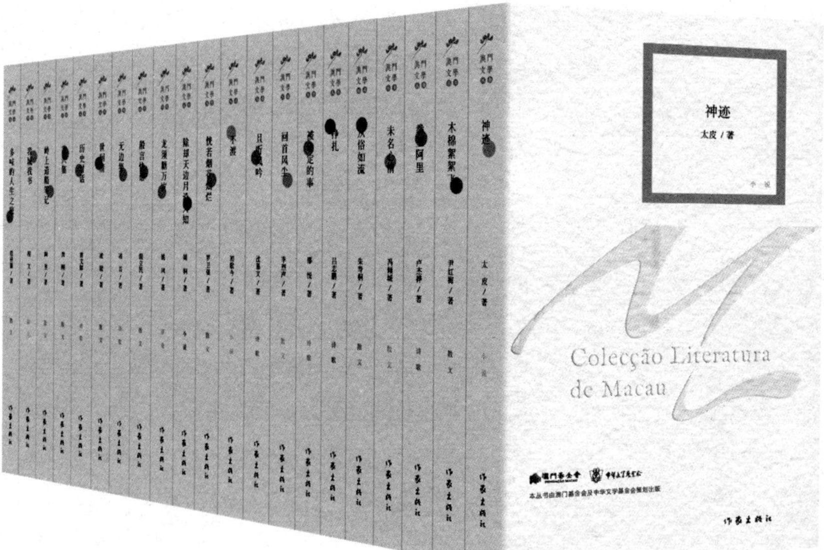
神迹
太皮／著
Colecção Literatura de Macau
本丛书由澳门基金会及中华文学基金会策划出版

澳門文學丛书